Susanne Hanika
Erhöre unser Flehen

PIPER

Zu diesem Buch

Lisa Wild möchte mit Leichen nichts mehr zu tun haben. Aber wie immer kommt alles anders als geplant. Ihre Freundin Anneliese will sich als Privatdetektivin versuchen – nur ein Fall ist leider noch nicht in Sicht. Joe, der neue Polizist im Ort, kommt Anneliese verdächtig vor, und so überredet sie Lisa, mit ihr einen Blick in seine Wohnung zu werfen. Doch dabei stoßen sie im Nachbargarten auf die Leiche des Tierarztes Dr. Schmid! Schon bald steht fest: Dr. Schmid starb an der Überdosis eines Einschläferungsmittels aus seiner eigenen Praxis. Wieder einmal kann Lisa Wild nicht anders, als auf Spurensuche zu gehen, und schon bald macht sie erste Verdächtige aus. Kann es Zufall sein, dass die Frau des Tierarztes erst vor wenigen Tagen eine Lebensversicherung für ihren Gatten abgeschlossen hat? Und was hat es mit Dr. Schmids Kollegen auf sich? Dr. Götz scheint in krumme Geschäfte verwickelt zu sein, und Zugang zum Arzneischrank hatte er ebenfalls …

Susanne Hanika, geboren 1969 in Regensburg, lebt noch heute mit ihrem Mann und ihren vier Kindern in ihrer Heimatstadt. Nach dem Studium der Biologie und Chemie promovierte sie in Verhaltensphysiologie und arbeitete als Wissenschaftlerin im Zoologischen Institut der Universität Regensburg. »Erhöre unser Flehen« ist ihr vierter Kriminalroman um die Ermittlerin Lisa Wild.

Susanne Hanika

Erhöre unser Flehen

Kriminalroman

Piper München Zürich

Mehr über unsere Autoren und Bücher:
www.piper.de

Von Susanne Hanika liegen bei Piper vor:
In Ewigkeit, Amen
Und bitte für uns Sünder
Und führe uns nicht in Versuchung
Erhöre unser Flehen

FSC
www.fsc.org
MIX
Papier aus verantwortungsvollen Quellen
FSC® C014496

Originalausgabe
April 2014

Umschlaggestaltung: Hauptmann & Kompanie Werbeagentur Zürich
Satz: Satz für Satz. Barbara Reischmann, Leutkirch
Gesetzt aus der Sabon
Papier: Munken Print von Arctic Paper Munkedals AB, Schweden
Druck und Bindung: GGP Media GmbH, Pößneck
Printed in Germany ISBN 978-3-492-30257-9

Für Heike, Winfried, Fritzi und Steffi

Kapitel 1

Sternschnuppen sind auch nicht mehr das, was sie mal waren. Als ich noch ein Mädchen war, vor etwa vierzehn Jahren, da konnte man barfuß in den Garten gehen, die Zehen einrollen – wegen des nassen Grases und der Kälte – und dann so lange den Kopf in den Nacken legen, bis man eine sah. Sie flirrte für einen kurzen Moment über den Himmel, dann drückte man sich selbst die Daumen, kniff die Augen zusammen und wünschte sich etwas.

Das hatte ich diesen Sommer auch so gemacht. Ich wusste schon vorher, was ich mir wünschen wollte: Nie wieder Leichen finden. Das mag vielleicht ein eigenartiger Wunsch sein, schließlich finden die meisten Leute von Natur aus keine Leichen. Aber nicht ich, Lisa Wild, sechsundzwanzig Jahre alt. Ich bin sozusagen ein bayerischer Leichensuchhund. Wenn irgendwo in zwanzig Kilometern Entfernung eine Leiche abgelegt wird, tauche ich bestimmt in den nächsten Minuten auf und finde sie. Das habe ich inzwischen schon fünfmal gemacht. Und das reicht für mein weiteres Leben.

Deswegen also hatte ich im August dem Sternenhimmel diesen dringenden Wunsch mitgegeben. In dem Glauben, dass das, was ab und an über den Himmel streift, zwangsläufig eine Sternschnuppe ist. Aber es gab auch verglühenden Weltraumschrott. Dass so etwas nicht so gut hilft wie ein richtiger Meteorit, ist mir jetzt im Nachhinein auch klar. Alle weiteren Vorkommnisse führe ich eigentlich darauf zurück, dass ich meinen Sternschnuppen-Wunsch irgendeinem schmelzenden Spaceshuttle-Klo mit auf den Weg gegeben hatte.

Da man ja mit Sternschnuppen insgesamt nicht so genau

weiß, wie viel sie bringen, hatte ich noch weitere Vorsichtsmaßnahmen getroffen: Um nicht wieder im Wald eine oder zwei Leichen zu finden, ging ich jetzt, brav mit Beutelchen bewaffnet, auf der Straße mit meinem Hund Gassi. Das war enorm lästig, aber sicher.

Die Einzige, die mich momentan noch zu unüberlegten Aktionen anstacheln wollte, war Anneliese.

Seit dem letzten Mordfall lebte Anneliese nämlich in der festen Überzeugung, dass wir diesen sozusagen in Kooperation gelöst hatten, was total an den Haaren herbeigezogen war. Deswegen war sie der Meinung, dass sie einen prima Privatermittler abgeben könnte. Das war ein Beruf, der ihr als baldiger Dreifach-Mama total entgegenkäme. Absolute Flexibilität, man konnte ermitteln, wann man wollte, hatte keinen Chef, der an einem herumnölte, und hatte man einmal keine Zeit, erledigte man es eben an einem anderen Tag. So stellte sie sich das jedenfalls vor. Ich persönlich hatte unter »familienfreundlicher Beruf« zwar etwas anderes verstanden – Lehrer vielleicht –, aber ich verspürte wenig Lust, mit ihr darüber zu diskutieren. Das hatte zur Folge, dass Anneliese ständig mit neuen Ideen vorbeikam, wer irgendwelche kriminellen Machenschaften plante. Erst vor Kurzem hatte sie mir erläutert, dass es nicht normal sei, was die Rosl den ganzen Tag für eine Miene aufsetzte. Mei, hatte ich gemeint. Die hat's halt im Kreuz. Da kriegt man schon einen mörderischen Blick.

Deswegen war ich richtig auf der Hut, als ich Anneliese vor unserem Gartentürl auf mich warten sah, während ich mit meinem gefüllten Hundefäkalienbeutel auf sie zukam.

»Weißt du, was ich glaube«, sagte sie und stellte sich in aufreizender Pose neben unsere Mülltonne.

»Nein. Weiß ich nicht«, antwortete ich schicksalsergeben und warf den Plastikbeutel in die Mülltonne. Nachdem sie sich wieder in ihre schwarze Ermittlerkluft geworfen hatte, fiel es mir nicht schwer zu erahnen, was folgen würde.

»Der Joe«, hob sie an.

Ich verdrehte die Augen. Der Joe, das war unser neuer Polizist – und endlich mal jemand, auf den die Prädikate »Freund« und »Helfer« total zutrafen. Erst vor Kurzem hatte er mich aufgegabelt, als ich mein Fahrrad mit plattem Reifen heimschob, und hatte mich nicht nur samt Fahrrad und Hund ins Polizeiauto geladen und heimgefahren, sondern danach noch sehr engagiert meinen Fahrradreifen aufgepumpt.

»Der ist doch komisch, der Joe.«

Ja, verglichen mit unserem eigentlichen Polizisten, dem Schorsch, schon. Der lag seit dem letzten Fall im Krankenhaus, weil er sich einen ganz komplizierten Trümmerbruch zugezogen hatte und schon zum zweiten Mal operiert hatte werden müssen. Bis der wieder fit war, um an seinem Arbeitsplatz zu sitzen – ganz zu schweigen von körperlichen Einsätzen, wie besoffen herumliegende Loisln hochziehen und in den Polizeiwagen zerren –, das konnte dauern. Ich jedenfalls fand, dass Joe wie jemand wirkte, der zur Abwechslung voll was draufhatte in seinem Job und nicht nur des Bayerischen, sondern auch der deutschen Sprache mächtig war. Bis jetzt hatte er sich zwar noch nicht beweisen können, aber das würde schon noch kommen.

»Der ist nicht komisch«, wandte ich ein. »Der sieht doch super aus.« Joe hätte der jüngere Bruder von Brad Pitt sein können. Mein Freund Max, der einiges mit Joe gemeinsam hatte, zum Beispiel sein gutes Aussehen und den Beruf – Max war der Kommissar im Ort –, konnte ihn irgendwie gar nicht leiden, vielleicht weil er zehn Jahre jünger war als er und mich immer so süß anlächelte. Ich dagegen fand das wirklich super. Der Schorsch hatte mich immer nur blöd angeredet und nie ernst genommen. Da war jemand, der ein lässiges Grinsen aufsetzte, wenn er mich sah, doch ganz was anderes.

Anneliese hob die Augenbrauen. Wenn das alles nicht verdächtig war, sagte ihr Blick.

»Außerdem kommt ja irgendwann der Schorsch wieder zurück, und dann ist der Joe auch schon wieder weg«, lenkte ich ab.

Vielleicht war sie auch nur eifersüchtig, weil sie nie von Joe lässig angelächelt wurde, egal, wie eng ihre schwarzen Klamotten auch sein mochten. Und selbst ihre neue Frisur – sie hatte sich ihre naturblonden Haare sehr, sehr rot gefärbt – half nichts.

»Max hat mir verboten, in den nächsten zehn Jahren zu ermitteln«, log ich. »Auf den Beziehungsstress kann ich echt verzichten. Außerdem habe ich eine Bewerbung geschrieben.«

Eine Bewerbung bei einer richtigen, großen Zeitung. Mit lauter richtigen, großen Journalisten. Und ich könnte eine von ihnen werden. Anneliese interessierte das offensichtlich gar nicht, vielleicht, weil sie wusste, dass ich die Bewerbung schon vor Wochen geschrieben hatte und sie die ganze Zeit in meiner großen Umhängetasche mit mir herumtrug. Aber jedes Mal, wenn ich den frankierten Umschlag in den Briefkasten stecken wollte, sah ich meine Großmutter vor mir, wie sie mit ihrer Weihwasserflasche enkeltochterseelenalleine durch den Ort zog, und dann ließ ich das Bewerbungsschreiben in meiner Umhängetasche und ging weiter.

»Die Rosl hat auch gesagt, dass ihr das alles ganz verdächtig vorkommt. Dieser Joe. Allein vom Anschauen«, erklärte mir Anneliese ihren Verdacht und ging nicht weiter auf meine Einwände ein. »Dieser Joe« war wahrscheinlich deswegen jedem verdächtig, weil er nicht wie der Schorsch an jeder Straßenecke anhielt, um einen Schwank aus seiner Jugend zu erzählen.

»Das geht uns alles gar nichts an«, erklärte ich im Tonfall meiner Großmutter. »Ich muss dann mal.«

»Das wäre jetzt meine Chance gewesen«, erklärte Anneliese düster. »Weißt du, es ist nicht so einfach, als Privatdetektivin anzufangen, wenn man noch gar nichts an Erfolgen vorweisen kann. Da wäre das mit dem Joe echt super gewesen.«

Von Anneliese muss man wissen, dass sie jeden Sonntagabend vor dem Fernseher sitzt und sich Schnulzen reinpfeift. Da kommen nur Leute vor, denen man schon von der ersten Minute an ansieht, was für eine Rolle sie in dem Film einnehmen werden. Dementsprechend wenig Ahnung hat sie von Ermittlungen und weiß auch nichts darüber, dass man den Leuten nicht unbedingt an der Nasenspitze ablesen kann, ob sie kriminell sind oder nicht.

»Vielleicht solltest du mal *Tatort* schauen«, schlug ich mürrisch vor.

Bedeutungsvoll beugte sie sich zu mir und flüsterte: »Wenn ich rausbekomme, dass Joe ein Krimineller ist, dann ist das der erste Schritt auf meinem Weg.«

»Aber Joe ist kein Krimineller«, erklärte ich ihr. »Deswegen vertust du nur deine Zeit, und es ist überhaupt kein Schritt auf gar keinem Weg. Er ist Polizist, weißt du, er ist derjenige, der hinter den Kriminellen her ist.« Ich seufzte. »Die von der Polizei nehmen doch nur Leute, die niemals nicht Schuld auf sich laden würden.«

Das glaubte ich zwar auch nicht, aber im Fall von Joe war ich mir ziemlich sicher, dass das allgemeine Dorfgerede jeder Grundlage entbehrte.

»Aber die Rosl hat gesagt, dass der Joe ihr total bekannt vorkommt. Und dass sie glaubt, dass sie ihn in der Sendung *Aktenzeichen XY ungelöst* erkannt hat.«

»Das sind doch lauter Schauspieler«, erläuterte ich ihr und verspürte den Drang, alles sehr, sehr laut zu sagen, wenn nicht sogar zu brüllen. »Die spielen das alles, verstehst du?«

»Ja, aber die nehmen halt Leute, die so ähnlich aussehen.«

Wütend stemmte ich die Fäuste in die Hüften, bei Anneliese war Hopfen und Malz verloren.

»Jetzt kapier's doch endlich. Ich. Werde. Nicht. Ermitteln. Schluss, Ende, Aus.«

Sie seufzte schwer.

»Okay«, sagte sie nach einer kleinen Pause.

Okay? So einfach war es also, Nein zu sagen? Ich lächelte ihr freundlich zu.

»Hast du kurz Zeit?«, fragte sie. »Ich muss dir noch dringend was zeigen, bevor ich die Kinder abhole.«

»Was denn zeigen?«, fragte ich gleich wieder misstrauisch.

»Hat mit deiner Oma zu tun«, erklärte sie, und in meinem Kopf schrillten alle Alarmglocken.

»Was?«, fragte ich nach und packte sie am Arm.

Wenn's um meine Großmutter geht, bin ich sehr empfindlich, und zwar nicht nur deswegen, weil ich bei ihr wohne, seit ich geboren wurde, oder weil sie mich erzogen hat. Oder weil sie ihren Erziehungsauftrag noch immer nicht als beendet ansieht. Großmutter ist jetzt schon sechsundachtzig Jahre alt, und ihre geistigen Fähigkeiten schwanken enorm, je nachdem, ob sie ihre Medikamente regelmäßig nimmt oder nicht. Sie kann ganz normal sein. Und sie kann mich zur Raserei bringen.

Anneliese schüttelte meinen Arm ab. »Dann komm halt.«

»Wenn'st ned speibst«, sagte ich und meinte damit ihre lästige Schwangerschaftsübelkeit, die schon manches unserer Treffen ziemlich abrupt beendet hatte.

»Hab ich schon«, erklärte sie routiniert. »Jetzt komm schon.«

Unschlüssig sah ich zu, wie Anneliese schwerfällig über den Gartenzaun vom alten Stangl kletterte.

»Und WAS, bitte schön, willst du mir hier zeigen?«, wollte ich wissen und verschränkte die Arme vor der Brust. »Was auch noch mit meiner Oma zu tun hat?«

»Jetzt komm schon«, sagte sie unwillig. »Doch nicht beim alten Stangl.«

Ich kletterte ihr hinterdrein, noch etwas unschlüssig darüber, was es sein könnte, das mit meiner Großmutter zusammenhing und gleichzeitig zwingend erforderte, beim alten Stangl durch den Garten zu latschen.

»Früher haben wir das auch immer gemacht. Da hat es dich nie gestört«, erklärte sie mir. »Der alte Stangl hört doch eh nix mehr. Und der Dr. Schmid ist schon längst außer Haus.«

»Dr. Schmid?«, fragte ich noch misstrauischer.

Musste ich beim Dr. Schmid auch noch durch den Garten?

Und schon kletterte ich über den nächsten Gartenzaun.

»Wie ist das eigentlich? Hat der Max dich schon g'fragt?«, wollte Anneliese von mir wissen.

»Was denn?«, stellte ich mich vorsichtshalber dumm.

»Na ja. Mit dem Heiraten.«

»Du willst nur ablenken«, unterstellte ich ihr.

»Jetzt sag schon. Das ist doch wichtig.«

Das mit dem Heiraten? Ich stapfte hinter ihr her und bekam noch schlechtere Laune. Schließlich arbeitete ich richtig fest daran, dass Max nicht auf schlechte Ideen kam. Erst vor Kurzem hatte ich ihm erklärt, dass eine Eheschließung fast damit gleichzusetzen war, dass man nie wieder Sex hatte. Von Anneliese wusste ich zumindest, dass die nur alle heilige Zeiten mit ihrem Mann »kuschelte«, und das auch nur, damit sie es wieder einmal getan hatten.

»Der Max ist doch ein Lutherischer«, sagte ich stattdessen. »Den kann ich doch schlecht heiraten. Und jetzt sag mir endlich, was du mir zeigen willst.«

»Man kann auch evangelische Männer heiraten«, behauptete Anneliese und ignorierte meine Frage.

»Lutherische haben von nix eine Ahnung«, erwiderte ich in einem klerikalen Tonfall, als würde das alles erklären. »Der weiß nicht mal, dass man nicht verhüten darf.«

Anneliese verdrehte die Augen.

»Was ich allein dadurch schon an Schuld auf mich lade.«

»Und du meinst, dass du weniger Schuld auf dich lädst, wenn du unverheiratet Sex hast und dabei verhütest?«, wollte Anneliese mit einem Grinsen wissen.

Zugegeben, in dem Punkt wies meine Argumentation gewisse Mängel auf.

»Und das Schlimme ist«, fügte ich düster hinzu, um Anneliese von dem leidigen Thema abzulenken, »wer schmurgelt wieder im Fegefeuer? Ich, obwohl er den gleichen Spaß beim unehelichen Sex mit Verhütung hat wie ich.«

»Aber du kannst dich doch nicht ewig der Hurerei hingeben«, grinste Anneliese. »Weißt du nicht, was der Prophet Ezechiel sagt?«

Natürlich wusste ich das. Immerhin hatte ich Großmutter daheim, die erklärte Expertin für Unzucht und Buhlerei im alltäglichen Leben.

»Das soll dir angetan werden, um deiner Hurerei willen, die du mit den Heiden getrieben«, wisperte Anneliese.

»Aber ein Lutherischer ist doch kein richtiger Heide«, wandte ich ein. »Und selbst wenn ich ihn heirate, bleibt er ein Lutherischer. Man weiß ja nicht einmal, ob man dann in echt verheiratet ist.«

Vorsichtig drehte ich mich um und sah zum Haus von Dr. Schmid. Dr. Schmid war unser Tierarzt, und der war wirklich viel unterwegs. Außerdem war er ausgesprochen nett, hatte aber eine unglaublich ätzende Ehefrau, die in der Meinung lebte, dass jede Frau unter siebzig es sich zum Ziel gesetzt hatte, ihr den Mann auszuspannen. Das würde ich natürlich nicht tun, einmal abgesehen davon, dass er schon fünfundfünfzig Jahre alt war, aber allein die ständige Angst, dass mich seine Ehefrau mit irgendwelchen Spritzen oder Messern bewaffnet verfolgen würde, war ja grauenhaft.

»Vielleicht denkt sich dann die Frau vom Schmid, wir wollen uns an ihren Mann heranschleichen«, wandte ich ein. »Ich muss jetzt echt heim.«

»Ach, Schmarrn. Wieso sollten wir denn das machen?«

»Ich brauch den noch, den Schmid. Die nächste Wurmkur für unseren Hund ist schon wieder fällig«, murrte ich.

»Der Doktor ist ein ganz ein Lieber«, behauptete Anneliese und winkte dem alten Stangl zu, der den Gruß interessiert erwiderte. Anneliese ging ungeniert aufrecht weiter durch den Garten der Schmids, und ich war mir ganz sicher, dass sie der grässlichen Schmidin genauso zuwinken und ihr erklären würde, wir müssten nur mal schnell was nachschauen und was denn ihre Meinung zur aktuellen Wetterlage sei.

»Er vielleicht schon. Aber sie«, flüsterte ich, während ich ihr hastig nachlief, aus Angst, die Schmidin könnte mir mit ein paar Spritzen zu Leibe rücken.

»Sie ist auch ganz eine Liebe«, erläuterte Anneliese. »Die war mit mir in den letzten fünf Samstagsbastlern.«

»Was ist das denn für ein Schmarrn?«, fragte ich unbedacht.

Anneliese warf mir einen bösen Blick zu. »Nicht jeder ist so unkreativ wie du«, erklärte sie mir.

»Ich würde mich schämen, wenn ich Tontopfmännchen aufstellen müsste«, gestand ich. Außerdem würde ich mich auch schämen, welche zu basteln.

Anneliese grinste. »Sie hat sogar zwei gemacht. Den Luke und die Franzi.«

Ich verdrehte die Augen. So hießen die beiden Schmids nämlich. Dr. Lukas und Franziska Schmid. Das Tontopf-Ehepaar hatte ich auch schon neben der Haustür stehen sehen. Die Tontopf-Franzi trug zwei dicke blonde Zöpfe und eine rot karierte Bluse. Und das, obwohl die echte Franzi dünne dunkle Haare hatte.

»Und, wie viele machst du?«, wollte ich wissen. »Vier? Und eine dicke Tontopffigur ist mit einem Winz-Tontopf schwanger?«

Anneliese grinste nur.

Obwohl das Haus der Schmids unbelebt wirkte, hatte ich ein richtig ungutes Gefühl. Mir war ständig danach, den Kopf einzuziehen oder auf allen vieren zwischen den Büschen zu krabbeln.

Stattdessen sagte ich: »Großmutter macht auch Tontopf-Kunst.«

»Ehrlich?« Anneliese blieb so abrupt stehen, dass ich in sie hineinlief. »Die war aber nicht bei den Samstagsbastlern.«

Das wäre ja noch schöner.

»Das macht sie schon seit Jahren. Das hängt dann alles bei uns in den Obstbäumen.« Als Lebensraum für alle Ohrenwürmer dieser Welt. Diese umgedrehten Tontöpfe hingen dort schon so lange, dass sie mit dichten grauen Flechten überzogen waren.

»Und jetzt sag mir endlich, was du mir zeigen willst. Das hat doch nie und nimmer mit der Oma zu tun.«

Anneliese stemmte genauso wie ich die Fäuste in die Hüften und sah mich wütend an. »Okay. Ich hab mich halt ned traut, ganz allein beim Joe zu ermitteln. Schließlich ist das mein allererster Fall, und ...«

Für einen Moment blieb mir die Luft weg. Ich wurde ständig ausgenützt. Ständig. Ich musste nur daran denken, wie ich mich beim letzten Mordfall zu peinlichen Privatermittlungen hatte drängen lassen, nur weil das Mordopfer mit Anneliese verwandt gewesen war! Wenn ich nicht endlich einmal anfing, anders zu reagieren, dann würde sich auch nichts verändern.

»Weißt du was«, sagte ich deshalb zornig. »Du bist echt eine blöde Kuh.«

Das hatte ich das letzte Mal im Alter von zehn Jahren gesagt, als sie die letzten Vanillekipferln gegessen und mir nur noch die Zimtsterne übrig gelassen hatte.

»Ich will doch nur ins Schlafzimmer reinschaun«, rechtfertigte sich Anneliese. »Du weißt doch, das entlarvt die meisten Leute.«

»Das Schlafzimmer?«, fragte ich ungläubig. »Das entlarvt doch nur, ob man so spießig ist und sein Bett jeden Tag macht.«

Das war jetzt wirklich gemein, weil ich nämlich wusste, dass Anneliese sogar einen extra Besenstiel hatte, um die Tagesdecke des Ehebetts glatt zu streichen.

»Pass auf, bei deinen blöden Methoden löst du ja in hundert Jahren keinen einzigen Fall!« Das war jetzt noch gemeiner, aber anders kam ich aus diesem Schlamassel auch nicht raus.

Ich hoffte, dass Joe schon längst in der Arbeit war. Wie sah das denn aus, wenn wir zwei durch den Garten robbten, um in sein Schlafzimmer zu schauen? Die Geschichte mit dem verhinderten Kriminellen nahm uns doch kein Mensch ab! Plötzlich fühlte ich mich richtig in Stimmung, meine Bewerbung in den nächsten Briefkasten zu werfen und all das hinter mir zu lassen.

»Und wie hättest du das dem Joe erklärt, wenn er sich noch im Bett wälzt?«, wollte ich wissen.

»A geh«, antwortete Anneliese routiniert. »Der muss doch schon längst arbeiten. Es ist schon fünf nach acht.«

Wer weiß, ob er das musste. Und Leute, die um fünf nach acht schon gestiefelt und gespornt draußen herumliefen, hatten entweder kleine Kinder oder litten unter seniler Bettflucht. Zwei Dinge, die man von Joe nicht behaupten konnte.

»Ich kann dir einen guten Tipp geben für deine Anfänge als Privatermittlerin. Jemand, der wie Brad Pitt aussieht, ist nicht kriminell«, verriet ich ihr. »Der hat was anderes zu tun.«

»Das hätte ich nie von dir gedacht. Dass du so gemein sein kannst. Das mit deiner Oma kannst du jetzt auch alleine herausfinden«, fauchte sie mich an und drehte sich um. Ich bezweifelte, dass es bei meiner Großmutter irgendetwas zum Herausfinden gab.

Dann wurde Anneliese schlagartig grün, weiß und rot, alles gleichzeitig, und begann sich zu übergeben.

Mein erster Gedanke war, dass Schwangersein das Schrecklichste auf der ganzen Welt sein musste und dass mir der liebe Herrgott bestimmt mein maßloses Verhüten verzieh, wenn er sah, wie schlecht es Anneliese gerade ging. Erst als sie zu gestikulieren begann und keinen Ton herausbrachte, drehte ich mich in die Richtung, in die sie zeigte. Wir standen direkt vor einem alten Schuppen, hinter dem Haus der Schmids. Die Tür stand offen, und die Dunkelheit war ein schwarzes Loch, aber ich sah nichts, was meinen Kreislauf so durcheinandergebracht hätte wie den von Anneliese. Erst auf den zweiten Blick schweifte mein Auge auf das, was man jetzt von unserer Warte aus hinter dem Schuppen sehen konnte. Ich kann nicht bezeugen, dass ich dann schlagartig grün, weiß und rot und alles gleichzeitig wurde, aber dass ich mich danach übergab, war jedenfalls sicher.

Als ich mich wieder aufrichtete, stand Anneliese neben mir und klammerte sich an meinen Arm. Ich hatte keine andere Chance, als in die Richtung zu sehen, in die auch sie sah.

»Das ist der Dr. Schmid«, sagte Anneliese mit einer Stimme, als würde sie gerade die Luft anhalten. »Was tut der da?«

Das war der endgültige Beweis, dass sich Anneliese mit ihren neuesten Plänen total verrannte. Wenn sie nicht wusste, was der Tierarzt da tat, war wirklich Hopfen und Malz verloren.

»Der ist tot«, erklärte ich ihr, nachdem ich davon inzwischen echt Ahnung hatte.

»Der liegt auf dem Komposthaufen«, merkte Anneliese an, als würde das dagegen sprechen, dass er tot war. »Und er hat nur seine Unterwäsche an.«

Feinripp. Weiß. Außerdem hatte er nicht nur Unterwäsche an, sondern auch noch schwarze Nylonsocken. Sein Unterhemd war so weit hochgeschoben und die Unterhose hinuntergeschoben, dass man seinen kompletten, haarigen Bauch sah.

»Der ist tot«, wiederholte ich mich, weil ich das mit der Unterhose vollkommen belanglos fand.

Der Komposthaufen der Schmids war kein Prachtstück wie in manch anderem Garten unseres Dorfes. Nichts Gemauertes, kein Schnellkomposter, keine sorgfältig lackierten Bretter. Anscheinend wurde hier nur alles auf einen Haufen geworfen und darauf gewartet, dass es zerfiel. Den vielen Zweigen und Ästen nach zu schließen, die übereinandergetürmt lagen, konnte das aber dauern. Deswegen war der Haufen auch so riesig.

»Er hat ein blaues Auge«, fügte Anneliese unbeirrt hinzu und riss die Augen weit auf.

»Blaues Auge« war die Untertreibung des Jahres. Dr. Schmid sah aus, als hätte er Bekanntschaft mit einem Bulldozer gemacht.

»Der ist tot«, sagte ich wie eine kaputte Schallplatte.

Anscheinend war er rückwärts auf den Haufen gefallen. Seine rechte Hand hatte sich noch in eine breiige Masse gegraben, die bestenfalls ein verfaulter Apfel war. Seinem starren Blick in den Himmel nach zu schließen war das aber nichts, was ihn jetzt noch belastete.

»Und seine Nase sieht aus, als wäre sie gebrochen. Vielleicht ist er nur gegen den Zaun gelaufen«, meinte Anneliese mit einer hoffnungsvollen Stimme, und ihr Griff an meinem Oberarm wurde fester.

»Vielleicht, bevor er gestorben ist«, vervollständigte ich ihre Überlegung.

Anneliese nahm jetzt meine Hand fest in die ihre. Im Gegensatz zu ihr war ich mir hundertprozentig sicher, dass der Tierarzt tot auf dem Komposthaufen lag. Und dass ihm vorher das Leben übel mitgespielt hatte. Auch wenn ich keine Rechtsmedizinerin war, würde ich mein Auto dafür verwetten, dass er nicht nur gegen den Zaun gelaufen war, sondern dass noch jemand anderes beteiligt gewesen sein musste, den Verletzungen nach zu schließen.

»Außerdem hat er was im Mund«, wisperte sie kaum hörbar. »Daran könnte er ersticken.«

Ich kniff die Augen energisch zu. »Anneliese«, wisperte ich. Mensch Meier.

»Aber wenn er noch nicht tot ist? Dann müssen wir Erste Hilfe leisten«, flüsterte Anneliese. »Oder ihm zumindest das Stück Stoff aus dem Mund nehmen.«

Sie legte eine bedeutsame Pause ein, während ich geradezu zwanghaft auf den Mund des toten Tierarztes blickte. Dort quoll etwas hervor, das von der Längsstreifung her dem glich, was er als Unterhose am Leibe trug.

»Das musst du machen«, erklärte sie mit ernstem Blick. »Ich bin nämlich schwanger.«

Ich knickte sofort wieder ein und reiherte zum zweiten Mal unter die Hortensie vor mir. Kein normaler Mensch konnte von mir verlangen, dass ich einer Leiche eine Unterhose aus dem Mund nehmen sollte.

In dem Moment kam Gott sei Dank die Schmidin aus dem Haus geschossen, kreischte etwas von »Spinnt's jetzt ihr alle, ihr Miserabligen, mir alles vollspeien«.

Dann hörte sie auf, mit uns zu schimpfen. Ihr Gesicht wurde weder rot noch grün, sondern schiefergrau, und sie schien nach Luft zu schnappen. Danach schrie sie so markdurchdringend und schrill, dass ich für einen Moment vergaß, wie schlecht mir war.

In gewisser Weise war es auch ein bisschen Glück, dass wir den toten Doktor gefunden hatten, bevor Anneliese ihren ursprünglichen Plan umgesetzt hatte. Denn der Schnelligkeit nach zu urteilen, mit der Joe über den Zaun flankte, war er doch noch zu Hause gewesen. Und es war echt schade, dass ich nur an meinen Magen denken konnte, denn es sieht einfach phantastisch aus, wenn jemand wie Brad Pitt über einen Zaun flankt. Außerdem sagte er nicht so blödes Zeug, wie ich es vom Schorsch gewohnt war: Ja, dann. Dann schaun mer doch mal. Oder: Jetzt amal ganz langsam von vorne.

Joe trat vorsichtig an den Leichnam, ganz offensichtlich, um Lebenszeichen zu prüfen. Als er das Handgelenk ein wenig anhob, drehte sich der komplette Dr. Schmid ein paar Zentimeter steif mit. Man sah deutlich, dass der ganze Rücken und die Beinunterseiten dunkel von den Leichenflecken waren. Neben mir atmeten Anneliese und Frau Schmid synchron ein, und ich krallte vorsichtshalber meine Hände in die Hosentaschen.

»Da brauchen wir die Spurensicherung«, sagte Joe und drehte sich ganz professionell von der Leiche weg. Wahrscheinlich, um keine Spuren zu vernichten. Vielleicht auch deswegen, weil auch ihm sonst schlecht geworden wäre.

Ich dagegen konnte meinen Blick nicht abwenden. Das ist ganz typisch für mich. Ich weiß, was passieren wird, und ich tue es trotzdem. Immer wieder. Joe tippte neben mir Telefonnummern in sein Handy und redete geschäftig hinein. Und ich reiherte ein drittes Mal unter die Büsche von der Schmidin. Ich kann auch nicht verstehen, wieso ich dann doch immer wieder hinschaue. Das ist gegen jede Vernunft.

Ein Glück, dass Joe mir den Arm um die Schulter legte und mich von der Leiche wegdrehte. Max hätte an dieser Stelle bestimmt nur angemerkt, dass es für die Spurensicherung angenehmer wäre, wenn nicht unter jedem Busch unappetitliche Dinge liegen würden.

»Alles in Ordnung?«, fragte er mich und sah mich freundlich an. Er war mir gerade so nahe, dass ich ihm tief in die Augen blicken konnte. Sie waren so dunkel, dass man kaum den Unterschied zwischen den Pupillen und der Iris entdeckte. Seine Haare ringelten sich feucht in seinem Nacken, und es roch angenehm nach einem Duschgel, das ich nicht kannte. Ich jedoch konnte nur an den starren Tierarzt denken und an die dunklen Flecken, die ich an seinen Beinunterseiten gesehen hatte. Und an seine rechte Hand, die so seltsam verkrümmt war und so schmierig-schwarz von der Komposterde.

»Bei so etwas ist jeder voll am Anschlag«, erklärte Joe mir.

Als die Schmidin neben mir »Ach, Herr Kommissar« kreischte, zuckte ich erschrocken zurück. Max sah mich ziemlich wütend an. Und das hatte nicht nur damit zu tun, dass ich schon wieder eine Leiche gefunden hatte. Sondern vermutlich mehr damit, dass mir der tolle Brad Pitt den Arm um die Schulter gelegt hatte.

Als er Max sah, ließ er mich allerdings ziemlich abrupt los.

Max grüßte nicht einmal, sondern ging direkt zur Leiche.

Moment mal, versuchte ich mein schlechtes Gewissen zu bremsen, ich hatte überhaupt gar nichts falsch gemacht. War das nicht typisch? Sich darüber zu ärgern, wie einfühlsam andere Männer waren, aber selber nichts machen. Ich hatte eben eine grässliche Leiche angeguckt. Ich hatte mich dreimal übergeben. Und Max hätte mir niemals den Arm um die Schulter gelegt und mich getröstet. Da gab es nur immer die Vorwürfe, schon wieder eine Leiche und was soll denn das. Kannst du damit nicht einfach mal aufhören? Er war da fast so schlimm wie die Rosl. Die hatte nämlich zu mir gesagt, weißt was, Lisa, wenn des so weitergeht mit deiner Leichenfinderei, dann ist ja bald des halbe Dorf tot.

Wie wahr.

Jetzt hatten wir keinen Tierarzt mehr, wo ich doch so dringend die Wurmkur für meinen Hund gebraucht hätte.

Im nächsten Moment kam wie ein Überfallkommando ein ganzer Trupp Leute in den Garten der Schmids. Sie sahen aus, als wären sie entweder im Dienste der Spurensicherung oder der Rechtsmedizin unterwegs. Im nächsten Moment tauchte Dr. Friedrich, unser Allgemeinarzt, im Eilschritt auf, als könnte er an der Tatsache, dass der Tierarzt tot war, noch etwas ändern.

»Dafür hab ich jetzt gar keine Zeit«, sagte die Schmidin tonlos neben mir. »Des glaubst doch ned. Muss des heut sein.«

Ich warf Anneliese einen Blick zu. Hatte sie gehört, was die Schmidin für eigenartiges Zeug vor sich hinredete? War das der Schock, dass ihr Mann tot herumlag? Ich beobachtete abwechselnd die Schmidin und Max, der mit einem Typen, der verpackt war wie ein wandelndes Kondom, ein paar Worte wechselte. Als die Schmidin meinen Blick bemerkte, verengte sie die Augen und sagte erst einmal gar nichts mehr.

»Und dass davon nix in der Zeitung steht«, zischte sie plötzlich reichlich aggressiv. »Hast g'hört?«

»Was?«, fragte ich blöde.

Die Schmidin blitzte mich ganz furchtbar böse an, als müsste mir klar sein, was alles nicht in die Zeitung gehörte. Dankenswerterweise rettete mich Max aus dieser Situation, indem er herüberkam und in seinem freundlichsten Tonfall zur Schmidin sagte: »Dann gehen wir doch mal ins Haus.« Und an mich gewandt: »Wir sprechen uns später.«

Damit drehten sich Max und die Schmidin von mir weg, beide mit der Gewissheit im Blick, dass ich an etwas schuld sei oder zumindest nahe dran, etwas falsch zu machen.

Wahrscheinlich lag das alles nur daran, dass Max eigentlich gerade eine Mordkommission leitete, die gar nichts mit unserem Dorf zu tun hatte, was uns beide riesig gefreut hatte. Endlich einmal eine Arbeit, die ihn nicht ständig zwang, in unserer Metzgerei ermitteln zu müssen. Oder meine Großmutter zu befragen. Und jetzt das.

»Na prima«, sagte ich zu Anneliese. »Was, bitte schön, soll ich denn nicht in der Zeitung schreiben? Dass ihr Mann tot ist, weiß doch spätestens in einer halben Stunde eh das ganze Dorf.«

Außerdem, wenn einer schuld war, dann ja wohl Anneliese, aber das interessierte mal wieder keinen.

»Dass er nur eine Unterhose anhatte«, erklärte sie mir. »Wie sieht denn das aus, wenn der Herr Doktor, du weißt schon wie, gefunden wird?«

Das war doch jetzt wirklich auch schon wurscht. Tot ist tot.

»Wie sieht das denn aus, wenn der tote Ehemann auf dem Kompost liegt? Das würde ich mal fragen«, wisperte ich zurück.

Anneliese verdrehte die Augen. »Hey, wenn du mal den Thomas tot findest, und er hat eine alte Unterhose an ...«

»Ich werde deinen Thomas nicht tot finden«, keuchte ich entsetzt. Und jetzt bitte keine Anweisungen, was ich mit der Hose zu tun hätte, sollte ich doch in die missliche Lage kommen.

»Außerdem ist das Schlimme doch nicht, dass er nur in Unterhose gekleidet ist, sondern dass er vermutlich auch noch eine im Mund stecken hat«, erklärte ich ihr die Problematik. »Kann ja sein, dass er immer in Unterhosen im Garten herumgegangen ist. Wegen irgendeiner Krankheit.«

»Was soll denn das für eine Krankheit sein?«, wollte Anneliese kopfschüttelnd wissen.

»Hämorrhoiden?«, schlug ich vor.

»A geh. Meinst du, der ist ermordet worden?«, fragte sie flüsternd.

Ich verdrehte nur die Augen.

»Vielleicht hatte er einen Herzinfarkt«, sagte sie so leise sie konnte.

»Und vorher hat er sich die Nase gebrochen, ist gegen die Tür gelaufen und hat eine Unterhose in den Mund genommen?«, fragte ich nach.

Wir schwiegen eine Weile, jede mit ihren eigenen Gedanken beschäftigt. Meine Gedanken drehten sich jetzt hauptsächlich um meine Bewerbung, die ganz dringend in einen Postkasten gehörte. Anneliese beendete die Stille mit einer Frage, die mir verdeutlichte, dass sie anscheinend auf ganz andere Dinge geachtet hatte als ich.

»Hast du gesehen, was der für eine Ausstattung hatte?«

»Darüber soll ich vermutlich nicht schreiben«, mutmaßte ich. »Und überhaupt, wieso hast du das überhaupt gesehen? War doch alles in der Unterhose.«

»Na ja.« Anneliese verdrehte die Augen. »Das hat man doch gesehen.«

Wenn ich nicht immer so prüde wäre …

»Was das für eine Beule war! Das war nicht einfach nur Nullachtfuchzehn.«

»Wir müssen darüber nicht reden«, erklärte ich bestimmt.

»Nein. Müssen wir nicht. Es wundert mich halt nur.«

»Mich nicht«, fügte ich sehr bestimmt hinzu.

»Ich mein ja nur. Wenn ich mir den Thomas anschau …«

»Ja, ja«, unterbrach ich sie hastig. Ich hasse Gespräche über Penisse.

»Ich frag mich nur, glaubst du …«

»Nein«, widersprach ich verzweifelt. »Ich hab da gar keine Meinung. Das ist total pietätlos. Ehrlich.«

Am liebsten hätte ich mir die Ohren zugehalten und laut »Tralalala« gesungen. Aber bestimmt hätte mir das irgendwer verübelt. Wenn nicht die Anneliese, dann doch die Schmidin aus Pietätsgründen.

»Oder meinst, es gibt für Männer Tangas mit Wonderbraeinlage?«, setzte Anneliese noch einen drauf, obwohl sie doch sehen musste, dass ich verdächtig nach Tralala aussah.

Nachdem wir Joe eine reichlich frei erfundene Geschichte aufgetischt hatten, in der nur die Tatsache stimmte, dass wir genau um acht Uhr fünf die Leiche gefunden hatten, bekamen wir endlich die Erlaubnis zu gehen. Joe fand es anscheinend überhaupt nicht komisch, dass wir im Garten herumstrolchten, nur weil ich eine Wurmkur für meinen Hund brauchte. Ich war heilfroh, dass der Schorsch im Krankenhaus war, weil dem, auch wenn er sonst wenig zustande bekam, sofort aufgefallen wäre, dass das eine blöde Ausrede war.

»Also dann«, sagte ich schnell, als wir das Gartentürl von den Schmids erreicht hatten. »Mach's gut. Und Servus.« Hier würde ich nämlich links gehen und Anneliese rechts.

Anneliese hielt mich jedoch zurück und sah mich beschwörend an.

»Pass auf, dass du der Stangl-Tochter nicht in die Arme läufst«, empfahl sie mir.

Die war nämlich auch ganz schön schlimm. Schon einmal, dass sie eine »Zugroaste« war, also eine, die gar nicht von hier stammte. Die Urgroßmutter kam nämlich von irgendwoher, wo man gar nicht bayerisch sprach. Das war ungefähr so, als würde man vom Mond kommen. Und ihre Mutter, Gott hab sie selig, kam vom nächsten Dorf. Das war zwar nur fünfzehn Kilometer entfernt, aber rein mental war das auch ungefähr Mondentfernung. Bis so jemand integriert war, das dauerte normalerweise zig Generationen. Allein die Sprachbarriere, die über Jahrzehnte abgebaut werden musste. Seit fünfzig Jahren wohnte sie hier im Dorf. Und noch immer wurde sie zu keinem Feuerwehrfest eingeladen. Genau wie ihre Kinder. Und vermutlich ihre Kindeskinder.

»A geh«, sagte ich nur. Schlimmer als ein Leichenfund konnte das ja gar nicht sein.

»Sie räumt gerade im Haus von ihrem Vater rum«, erklärte Anneliese. »Der soll doch ins Altersheim. Wenn du Pech hast, drückt sie dir alte Schuhspanner in den Arm und meint, sie macht dir eine Freude.«

»Schuhspanner?«, fragte ich, und ich spürte, dass mir schon wieder grauenhaft schlecht wurde. Allein vom Anblick des dunklen Leichenwagens, der vor dem Gartentürl stand. Bevor die einen Blechsarg rausholten, wollte ich lieber fort sein. Da hatte ich lieber ein paar Schuhspanner zu viel.

»Ich find's aber trotzdem total verdächtig, dass der Joe so schnell am Tatort war«, fand Anneliese. »Wir sollten das unbedingt bei unseren Ermittlungen berücksichtigen.«

»Wir dürfen nicht ermitteln«, sagte ich zum gefühlten zweimillionsten Mal.

»Dass du's immer noch nicht einsiehst! Jetzt, wo schon der Schmid tot ist! Wenn ich dir doch sag: Alle meinen, der schaut aus, dieser Joe, und man weiß doch, Leute, die so ausschauen …«

Die hatten echt Glück im Leben. Wie Brad Pitt auszusehen, war was wert. Da brauchte man gar keine Karriere als Krimineller anzustreben.

»Der war doch nur so schnell am Tatort, weil er noch zu Hause war. Nur über den Zaun hat er klettern müssen, schon war er da«, fügte ich noch hinzu. »So wie die Schmidin gekreischt hat, war das auch überhaupt kein Wunder. Da wäre jeder über den Zaun geflankt.« O.k. Für den Stangl würde ich jetzt nicht meine Hand ins Feuer legen, dass er plötzlich so ein körperliches Engagement an den Tag legen würde, aber jeder andere halbwegs gesunde Mensch.

»Das ist also überhaupt nicht verdächtig. Er kann schließlich nichts dafür, dass er direkt neben einem Tatort wohnt, oder? Außerdem ist noch gar nicht klar, ob es ein Tatort ist. Gerade hast du selbst noch gesagt, dass der Schmid genauso gut an einem Herzinfarkt gestorben sein kann.«

Man musste doch nur anschauen, was der in den letzten Jahren für eine Wampe gekriegt hatte. Da war man total herzinfarktgefährdet. O.k., gleichzeitig sah er aus, als hätte er eine wirklich brutale Prügelei hinter sich. Aber das musste ja nicht ursächlich zusammenhängen.

»Dann ist nämlich überhaupt niemand verdächtig«, suchte ich meine Argumentation abzurunden.

Anneliese schwieg und machte eine bedeutungsvolle Miene.

»Ach komm«, setzte ich verzweifelt hinzu. »Wieso sollte Joe denn den Tierarzt ermorden?«

Sie zuckte mit den Schultern. »Das müssten wir halt rausbringen.«

»Schmarrn. Rausbringen. Der ist Polizist. Der ist dafür zuständig, Morde aufzuklären, und nicht, selber welche zu begehen«, wandte ich schlecht gelaunt ein, denn ich wollte jetzt wirklich nach Hause.

»Polizist«, sagte sie, dann senkte sie die Stimme: »Du kennst diesen Joe überhaupt nicht. Keiner von uns kennt ihn«, flüsterte Anneliese mit verschwörerischer Stimme. »Hey, der kann sonst was sein.«

Deswegen wurden bei uns Fremde auch ganz schlecht in die Dorfgemeinschaft integriert. Man wusste schließlich nichts über die Eltern, die Großeltern und die Urgroßeltern von diesem Joe. Das konnten die größten Halunken sein, und man hatte überhaupt keine Ahnung. Insofern war es also durchaus im Sinne der Dorflogik, dass Anneliese ihre Zweifel hatte.

»Immerhin haben die von der Polizei ihn genommen. Sein polizeiliches Führungszeugnis muss also ganz in Ordnung sein«, wandte ich ein. »Ist doch eher wahrscheinlich, dass das die Frau vom Schmid war.«

Ehefrauen waren immer superverdächtig, wusste doch jeder.

Anneliese schüttelte empört den Kopf. »Du, die Schmidin kenn ich schon ewig.«

Ja, von den tollen Samstagsbastlern. Wer so wunderschöne Makramee-Scheiben knüpfte, der war geradezu prädestiniert dafür, andere zu erdrosseln oder zu ersticken.

»Na und? Du hast doch gesehen, dass der Doktor was im Mund hatte«, erinnerte ich sie. Vielleicht war das keine Unterhose, sondern die letzte misslungene Bastelei von der Schmidin.

Annelieses Augen verengten sich. »Du wirst schon noch sehen. Ich krieg das alles raus«, sagte sie von oben herab. »Du dagegen …«

»Ich dagegen werde mich da total raushalten«, bestätigte ich ihren Eindruck. Noch lieber wäre mir, dass auch sie sich da raushielt. Schließlich war sie trotz allem meine beste Freundin, und wenn der Mörder vom Schmid sie erwischte und sie so zurichtete wie den Tierarzt – immerhin war sie schwanger. Aber in ihrer momentanen Laune ließ sie sich ganz offensichtlich von gar nichts überzeugen.

Als ich nach Hause kam, stand vor unserem Haus der Sanka. Das Blaulicht blinkte stumm, direkt dahinter stand ein Notarztwagen, bei dem die Fahrertür offen stand, als wäre jemand in aller Eile herausgesprungen. Mir rutschte sofort das Herz in die Hose, und ich bereute, dass ich Anneliese keinen Glauben geschenkt hatte, dass mit Großmutter etwas sein könnte. Großmutter war zwar richtig fit gewesen, als ich heute früh aus dem Haus ging, aber in dem Alter konnte schließlich jederzeit etwas passieren. Ich rannte ins Haus, Tränen brannten in meinen Augen, denn ohne meine Großmutter war ich doch quasi komplett allein auf dieser riesigen, weiten Welt.

Im Haus roch es appetitlich nach Kartoffelsalat, obwohl es noch viel zu früh war, um an Mittagessen auch nur zu denken. Man schätzt das Alltägliche viel zu wenig, dachte ich, während ich zum Herd lief und die Herdplatte ausschaltete, die schon wieder auf Volldampf lief. Was für eine Bedeutung hatte es schon, dass Großmutter sich ständig in alles einmischte, immer den Herd einschaltete und vergaß, ihn auszuschalten, dass sie mitten in der Nacht durch das Haus geisterte und mir mit ihren Strahlenapparaten, Edelsteinhexereien und was auch immer den Verstand raubte.

»Oma?«, rief ich in das stille Haus.

Beim Essen zusammengebrochen. Herzinfarkt. Gehirninfarkt. Lungeninfarkt. Und ich, ab jetzt ein Waisenkind. Mein Hund lag unter dem Tisch, hob nicht einmal den Kopf, sondern klopfte nur zweimal schwach mit dem Schwanz auf den Küchenboden. Mein Hund, ab jetzt auch ein Waisenhund. Maarten, ein Waisenkind. Die Reisingerin, eine Waisennachbarin.

Großmutter kam aus dem Wohnzimmer mit ehrlicher Empörung im Gesicht.

»Musst du immer mit den dreckigen Schuhen ins Haus rein?«, fuhr sie mich an.

»Oh. Du lebst«, stellte ich schwächlich fest, dankbar für ihre ruppige Begrüßung. »Was machst du im Wohnzimmer?« Da sind wir nie, nicht einmal sonntags, um keinen Dreck reinzutragen.

Und wo war der Notarzt? Hatte sie den etwa zum Kartoffelsalatessen eingeladen?

»Ich schau zum Fenster raus. Weils grad die Reisingerin abholen.« Sie warf mir einen bedeutsamen Blick zu. »Angeblich Gallenkolik, aber ich tippe stark auf …«

»… Herzinfarkt«, hauchte ich schwach und ließ mich auf die Eckbank fallen. Irgendwie hielt ich gar nichts mehr aus. Ich musste schon heulen, wenn die Reisingerin eine Gallenkolik hatte.

»Blinddarm«, sagte Großmutter energisch. »Was hast denn, Mädl?«

»Weil du schon wieder den Herd angeschaltet gelassen hast«, log ich und fühlte mich dabei noch immer zittrig. »Irgendwann brennt uns das Haus über dem Kopf zusammen. Kannst du nicht warten, bis der Maarten mittags kommt, und dann erst kochen?«

Maarten war der ehemalige Praktikant von Max. Nach dem letzten Fall hatte er seine Karriere bei der Polizei aufgegeben und beschlossen, Altenpfleger zu werden. Mittags kam er immer noch zu uns nach Hause, weil sich Großmutter kulinarisch für ihn voll engagierte. Außerdem würde ich ihm Gold und Edelsteine anbieten, nur dass er sich weiter bekochen ließ, denn als Großmuttersitter war er einfach unschlagbar. Sie nahm ihre Medikamente und trank den Ostfriesentee, sein Heimatgetränk, den er ihr hartnäckig kochte. Außerdem gab es kein angebranntes Essen mehr, weil der Maarten immer rechtzeitig den Herd wieder ausschaltete.

»So ein Schmarrn«, behauptete Großmutter. »Dass er recht lang warten muss. Schuld an der ganzen Misere ist nur, weil's bei uns zugeht wie am Stachus. Erst des mit der Reisingerin, die hat bei mir ang'rufen, dass ich rüberkomm. Und wie dann der Notarzt da war, ist mir noch die Rosl dazwischen. Mit ihrem dummen Gerede.«

Ich seufzte und zog mir die Schuhe aus. Hauptsache, Großmutter lebte noch. Da war ein bisschen dummes Gerede echt ein Klacks.

»Die hat g'sagt, du hättest schon wieder a Leich g'funden.«

Na prima. Die Rosl sollte bei der Zeitung arbeiten, die wusste sowieso alles viel früher als der Kare und ich zusammen. Großmutter schob mich vom Herd weg und schaltete auf volle Pulle.

»Der Maarten kommt zum Essen, des muss fertig sein, dass der Bub was Warmes in den Bauch kriegt.«

Ich verdrehte die Augen. Dass ihre einzige Enkeltochter was in den Magen bekam, war ihr offensichtlich total schnurps. Mir inzwischen eigentlich auch. Nach einem Leichenfund und dem Sanka vor dem Haus hatte man seine Prioritäten woanders.

»Ich hab der Rosl gleich gesagt, dass ich keine Zeit hab, mir den ganzen Schmarrn anzuhören.«

Es klingelte sehr energisch an der Haustür, sodass ich darauf Gott sei Dank nicht antworten musste.

Als ich die Tür öffnete, stand Max davor. Er lehnte mit der Schulter am Türrahmen und schien nicht reinkommen zu wollen.

»Na«, sagte ich, obwohl mir fast ein »Oje« entwischt wäre. »Das ging ja schnell.«

Mit der Befragung von der Schmidin. Er sah mich mit gerunzelter Stirn an. Von Max muss man wissen, dass er elend gut aussieht, wenn er so im Türrahmen lehnt und einen finsteren Blick draufhat. Er wirkt dann immer so, als wäre ihm gerade erst aufgefallen, dass ich wahnsinnig gut aussehe. Und als würde er sich fieberhaft überlegen, wie er es schaffen könnte, mich in sein Bett zu zerren. Er hat da immer so etwas furchtbar Männliches an sich, das mich schwach werden lässt. Auch heute noch.

»Latte? Cappuccino? Espresso?«, leierte ich herunter, weil ich wusste, dass demnächst Großmutter hinter mir auftauchen würde und ein feuriger Kuss nichts für meine Großmutter war. Außerdem würde mich nach den ganzen Vorkommnissen des Vormittags auch der schwächlichste Kuss umwerfen. »Selbstgemachte Zwetschgenmarmelade?«

Okay, vielleicht sollte meine Menüauswahl auch nur von der

drohenden Diskussion über Joe und die Leiche ablenken. Max schwieg mich weiter an. Sehr sexy und sehr besitzergreifend. Leider waren diese Blicke auch immer ein Zeichen dafür, dass er wütend auf mich war. Oder extrem eifersüchtig.

»Na?«, hakte ich nach.

»Was hast du eigentlich im Garten von Schmids verloren?«, fragte er schließlich, ohne sich von der Stelle zu rühren. Mein Wunsch, sofort mit ihm durchzubrennen, sank auf null. Immerhin hatte er mich noch nicht auf Joe angesprochen.

»Ja, komm nur rein«, trompetete Großmutter hinter mir und strahlte ihn an. »Stell dir des amal vor. Die Rosl hat behauptet, die Lisa hätt schon wieder a Leich g'funden. Aber ich hab gleich g'sagt, red doch keinen Schmarrn, hab ich g'sagt. Die Lisa hat doch was anderes zu tun, als ständig Leichen zu finden.«

Ja. Ich müsste mir schon längst in der Redaktion die Ungeheuerlichkeiten meines Kollegen Kare anhören, der noch immer nicht begriffen hatte, dass ich mittlerweile eine richtige Journalistin war und nicht die Frau, die Leberkässemmeln organisierte. Stattdessen fand ich Leichen und rettete unser Haus vor dem Abbrennen.

»Wer soll denn des sein, den sie da gefunden hat, hab ich sie g'fragt, und sie hat gesagt, mei, irgendein Nackerter. Und ich hab g'sagt, weißt was, solche Sauereien will i gar ned hören. Die Lisa, die ist ein anständiges Mädl, die findet keine Nackerten.«

Sie sah von mir zu Max, und jetzt traten gewisse Zweifel in ihrem Mienenspiel auf.

»Und ausgerechnet der alte Stangl soll's g'wesen sein, hat jedenfalls die Mare g'sagt«, sagte sie. »Aber wieso sollt der alte Stangl nackert im Garten liegen?«

Echt, die Mare, überall die Gerüchte verbreiten, aber von nix eine Ahnung.

»Die Mare war auch da?«, fragte ich resigniert.

»Na ja. Die ist da grad mit der Kreiterin vorbeigekommen. Und auf dem Misthaufen soll er gelegen haben.«

»Der alte Stangl ist nicht tot«, sagte ich ausweichend, aber Großmutters Blick verlangte nach mehr.

»Der Dr. Schmid war's«, gab ich auf, da mich Max bestimmt demnächst verpetzen würde.

»Der Dr. Schmid?«, fragte Großmutter ungläubig und runzelte die Stirn. Sie sah ein bisschen danach aus, als würde sie denken: »Aber dass du mir fei keine Leiche anlangst.«

»Ich hab's doch gleich g'wusst, dass die Rosl einen Schmarrn verzählt.«

»Und was war jetzt der Grund, dass du dort im Garten herumgekrochen bist?« Max war wieder der gute Polizist, der nie eine Frage vergaß.

»Das wüsste ich auch gerne«, pflichtete Großmutter bei. Ich drehte mich wütend zu ihr um. Das war mal wieder typisch. Anstatt zu sagen, klar, das macht man bei uns so, fiel sie mir in den Rücken.

»Weil, wenn der Schmid beim Komposthaufen gelegen hat, dann kannst du den von vorne gar nicht gesehen haben«, fügte sie hinzu. »Weil die nämlich die alte Schupf da neben dem Haus haben, und den ganzen Kompost, den werfen's einfach dahinter. Damit man's ned von der Straße aus sieht.«

Wie wahr.

Ich ging mit einem gespielt genervten Seufzer in die Küche. In Wirklichkeit suchte ich fieberhaft nach einer Ausrede. Und einer vernünftigen Erklärung unserer Anwesenheit im Garten, bei der die Worte Joe und Schlafzimmer nicht in einem direkten Zusammenhang standen.

Vielleicht sollte ich Max daran erinnern, dass er mich doch sonst auch nicht befragte. Das machte er grundsätzlich nicht, seit meiner zweiten Leiche schon. Da war dann immer der Schorsch dran. Aber der lag ja mit seinem komplizierten Bruch im Krankenhaus. Und meine Befragung Joe zu überlassen, schien für Max keine Alternative zu sein. Wobei ich auch Joe den wahren Grund für unsere Anwesenheit in Schmids Garten schwer hätte erzählen können.

»Einen Kaffee, Max?«, fragte Großmutter zuvorkommend in die angestrengte Stille hinein. Und Max antwortete wohlerzogen: »Aber gerne, Anna.«

Und zu mir sagte er nur: »Und?«, während Großmutter unsere gelbe Melitta-Kanne herausholte und nach den Filtertüten kramte.

»Also. Die Sache ist die«, fing ich verzweifelt an. Der Joe. Der Joe und sein Schlafzimmer. Die Sache.

»Die Stanglin«, setzte ich hinzu, weil ich unmöglich auf Joe zu sprechen kommen und nicht so wirken wollte, als würde ich krampfhaft nach einer Erklärung suchen.

Oioioi. Wie ich jetzt von der Stanglin zu Schmids Garten kam, hätte mich auch interessiert. Ich drehte mich um und sah in die erstaunten Augen von Max und Großmutter.

Die Stanglin.

»Die wollte mir mehrere Schuhspanner schenken. Hat Anneliese gesagt.« Das war jetzt nicht einmal richtig gelogen. »Weil sie bei ihrem Papa ausräumt«, verteidigte ich mich. »Und die Anneliese hat gesagt, die hat so viele Schuhspanner, das glaubst gar nicht. Besser, wir gehen durch den Garten von Schmids.«

Nach dieser Verteidigungsrede sah ich bestimmt nach »Puh« aus. Großmutter schüttelte den Kopf und schnalzte mit der Zunge. Das sollte vermutlich heißen, dass nur wegen der g'spinnerten Stanglin ihre liebe Lisa schon wieder eine Leiche gefunden hatte. Max hingegen sah mich mit einem glühenden Blick an.

»Und das hat nichts mit Joe zu tun?«

Oje. Max war echt auf Zack. Anscheinend hatte er heute Vormittag herausgefunden, wo Joe wohnte. Und gerade war er wirklich tierisch eifersüchtig, wie es aussah. Mein Mund verzog sich von selbst zu einem breiten Grinsen.

»Aber Max«, antwortete ich und genoss den glutvollen Blick. »Wieso sollte ich mich mit Anneliese an Joe heranschleichen?«

Seinem Blick nach zu schließen, waren ihm schon eine ganze Reihe von Gründen eingefallen, die allerdings alle nichts mit Anneliese und ihrem neuen Berufswunsch zu tun hatten.

Für den Moment war ich damit aber ganz zufrieden. Irgendwie kam es mir zwar noch immer so vor, als würde über mir ein Schild mit der Aufschrift »Ich wollte Joes Bett sehen« blinken, aber Max' Interesse schien geringer zu werden. Großmutter schnalzte schon wieder mit der Zunge.

»Was macht's ihr auch für einen Schmarrn. Da muss die Kaffeemaschine entkalkt werden, und du schleichst dich beim Tierarzt im Garten rum.«

»Besser, als mit hundert Schuhspannern nach Hause zu kommen«, behauptete ich.

»A geh. Die wird jetzt hundert Schuhspanner daheim haben«, widersprach Großmutter und schaufelte großzügig Kaffeepulver in den Filter.

Max sagte gar nichts. Er sah so aus, als müsste er mich dringend packen und ins nächste Bett ziehen. Mich überlief ein erotischer Schauder.

»Was weiß ich«, antwortete er schließlich auf meine rhetorische Frage, weshalb ich mich an Joe anschleichen sollte, aber sein Blick blieb immer noch sehr sexuell.

»Ja. Da kann ich dir leider auch nicht helfen«, antwortete ich freundlich. »Ist ja auch egal.«

»Was ist egal?«, bohrte er misstrauisch nach.

»Na ja. Aus welchem Grund ich mit Anneliese zu Joe hätte schleichen sollen. Ich kann jedenfalls bezeugen, dass Anneliese niemanden umgebracht hat. Und Anneliese kann bestimmt auch bezeugen, dass ich es nicht war.«

Ich machte eine Pause.

»Für den Joe kann ich allerdings keine Aussagen machen«, fügte ich entschuldigend hinzu. »Aber er hat ziemlich komisch geschaut, als er den Dr. Schmid gesehen hat.«

Großmutter sah mich neugierig an. »Wie hat er denn geschaut?«

Ich beugte mich vertraulich nach vorne. »Na ja, erst grün. Dann weiß. Dann rot. Wie die italienische Flagge.«

Endlich war Max wieder normal und seufzte. »Dann ist ja wenigstens das schon einmal geklärt.«

Großmutter brühte den Kaffee auf, und Max nutzte die Gelegenheit, um mich kurz in seine Arme zu schließen und mir einen sehr hungrigen Kuss zu geben.

»Und dann verrätst du mir noch, was ich machen muss, damit du dich von diesen Ermittlungen fernhältst«, raunte er mir heiser ins Ohr.

Eigentlich hätte ich genau jetzt ernsthaft klarmachen sollen, dass ich dieses Mal wirklich und ganz ehrlich keinerlei Interesse hatte, mich an irgendetwas zu beteiligen.

»Hm. Lass mich überlegen«, kicherte ich leise, und er zwickte mich in den Hintern.

»Überleg nicht zu lange«, empfahl er mir, und sein Gesichtsausdruck war noch immer etwas zwischen Begehren und Eifersucht. »Ich will nicht, dass du irgendetwas in dieser Sache unternimmst.« Er kniff die Augen ein wenig zusammen. »Auch nicht mit Joe zusammen.«

»Joe«, sagte ich mit meiner harmlosesten Stimme. »Ich habe auch Schorsch nie geholfen. Wieso sollte ich plötzlich bei Joe damit anfangen?«

Wieder sah Max so aus, als würden ihm gleich mehrere Gründe einfallen.

Dann hatte ich richtig Glück, denn Max' Handy klingelte, und gleichzeitig trat Maarten durch die Küchentür, während sein Pflegehund ungestüm in die Küche rumpelte und mich aus dieser Diskussion befreite. Dass Maarten schon in aller Früh Großmutter betreute, fand ich ganz phantastisch. Da nahm ich gerne in Kauf, dass sich die beiden Hunde unter dem Küchentisch verbissen. Ich schnappte mir meinen Laptop und machte, dass ich aus der Küche kam.

Kapitel 2

Vermutlich aus Pietätsgründen wurde der Vormittag immer kühler und grauer, und es begann zu nieseln. Ich saß mit dem Laptop auf dem Bett in meinem Zimmer und dachte an die armen Leute von der Spurensicherung, die jetzt draußen in der Kälte waren und auf Teufel komm heraus Spuren sichern mussten. Unten in der Küche hörte ich Großmutter und Maarten hantieren, und ich zog in Erwägung, Maarten total auszunützen und ihm auch noch meinen Hund aufs Auge zu drücken. Es war nämlich bei dem Wetter kein Spaß, mit dem Hund um die Ecke zu ziehen und darauf zu warten, dass er endlich etwas produzierte, das ich in ein Plastikbeutelchen stecken konnte.

Als endlich mein Schreibfluss einsetzte, fing mein Handy an zu klingeln. Ich sah Annelieses Nummer und beschloss, so zu tun, als würde ich das Handy gerade nicht finden. Noch störender als das penetrante Klingeln war für meinen Schreibfluss aber Großmutter, die immer wieder auftauchte, um mir mitzuteilen, was ich machen sollte, »wenn mit ihr amal was wär«. Das mit der Reisingerin schien sie wirklich mitzunehmen, vor allen Dingen, weil ich dann großmutterseelenallein auf dieser Welt wäre, wo doch jedermann wusste, dass ich keine anständige Panade ans Schnitzel bekam.

Als mittags auch noch mein Hund zu mosern anfing, gab ich auf und ging hinaus in den regnerischen Tag. Nachdem ich mich schon den ganzen Vormittag geweigert hatte, ans Telefon zu gehen, ignorierte ich mein Handy auch weiterhin und somit einen Anruf von Max. Ich konnte mir wahnsinnig gut vorstellen, was er mir mitzuteilen hatte. Neben der Sache mit Joe vermutlich, dass er von seinem neuesten Fall abgezogen worden war, nur weil ich schon wieder eine Leiche gefunden hatte. Dass er in diesem anderen Fall eine zwanzigköpfige Mordkommission geleitet hätte, wo man so richtig toll anderen Leuten Aufgaben aufs Auge drücken konnte, gute Anregungen von allen Seiten bekam und ständig superwichtige Meetings hatte mit superwichtigem Ausgang. Stattdessen musste er jetzt mit einem Polizisten, der dazu noch vermutlich hinter seiner Freundin her war, sozusagen im Alleingang den Fall lösen.

Auf den Anruf von Max folgte einer von Anneliese, den ich ebenfalls nicht annahm. Dann war es wieder die Nummer von Max. Und danach zweimal die Nummer von Anneliese. Schließlich kam ein Anruf von einem unbekannten Handy. Hier siegte meine Neugier, und während ich noch immer trostlos hinter meinem Hund herstapfte, hörte ich Annelieses Stimme am anderen Ende der Leitung. Diese linke Socke hatte bestimmt das Handy ihres Mannes genommen.

»Da kannst jetzt sagen, was du willst«, eröffnete mir Anneliese und ignorierte die Tatsache, dass ich sehr wohl ans Handy ging, wenn es nicht ihre eigene Nummer anzeigte. »Aber in diesem Fall müssen wir ermitteln.«

»Wieso?«, fragte ich mürrisch. »Hast du herausbekommen, dass du mit dem Dr. Schmid verwandt bist?«

Das war nämlich ihre Begründung gewesen, wieso sie bei dem letzten Mordfall unbedingt mit mir hatte ermitteln müssen.

Eine Weile herrschte eisige Stille am anderen Ende der Leitung, dann fuhr sie fort, als hätte ich nichts gesagt: »Also. Pass auf. Die Schmidin geht im Ort rum und erzählt, dass DU den Schmid umgebracht hast.«

Ich sagte gar nichts. Das war ich nämlich gewöhnt. Ich fand eine Leiche, und schwuppsdiwupps war ich verdächtig. Nicht nur bei den Ehefrauen der Mordopfer, eigentlich auch bei allen Rosenkranztanten und Kunden der örtlichen Metzgerei. Insofern hatte ich mit nichts anderem gerechnet.

»Das macht nichts«, behauptete ich. »Der Max nimmt das nicht ernst.«

Spätestens bei der zweiten, dritten Leiche hatte er nicht mehr so richtig daran geglaubt, dass ich die Mörderin sein könnte.

»Aber wie stehst du dann da?«, wollte Anneliese wissen.

»Sonst noch was?«, fragte ich übel gelaunt.

»Jemanden umbringen ist die eine Sache«, erklärte sie mir verschwörerisch. »Aber sie sagt doch, dass du die heimliche Geliebte von ihrem Mann gewesen bist. Und weil er mit ihr nicht Schluss machen wollte, hast du ihn umgebracht.« Sie legte eine dramatische Pause ein. »Und dann wird das alles herumerzählt. Also, mir wäre das wirklich peinlich.«

»Kein normaler Mensch glaubt, dass ich so etwas mache«, erinnerte ich sie. Ich war mir hundertprozentig sicher, dass sie das nur erzählte, damit ich ihr bei ihren bescheuerten Ermittlungen half.

»Du musst doch zugeben, dass der Joe total verdächtig ist«, wechselte sie das Thema.

»Verdächtiger fand ich, was der Schmid für Unterarme hatte«, erläuterte ich ihr.

»Unterarme?«, wollte sie wissen.

»Einstichstellen«, erklärte ich ihr. »Hast du das nicht gesehen?«

»Na und? Das weiß doch eh jeder.«

»Ich nicht«, erklärte ich ihr. »Was weiß denn jeder?«

»Der hat sich doch alles selber gespritzt, sogar Medikamente, die nur für die Viecha waren. Vielleicht ist er ja daran gestorben.«

»Schmarrn«, sagte ich. »Und vorher ist er noch zehnmal gegen die Wohnzimmertür gerannt, bevor er in Unterwäsche in den Garten gelaufen und dann auf dem Komposthaufen zusammengebrochen ist?«

»Was weiß ich, was passiert, wenn man die falsche Dosierung nimmt.«

»Man bricht sich die Nase«, schlug ich ironisch vor. »Manno, Anneliese!«

Wütend schwieg sie kurz. »Meine Mama hat gesagt, dass ihr die Schmidin erzählt hätt, dass es ihm ganz schlecht geht. Dass so eine chronische Krankheit ganz schlimm sei und dass jeder froh sein könnt um jeden Schnupfen, den man hat, weil das vergeht wenigstens.«

Ich verdrehte die Augen.

»Ja, wenn kein Medikament mehr hilft, dann würd'st du auch schaun«, erklärte mir Anneliese unwillig. »Da hat er eben alles, was er kriegt hat, ausprobiert.«

»Genau«, nickte ich wissend. »Auch mit dem Kopf gegen die Wand hauen, oder wie?«

Die Stille am anderen Ende des Telefons klang nicht gut.

»Ist ja auch egal«, sagte sie schließlich. »Der Dr. Schmid hat immer am Donnerstagabend mit dem Kreiter, dem Metzger und dem Schmalzl zusammen Schafkopf gespielt.«

Ich seufzte.

»Donnerstagabend«, sagte Anneliese beschwörend. »Was sagt dir das?«

»Da müssen sie sich jetzt wohl einen neuen vierten Mann suchen«, antwortete ich. »Und wenn du denkst, dass ich mich anbiete, dann hast du dich geschnitten.«

»A geh, Lisa. Du stehst ja wohl echt auf der Leitung. Und da treffen sie sich sicher beim Schmalzl, und ihre Frauen sind auch mit dabei. Was man da alles erfahren kann.«

Ich schwieg eine Weile.

»Hast du's jetzt kapiert?«

»Dass du zum Schmalzl gehst?«, fragte ich nach.

»Ich kann nicht«, erklärte Anneliese. »Der Thomas ist diese Woche weg, und die Kinder allein zu Hause lassen kommt nicht infrage. Aber du. Du hast doch keine Kinder.«

Ja. Aus gutem Grund. Aber dass ich mir deswegen die Beschattungsaufträge von der Anneliese rüberschieben ließ, war noch lange nicht gesagt.

»Pass auf, Anneliese. Das mit deiner Ermittlerei ist der totale Schmarrn. Und wenn du das schon machen willst, dann gefälligst allein. Oder mit deinem Mann. Oder nimm deine Mama mit.«

Am anderen Ende der Leitung schwieg es für einen längeren Moment beleidigt. Meine Haare wurden immer nässer, die Tropfen rannen in meinen T-Shirt-Kragen, und der blöde Hund hatte noch immer keinen Platz gefunden, wo er etwas für mein Säckchen hinterlegen konnte.

»Weißt du, was dein Problem ist?«, sagte sie schließlich bissig.

»Ja, klar«, unterbrach ich sie. »Ich bräuchte eine Wurmkur für meinen Hund. Und der Dr. Schmid ist ermordet worden.«

»Dein Problem ist doch, dass du meinst, sobald man ein Kind hat, verliert man den Verstand, oder so ähnlich. Du nimmst mich gar nicht als vollwertige Partnerin wahr!«

»Weil du nicht meine Partnerin BIST«, korrigierte ich sie. »Ich bin keine Privatdetektivin. Du bist keine Privatdetektivin. Das ist auch kein Beruf, für keinen von uns.«

Ich kam mir schlecht und gemein vor.

»Du wirst schon noch sehen«, erklärte sie sehr bestimmt. »Ich bin doch kein dummes Hascherl, mit dem man alles machen kann. Die blöde Anneliese, die den ganzen Tag nur zu Hause sitzt und nichts zustande bringt.«

Das hatte ich zwar nie behauptet, aber ich hielt lieber die Klappe.

»Ich muss jetzt weiter«, sagte ich schließlich. »Es gibt doch tausend andere Möglichkeiten, sich selbst zu verwirklichen. Privatdetektiv ist nur eine von Abermillionen von Möglichkeiten.« Von denen mir leider im Moment gar keine einfiel, die ich ihr spontan hätte vorschlagen können.

»Genau. Wie Tontopfmännchen basteln«, sagte Anneliese bissig. Dann legte sie auf.

Ich hatte das Gefühl, dass ich mich jetzt mit Anneliese richtig zerstritten und mein Hund Verstopfung hatte. Da wunderte es mich nicht, dass ich als Nächstes auf einen grimmigen Max stieß, der es wohl aufgegeben hatte, mich telefonisch zu erreichen.

»Lisa«, sagte er mit einer Stimme, die ich als genervt bezeichnen würde.

»Max«, erwiderte ich und fragte mich, was ich jetzt schon wieder falsch gemacht hatte. Sogar mit Anneliese hatte ich mich zerstritten, nur um nicht ermitteln zu müssen. Mehr konnte man von mir nun wirklich nicht verlangen. Müsste er jetzt nicht bei denen von der Spurensicherung Händchen halten? Oder die Schmidin mit Fragen löchern?

Er starrte mir angestrengt in die Augen, anscheinend musste er mir etwas sagen, jetzt und gleich, auch wenn wir beide dabei pitschnass werden, eine Lungenentzündung bekommen und demnächst das Zeitliche segnen würden.

»Lisa. Ich wollte dich etwas fragen. Schon vor längerer Zeit«, erklärte er, und seine Stimme klang jetzt so angestrengt wie sein Blick.

Die Wassertropfen rieselten uns über das Gesicht, und während er mit den Worten rang, merkte ich, so tief in mir drin, dass ich ihn wirklich liebte. Nicht nur, weil er gut aussah mit seinen strahlend blauen Augen und den dunklen Haaren. Auch nicht wegen der breiten Schultern und dem gestählten Körper. Ich mochte alles an ihm, auch wenn er gelegentlich spöttisch eine Augenbraue hob. Auch wenn er oft aussah, als würde er sich denken, Lisa, du spinnst. Und auch wenn wir zusammen im Bett lagen und keinen spektakulären Sex hatten, sondern nur eng umschlungen an die Decke starrten und Quatsch redeten wie »Bringst du mir eine Leberkässemmel mit?«.

Auch wenn mir ein Joe zuzwinkerte, auch wenn Max mir ständig das Ermitteln verbot, mich nie mitspielen ließ und sauer war, wenn ich schon wieder neben einer Leiche stand. Und da er noch immer mit den Worten rang, wurde mir so richtig bewusst, was ich verlieren würde. Wenn er sich jetzt von mir trennte wegen dieser leidigen Leichensache, so war das irgendwie total verständlich. Das ging doch bestimmt jedem Mann irgendwann auf den Geist.

Aber ich liebe dich doch, hätte ich gerne gesagt. Trotz der

Leichen. Das mach ich doch nicht absichtlich. Also, bewusst absichtlich. Und der Joe, ehrlich, der sah zwar super aus, aber Max sah auch super aus. Auf eine andere Art und Weise, aber das machte ja nichts.

Inzwischen war das Wasser auch in meinen Schuhen angekommen, und ich spürte das Jucken in der Nase, das ich immer kurz vor einem deftigen Schnupfen bekam.

»Lisa, ich weiß, das kommt jetzt irgendwie überraschend. Ich habe auch die ganze Nacht …« Sein Blick sah jetzt mehr wie »Scheiße« aus, dann nahm er meine Hand in die seine. »Okay. Lisa, ich weiß, du weigerst dich immer, meine Familie kennenzulernen.«

Er trennte sich von mir, weil ich seine Familie nicht kennenlernen wollte. Na prima. Das mit den Leichen konnte ich ja noch nachvollziehen, aber das mit seiner Familie war jetzt wirklich nicht fair.

»Aber irgendwann … Ja. Also, ich habe das Gefühl …«

Max stotterte nie herum. Er wusste immer, was er wann sagen musste und konnte. Wenn jemand Blödsinn redete, dann ich.

»Das können wir doch auch im Trockenen besprechen«, sagte ich und entzog ihm meine Hand.

»Findest du, dass wir heiraten sollten?«, fragte er gleichzeitig.

Wir starrten uns an, jeder auf seine Art verzweifelt. Heiraten? Nachdem ich mir gerade mehrere Antworten für den Fall zurechtgelegt hatte, dass er sich von mir trennen wollte, war ich entsprechend sprachlos. Dabei hatte ich mich noch gar nicht darauf festgelegt, was ich genau antworten wollte. Es war alles dabei, von »Blödes Arschloch« über »Hast du eine Jüngere?« bis »Wie kannst du das nur tun, so aus heiterem Himmel!«.

Nichts davon konnte ich jetzt einbringen. Wie die Wassertropfen in meine Kleidung sickerte die Erkenntnis in mein Gehirn, dass er mich nicht verlassen wollte.

Das war ein Heiratsantrag gewesen. Unter etwas ungewöhnlichen und ziemlich widrigen Umständen, aber dennoch ein Heiratsantrag. Aber war das wirklich ein Heiratsantrag gewesen?

Hatte er nicht »Findest du?« gesagt?

Formulierte man das nicht anders, wenn man wirklich heiraten wollte? Machte man Heiratsanträge nicht unter anderen Umständen, also bei Kerzenschein und einem guten Essen? Oder wenigstens im Trockenen? Und wieso hatte er diesen speziell verzweifelten Blick – weil es regnete? Weil er wollte, dass ich Nein sagte?

Wir starrten uns noch immer an.

Vermutlich wollte er mich gar nicht heiraten. Er sagte das jetzt nur, weil er den Eindruck hatte, dass ich mich von Joe umgarnen ließ. Oder seine Familie setzte ihn unter Druck, vielleicht tickte seine biologische Uhr. Oder noch schlimmer, er dachte, dass meine biologische Uhr tickte.

»Man muss nicht heiraten«, antwortete ich und hatte wahrscheinlich den gleichen verzweifelten Blick wie er. Da er die Stirn runzelte, fügte ich hinzu: »Also, nicht unbedingt.« Meine biologische Uhr tickte nämlich gar nicht. Jedenfalls nicht merklich.

Als ich seinen Gesichtsausdruck sah, überkam mich das schlechte Gewissen. Mist. Das war jetzt eine total blöde Antwort.

Der Regen hörte auf, ein winziger Sonnenstrahl quälte sich durch die Wolkendecke, und ich hatte das Gefühl, auch etwas Sonniges ergänzen zu müssen.

»Also, wenn ich jemals heirate, dann nur dich«, setzte ich hinzu, atemlos, unschlüssig, verzweifelt.

Die Zeit tickte weiter, und ich hatte den Eindruck, dass wir gerade aneinander vorbeiredeten. Mein Hund setzte sich neben mich und begann sich in einer ganz grässlich verdrehten Körperhaltung zu kratzen, dabei rasselte sein Halsband im Takt mit.

Außerdem, ich konnte gar nicht heiraten. Wie sollte das denn funktionieren, würde Max dann bei uns einziehen? Eine grässliche Vorstellung. Max, Großmutter und ich unter einem Dach. Das konnte nicht gut gehen. Bei Max einziehen, das wäre natürlich super, allein schon deshalb, weil er so ein breites Bett hatte und die ganzen schönen alten Möbel von seiner Familie. Aber was machte ich dann mit Großmutter? Und mit den ganzen Möbeln von Großmutter, die auf gar keinen Fall weggeworfen werden durften. Das war ein Ding der Unmöglichkeit! Höchstens, ich bekam Maarten dazu, dass er für immer und ewig bei Großmutter einziehen würde.

Das Klingeln von Max' Handy rettete mich aus meinen Überlegungen.

Als ich weiterging, hatte ich das Gefühl, heute schon zweimal versagt zu haben, und übte schon einmal an einer Rede für Max, in der, wenn möglich, die Worte Heiratsantrag und Hochzeit nicht vorkamen und die trotzdem voller Zuneigung und Liebe war.

Bevor ich einen gedanklichen Durchbruch hatte, bog ich in unsere Straße ein und sah schon von Weitem Joe an unserem Gartenzaun lehnen. Was für ein Glück, dass Max schon vorher abgezogen war, das hätte jetzt ganz blöd ausgesehen. Als hätte ich Joe hierher bestellt oder so. Aus der Entfernung sah er mit seinen nassen, dunklen Haaren weniger wie Brad Pitt und mehr wie Orlando Bloom aus. Ein Lächeln huschte über sein Gesicht, als er mich erkannte.

»Hi«, sagte er und verschränkte lässig die Arme vor der Brust. Es sieht toll aus, wenn Orlando Bloom mit lässig gekreuzten Beinen und verschränkten Armen am eigenen Gartenzaun lehnt.

»Hi, Joe«, sagte ich und konnte ein Lächeln nicht unterdrücken. »Und, was steht an?«

Joe zog eine schuldbewusste Miene, als hätte ich ihn ertappt, dann lächelte er wieder. »Ich bin gerade dabei, das Umfeld von Dr. Schmid zu recherchieren.«

Dabei dachte er als Erstes an mich.

»Ich hole mir immer die Wurmkur bei ihm«, sagte ich. »Für meinen Hund«, setzte ich erklärend hinzu, nicht, dass er auf falsche Gedanken kam.

Er grinste, dann wurde er wieder ernst. »Die Leute im Dorf …«

»… reden nicht mit dir«, vervollständigte ich den Satz und verdrehte die Augen.

Nein. Nein. Und nochmals nein. Ich würde auf gar keinen Fall als Dolmetscher, als Vermittler oder als eigenständiger Ermittler auftreten.

»Ich darf nicht. Ehrlich. Mein letztes Wort. Ich darf nicht mitspielen.«

Sein Blick sah nach »wenigstens ein bisschen« aus.

»Ich kann dir nur sagen, was ich persönlich über ihn weiß. Und das ist nicht viel.«

»Ich könnte dich auf eine Leberkässemmel einladen«, schlug er mit seinem niedlichen Lächeln vor.

»Das führt mich jetzt echt in Versuchung«, gab ich zu. »Aber ich weiß, wo das endet.«

Er hob erstaunt eine Augenbraue, und ich wurde schlagartig rot. »Also. Na ja«, sagte ich und versuchte nicht daran zu denken, dass ich bestimmt ein tomatenrotes Gesicht hatte. »Ich meinte damit, normalerweise endet das damit, dass ich von dem Mörder niedergeschlagen werde. Oder fast ermordet.« Ich lächelte entschuldigend. »Und das ist mir jetzt grad echt zu viel.«

Wir sahen uns eine Weile an, und ich musste daran denken, was mir Anneliese über Joe erzählt hatte. Dass er allen irrsinnig verdächtig vorkam und vermutlich ein Serientäter war, der sich ein neues Betätigungsfeld suchte.

»Da solltest du dran arbeiten«, sagte er schließlich und lächelte wieder. »Mit Selbstverteidigungstechniken kriegt man das alles in den Griff.«

»So«, sagte ich unschlüssig und unterdrückte das Niesen, das ich schon wieder in der Nase hatte.

»Beim Durchschnittsmörder jedenfalls«, schränkte er seine Aussage ein. »Ich könnte dir da einige Abwehrgriffe zeigen – damit kannst du dich aus jedem Schlamassel befreien.«

Er zwinkerte mir zu. Dieses Zwinkern fand ich zugegebenerweise total erotisch, aber das wäre jeder anderen Frau bestimmt auch so gegangen. Selbst Anneliese, die immer so tat, als wäre sie überhaupt nicht empfänglich für Gezwinkere.

»Wäre vielleicht nicht schlecht«, meinte ich.

Und jetzt würde ich nicht einknicken und ihm meine gesammelte Unterstützung anbieten. Nein. Nein. Und nochmals nein.

»Aber ich kann dir trotzdem nicht bei deinen Ermittlungen helfen. Höchstens heimlich Tipps. Wie du die Metzgerin zum Reden bringst.«

Wir lachten beide, denn es klang, als würde ich ihm irgendwelche brutalen Mafiamethoden nahebringen. Danach quietschte ich furchtbar, weil mir jemand den Arm um die Schulter legte und ich gleich an den Mörder dachte und daran, dass ich keinerlei Selbstverteidigungstechniken beherrschte.

»Herr Sander«, sagte Joe höflich und mit unbewegter Miene. »Ich bin gerade auf dem Weg zu Herrn Stangl.«

Max sah selbst von der Seite sehr grimmig aus, während wir Joe nachsahen, der beschwingten Schrittes an den Jägerzäunen unseres Dorfes vorbeimarschierte.

»Und was wollte er von dir?«, wollte er wissen.

»Nach dem Weg fragen?«, antwortete ich, und es hörte sich verdächtig nach einer Frage und nicht nach einer Antwort an.

»Wie er zu sich nach Hause kommt, oder wie?«, kommentierte Max eisig und nahm den Arm von meinen Schultern. Ich nieste. Mist. Lügen haben wirklich kurze Beine. Der Stangl wohnte ja quasi neben dem Joe.

In unserer Küche roch es inzwischen appetitlich nach Wiener Schnitzel und Kartoffelsalat.

»Man will ja auch a Ansprach haben«, erklärte Großmutter gerade Maarten, der wieder mal gar nix kapierte. »Unter'd Leut' kommen – ned immer allein daheim hocken.«

Was hieß denn allein, schließlich hatte sie mit mir jede Menge »Ansprach«.

»Deswegen geht man auch in die Kirch.«

Ach ja. Daher wehte der Wind. Ich schob Resis Hund, der seit Wochen schon von Maarten betreut wurde und deswegen quasi schon zu unserem Kücheninventar gehörte, von der Küchentür weg in Richtung Zimmermitte. Die Wahrscheinlichkeit war verschwindend gering, dass Resi demnächst die Pflege ihrer Großtante aufgeben würde, wieder zurückkommen und sich um die Pflege ihres missratenen Hundes kümmern würde.

»Maarten ist ein Lutherischer«, erklärte ich Großmutter. »Unser Pfarrer flippt aus, wenn du den mitnimmst.«

Das war jetzt zwar total erfunden, denn ich wusste weder, welcher Konfession Maarten angehörte, noch ob unser Pfarrer davon überhaupt Wind bekam.

»Er ist nicht lutherisch«, widersprach Großmutter. »Er ist ausgetreten. Und wer ausgetreten ist, kann wieder eintreten.«

Und dann vielleicht in die »richtige« Kirche, wenn man ein bisschen nachhalf.

»Lass dir nix einreden«, empfahl ich Maarten.

»Wieso bist du denn so brinnrot?«, wollte Großmutter wissen. »Wirst eppa krank?«

Ich kniff die Augen zu und arbeitete daran, mich in Luft aufzulösen oder wenigstens meine Gesichtsfarbe zu ändern.

»Ich krieg eine Erkältung«, versuchte ich mich rauszureden.

Meine Großmutter warf einen stechenden Blick auf Max, ganz zu Recht in dem Glauben, dass er an dieser Erkältung der Hauptschuldige war.

»Wisst's schon was wegen dem Schmid?«, fragte sie stattdessen. »Hat die Schmidin ein Alibi?«

»Das darf er doch nicht sagen«, antwortete ich genervt an Max' statt und platzierte mich strategisch günstig auf der Eckbank – auf dem Platz, der einen praktisch daran hinderte, sich im Haushalt zu beteiligen. »Und wieso sollte die Schmidin ein Alibi brauchen, die würde doch nie ihren Mann umbringen. Eher mich.«

Alle Augenpaare richteten sich auf mich.

»Sie hat halt immer gedacht, ich bin hinter ihrem Mann her«, erklärte ich entschuldigend. »Und alles nur wegen unserem Hund, weil der ständig eine Wurmkur braucht.«

»Die Schmidin säuft«, erklärte Großmutter sehr bestimmt und wischte Brösel von der Tischdecke. »Glaubst des?«

»A geh«, widersprach ich ihr.

»Des hat alles kein Taug«, erklärte Großmutter. »Kennst ned den Spruch: Er ist Tierarzt, und sie trinkt auch.«

»Sie trinkt nicht«, korrigierte ich sie.

»Ja, freilich. Schau dir doch den Trumm Hintern an, den sie hat.«

»Schmarrn. Des kommt von den ganzen Küchln.«

»Vom Bier«, behauptete Großmutter.

Ich verdrehte die Augen.

»Um die Taille, da schoppen sich die Blusen schon. Wegen dem Bier.«

»Küchln«, formte ich mit meinen Lippen das Wort in Richtung Maarten, der sich vollkommen heraushielt und sich lieber den Kartoffelsalat auf den Teller schaufelte.

»Um ein Butterbrot hat er gearbeitet«, setzte Großmutter hinzu und schaufelte Maarten noch einen Schöpfer Kartoffelsalat auf den Teller. »Und sie war die feine Dame. Die hat doch keinen Finger gerührt.«

Immerhin hatte sie Makramee-Scheiben geknüpft. Und Kübelpflanzen gegossen.

»Schmarrn«, sagte ich. »Ich glaube, ihre einzige Sorge war, dass ihr Mann fremdging.«

»Und alles nur wegen ihrer Mutter«, ignorierte Großmutter meinen Einwand.

O nein, das wollte jetzt kein Mensch hören.

»Die alte Gschwendnerin dreht sich im Grab um, wenn du die Geschichte erzählst«, warnte ich sie.

»Ich hab dazu gar keine Meinung«, behauptete Großmutter. »Aber die Rosl hat verzählt …«

»Jaja«, unterbrach ich sie. »Das hat doch jetzt nichts mit dem Mord zu tun.«

»Sie hat g'sagt …«

»Die erzählt viel, wenn der Tag lang ist«, redeten wir gleichzeitig aufeinander ein.

»Lass sie doch mal ausreden«, sagte Max, sah mich dabei aber nicht an.

Pah. Aber es sollte keiner sagen, ich hätte nichts unternommen, um meine Großmutter am Sprechen zu hindern.

Großmutter beugte sich geheimnistuerisch nach vorne. »Gschwerl«, sagte sie nur. »Des sag jetzt nicht ich.«

Sondern die Rosl. Aber um zum Gschwerl zu gehören, hatte man nach Rosls Meinung nur ganz wenige Kriterien zu erfüllen. Und ich war mir nicht sicher, ob nicht einige dieser Kriterien genauso auf mich zutrafen.

Maarten sah mich fragend an.

»Asoziale. Prolls«, erläuterte ich entschuldigend. »Aber die Gschwendnerin ist schon lange tot, und man soll nicht alles glauben, was gehässige Zungen reden«, fügte ich edel hinzu.

Großmutters Augen blitzten. »Ah, Schmarrn, gehässige Zungen! Ich hab's doch selber g'sehn.«

»Wie asozial sie waren?«, wollte ich seufzend wissen.

Das war doch jetzt alles so was von ermittlungsirrelevant.

»Die Männer«, flüsterte sie. »Die sind zu ihr ins Haus.«

So wie der Max zu uns ins Haus kommt. Tststs. Ich war sozusagen genauso Gschwerl, und in hundert Jahren würden die Leute sagen, ich sag's euch, die Kinder von der Lisa, alles Mörder wegen diesem Max damals.

»Ins Haus?«, wollte Maarten verständnislos wissen.

»Mitten in der Nacht«, fügte sie erklärend hinzu.

Ich verdrehte großzügig die Augen. »Maarten. Menno«, dann an Großmutter gewandt: »Die musste sich halt die Haushaltskasse aufbessern.«

Zornig knallte Großmutter noch einen Teller auf den Tisch. »Mädl. Red doch kein solches Zeug.«

»Ja, freilich. Oder wie hätte sie denn die ganzen Kinder großkriegen sollen, so ohne Mann?«

»Die ganzen Kinder hätt sie gar nicht g'habt. Wenn's die Männer nicht reing'lassen hätt«, erinnerte sie mich mit glutvoller Stimme.

»Aber das kann doch jetzt der Schmidin wurscht sein«, sagte ich. »Wie das ihre Mutter damals gemacht hat, weil sie hat nämlich kein einziges Kind. Außerdem war ihre Mutter doch bestimmt mit drei oder vier von den Männern verheiratet.«

Max und Maarten sahen schweigend von Großmutter zu mir und schienen immer fassungsloser zu werden.

»Ja, schließlich war's ned schiach.«

Maartens Kartoffelsalatgabel schwebte vor dem offenen Mund, und in seinen Augen sah ich gleich mehrere Fragezeichen.

»Sie war nicht hässlich«, erklärte ich. »Außerdem hatte sie ja keine andere Wahl, in den Zeiten, in denen sie aufgewachsen ist. Da hatte man als Frau praktisch keine andere Möglichkeit.«

Großmutter schnaubte böse.

»Wie viele Kinder hatte sie denn?«, wollte Maarten wissen.

»Sieben. Oder acht«, erklärte ich.

»Von acht verschiedenen Männern«, behauptete Großmutter.

»Krieg ich eigentlich auch was zu essen?«, versuchte ich abzulenken, wobei ich mich nicht richtig traute, Max anzusehen.

»Und wo sind die ganzen Ehemänner hingegangen?«, fragte Maarten weiter und begann, den Kartoffelsalat in sich hineinzuschaufeln.

»Die waren alle irgendwann weg. Wahrscheinlich wegen der vielen Kinder«, spekulierte ich herum.

»Tot. Die sind alle gestorben«, sagte Großmutter. »Die Ehemänner, von den anderen weiß ich nix.«

»Vielleicht waren die Kinder ja doch alle von den Ehemännern«, seufzte ich.

»Wenn ich's dir sag, wir haben uns oft g'fragt ...«

»Da warst du doch gar noch nicht auf der Welt«, gab ich zu bedenken. »Zumindest wusstest du doch da noch nix über Sex und so.«

Sie knallte mir und Max einen Teller vor die Nase, dass es

nur so schepperte, und sah mich böse an. Das Dreibuchstabenwort mit x am Schluss durfte man in unserer Küche nicht aussprechen.

»Außerdem sind doch nicht alle acht gestorben«, widersprach ich.

»Des wirst jetzt du wissen«, sagte sie spitz. »Da warst du doch noch in Abrahams Wurschtkessel.«

Ich grinste nur über den Gesichtsausdruck von Maarten.

»Aber die vier Ehemänner, die sind alle g'storben. Lang hat sie's mit denen ned aushalten müssen«, sagte sie und knallte mir einen Schöpfer Kartoffelsalat auf den Teller. »Der erste ist im Krieg blieben, den haben's nie g'funden«, zählte sie auf. »Der zweite ist vom Heuschober g'fallen. Und die Leut' erzählen ja dann gern, dass des ganz leicht g'schubst g'wesen sein könnt ...«

Sie knallte mir schwungvoll das Schnitzel auf den Teller, das mir ziemlich lebendig fast auf den Schoß rutschte.

»Und der dritte ist im Winter drüben im Lehnerweiher dersoffen.«

Alle schienen den Atem anzuhalten.

»Und der vierte?«, wollte Maarten mit vollem Mund wissen.

»Der vierte ist eines Tages im Keller gelegen. Tot«, setzte Großmutter hinzu.

»Wieso denn das?«, bohrte ich nach. »Man liegt doch nicht einfach tot im Keller.«

»Angeblich hatte er auf der Kellertreppe ein Schlagerl und ist dann die Treppen runtergerasselt. Mitten in die Marmeladenglaseln rein, was des für eine Sauerei gewesen sein muss!«

»Und wer hat ihn geschlagen?«, wollte Maarten wissen.

Großmutter sah ihn erstaunt an.

»Gar niemand«, erläuterte ich. »Ein Schlagerl ist ein Schlaganfall.«

»Aber es kann genauso gut anders g'wesen sein«, merkte Großmutter an. »Da brauchst bloß jemanden g'scheit derschrecken, dann kriegt der auch einen Herzkasperl.«

»Und rasselt die Kellertreppe runter«, machte ich weiter. Ich verdrehte die Augen und hielt mein Schnitzel vorsichtshalber mit der Gabel fest. »Aber das hat überhaupt nichts mit der Schmidin zu tun. Und mit der alten Gschwendnerin eigentlich auch nicht, weil was kann die dafür, dass da Krieg war ...«

»Die Rosl hat g'meint, es wär halt verdächtig, wenn die eigene Mutter schon alle ihre Männer rüberg'richt hat«, erläuterte Großmutter die allgemeine Dorfmeinung. »Aber das ist natürlich ein Schmarrn.«

Das klang ein bisschen danach, als würde auch sie das glauben, aber nur nicht zugeben wollen.

»Aber die Schmidin richt' doch keinen rüber. Schließlich war der Schmid ihr erster Ehemann. Oder meinst du, sie hat ihn so erschreckt, dass er in Unterwäsche in den Garten gelaufen, dabei vorher noch gegen ein paar Türen geknallt ist, um dann an seinem Herzkasperl zu sterben?«

Und dann hatte er sich noch eine Unterhose in den Mund gestopft, damit er nicht ganz so laut seine Schmerzen herausschrie. Meine Großmutter war als Ermittlerin echt komplett ungeeignet.

Maarten sah gespannt von Großmutter zu mir und wieder zurück. Großmutter stellte die Pfanne auf die Herdplatte, und selbst ihr Rücken sah plötzlich sehr beredt aus. Als sie sich umdrehte, hob sie abwehrend die Hände.

»Ich weiß von nix«, fing sie an, was immer die Überleitung zu einer längeren Erzählung war. »Aber die Rosl hat sich schon immer dacht, wenn sie ihm draufkommt, dann bringt's ihn um.«

»Worauf?«, fragten Max und Maarten unisono.

»Dass er so ein Weiberer g'wesen ist«, sagte Großmutter im vertraulichen Tonfall. »Das hat sie auch nicht verdient. Sie war ihm eine gute Ehefrau. Da hat's nix geben.«

Mal abgesehen davon, dass sie nichts getan hat laut ihren Aussagen, ansonsten war sie eine gute Ehefrau.

»Ein Weiberer?«, fragte Maarten nach.

»Ein Gigolo. Ein Playboy. Aber ich dachte, er hat sich da aus dem Swingerklubgeschäft ganz rausgehalten«, wandte ich mich an Großmutter und erinnerte damit alle an den letzten Mordfall, bei dem der Schmid meines Erachtens eine tragende Rolle als Verdächtiger gespielt hatte. »Er wollte doch groß einsteigen, in den Swingerklub vom Roidl, und dann hat er es sein lassen. Vielleicht ist ihm dann aufgefallen, dass er das nicht machen kann. Mit seiner Frau.« Erwartungsvoll sah ich sie an, in der Hoffnung, dass sie mir jetzt weiteren Tratsch vom Swingerklub darbieten würde.

»Schmarrn. Swingerklub. Der hat's doch so im Kreuz g'habt, der hätt doch des gar nicht machen können.«

»Was nicht machen können?« Das Swingen, oder wie?

»Solche Investitionen. Diesen Stress.«

Und das ganze Swingen. Und dann noch eine Furie zu Hause, die schon bei Kundinnen wie mir einen Mörderblick draufhatte. Das konnte einem wirklich die Lust am Swingen verderben.

»Aber er hatte sich das mit dem Swingerklub eine ganze Weile überlegt gehabt. Er hat doch sogar recherchiert. Im Swingerklub«, erinnerte ich sie.

»Na ja, und da wird ihm halt aufg'fallen sein, dass ihm irgendwann die Franziska draufkommt. Man kann doch ned ewig swingen, und keiner weiß es.«

Noch dazu, wo das ganze Dorf schon Bescheid gewusst hatte, nur die eigene Ehefrau nicht. Ich kannte ja sogar sein Outfit damals im Klub, das hatte die Kreszenz brühwarm Großmutter und mir weitererzählt. In allen schummrigen Details, sogar den String hatte sie beschrieben, mit dem strassbesetzten Beutelchen für seine Eier, wenn das mal nicht superekelig war.

Ich seufzte. Großmutter seufzte. Dann hörte man nur noch das Geklapper von Geschirr und Besteck.

Dass die Schmidin ihren Mann umgebracht haben sollte, erschien mir total abwegig. Sie würde eher die Frauen umbringen, die mit ihm beim Swingen gewesen waren, als ihren Mann. Den vergötterte sie nämlich, das war ihr Herzipopeili, ihr Schatzebutzerl. Sogar in aller Öffentlichkeit verwendete sie diese grässlichen Namen.

Die Geschichte ihrer Mama kannte ich jetzt nicht so im Detail wie Großmutter. Natürlich war auch mir das Gerücht vertraut, dass die alte Gschwendnerin die Dorfhure gewesen sein sollte. Nachdem sie vier Ehemänner durchgebracht hatte, hatte sie anscheinend keine Lust auf weitere Todesfälle gehabt und sich finanziell mit Liebesdiensten an der männlichen Dorfbevölkerung über Wasser gehalten. Aber die Theorie, dass die Gschwendnerin ihre ganzen Männer umgebracht haben sollte, hatte ich noch nie gehört. Der Vergleich mit der Schmidin war jedenfalls komplett an den Haaren herbeigezogen, denn die war eindeutig ganz anders veranlagt. Ich konnte mir gar nicht vorstellen, dass ihr Mann irgendwelche Liebschaften gehabt haben könnte. Allein, wie er das mit dem Swingerklub ansatzweise hatte organisieren können, wo sie ihm doch erwiesenermaßen ständig nachtelefoniert und ständig aufgepasst hatte, war mir ein Rätsel.

Da Maarten Großmutter beim Abspülen half, packte ich meine unförmige Umhängetasche und den USB-Stick mit meinem neuesten Zeitungsartikel – irgendwie versagte in letzter Zeit unser Internetanschluss immer. Ich stolperte dabei erst über meinen eigenen Hund, dann über den von Resi und musste ganz schön Gas geben, damit ich gleichzeitig mit Max aus dem Haus gehen konnte. Ich fand es selbst nicht richtig, dass ich das Thema Heiraten nicht noch einmal ansprach, aber ich hatte die Erfahrung gemacht, dass man jede nur erdenkliche Situation durch weiteres Herumgerede noch verschlimmern konnte. Außer man hatte plötzlich seine Meinung geändert.

»Warte doch mal«, sagte Max hinter mir und packte mich am Arm.

Vielleicht kannte Max diese Regel noch nicht und machte jetzt alles schlimmer. Oder er hatte seine Meinung geändert und war heilfroh, dass er mich nicht heiraten brauchte.

Wir standen so dicht voreinander, dass wir uns durchaus hätten küssen können. Oder einen anständigen Heiratsantrag formulieren. Da ich nicht zu den Frauen gehören will, die ihren Männern ständig irgendwelches besserwisserisches Zeug reinreiben, verkniff ich mir die Tipps, die ich auf Lager hatte. Zum Beispiel, wie meines Erachtens ein Heiratsantrag ablaufen sollte, nämlich mit einem Statement von Max. So in der Art: I hab di so mordsmäßig liab, dass ich's gar nimmer aushalt ohne di. Willst ned mei Weib werden?

Aber vielleicht war das in Norddeutschland nicht üblich. Das war vermutlich das Hauptproblem bei uns, dass diese kulturellen Unterschiede zwischen Nord und Süd zwischen uns standen wie eine Mauer. Ich seufzte schon zum wiederholten Mal an diesem Tag.

»Ja?«, fragte ich.

Wir standen direkt neben unseren Sonnenblumen, die der letzte Regen schwer in Mitleidenschaft gezogen hatte. Die langen Stängel knickten in alle Richtungen, wippten bei der kleinsten Bewegung meines Kopfes und verteilten Wassertropfen auf unsere Häupter. Gedanklich machte ich mich schon auf meine Antwort auf den Heiratsantrag fit. Ich will, sagte ich mir.

Ich will. Ich will. Ich will.

Vielleicht.

»Wolltest du nicht schon immer hautnah bei Mordermittlungen dabei sein?«, fragte Max statt einer Liebeserklärung.

Mordermittlungen? Der Gedankensprung von Heiratsantrag zu Mordermittlungen war selbst für mich als Frau ziemlich groß. Außerdem war das jetzt bestimmt eine Fangfrage. Ich runzelte die Stirn und versuchte in Windeseile nach dem Haken zu suchen. Wenn ich jetzt einfach Juhu schrie, in der Annahme, er würde mich zu seinen Ermittlungen einladen, konnte das voll in die Hose gehen. Nachdem ich schon bei dem Heiratsantrag die vollkommen falsche Antwort gegeben hatte, bestand vermutlich die Möglichkeit, dass sich Max von mir trennte, wenn ich jetzt Mist baute.

»Na ja. Früher. Als ich noch von nix eine Ahnung hatte«, schwächte ich meine krankhafte Neugier ab. »Aber jetzt, wo ich eine richtige Journalistin bin, habe ich ja auch was anderes zu tun.«

Er sah mit gerunzelter Stirn auf mich herab. Das war anscheinend nicht die Antwort, die er erwartet hatte.

»Ich werde mich heraushalten. Ehrlich. Du kannst dir gar nicht vorstellen, mit wie vielen Leuten ich's mir heute schon total verschissen habe, weil ich nix als Raushalten im Sinn hab«, betonte ich meinen guten Willen.

Irgendwie war bei uns echt der Wurm drin. Ich hatte den Eindruck, dass wir permanent aneinander vorbeiredeten. Und dass ich bei seinem Angebot besser Juhu geschrien hätte.

»Ich hätte da einen ganz anderen Vorschlag gehabt. Aber wenn du keine Lust hast ...«

»Sag doch mal deinen Vorschlag. Dann sag ich dir, ob ich Lust habe«, schlug ich vor. Wahrscheinlich hatte ich schon Schweißflecken unter den Achseln von der Anstrengung, alles richtig zu machen.

»Ich will dich zu nichts zwingen«, wich er aus.

»Du zwingst mich zu nichts.«

»Ich dachte mir, dass du vielleicht bei uns hospitieren könntest.«

Hospitieren? Jeden Tag bei der Polizei die Nase in alle möglichen Akten hineinstecken, alles live mitkriegen, noch vor dem Kare wissen, was Sache ist?

»Du meinst, ständig an dir drankleben und alle Details aus erster Hand ...?«

All das also, was er mir bis jetzt verwehrt hatte, immer so getan, als wüsste er nicht, was ich mit meinen ganzen Fragen eigentlich bezweckte?

»Ja. Genau.«

»Ehrlich?«, hakte ich nach. »Aber dir ist schon klar, was ich für einen Job habe?«

Und dass ich den nicht aufzugeben gedachte.

Er musste grinsen.

»Das nennt man embedded journalism«, erklärte ich ihm, plötzlich misstrauisch geworden. »Willst du mich für irgendwelche Propagandazwecke missbrauchen?«

Er stöhnte und rollte mit den Augen. »Wir führen hier keinen Krieg, das wird eine ganz normale Mordermittlung. Du musst dich nur bereit erklären, nichts von dem, was du während der Ermittlungen erfährst, vorzeitig in deinen Artikeln zu verwenden.«

Wo war dann der Haken?

»Das heißt, ich gehe mit dir ins Präsidium. Bin bei der Leichenöffnung dabei, höre gleichzeitig mit dir dem Rechtsmediziner zu?«

Es gab einen Haken, da war ich mir ganz sicher.

»Ja«, nickte er mit harmloser Miene.

»Ich bin bei euren Besprechungen dabei?«

»Ja«, bestätigte er ganz entspannt.

Der Gedanke, Ermittlungen einmal wirklich vor Ort mitzukriegen, war extrem reizvoll. Andererseits hatte ich gerade auf eigene Initiative eine Serie bei der Zeitung angeregt, in der es um gesunde Ernährung ging, und ich war da gerade mittendrin … ich hatte jede Woche einen großen Artikel abzuliefern, für den es wirklich viel zu recherchieren gab. Aber wenn ich jetzt nicht zusagte, hatte ich bestimmt nie wieder die Chance mitzumachen. Allein deswegen schon, weil das die letzte Leiche in den nächsten hundert Jahren war, die ich zu finden gedachte.

»Ich muss keine schusssichere Weste tragen«, stellte ich meine erste Bedingung.

Er nickte.

»Wenn ich in der Rechtsmedizin aus den Latschen kippe, erzählst du es niemandem.«

Er nickte wieder.

»Du hast also nichts dagegen, wenn ich mit Joe durchs Dorf ziehe und Leute befrage?«, bohrte ich misstrauisch nach. Das konnte ich mir irgendwie gar nicht vorstellen. Das war ja der

Himmel auf Erden für eine Journalistin. Noch dazu mit jemandem, der wie Brad Pitt aussah.

Er kniff plötzlich die Augen zusammen und hob eine Augenbraue.

»Du kannst mit mir durchs Dorf ziehen und die Dorfbevölkerung befragen«, erklärte er mit eisiger Stimme.

Aha. Daher wehte der Wind. Mein Misstrauen zerfiel sofort zu Staub, und in meinem Herzen ging die Sonne auf. Max dachte anscheinend, dass er mich von Joe fernhalten konnte, wenn ich ständig mit ihm unterwegs war und deswegen keine Zeit hatte, mit Joe zu flirten. Das war eigentlich eine noch bessere Liebeserklärung, als man sie mit drei Worten formulieren könnte.

»Okay, ich mach's«, antwortete ich gnädig, da ich sowieso nicht vorhatte, mit Joe um die Häuser zu ziehen. »Also, ich muss aber noch kurz in der Redaktion vorbei, danach bin ich für alles bereit. Leichenöffnungen, gerichtsmedizinische Gutachten, was auch immer«, erklärte ich großspurig, obwohl mir das alles ein mulmiges Gefühl bereitete.

»Die Leichenöffnung war schon. Heute befragen wir noch einmal die Nachbarn. Du musst als Erstes ins Präsidium und die ganzen Formalitäten erledigen. Danach rufst du mich einfach an.«

Damit gab er mir noch einen Kuss und schwang sich in seinen daytonagrauen Audi.

Bevor ich mich in meinen roten Ford Fiesta schwingen konnte, kamen die Annl und die Rosl die Straße entlang, eindeutig mit der Absicht, ein Informationsaustauschobjekt zu finden. Gleichzeitig ging hinter mir die Haustür auf, und Maarten und Großmutter kamen in den Vorgarten, sich langwierig verabschiedend.

»Pass schön auf«, sagte Großmutter, eine Empfehlung, die sie bei mir schon längst aufgegeben hatte. »Und überleg ein bisserl, was wir machen könnten wegen …« Sie unterbrach sich selbst und sah mich mit stechendem Blick an. »Wegen der Sache.«

Sache?, dachte ich, dann unterbrach die Rosl den Gedanken,

denn sie versperrte mir den Weg: »Gut, dass ich dich treff.« Ich warf Maarten ebenfalls einen stechenden Blick zu, denn es hätte mich rasend interessiert, was er und Großmutter gerade ausheckten.

»Wir überlegen schon den ganzen Vormittag«, sagte die Rosl.

Ich sah demonstrativ auf mein Handgelenk, wo eine Uhr sein sollte, aber nicht war.

»Die Kreszenz hat gesagt, der Schmid ist ja praktisch nackert am Kompost g'legen. Und er hat nur so einen strassbesetzten Stringtanga ang'habt. Und da wollten wir jetzt schon amal wissen, ob des so war.«

Die kam ja gleich zur Sache.

»Nein«, sagte ich wahrheitsgemäß. »Das ist vollkommen frei erfunden.«

Ich drückte mich hastig an ihr vorbei und sperrte eilig mein Auto auf.

»Aber er war schon praktisch nackert«, trompetete Großmutter. »Er hat nur eine Unterhose ang'habt und ein Unterhemd. Die Unterhose war so eine von Schiesser, Feinripp, eine ganz gute Qualität. Mit einem Eingriff.«

Das hatte sie definitiv nicht von mir.

Eigentlich wollte ich mich an dieser Stelle verkrümeln, aber ich erinnerte mich wieder daran, dass ich jetzt hochoffiziell an den Ermittlungen beteiligt war. Konnte ich da so uneinsichtig sein und einfach davon fahren, wenn die ganzen Dorfratschen vor unserem Gartentürl ein Meeting abhielten? Das ging ja gar nicht.

Rosl nickte. »Die hat mein Mann, Gott hab ihn selig, auch immer ang'habt. Des sind die bequemsten. Weiß gar nicht, wieso alle so von diesen Boxershorts schwärmen.«

»Die sind noch bequemer«, behauptete Maarten, ohne rot zu werden.

»Aber da klankert doch alles so umeinander«, kritisierte die Rosl.

»Reine Gewohnheit«, erläuterte Maarten fachmäßig.

In meinem Kopf baute sich ein unerträglicher Druck auf.

»Ich frag mich nur, was hat der in der Unterwäsch' im Garten g'macht«, wollte die Annl wissen. »Des macht ma doch ned. In der Unterwäsch' draußen rumlaufen.«

»Der war schon immer ein recht ein Hitziger«, erläuterte Großmutter fachmännisch.

Der Schmid war ein Hitziger? Was sollte das denn jetzt schon wieder bedeuten?

Rosl nickte. »Ich hab einmal am Sonntag ganz früh g'läut, und da hat er nix ang'habt. Nur die Unterhosen und des Unterhemd.«

»Und so ist der an die Tür 'gangen?«, fragte Annl verständnislos.

»Wieso läutest denn auch so früh«, kritisierte Großmutter. »Des macht ma ned.«

»Wegen dem Bistumsblattl.«

Als könnte der Tierarzt da nicht noch ein Weilchen länger drauf warten.

»Er hat g'sagt, dass ihm immer so heiß und schwül ist daheim. Er könnt auch mitten im Winter nackert draußen rumlaufen, weil's ihm immer so warm ist«, erzählte die Rosl. »Sobald er daheim ist, reißt er sich alles vom Leib, was er anhat.«

Alle schüttelten kollektiv den Kopf. Selbst Maarten, der aber abrupt mit dem Kopfschütteln aufhörte, als ich die Augen ein wenig zusammenkniff.

»Seine Frau hat g'sagt, Luke, wenigstens im Winter musst die Jacken zumachen, da schaust ja aus wie ein Aufg'hängter. Was dann die Leut' wieder sagen.«

Die interessierte sowieso nur der strassbesetzte Stringtanga, insofern war eine offene Jacke das geringste der Probleme.

»Die Frage ist doch, wieso er so in den Garten gegangen ist«, brachte sich Maarten mit ein.

»Vielleicht war's ihm wieder warm.«

»Vielleicht hat er den Kompost raustragen.«

»Vielleicht hat ihn seine Frau rausg'schmissen«, sagten alle gleichzeitig.

»Und wo soll er sich die Nase gebrochen haben?«, wollte die Rosl wissen.

Da noch kein Rechtsmediziner die Leiche gesehen hatte, konnte die Rosl eigentlich noch nichts Genaueres über die Nase wissen. Und ich war mir ganz sicher, dass ich Großmutter nichts von den Verletzungen gesagt hatte. Ob die Schmidin das im Dorf herumerzählt hatte? Oder vielleicht die Anneliese?

»Er hat sich die Nase gebrochen?«, fragte ich scheinheilig nach. »Wer sagt denn so was?«

Stirnrunzelnd dachte die Rosl nach, dann ging ein feines Lächeln über ihr runzeliges Gesicht. »Mei. Hab ich beim Metzger g'hört.«

Also hatte sie keine Lust, es mir zu sagen. Aber die Sache mit der Unterwäsche war durchaus bedenkenswert. Vielleicht musste man einmal beim Stangl nachfragen, ob sein Nachbar öfter nur in Unterwäsche draußen herummarschiert war. Besonders in der Nacht.

»Aber was sagt seine Frau nun zu der Sache mit der Unterwäsche?«, wollte ich wissen.

»Mei, die wird sich halt auch schämen, wenn der eigene Mann nackert im Garten rumläuft.«

»Und dann so noch derschlagen wird«, schmückte die Annl aus.

»Er ist erschlagen worden?«, fragte ich.

Rechtsmediziner waren vollkommen überflüssig. In unserem Dorf gab es genügend Leute, die auch ohne die Leiche gesehen zu haben wussten, was Sache war.

»Oder erwürgt«, relativierte sie ihre Aussage.

»Der wär bestimmt nicht nackert in Garten, wenn er g'wusst hätt, dass er derschlagen wird«, mutmaßte die Rosl. »Sonst hätt er sich bestimmt g'scheit anzogen.«

Genau, und noch vorher das Hemd gebügelt. Nicht, dass man dann in der Rechtsmedizin so zerknittert herumlag.

»Oder der Mörder hat ihn ausgezogen«, spekulierte die Annl weiter.

»Und hat die Wäsche mitgenommen?«, wollte ich wissen. Ich hatte nämlich nirgendwo Wäsche herumliegen sehen.

»Mei, es gibt Leut', die können alles brauchen«, informierte mich Großmutter.

»Und passt's auf euch auf. Vielleicht ist's ja auch ein Serientäter, und morgen liegen wir alle tot daheim«, empfahl uns die Rosl.

»Serientäter«, wiederholte ich dumpf und nahm Kurs auf mein Auto. Unsere Dorfbevölkerung war ganz, ganz schlimm im Verbreiten von grässlichen Prognosen.

»Und diesen Neuen, den soll er im Auge behalten«, riet die Rosl. »Ich mein, wer nennt sich denn schon so komisch.«

»Joe?«, fragte ich.

»Ja. Was soll denn des für ein Name sein, so heißt doch keiner bei uns!«

»Johann?«, schlug ich vor und ging zu meinem Auto. Langsam wurde das echt unerträglich.

»Des heißt Hans«, rief mir die Rosl empört nach, als wäre Joes Name schon ein Grund dafür, ihn zu verdächtigen.

Bevor ich noch stocknarrisch wurde, setzte ich mich ins Auto und gab Gas.

Kapitel 3

Nachdem ich das mit dem Hospitieren mit meinem Chef in der Redaktion geklärt hatte, raste ich ins Polizeipräsidium. Die Zeremonie beim Sicherheitsfritzen dauerte ewig, denn er traute mir wohl nicht zu, das Formular selber auszufüllen, und fragte zigmal nach. Am liebsten hätte ich ihm den Stift aus der Hand gerissen. Als ich dann Max anrief, hatten sie ihre Nachbarschaftsbefragungen schon durchgeführt – und das, wo ich gerade bei solchen Befragungen bestimmt eine Riesenhilfe gewesen wäre.

»Wir treffen uns zu einer Abschlussbesprechung«, erklärte Max mir, und jetzt klang er, als hätte er es schon den ganzen Vormittag bereut, mich in sein Ermittlerteam geholt zu haben. »Ergebnisse vergleichen.«

»Ein Meeting«, rief ich begeistert.

»Ein Meeting«, sagte Max, und er klang ganz und gar nicht begeistert. Wahrscheinlich dachte er daran, dass er, wenn ich nicht schon wieder eine Leiche gefunden hätte, jetzt ein Meeting mit einer zwanzigköpfigen Mannschaft gehabt hätte. Und nicht mit so einer Wald-und-Wiesen-Mordkommission.

Wenn ich gewusst hätte, dass das Meeting vor einer riesigen Pinnwand stattfinden würde, auf die Bilder vom toten Schmid geheftet waren, hätte ich mir das mit dem Hospitieren durchaus noch einmal überlegt.

»Darf ich hier sitzen?«, fragte ich Joe, der sich schon den besten Platz gesucht hatte, nämlich mit dem Rücken zu der blöden Pinnwand.

Max sah mich durchdringend an. Joe sprang sofort auf und schob mir den Stuhl zurecht.

»Danke«, sagte ich möglichst würdevoll und tat so, als hätte mein Sitzplatzwunsch überhaupt nichts mit dem Ausblick auf Mordfotos zu tun. Joe schob mir seinen Kaffee entgegen.

»Und, was hat der Rechtsmediziner gesagt?« Das wussten die beiden natürlich schon, aber wie sollte ich da richtig mitdiskutieren, wenn ich nicht mal das Obduktionsergebnis kannte.

»Die Totenstarre war bereits vollständig eingetreten. Deswegen geht der Rechtsmediziner davon aus, dass der Tierarzt zwischen zehn Uhr am Abend und zwei Uhr in der Früh gestorben ist, eher früher, weil wegen der niedrigen Außentemperatur in der fraglichen Nacht die Totenstarre später eingesetzt hat«, führte Max aus. »Allerdings wissen wir noch nicht, woran er gestorben ist.«

So, wie sein Gesicht ausgesehen hatte, konnte ich mir das blendend vorstellen.

»Vielleicht hatte er innere Blutungen im Kopf?«, schlug ich vor. »Von den ganzen Verletzungen im Gesicht, die er abbekommen hat.«

»Er war tatsächlich in eine Prügelei verwickelt«, bestätigte mir Max. »Allerdings ist er ganz eindeutig nicht an den Folgen dieser Schlägerei gestorben.«

Er hat sich geschlagen, das war ja wirklich unglaublich. Hätte ich dem Tierarzt nicht zugetraut.

»Normalerweise ist der Schmid aber ein ganz ein Netter«, erklärte ich den beiden, die den Tierarzt aus Ermangelung eines Haustiers nicht kannten. »Ich kann mir gar nicht vorstellen, dass der jemanden haut.«

»Er hat auch niemanden geschlagen«, machte Max weiter und schob seinen Oberschenkel näher an meinen. »Er scheint sich nicht einmal gewehrt zu haben – der Rechtsmediziner konnte keine Abwehrspuren finden. Woran das gelegen haben könnte, wissen wir noch nicht, vielleicht hatte er einen so hohen Alkoholpegel, dass er nicht mehr handlungsfähig war.«

»Vielleicht?«

»Aus der Toxikologie haben wir noch keine Ergebnisse. Das dauert mindestens noch einen Tag.«

»Er hat also auch nicht selbst zugeschlagen?«, wollte ich ungläubig wissen.

»Nein. Er hat weder selbst zugeschlagen, noch hat er mit seinen Händen Schläge abgewehrt.«

Wer stellte sich denn einfach hin und ließ sich vermöbeln?

»Aber…«, fing ich an, wurde jedoch sofort von Max unterbrochen: »Solange wir nicht die toxikologischen Ergebnisse haben, machen Spekulationen keinen Sinn.«

»Hm«, machte ich nur, weil Herumspekulieren meine Lieblingsbeschäftigung war.

»Auf jeden Fall eine sehr eigenartige Ausgangslage«, bestätigte Max mir meinen Eindruck. »Genauso wie die fehlende Bekleidung.«

»Und die Unterhose im Mund«, fügte ich hinzu.

Sie sahen mich beide verständnislos an.

»Er hatte doch was im Mund«, erinnerte ich die beiden.

»Das war keine Unterhose«, sagte Max liebenswürdig, »sondern ein Geschirrtuch.«

»Weiß. Mit einer rot-weiß karierten Borte«, fügte Joe dienstbeflissen hinzu.

Das warf jetzt ein schlechtes Licht auf meine Beobachtungsgabe.

»Habt ihr dazu auch schon eine Meinung?«

»Er ist nicht erstickt worden, es wurden keine Stauungsblutungen gefunden, und auch der Halshautbefund spricht dagegen, dass das Opfer gewürgt worden ist. Deswegen ist das wirklich rätselhaft, da der Schmid das Tuch ja auch aus dem Mund hätte nehmen können«, bestätigte Max mir meinen Eindruck.

»Vielleicht wollte der Mörder die Schmerzensschreie nicht hören«, schlug ich vor, nachdem mir die beiden Männer zu uninspiriert erschienen. Als Max die Augenbrauen hob, fügte ich hinzu: »Oder das Schmerzensstöhnen.«

Irgendwie hatte ich den Eindruck, dass keiner meine Theorien hören wollte. Aber das war mir jetzt egal.

»Und was hat die Schmidin erzählt?«, wollte ich weiter wissen.

Max schob mir über die Tischplatte seine Kaffeetasse entgegen, weil ich die von Joe inzwischen geleert hatte. Zwei Männer hatten durchaus etwas für sich.

»Sie behauptet, sie hätten zwischen sechs und sieben Uhr zusammen Abend gegessen. Dann sei noch ein Notfall reingekommen, etwa um sieben, deswegen hätten sie nicht gemeinsam zu Ende gegessen, sondern er sei sofort zu dem Bauern gefahren. Das müssen wir noch überprüfen«, wandte sich Max an Joe. »Zu Hause war er dann wieder kurz vor neun. Da war seine Frau allerdings schon auf dem Weg ins Bett und wollte fernsehen.«

Ein ganz normaler Tierarztabend also.

»Sie hat zugegeben, dass sie ziemlich sauer gewesen war. Ihr Mann hatte an diesem Abend eigentlich freigehabt, und der andere Tierarzt hätte diesen Notfall übernehmen müssen.«

Der Götz.

»Nach diesem Notfall ist er, wie gesagt, um neun Uhr wieder nach Hause gekommen. Angeblich ist er in sein Büro gegangen, um noch eine Mail zu verschicken. Am nächsten Tag hat sie in der Küche einen Zettel gefunden, den er ihr am Abend hingelegt haben musste. Welche Medikamente er nachbestellt hatte und was sie noch erledigen sollte. Sie war zu dem Zeitpunkt jedenfalls schon im Schlafzimmer – das Fenster geht genau zur anderen Seite raus, sie konnte also nicht mitbekommen haben, was beim Komposthaufen passiert ist. Wegen des Films hat sie jedenfalls nichts Verdächtiges gehört. Und ist danach eingeschlafen, ohne dass ihr Mann noch ins Bett gekommen ist.«

Da hätte sie doch echt mal nachschauen können, dachte ich unzufrieden. Er liegt tot draußen und sie schläft drinnen, das war ja wohl die Härte. Ich verkniff mir den Kommentar.

»Ist sie denn besonders verdächtig?«

Max seufzte und klappte seinen Ordner zu. »Ja, die Ehepartner sind als Erstes einmal schon besonders verdächtig. Was dagegen spricht, sind die äußeren Verletzungen. An ihren Händen sieht man jedenfalls nicht, dass sie kurz vor seinem Tod in eine Schlägerei verwickelt gewesen wäre. Normalerweise ist das auch nicht die Art und Weise, wie eine Frau einen Mann umbringt.«

»Nehmen Mörderinnen meistens Gift?«, wollte ich wissen.

»Schlägereien sind eher selten, Mörderinnen vermeiden direkten Körperkontakt.«

»Frauen morden weniger«, behauptete Joe.

»Oder geschickter und werden deswegen seltener erwischt«, widersprach Max. »Da Frauen meist körperlich unterlegen sind, werden sie nicht wie Männer handgreiflich, sondern greifen zu einem Mittel, das die direkte Konfrontation vermeidet. Wie zum Beispiel Gift.«

Wir schwiegen eine Weile, die zwei Männer starrten auf die Pinnwand, ich starrte auf meine Finger.

»So, dann die Zeugenbefragungen«, übergab Max das Wort an Joe.

»Ich habe die direkten Nachbarn befragt. Die Gansbühlers habe ich nicht angetroffen. Aber die anderen waren alle da, das wären: Stangl, Meier und Meier.« Er geriet ein wenig ins Stocken. »Und Meier.« Das hört sich jetzt vielleicht an, als hätte er einen Sprung in der Schallplatte, aber da wohnten tatsächlich drei Meiers, wobei der eine Meier, der andere Mayr und der dritte Maier hieß. »Von denen hat keiner etwas gesehen oder gehört.«

»Der Stangl ist total schwerhörig«, erklärte ich den beiden. Wenn der am Abend sein Hörgerät rausnimmt, kann das Nachbarhaus zerbombt werden, und er kriegt's nicht mit.

»Das hat seine Tochter auch gesagt«, erklärte Joe.

»Ach, die war auch bei der Befragung dabei?«, wollte Max wissen.

Die neugierige Bixn. Hatte wahrscheinlich so getan, als müsste sie unbedingt genau in dem Moment im Haus herumräumen. Außerdem hörte die das Gras wachsen.

»Ja, bei der Befragung war sie dabei, aber in der Nacht ist sie nicht da gewesen, hat sie erzählt. Und ihr Vater hat die meiste Zeit am Tag das Hörgerät ausgeschaltet wegen der Batterie.«

Das konnte ich mir beim Stangl sehr gut vorstellen, dass er zur Batterieschonung nie sein Hörgerät einschaltete.

»Aber von seinem Schlafzimmer aus hätte er einen super Überblick über den Komposthaufen«, mutmaßte ich. »Schade, dass er so taub ist. Was hat er denn überhaupt zu dem Mord gesagt?«

»Also, hm«, Joe wurde etwas verlegen. »Er selbst hat eigentlich nicht so viel gesagt. Sein Hörgerät hatte gerade keine Batterie drin, und es war unglaublich schwierig, sich mit ihm zu unterhalten.«

Max räusperte sich ungehalten.

»Aber er hat schon verstanden, was ich wollte«, fügte Joe mit ebenso ungehaltenem Blick hinzu.

»Dann muss die Befragung noch einmal durchgeführt werden«, erwiderte Max unwillig. »Es müsste doch möglich sein, ihn dazu zu bewegen, sein Hörgerät einzusetzen.«

Und ein vernünftiges Gespräch ohne seine Tochter zu führen, dachte ich mir. Na ja. Vernünftig im weiteren Sinne.

»Und die Gansbühlers?«, wollte er wissen. »Deren Grundstück grenzt ja direkt an den Komposthaufen.«

»Die waren nicht da«, antwortete Joe.

»Die sind aber immer am Abend da«, widersprach ich. »Weil der Gansbühler in der Nacht nämlich nicht mehr so gut sieht, wenn da ein Auto entgegenkommt, dann ist er so geblendet …« Ich unterbrach mich selbst, als ich Max' Blick sah.

»Und du?«, wollte ich von Joe wissen.

»Ich?«

»Was hast du gehört?«, fragte ich. »Du wohnst doch auch direkt neben dem Komposthaufen vom Schmid.«

Günstiger waren Ermittlungen eigentlich gar nicht durchzuführen, wenn die ermittelnden Beamten direkt neben dem Mordopfer wohnten.

»Ich war vorgestern Abend nicht zu Hause«, sagte Joe und grinste mich frech an. »Auf Achse.«

»Und wo?«, bohrte ich weiter. Das war jetzt gar nicht nett. Ich will wirklich nicht behaupten, dass Anneliese mit ihrer abstrusen Meinung, Joe könnte ein Verbrecher sein, meine Meinung beeinflusste. Aber schließlich war ich eine anständige Journalistin, die jeder Spur nachging.

Eine kleine Gesprächspause trat ein, in der Joe überlegte, wo er gewesen war.

Schließlich sagte er: »Ich war drüben.«

Interessant, wie schnell Zugezogene begannen, sich genauso auszudrücken wie unsere Dorfbewohner. »Drüben« war nämlich unser Nachbardorf, von dem man ungern den Namen in den Mund nahm. Hin und wieder kamen einem auch ganz haarsträubende Dinge zu Ohren, die »da drüben« gemacht wurden, die man am besten totschwieg. Eine wichtige Institution, die man vielleicht doch hin und wieder frequentierte, war der Seldschukenwirt, sozusagen das Pendant zum Schmalzlwirt.

Der Wirt hieß nicht Herr Seldschuke, sondern Ludwig Müller, aber er war für alle einfach nur der Seldschukenwirt. Das kam noch aus seiner Jugend, weil er nämlich sämtliche Karl-May-Romane gelesen hatte, angeblich sogar mehrfach, und deswegen von allen nur Hadschi Halef Omar genannt wurde, vermutlich, weil er auch aussah wie Ralf Wolter. Vielleicht war das aber auch eine Anspielung auf die ganzen schlimmen Schlägereien, die sich in seiner Wirtschaft regelmäßig anbahnten und gerne eskalierten.

»Ach, ist dir der Schmalzl nicht gut genug?«, wollte ich grinsend wissen. »Oder hattest du Lust auf eine deftige Schlägerei?« Ich wandte mich erklärend an Max: »Besonders am Freitag rentiert sich das echt, beim Seldschukenwirt zu essen. Da gibt's nämlich gebackenen Saibling, und der schmeckt um Welten besser als der mooselnde Karpfen, den's beim Schmalzl gibt.«

»Nicht DA drüben«, verbesserte Joe etwas verlegen. »Ich war beim Schmalzl drüben.«

Ich schüttelte den Kopf, anscheinend war er doch noch nicht so integriert wie gedacht. »Und, hast du dafür Zeugen?«

Es wurde totenstill im Zimmer. Max war plötzlich superentspannt, was sehr verdächtig ist, weil er das immer ausstrahlt, wenn er gerade furchtbar gut aufpasst.

»Bis wann warst du da?«, bohrte ich weiter, als keine Antwort kam. Joe sah mich auch sehr entspannt an, aber ich hatte das Gefühl, dass er kurz davor war, sauer zu werden.

»Vielleicht so bis um zehn Uhr. Bis ich dann zu Hause war, war's bestimmt halb elf.«

Ich schüttelte mit gespieltem Entsetzen den Kopf. »Da hat man einmal das Glück, dass der Polizist neben dem Tatort wohnt, und dann treibst du dich beim Schmalzl rum.«

»Und danach? Nichts gehört?«, fragte Max.

Joes Verlegenheit war wieder verflogen, er zuckte mit den Schultern. »Okay. Ich hatte schon ein bisschen was intus«, erklärte er ohne Scham. »Aber eine Schlägerei im Nachbarsgarten hätte ich wohl schon mitbekommen.«

Max stand auf und begann, auf dem braunen Packpapier an der Pinnwand den Ablauf des Mordabends zu rekonstruieren. Eine Weile saß ich noch alleine am Tisch, in der Hoffnung, dass auch die anderen wenig Lust verspürten, länger vor der Pinnwand zu stehen. Schließlich hatte ich das Gefühl, mich nicht länger drücken zu können, war dabei aber sehr darauf bedacht, nicht auf die Tatortfotos zu schauen, die in der Mitte angepinnt worden waren. Schließlich hatte ich das alles in Natura betrachten müssen.

»Hast du das gesehen?«, wollte Joe wissen und zeigte auf zwei Bilder in Großformat: Auf einem war eine Armbeuge des Tierarztes abgebildet. Der linke Arm sah ziemlich zerstochen aus, als hätte der Tierarzt wochenlang im Krankenhaus gelegen und ständig Spritzen verabreicht bekommen. Auf dem anderen

Bild war sein Bauch abgebildet, in der Leiste klebte Blut, und es sah aus, als wäre hier die Haut aufgerissen. Der dicke rote Stift quietschte, während Max gerade die Termine, die wir vom Schmid wussten, auf das große Blatt eintrug.

»Ja«, sagte ich knapp und starrte verbissen auf die rote Schrift.

»Die ganzen Einstichstellen.« Joe deutete auf das Bild, und ich musste schon wieder meinen Blick heben.

»Was ist das?«, wollte ich wissen.

»Einstichstellen. Allerdings schon älter, die eigentlich interessante Verwundung ist diese hier …« Er deutete mit einem Kugelschreiber auf die Leiste des Toten. »Der Rechtsmediziner meint, dass diese Verwundung daher kommt, dass jemand eine Spritze aus der Vene herausgerissen hat. Mit Gewalt.«

»Mit Gewalt?« Wer sollte eine Spritze mit Gewalt herausreißen?

»Er nimmt an, dass dem Tierarzt etwas gespritzt worden ist.«

»Gespritzt?«, echote ich schon wieder und nahm mir gleichzeitig vor, in Zukunft nur noch wichtig zu nicken.

»Die Verletzung kommt vermutlich daher, dass sich der Schmid gegen die Spritze gewehrt und sie dabei aus der Vene gerissen hat«, sagte Max und beugte sich näher zu dem Bild mit der Leiste.

»Sein Mörder hat ihn also mehrfach versucht, in die Armvene zu stechen?«, fragte ich. »Und als das nicht so richtig geklappt hat, hat er ihm die Unterhose runtergeschoben und ihm die Spritze in den Bauch gerammt, und der Schmid hat sich so gewehrt …«

»Nein, das am Arm sind einige ältere Einstichstellen«, sagte Max und beugte sich mit gerunzelter Stirn über das Bild. »Da erhoffen wir uns zeitnah einige Aufklärung durch den Toxikologen. Es könnte sein, dass der Schmid medikamenten- oder drogenabhängig war.«

So ein Schmarrn. Der Schmid war doch nicht drogenabhängig.

»Habt ihr denn eine Spritze am Tatort gefunden?«

Max und Joe schüttelten beide den Kopf. Mein Blick wurde magnetisch von den Leichenbildern angezogen. Das Gesicht vom Schmid sah wirklich furchtbar aus. Ich warf Max einen Blick von der Seite zu, wie er seine Pinnwandeinträge ansah. Vor allen Dingen fand ich es komisch, dass sich der Schmid nicht gegen die Faustschläge gewehrt, sich dann aber die Spritze aus der Leiste gerissen hatte.

»Was denkst du?«

»Wieso diese ungezügelte Gewalt?«, murmelte Max leise.

»Um ihn bewusstlos zu schlagen?«, schlug ich vor.

»Deine Großmutter hat gesagt, dass die Schmidin sehr eifersüchtig war«, machte Max weiter, während er »Ehefrau« an die Pinnwand schrieb.

»Das weiß nicht nur meine Großmutter«, bestätigte ich. »Glaubst du, sie hat ihm die Nase gebrochen?«

Wenn Frauen ausflippten, dann wegen so etwas, aber ich nahm mir vor, etwas weniger herumzuspekulieren.

»Im Haus deutet jedenfalls nichts darauf hin, dass ein Kampf stattgefunden hat. Es war alles aufgeräumt«, berichtete Max, ohne auf meine abstruse Idee einzugehen.

Ja, die Schmidin war schließlich nicht blöd.

»Außerdem, wer lässt sich von seiner Frau so vermöbeln?«, warf Joe ein und schenkte mir einen feurigen Blick. Angestrengt starrte ich in die Kaffeetasse in meiner Hand. Ich räusperte mich und fühlte mich irgendwie gezwungen, auch einen Kommentar abzulassen. »Na ja. Vielleicht war er einfach zu besoffen, um sich verteidigen zu können.«

Als ich wieder aufsah, sahen mich beide mit hochgezogenen Augenbrauen an.

»Das ist nicht unwahrscheinlich«, erklärte ich mürrisch, weil keiner auf meine Theorie mit Begeisterung reagierte. »Dass er Alkoholiker war, das weiß jeder im Dorf.« Anders hielt man so einen Job und so eine Frau auch gar nicht aus. »Er hat halt nicht gespürt, dass ihm jemand mitten ins Gesicht schlägt.«

»Und die Nase bricht«, vervollständigte Max.

»Ja. Mei«, wich ich versiert bayerisch aus. »Da spürst du auch keinen Schmerz.«

Kannte man doch, dass die Verletzungen erst schmerzten, wenn der Schock abgeklungen war.

Max sah mich nachdenklich an. »Im Wohnzimmer stand ein Bierglas, das noch halb gefüllt war. Und in der Küche noch die dazugehörige Bierflasche.«

Max wirkte, als hätte er gar keine Lust mehr auf irgendwelche Theorien, egal, von wem sie geäußert wurden. »Ich rufe noch einmal bei dem Toxikologen an, damit der Fall vorrangig untersucht wird«, sagte er schließlich. »Dann wissen wir auch, wie betrunken der Tierarzt war. Und ob die Theorie, dass er kurz vor seinem Tod noch etwas gespritzt bekommen hat, stimmt.« Er tippte auf seine Armbanduhr. Er musste noch dringend zum Staatsanwalt. Und außerdem seine Truppe irgendwie vergrößern.

»Die Gansbühlers müssten unbedingt noch befragt werden«, wandte er sich an Joe.

»Dann kann ich ja da mitgehen«, schlug ich vor. Ich war noch nie bei einer Zeugenbefragung dabei gewesen. Vielleicht war das ein bisschen peppiger als dieses Meeting, dabei war ja wirklich überhaupt nichts rausgekommen, was nicht schon das halbe Dorf gewusst hätte.

Dass es ausgerechnet die Gansbühlers sein mussten, war zwar ein klein wenig blöd – der Gansbühler Franz war nämlich mein ehemaliger Lateinlehrer und insofern nicht unbedingt mein Lieblingslehrer. Und die Gansbühlerin war ziemlich eingebildet, weil nämlich der »Franzl« fast Direktor geworden wäre vom Gymnasium, wenn nicht das mit den Herzkranzgefäßen dazwischengekommen wäre.

»Du musst vor allen Dingen darauf achten, ob der Zeuge lügt«, weihte mich Joe vor der Haustür der Gansbühlers in die Geheimnisse der Polizeiarbeit ein.

Aber warum um alles in der Welt sollten die Gansbühlers lügen? Wahrscheinlicher war doch, dass sie rein gar nichts mitgekriegt hatten und uns nur Mist erzählen würden.

»Wenn jemand eine gelogene Geschichte erzählt, hat er die schon vorher geübt, und dann bekommt man eine chronologisch perfekte Geschichte erzählt.«

»Der Gansbühler ist Lateinlehrer«, wandte ich ein. Wenn einer sich mit chronologisch perfekter Geschichte auskannte, dann der.

»Eine unerwartete Frage bringt ihn dann total aus dem Konzept. Eine Detailfrage, die eigentlich nicht so viel mit der Geschichte zu tun hat ...«

Ich nickte brav, als er mir einen coolen Polizistenblick zuwarf, und verkniff mir den Einwand, dass Lehrer beim Abschmettern von unnützen Fragen eine solche Übung hatten, wie sich das ein normaler Polizeibeamter nicht vorstellen konnte.

»Und vor allen Dingen keine argwöhnischen Fragen, die Leute sollen meinen, man ist auf ihrer Seite.« Joes Stimme erstarb, als wir Schritte hörten und die Tür energisch aufgerissen wurde.

»Mei. Die Polizei«, sagte die Gansbühlerin, als hätte sie damit überhaupt nicht gerechnet. Da sie aber total aufgebrezelt war, mit Trachtenrock und Perlenkette, bezweifelte ich das. »Und die Zeitung. Kommen'S nur rein!« Geschäftigen Schrittes ging sie mit uns in die gute Stube. Wohnzimmerschrank Eiche rustikal. Kordsofa in braun. Gummibaum poliert. Fernseher aus den Achtzigerjahren. Sie sah noch einmal in den Flur, als hoffte sie, dass noch jemand zur Befragung käme, vielleicht ein Sondereinsatzkommando oder die GSG9. Wenigstens der Max, der Ahnung hatte, und nicht der Gangster Joe.

»Wir wollten uns schon bei der Polizei melden wegen der Vorkommnisse«, erklärte sie mit wichtiger Miene.

Das hörte sich ja vielversprechend an.

»Wir haben nämlich Stimmen g'hört«, sagte sie, bevor wir uns überhaupt hinsetzen konnten. »Aber da haben wir uns ja noch nichts dabei dacht. Weil wir ja nicht haben wissen können von dem Dr. Schmid und der Sache. Auf dem Komposthaufen. Gell, Franzl?«, sagte sie zu ihrem Mann, der gerade durch die Tür hereinkam. »Oder hast du da was gedacht?«

Der »Franzl« nickte, dann schüttelte er den Kopf. Er hatte sich nicht im Geringsten verändert. Noch immer war er vielleicht drei Köpfe kleiner als ich, dafür war sein Kopf dreimal so groß wie meiner. Das sah richtig absurd aus, der kleine Körper, die dünnen Beine und Arme und dann der dicke Bauch und der wahnsinnig große Kopf. Ich hatte plötzlich das ungute Gefühl, nicht genügend Lateinvokabeln gelernt zu haben.

»Um wie viel Uhr haben Sie die Stimmen gehört?«, fragte Joe.

»Der Franzl ist sich ganz sicher, dass das um zehn Uhr gewesen sein muss. Weil das nach dem Spielfilm war, und er hat die Haustür abg'sperrt. Gell, Franzl, des war zwischen dreiviertel zehn und zehn. Weil, bist aufstehst, vom Sofa und dann noch des Bierglasl in die Küche … des wird halt ein paar Minuten gedauert haben. Und dann haben wir das g'hört.«

Interessant.

»Eine Unterhaltung also?«, wollte Joe wissen. »Zwischen zwei Personen? Oder mehr Personen?«

»Eine Unterhaltung war das nicht«, sagte die Gansbühlerin. »Gell, Franzl? War des eine Unterhaltung?«

Der »Franzl« öffnete den Mund, aber bevor er etwas sagen konnte, fuhr seine Frau mit vertraulich gesenkter Stimme fort: »Das war ein Streit. Die haben so g'stritten, so was hab ich ja noch nie nicht g'hört bei uns. Im Fernsehen, da geht's ja manchmal so zu, aber bei uns … Wir sind ja doch am Land …« Sie unterbrach sich selbst und fügte nach einem entschuldigenden Blick auf ihren Mann hinzu: »Also ich meine, das macht man doch nicht, so am Abend, wenn alle ins Bett gehen.«

»Haben Sie die Stimmen erkannt?«, fragte Joe weiter, während er sich eine Notiz machte. »Frau oder Mann? Zwei Männer? Zwei Frauen?«

»Mei. Also, der Franzl …« Der Franzl sah aus, als würde er gleich explodieren vor Zorn über seine Frau.

»Das war ein Streit zwischen zwei Personen«, erzählte der »Franzl« langsam mit pointierter Aussprache. Er wirkte, als hätte er sich schon stundenlang zurechtgelegt, was er bei einer Befragung berichten würde, und dann erzählte seine Frau ständig, was er gehört hatte. »Auf der Straße, da bin ich mir sicher. Die haben auf der Straße gestritten, so lautstark, dass ich es sogar durch die geschlossene Tür vernehmen konnte. Sonst hätte ich ja auch nie die Tür noch einmal aufgemacht, sondern nur zugesperrt. So mache ich das nämlich jeden Abend. Sonst drehe ich den Schlüssel einfach nur um. Leg die Kette noch vor, schieb den Riegel zu … An dem Tag habe ich noch einmal die Tür aufgemacht und ganz deutlich gehört, dass auf der Straße zwei Personen eine lautstarke Auseinandersetzung hatten.«

Die Gansbühlerin machte den Mund auf, schloss ihn dann aber wieder, ohne etwas gesagt zu haben.

»Aber ich könnte nicht hundertprozentig sagen, ob es zwei Männer oder ein Mann und eine Frau waren.«

»Haben Sie die Personen gesehen?«, bohrte Joe nach.

»Ich hab zwar extra die Tür aufg'macht«, erklärte der Gansbühler. »Aber die müssen etwas weiter weg gewesen sein, ich habe leider auch gar nichts verstanden von dem Disput. Ich könnte nicht einmal bezeugen, dass es der Dr. Schmid war.«

»Ja, ich hab's auch g'hört, so laut haben die sich angeschrien. Ich hab mir schon überlegt, ob ich was sag«, stimmte die Gansbühlerin zu.

»Was hättest du denn gesagt?«, wollte der Gansbühler mit entnervter Stimme wissen.

»Na ja. Vielleicht: Hallo? Ist da wer?«, schlug sie zerknirscht vor.

»Haben die Personen betrunken gewirkt?«, mischte ich mich jetzt doch ein. Schließlich hatte Joe bestimmt keine Ahnung davon, dass man bei uns um diese Uhrzeit nicht auf der Straße herumstritt. Da saß man vor dem Fernseher. Besser gesagt, man stand gerade auf, um die Haustür abzusperren. Oder man kam vom Schmalzlwirt heim, angetrunken.

»So genau haben wir das natürlich nicht gehört«, erklärte mir die Gansbühlerin. »Oder hast du zug'hört, gell, Franzl ... Die haben halt g'stritten und sich ang'schrien, und dann war's aus.«

Erregte Stimmen, die etwas diskutieren, konnten genauso gut der Loisl sein. Das kam nämlich auch hin und wieder vor, dass der eine angeregte Diskussion mit sich selbst führte. Da konnte man leicht meinen, dass zwei Personen erregt miteinander sprachen, weil er gern die Rolle seiner Mutter einnahm und sich selber Ermahnungen gab.

»Und gesehen?«, wandte sich Joe jetzt an die Gansbühlerin. »Haben Sie vielleicht jemanden gesehen?«

»Nein, da hab nur ich rausg'schaut«, gab der Franzl seiner Frau keine Chance, selbst zu antworten. »Aber die müssen hinter der Hecke gewesen sein. Dann war noch so ein letzter Brüller, und dann war's totenstill.«

Die Gansbühlerin machte einen tiefen, pathetischen Seufzer.

»Waren es nur Stimmen, oder könnte es auch ein Handgemenge gewesen sein?«, bohrte Joe weiter.

»Eine Schlägerei?«, fragte die Gansbühlerin begeistert.

»Zum Beispiel«, wich Joe aus.

Die zwei überlegten. Der Gansbühler war komplett aus dem Konzept gebracht, weil er nämlich die Geschichte bestimmt vorher so richtig schön eingeübt hatte inklusive einiger Alternativformulierungen.

»Das kann ich leider nicht bezeugen«, gab der Gansbühler zu. Er wirkte unzufrieden mit seiner Antwort und ergänzte: »Ja, ja. Homo homini lupo«, als würde das irgendetwas erklären. Das erinnerte mich nur daran, dass ich von Latein überhaupt nichts mehr wusste. Komischerweise hatte sich nur ein sehr komplizierter Ausdruck eingeprägt: *homullus ex argilla et luto fictus*, das hatte der Sepp immer über den Gansbühler gesagt, heimlich. Das soll nämlich Vorgartenzwerg heißen.

»Das kommt alles nur daher, weil die Leute so rücksichtslos sind. Des merkt man doch überall, diese Rücksichtslosigkeit. Beim Einkaufen. Auf der Straße. Keiner nimmt mehr Rücksicht auf den anderen«, erklärte die Gansbühlerin den Streit. »Wollen Sie sich vielleicht die Haustür mal anschauen? Dass Sie eine Ahnung haben, wie das war. Wir könnten die ganze Situation auch nachstellen, soll ich den Fernseher anmachen?«

Ich beobachtete begeistert, wie der Joe das mit professionell sachlicher Miene ablehnte. Jetzt hätte er auch die einmalige Chance gehabt, eine »Detailfrage« loszuwerden, ganz nach: »Und wie war das Wetter an dem Tag?«, aber er ließ die Chance ungenutzt verstreichen und stand mit den Gansbühlers auf, um sich die Haustür und das ausgeklügelte Sicherheitssystem anzusehen.

»Ich bin ja froh, dass wir immer so gründlich absperren«, sagte sie noch begeistert. »Sollen wir Ihnen zeigen, wie wir danach abgesperrt haben?«

Joe schüttelte inzwischen mit einer gewissen Verzweiflung den Kopf.

»Avaritia prima scelerum mater«, sagte der Gansbühler abschließend und drückte mir fest die Hand, als wollte er mich gleich fragen, ob ich noch irgendwelche Ahnung vom AcI hatte.

»Kennen wir uns nicht?«, sagte er stattdessen zum Joe. *Aktenzeichen X Y ungelöst*, dachte ich mir und unterdrückte krampfhaft das Lachen.

»Oberstufe Latein?«, fragte der Gansbühler.

Joe schüttelte den Kopf.

»Lust auf Abendessen?«, fragte Joe, als sich hinter uns die Haustür geschlossen hatte. Er blieb direkt vor der Tür stehen und sah in den dunkel werdenden Himmel.

»Hm«, machte ich unbestimmt, weil ich irgendwie das Gefühl hatte, dass Max es überhaupt nicht leiden konnte, wenn ich solche Verabredungen hatte.

Da Joe keine Anstalten machte, weiterzugehen, sahen wir gemeinsam auf die Straße hinaus, von der man nicht viel sah, nur einen ganz kleinen Ausschnitt, weil die Gansbühlers eine riesige Thujenhecke pflegten.

»Was ist?«, wollte ich wissen, und Joe drückte mit dem Zeigefinger auf seine Lippen.

»Was hast denn du überhaupt immer dazwischeng'redt!«, schimpfte hinter der Haustür der Gansbühler los in Unkenntnis, dass wir direkt vor der Haustür standen. »Wer hat's denn gehört, die Mörderbagage! Als könnt ich nicht selber reden! Was sollen denn die von der Polizei von mir denken.«

»Mei, Franzl«, hörte ich die leiser werdende Stimme von der Gansbühlerin. »Des war doch nur die Lisa von der Wild Annl. Da brauchst dir doch nix denken.«

Na prima.

»Außerdem hab ich's doch genauso g'hört wie du! Wenn ich's dir sag!«

Langsam schlenderte ich hinter Joe her, der jetzt seinen Horchposten aufgegeben hatte, und ärgerte mich darüber, dass ich »nur« die Lisa von der Wild Annl war.

»Glaubst du, dass es sich um einen Streit zwischen dem Dr. Schmid und seinem Mörder gehandelt hat?«

Irgendwie machte die Beobachtung der Gansbühlers die Ermittlungen nicht unbedingt einfacher. Wieso sollte der Schmid erst auf der Straße »zum Schneidergraben« streiten, dass der andere derart wütend wird, dass er anfängt, dem Schmid mit der Faust ins Gesicht zu schlagen, dass es grad so scheppert? Und überhaupt, dann hätte ja der Schmid einmal um den Block rennen müssen, um zu seinem Haus zurückzukommen. Oder durch den Garten der Gansbühlers und dort über den Zaun zum eigenen Komposthaufen klettern.

»Zumindest würde es mit dem Tatzeitpunkt zusammenpassen«, meinte Joe. »Kann natürlich auch der Streit zwischen zwei Leuten gewesen sein, die überhaupt nichts mit dem Tierarztmord zu tun hatten.«

Was sollte das für ein verrückter Zufall sein?

»Und wieso flieht er zum Komposthaufen?«, wollte Joe interessiert wissen und ging um das Haus der Gansbühlers herum in den Garten.

»Wenn er sich von der Straße in den Garten der Gansbühlers gerettet hat, dann wäre das die Möglichkeit gewesen, zurück zu seinem Haus zu kommen«, schlug ich vor, während ich hinter Joe herging.

Schweigend starrten wir auf die diversen Komposthaufen, die man von hier aus sehen konnte.

»Ich frage mich nur, zu welchem Zeitpunkt er sich ausgezogen hat«, erläuterte ich meine Zweifel. »Oder meinst du, dass er schon halb nackt war, als er da auf der Straße herumgestritten hat? Wieso hat er sich überhaupt ausgezogen? Wurde er gezwungen, sich auszuziehen?«

»Seine Klamotten waren in der Waschmaschine«, erklärte mir Joe. »Hat seine Frau erzählt.«

Ich warf ihm einen sehr bedeutungsvollen Blick zu. »Was das bedeutet, kann man sich ja vorstellen. Die ganzen Blutspuren, die man jetzt nicht mehr finden kann, weil das Zeug gewaschen ist.«

Wieso der Max die Schmidin noch auf freiem Fuß ließ, war mir nach dieser Info nicht ganz klar.

»Das hat sie einfach so zugegeben?«

Anscheinend war sie keine erfahrene Mörderin.

»Das war angeblich normal so. Sie wollte nicht, dass das ganze Haus ›nach dene Viecha‹ riecht. Er ging nach der Arbeit immer gleich in den Keller, zog dort seine Kleidung aus und stopfte sie in die Waschmaschine. Manchmal schaltete er sie sogar ein.«

Das klang jetzt tatsächlich logisch.

»Was ihr nicht so gepasst hat, weil die Waschmaschine sehr laut schleudert«, wusste Joe zu berichten.

Ich seufzte, dann schloss ich die Augen und sah die Schmids vor mir. Er kommt nach Hause, Kaiserschnitt bei einer Kuh, total verdreckt. Zieht sich noch in der Diele aus, bloß schnell, damit sie nicht wieder beleidigende Sachen über seinen Gestank schreit. Dann geht er in Unterwäsche und seinen schwarzen Nylonsöckchen in den Keller, um die Wäsche in die Waschmaschine zu stopfen. Die Schmidin hatte ihren Mann echt im Griff, das musste man ihr lassen.

Danach war er also in Unterwäsche. Sprach das dafür, dass er den Mörder ins Haus gelassen und es dann derartig mit der Angst zu tun bekommen hatte, dass er hinaus in die Dunkelheit gerannt war? Ich erschauerte. Das war echt nicht lustig.

»Vielleicht hat er sich beim Komposthaufen versteckt«, kam ich wieder auf den Hügel des Grauens zu sprechen. »Der liegt so versteckt hinter dem alten Schuppen, dass man ihn vom Haus aus nicht richtig sieht. Er hat sich also hinter den Schuppen gesetzt und wollte abwarten, bis sich der Schläger wieder beruhigt hat.«

»Und dann sind sie durch den Gansbühler-Garten auf die Straße und haben dort gestritten?«, wollte Joe wissen, während er auf eine nackte Frauenfigur starrte, die mit emporgereckten Armen mitten auf dem Gansbühlerschen Rasen stand.

»Der Gansbühler war Lateinlehrer«, sagte ich. »Da stellt man sich keine Gartenzwerge in den Garten.«

Joe hob eine Augenbraue, und ich verspürte ein irrsinniges Bedürfnis loszulachen. Vielleicht stellte er sich auch deshalb keine Zwerge in den Garten, weil die ihm zu ähnlich waren. *Homullus ex argilla et luto fictus*, ich hatte echt ein Faible dafür, mir den totalen Quatsch zu merken. Schweigend verließen wir das Grundstück und gingen hinaus auf die Straße. Dort blieb Joe noch einmal stehen.

»Vielleicht machen sich die Gansbühlers auch nur wichtig«, stellte Joe die letzte halbe Stunde infrage.

Der Gansbühler machte sich nicht wichtig, der hatte das nicht nötig. Der gehörte schließlich zu den Honoratioren unseres Dorfes, weil er ja »ein G'studierter« war und eine Sprache unterrichtete, die sonst überhaupt niemand verstand. Dann knurrte mein Magen, und Joe schwang sich auf sein Motorrad.

»Schmalzlwirt«, sagte er, bevor er seinen Helm aufsetzte, in einem Tonfall, als wäre vollkommen klar, dass ich mitkommen würde.

Ich hatte als Alternative nur Maarten und Großmutter zu bieten, also hielt ich den Mund.

Schon durchs Fenster sah ich, dass wir nicht die einzigen Gäste waren. Klar. Donnerstag. Die Kartlkollegen hatten sich versammelt – wohl eine Gedächtnissitzung an ihren Mitspieler Dr. Schmid, allerdings komplett ohne Karten. Das waren der Kreiter, der Metzger und der Schmalzl. Als ich am Nachbartisch auch noch die Kreiterin, die Metzgerin und die Schmalzlin zusammen mit ihrer Schwiegertochter erblickte, wäre ich am liebsten wieder umgekehrt. Natürlich war der Schmalzlwirt null privat. Aber ich sah schon kommen, dass ich mit dem Joe schweigend vor dem Essen saß, weil alle »solchene Luser« bekommen würden, um wirklich jeden Gesprächsfetzen mitzubekommen und ihn so oft durchzudiskutieren, bis das alles mit der Wahrheit nichts mehr zu tun hatte. Als ich hinter Joe in die Gaststube trat, sah ich, dass bei den Frauen auch noch die Schmidin saß. Ihre Augen waren mit Mascara verschmiert, was noch stärker betonte, wie bleich sie war. Die Männer stierten schweigend in ihre Bierkrüge, und auch die Schmalzl-Schwiegertochter schwieg, den Blick auf die Schmidin gerichtet, deren Hand von den drei Frauen abwechselnd getätschelt wurde. Die Kreiterin, die Metzgerin und die Schmalzlin redeten so leise auf die Schmidin ein, dass ich nichts verstand. Vermutlich sollte es tröstend sein und zeigte nur nicht die erhoffte Wirkung. Denn die Schmidin schniefte und weinte einfach weiter.

»Da könntest du gleich mal eine Befragung durchführen«, raunte ich Joe augenzwinkernd zu, während wir uns an einen Tisch setzten. Schließlich wollte ich kein Spielverderber sein und Migräne vortäuschen, was ich beim Anblick der anderen Gäste gerne getan hätte.

»Erst das Essen«, raunte er zurück und sah mich intensiv an. »Danach die Arbeit ...«

Das verstand ich zwar nicht ganz, aber das mit »erst Essen« fand ich nicht schlecht und vertiefte mich umgehend in die Speisekarte.

Von den Schmalzls hatte anscheinend keiner Lust, uns zu bedienen. Vermutlich, weil sie fanden, dass ich dem Joe genauso gut zu Hause ein Butterbrot hätte schmieren können. Ich konnte sozusagen froh sein, dass sie mich nicht rausschmissen, immerhin hatte ich mich um diese Zeit um Großmutter zu kümmern. Schließlich stand die Schmalzl-Schwiegertochter ärgerlich auf, weil wir auch durch Ignorieren nicht zum Gehen zu bewegen waren, und knallte uns zwei Speisekarten vor die Nase. Noch bevor ich aufschlagen konnte, verdeutlichte sie uns unseren Handlungsspielraum: »Schweinsbraten und Steaks haben wir nicht mehr. Und was anderes Warmes auch nicht. Und der Salat ist aus.«

Aha. Sie hatte also keine Lust, sich für uns in der Küche zu verausgaben. Ich sah eine Weile ratlos auf die Speisekarte, da nichts von dem, was dort stand, noch zu haben war.

»Vielleicht einen Brotzeitteller?«, schlug sie dann doch noch vor und seufzte auf eine Art, als wäre ihr das eigentlich auch nicht zuzumuten.

Das Gespräch am Nachbartisch verstummte für einen Moment. Als die Schmidin mich entdeckte, veränderte sich ihre Miene dramatisch.

»Der Luke. Der war so ein Lieber«, sagte sie laut und deutlich. »Der hat mir jeden Sonntag Blumen geschenkt.«

Die Frauen nickten im Gleichtakt.

»Der hätt alles für mich g'macht, ein besseres Mannsbild kann man sich gar ned wünschen.«

Unisono schüttelten die Frauen die Köpfe, und ihre Augen glänzten feucht.

»Wenn halt nicht diese ganzen Weiber gewesen wären.«

Die Frauen nickten, als wären sie Wackeldackel auf einer Autorückbank.

»Die haben ihn so bedrängt. Das war nicht mehr schön. Irgendwann ist das natürlich auch für den standhaftesten Mann zu viel«, fügte sie in Überlautstärke hinzu.

»Damit meint sie mich«, flüsterte ich Joe zu, während meine Stimmung gerade richtig in den Keller rauschte. Anneliese hatte recht gehabt, die Schmidin schien allen Ernstes zu glauben, dass ich hinter einem Mann her gewesen war, der dreißig Jahre älter war als ich und nur noch einzelne Haare auf seinem Kopf hatte.

»Wenn ich nicht gewesen wär. Die hätten ihm ja die Tür eingerannt, die ganzen jungen Weiberleut'.«

Als Großtierarzt waren es, wenn überhaupt, ungesprächige Bauern, die ihm Tür und Tor einrannten.

»Ja. Dann einen Brotzeitteller«, nickte ich zur Schmalzl-Schwiegertochter, wobei mir eigentlich nach Brotzeitteller überhaupt nicht der Sinn stand. Den hatte ich jeden Tag zu Hause.

»So tun, als bräuchten sie eine Wurmkur.«

Die dumme Kuh, die dumme.

»Ich bräuchte zum Beispiel dringend eine Wurmkur«, zischte ich Joe zu und wurde bestimmt ein klein wenig rosa. »Also, für meinen Hund.« Joe schien jedoch mehr darauf fokussiert zu sein, dem kulinarischen Schicksal »Brotzeitteller« doch noch zu entkommen.

»In Wirklichkeit mit den Augen blinkern und ihn antatschen.«

Sie sah schon wieder zu mir herüber.

»Angetascht habe ich ihn auch nicht«, erzählte ich fast unhörbar der Speisekarte. Zum Schmalzlwirt zum Essen zu gehen, war der volle Quatsch und eine richtige Qual.

»Das war nicht mehr schön. Mich würd's ned wundern, wenn so eine meinen lieben Luke auf dem Gewissen hätt.«

Die Schmalzl-Schwiegertochter knallte mir und Joe den Brotzeitteller vor die Nase. Er bestand aus einer riesigen Scheibe Presssack, die in aller Eile ungleichmäßig heruntergesäbelt worden war, einer ungleich dick geschnittenen Scheibe Brot und einem kleinen Packerl Butter. Die Essiggurke war gefährlich weit über den Tellerrand gerutscht.

»Und als ob des ned g'langt, macht einem die Polizei noch einen Saustall, der sich g'waschen hat!«, beschwerte sich die Schmidin direkt in die Richtung von Joe weiter. »Den Komposthaufen haben's total zerwühlt. Was sie wohl g'meint haben, was's da finden! Schließlich kommt des dann wieder auf die Gemüsebeete, da werd ich jetzt irgendeinen Schmarrn drauf werfen! Aber da nehmen die keine Rücksicht. Alles zamtrampeln und den ganzen Schlaaz vom Kompost überall verteilen.«

Alle nickten unisono, jeder konnte sich vorstellen, was das für ein Schweinkram war.

»Und ich dürft mich rechtfertigen wegen den Knöcherln, die da drin sind«, machte sie weinerlich weiter. »Nur weil der Luke alles auf den Kompost g'worfen hat.«

Sogar einen Schweinekopf, das hatte ich schon von Großmutter gehört. Tierärzte hatten da echt keine Hemmungen.

Die Schmidin warf erneut einen schrägen Blick auf Joe, ob er auch wirklich alles mitbekam. Der jedoch tat, als wäre die Halbe Bier vor ihm das Wichtigste in seinem Leben. Nach einem kurzen Zögern leerte sie mit resolutem Schwung ihr Wasserglas, packte die Handtasche und ging.

Joe begann in aller Seelenruhe seine Brotzeit zu essen. Eine Unterhaltung zwischen uns kam nicht richtig auf, weil der Presssack seine ganze Konzentration forderte und außerdem das Gespräch der anderen viel interessanter war.

»Sie hat's schon schwer«, sagte die Kreiterin. »Da magst ja nimmer auf die Straß gehen.«

Die anderen Frauen nickten zustimmend, während die Männer weiterhin regungslos in ihr Bier sahen.

»Wisst's ihr schon, was ihr macht's, wenn eure Männer nimmer sind?«, wollte die Metzgerin wissen.

Ich spitzte die Ohren. Das war doch echt mal ein ergiebiges

Thema. Vor allen Dingen wie unglaublich einfühlsam, das vor den eigenen Männern zu besprechen.

»Ich hätt mir vorgestellt, dass ich dann mehr für mich mach«, sagte die Kreiterin.

Der Kreiter stöhnte im Hintergrund auf.

»Also, Wellness. Zum Beispiel. Hin und wieder so ein Wellnesswochenende. Hätt ich mir vorgestellt«, fügte sie hinzu.

»Und so einen Volkshochschulkurs«, setzte die Schmalzlin hinzu. »Italienisch für Anfänger.«

Der Schmalzl bekam einen stieren Blick.

»Und zu Ikea«, meinte die Metzgerin. »Frühstücken. In die Stadt fahren und frühstücken, schön gemütlich. Und danach noch ein bisserl rumgehen. In der Stadt.«

Ich beobachtete den Metzger. Der starrte genauso regungslos in sein Bier wie vor der Unterhaltung.

»Bei diesem Wellness würd ich schon auch mitmachen.«

»Des machst doch jetzt schon«, murrte der Metzger. »Bei der Bärbel.«

Die Frauen hörten auf zu sprechen und blickten eine Weile starr in ihre Gläser, bis die Metzgerin sagte, als hätte der Metzger nie gesprochen: »Mit Frühstücksbuffet.«

»Daheim könnt's doch auch so viel essen, wie ihr wollt's«, wandte der Schmalzl ein. »Da brauchst doch kei Büffet ned.«

Auch darauf reagierten die Frauen nicht.

»Habt's ihr auch schon so einen Plan?«, wollte der Schmalzl vom Kreiter und vom Metzger wissen.

Uiuiui. Ich spitzte die Ohren.

»A geh«, sagte der Metzger. »Wir arbeiten uns doch so im G'schäft auf. Ist doch klar, dass die Weiber länger leben.«

Die Metzgerin sah aus, als würde gleich grüner Rauch aus ihren Ohren kommen.

»Ich hab schon einen Plan«, behauptete der Schmalzl mit einem Blick zu den Weiberleuten. »Montags ist Stammtisch und dienstags Schützenverein. Am Mittwoch geh ich in die Volkshochschule.«

»A geh«, sagte seine Frau kopfschüttelnd. »In was für einen Kurs denn?«

»Mei. Dort, wo die schöneren Weiberleut' sind«, grinste er.

Der Metzger lachte, anscheinend fand er den Plan bis dahin nicht schlecht.

»Am Donnerstag ist ja unser Schafkopfn. Am Freitag geh ich zur Sabine in die Borzn rüber, die macht da immer Fisch, und es kommen so viel Leut', dass du reservieren musst. Am Samstag geh ich ins Bordell.«

Jetzt war es seine Frau, die aufstöhnte, und bestimmt nicht wegen der Kneipe von Sabine.

»Und am Sonntag geh ich in die Kirch«, grinste der Schmalzl. Der Kreiter und der Metzger hoben zustimmend den Maßkrug und nahmen einen langen Schluck.

»Was soll denn des für ein Plan sein«, rief seine Frau böse. »Des machst doch jetzt schon.«

Anscheinend wollte Joe den nun vermutlich folgenden Ehestreit genauso wenig hören wie ich. Er winkte der Schmalzl-Schwiegertochter, um zu zahlen, während der Schmalzl und seine Frau immer beleidigender wurden.

Vor dem Wirtshaus holte ich erst einmal tief Luft.

»Wenigstens war der Presssack gut«, sagte ich schließlich. »Und du willst jetzt noch ermitteln?«

»Immerhin weiß ich jetzt schon, dass du total verdächtig bist«, erklärte Joe mit ernster Miene.

Ich rollte mit den Augen. »Ja. Genau. Aber das weiß ich schon länger.«

Wir grinsten uns an, dann drückte er seinen Zeigefinger auf die Lippen und nahm mich an der Hand. Er zog mich dicht neben sich und sah mir so tief in die Augen, dass mein Herzschlag augenblicklich explodierte.

»Soll ich dir verraten, wie wir jetzt noch an Infos kommen, die uns sonst kein Mensch erzählen würde?«

Paralysiert starrte ich in seine dunklen Augen, obwohl er mein

Handgelenk längst ausgelassen hatte. Er lehnte sich gegen die Wand des Wirtshauses, direkt neben dem gekippten Fenster, und deutete mit dem Kopf an seine Seite. Ach, natürlich. Die geplanten Ermittlungen nach dem Essen. Irgendwie fand ich es gar nicht richtig, dass ich Joe so cool und geheimnisvoll fand. Schließlich wusste ich so gut wie nichts über ihn, dachte ich mir, und das klang ein wenig nach Rosl, Annl und Kreszenz zusammen.

Während wir in der kühlen Nacht standen, hörte ich ganz deutlich die Stimme von der Kreiterin.

»Die war des doch nicht«, behauptete sie. »Ich kenn sie schon ewig. Die hat ihren Alten wirklich geliebt.«

Eine Stille trat ein, in der jeder vielleicht darüber nachdachte, ob er seinen eigenen Ehepartner liebte oder nicht.

Der Metzger räusperte sich und sagte dann nachdenklich:

»Mei. Der Schmid. Früher, da war der halt schon ein ganz ein Wilder.«

Für eine Weile hörte man gar nichts mehr.

»Was meinst jetzt damit?«, wollte die Schmalzlin wissen.

Das war doch jetzt vollkommen klar. Der Schmid, ein Schwerenöter. Die Schmidin, eine mordlustige Harpyie.

»Ja, ein richtiger Weiberer«, fügte die Kreiterin hinzu.

»Vielleicht ist des ja alles beim Sex passiert«, mutmaßte der Kreiter. »Weil manche sterben da dran.«

»Am Sex?«, wollte der Schmalzl wissen.

»Vielleicht war des irgend so was Sadomasomäßiges«, spekulierte der Kreiter weiter.

»Beim Komposthaufen?«, fragte der Metzger ungläubig.

Mannometer, das waren ja Theorien, die hätte nicht einmal ich dem Max unterbreiten wollen, obwohl ich bekanntermaßen hemmungslos war mit meinen Hypothesen.

»Ja, des hat ihm vielleicht gefallen. Der Gedanke«, verteidigte sich der Kreiter.

»Der Gedanke an den Komposthaufen?«, mischte sich die Kreiterin mit einem ziemlich biestigen Unterton ein. »Was soll ihm denn daran g'fallen haben?«

»Des macht doch keine von uns«, sagte die Schmalzlin sehr energisch.

»Aber vielleicht die Schmidin. Weiß man's? Da will ich mir doch gar kein Urteil erlauben. Ned wahr?«, erwiderte ihr Mann. »Dann ist halt was schiefgelaufen, und schon war's aus.«

Was sollte denn beim Sex auf dem Komposthaufen schieflaufen? Ich wich Joes Blick aus, der andeutete, dass bei seinem Sex nie etwas schieflief, selbst auf dem Komposthaufen nicht.

»Aber er ist ja ruhiger g'worden. Genau wie der alte Stangl.«

Na ja. Der alte Stangl war auch uralt, der konnte ganz einfach nicht mehr wild sein.

»A geh, der alte Stangl«, sagte die Metzgerin. »Der wird jetzt ein Wilder g'wesen sein.«

Die Schmalzlin kicherte, und der Schmalzl sagte böse: »Da gibt's nix zum Lachen.«

»Wennst meinst«, sagte sie spitz und kicherte weiter. Und komischerweise lachte der Schmalzl plötzlich auch und stimmte das Lied »Ja so sans, die alten Rittersleit« an. Was jetzt folgen würde, kannte ich schon. Der Stangl hatte nämlich eine irrsinnig hohe Stimme, der konnte glatt als Frau durchgehen. Zumindest am Telefon. Und in dem Lied gab es die Strophe: »Und der Ritter Alexander rutscht hinab das Treppeng'lander. Doch ein Nagel stand hervor, jetzt singt er im Knabenchor.« Und das war natürlich irrsinnig komisch. Zumindest, wenn man schon zwei Bier intus hatte und ein Mann war.

Die Männer lachten dröhnend. Von den Frauen hörte man nichts, vermutlich schüttelten sie kollektiv die Köpfe. Damit hatten sie anscheinend genügend über den Stangl geredet, denn jetzt hörte man nur noch, wie sie ihre Bierkrüge auf den Tisch knallten, um ganz andächtig auf den guten Herrn Doktor zu saufen.

»Sie war's aber trotzdem nicht«, sagte die Schmalzlin. »Oder glaubt's ihr, dass sie dem so ins G'sicht haut, dass ihm die Nase bricht? Ich könnt des ned.«

Eine Weile trat eine Pause ein, dann sagte der Kreiter: »Vielleicht im Rausch der Leidenschaft«, und die Kreiterin meinte gleichzeitig: »Vielleicht hat sie's mit ihrer Gymnastikkeule g'macht. Da kannst richtig ausholen.«

Danach trat eine unheilvolle Stille ein.

»Da machst dir nicht einmal die Finger schmutzig«, fügte sie bissig hinzu, und ihr Mann grunzte beleidigt.

Hinter uns hörte ich Geräusche, die Frauen machten sich auf den Weg. Wahrscheinlich, um sich zu Hause wellnessmäßig eine Gurkenmaske zu verpassen. Oder noch eine Weile herumzutelefonieren, damit morgen in der Metzgerei auch jeder wusste, was genau die Schmidin gesagt hatte. Und was die Spurensicherung mit dem Komposthaufen gemacht hatte, dass der ganze Schlaaz und Ding über das Grundstück verteilt worden war.

Tatsächlich hörte ich die Kreiterin sagen: »Des kannst doch ned machen, die toten Viecha hinters Haus schmeißen.«

»Da hast Nullkommanix die Ratzn da«, bestätigte die Metzgerin. »Die kommen ja schon, wennst nur die gedämpfelten Erdäpfeln hinterschmeißt.«

Und den greisslichen Ratz, den greisslichen, den kriegt man nimmer los. Des weiß jeder. Mein Blick blieb an einem Zettel hängen, der an der Eingangstür klebte.

Brauchen Sie einen Privatermittler? Ermittlungsdienste aller Art von kompetenter Person, verschwiegen, zuverlässig. Führe verdeckte Ermittlungen und Observationen durch, gerichtsfeste Beweise! Ihr diskreter Aufklärer. Honey West.

Wie bitte? Honey West und dahinter die Telefonnummer von Anneliese? Das war ja nicht zu glauben! Mich erfasste eine innere Unruhe, am liebsten hätte ich sofort die Nummer gewählt und ihr erklärt, dass das gar nicht geht. Stattdessen konzentrierte ich mich wieder auf Joe, der meine Aufregung gar nicht mitbekam.

»Wann fangen wir denn an?«, wollte er wissen, während die Frauenstimmen näherkamen.

»Mit was?«, fragte ich verständnislos, weil ich nur an den Werbezettel von Anneliese denken musste.

»Selbstverteidigung«, wisperte er mir zu und entblößte grinsend alle Zähne. »So wie sich das anhört, hast du das echt bitter nötig. In diesem Dorf.«

Für eine saftige Entgegnung war leider keine Zeit mehr, denn die Frauen nahten bereits. Ich machte mich nach links und Joe nach rechts vom Acker, lautlos und profimäßig, als hätten wir unser Lebtag nichts anderes getan, als Dorfbewohner zu belauschen.

Kapitel 4

Das mit dem Hospitieren hatte ich mir zugegebenerweise komplett anders vorgestellt. Denn Max hatte natürlich keine zwanzig Mitarbeiter mobilisieren können, die ihn bei den Ermittlungen unterstützten, weil die andere Mordkommission zu dem Ergebnis gekommen war, dass sie einem Serientäter auf der Spur waren. Um den Schutz der Öffentlichkeit zu wahren, konnte man auf keinen Fall Personal von diesem Fall abziehen.

So blieb uns nichts anderes übrig, als die Sache »Streit am Schneidergraben« zu dritt anzupacken. Immerhin verlagerte das die Auseinandersetzung aus dem Garten der Schmids hinaus, und vielleicht hatten ja noch weitere Nachbarn mitbekommen, wer genau sich da gestritten hatte und ob der Streit irgendwann in eine Schlägerei übergegangen war oder nicht. Leider hatte ich fünf alte Frauen zugeteilt bekommen, die alle so heillos begeistert darüber waren, dass sie etwas gefragt wurden, dass ich kaum vorankam. Es wäre eine echte Erleichterung gewesen, wenn jede von ihnen einfach sofort zugegeben hätte, dass sie nichts gehört hatte.

»Ja, als Erstes hab ich mir *Dahoam is dahoam* ang'schaut«, erzählte mir die Langsdorferin begeistert. »Des muss so um eins g'wesen sein. Und danach schau ich mir immer *Wir in Bayern* an.«

»Ja«, nickte ich. Meine ursprüngliche Frage war gewesen, ob sie, wie der Gansbühler, zwischen dreiviertel zehn und zehn einen Streit auf der Straße gehört hatte. Aber anscheinend musste sich die Langsdorferin langsam durch ihren Tag kämpfen, um sich wieder erinnern zu können, was dann um zehn Uhr gewesen war.

»Schreibst des jetzt nicht auf, wann des war, mit *Dahoam is dahoam*«, wollte sie kopfschüttelnd wissen. »Des kannst du dir doch gar ned alles merken.«

Ich nickte zunehmend verzweifelt. Inzwischen kannte ich das Fernsehprogramm des Mordtages fast auswendig. Oder glaubte die Langsdorferin, dass die anderen alten Weiber was anderes gemacht hatten, als *Dahoam is dahoam* anzuschauen? Ich machte mir eine schwer lesbare Notiz.

»Dann hab ich mir *Jetzt red i* ang'schaut, aber vor dem *Rundschau Magazin* bin ich ins Bett.«

»Gut«, sagte ich zufrieden. »Und da haben Sie nichts gehört? Eine Schlägerei? Einen Streit?«

»Im Fernsehn?«, fragte die Langsdorferin nach. Die Ursprungsfrage hatte sie komplett verdrängt.

»Auf der Straße«, verbesserte ich entkräftet. »Vor Ihrer Haustür.«

»A geh, Mädl, wer sollt denn da streiten? Willst ned noch ein Stückerl Kuchen? Die Mare hat mir einen rübergebracht, und ich mag des doch ned, des schmeckt so nach alter Sahne.«

»Ich mach gerade eine Diät«, log ich entkräftet. »Ich muss dann weiter.«

»Hab ich dir wenigstens helfen können, Mädl?«, rief mir die Langsdorferin begeistert nach, und ich nickte und winkte und beeilte mich davonzulaufen.

Vor der Gartentür lief ich in Max hinein.

»Können wir nicht tauschen?«, wollte ich verzweifelt wissen, weil die Mare als Nächstes auf meinem Plan stand, und wie ich die kannte, hatte sie noch etliche Stück Kuchen mit alter Sahne zum Verschenken.

»Meinetwegen«, seufzte Max, der genauso wenig einen weiteren Zeugen für den nächtlichen Streit gefunden hatte.

Die Meiers waren nicht zu Hause, deswegen schlenderte ich zurück auf die Straße, wo ich beobachten konnte, wie alle Befragten noch immer vor ihren Haustüren standen und sich unterhielten. Vielleicht über das Fernsehprogramm der Tatnacht.

Oder darüber, dass sie nur von der »Lisa von der Wild Annl« befragt worden waren, während bei der Mare der Hauptkommissar persönlich aufgekreuzt war.

Joe und Max kamen gleichzeitig aus zwei verschiedenen Gärten. »Nichts«, sagte Max und sah mich ärgerlich an, als wäre das meine Schuld.

»Das muss doch noch jemand gehört haben«, wandte Joe ein. »Wenn das so eine Brüllerei gewesen ist, wie der Gansbühler behauptet hat.«

Meine Großmutter würde jetzt sagen, ich hab schon immer g'wusst, dass das mit dem Fernsehen ein Schmarrn ist. Da können sogar Leute derschlagen werden draußen, und keiner kriegt's mit.

Für den Nachmittag hatte Max angekündigt, dass er in die Rechtsmedizin nach München fahren würde zwecks einem Gespräch mit dem forensischen Toxikologen. Joe hatte er einen meines Erachtens komplett sinnlosen Auftrag gegeben, nämlich sich noch einmal den Stangl vorzunehmen, weil das nicht ginge, dass man so wichtige Zeugen einfach unbefragt ließ. Ich hatte den Verdacht, dass er nur dafür sorgte, dass Joe beschäftigt war und wir zwei ganz alleine nach München fahren konnten. Mir hatte er mit einem wirklich gemeinen Grinsen einen Pappteller überreicht. Von der Mare für mich. Ein Stück Torte. Ich verkniff mir gerade noch rechtzeitig den Kommentar, dass er den Kuchen selber essen konnte, wenn er nicht mal in der Lage war, dem Tierarztmörder eine gewisse Serientäterneigung zuzuschreiben, um mehr Personal zu bekommen. Stattdessen fuhr ich brav mit der ranzigen Sahnetorte nach Hause, um weiter an meinem Artikel zu schreiben. Schließlich hatte ich Abgabetermine.

»Weilst immer keine Zeit hast, zuzuhören«, sagte Großmutter, als ich in die Küche stürmte, um den Kuchen an den Hund zu verfüttern. »Hab ich mir dacht, schreib ich dir immer kleine Brieferln.«

»Briefe?«, fragte ich und sah auf die Uhr. Ich hatte keine Zeit für Briefe. Mein Hund stand mit angewiderter Miene vor dem Pappteller und wollte den Kuchen nicht fressen. »Muss ich die beantworten?«

Großmutter sah mich mit zusammengekniffenen Augen an. »Nein. Aber du musst es dir merken.«

Toll. Als ich meinen Laptop packte, erwartete mich die erste Botschaft in Form eines roten Post-it-Zettels: Jeden Tag einen Apfel essen.

»Das kannst doch auch sagen!«, rief ich ärgerlich.

»Aber dann behältst du es vielleicht besser«, erklärte Großmutter und drehte mir den Rücken zu.

Ich setzte mich an den Küchentisch und fuhr den Rechner hoch. Schmarrn, besser merken.

»Antibiotika, Fluch oder Segen?«, tippte ich sehr schwungvoll den Titel meines Artikels. Statt an Antibiotika zu denken, dachte ich in der nächsten Sekunde schon wieder darüber nach, weshalb niemand den Streit auf der Straße gehört hatte. Und ob der Gansbühler log, ob er sich geirrt hatte oder ebenfalls schwerhörig war wie der Stangl. Dann starrte ich eine Weile auf den Apfel, den mir Großmutter vor die Nase gelegt hatte, und überlegte, ob diese Blödsinnsidee mit den Post-it-Zetteln von Maarten stammte. Danach beschäftigte ich mich mit der Frage, ob ich meinen Hungergefühlen nachgeben und doch den Apfel essen sollte oder lieber nicht. Weil man wusste ja nie, was passierte, wenn man vielleicht noch eine Leiche zu Gesicht bekam in der Gerichtsmedizin. Vermutlich würde dieser Kelch an mir vorübergehen, weil wir uns ja nur die Ergebnisse abholen würden. Andererseits, wenn es nur Ergebnisse waren, dann brauchte man doch eigentlich nicht nach München zu gurken, da konnte man genauso gut ein Telefongespräch führen, oder? Weil ich mich nicht mehr auf meinen Artikel konzentrieren konnte, stellte ich mich ans Fenster und sah auf die Straße hinaus. Auf unseren Apfel- und den Zwetschgenbaum, die ihre Blätter in Seelenruhe abwarfen und keine Rücksicht darauf nahmen, dass keiner von uns sie zusammenrechen wollte. Großmutter ging schon wieder zu unserem Postkasten, obwohl sie die Post schon vor einer Stunde geholt hatte. Mir kam es vor, als wartete sie eigentlich nur auf Maarten.

Max und Maarten schafften es kurz darauf, gleichzeitig mit ihren Autos bei uns vorzufahren. Ich beobachtete die zwei, wie sie einträchtig nebeneinander auf unsere Haustür zugingen und ein paar Worte miteinander wechselten. Kurz bevor sie die Haustür erreichten, hielt Maarten Max zurück und begann auf ihn einzureden. Max nickte und hatte erst einen irrsinnig verständnisvollen Gesichtsausdruck, dann verwandelte er sich in eine eher unschlüssige Miene. Maartens Mütze war hochgerutscht, und man sah seine abstehenden Ohren rot leuchten. Was erzählte Maarten da, das ihm so unangenehm war? Vorsichtig öffnete ich mein Fenster. Okay, das gehörte sich nicht, aber so wie es aussah, musste ich mich vielleicht dringend in dieses Gespräch einmischen.

»Okay«, sagte Maarten abschließend und sah aus, als würde er sich nicht »Okay« denken, sondern »Puh«. Er begann zu lächeln, als wäre er froh, dass endlich gesagt war, was gesagt werden musste. Max hatte noch immer einen seltsamen Gesichtsausdruck, dann sah er zu mir und hob die Hand, als er mich entdeckte. Ich schloss das Fenster und packte meine Umhängetasche. Vielleicht war ich ein kleines bisschen enttäuscht, dass Maarten sein Herz Max ausschüttete und nicht mir. Aber Max war eben ein Mann, und vielleicht war es ein Männerproblem.

»Er ist an einer Überdosis Pentobarbital gestorben«, erläuterte der Toxikologe, während er auf den Zettel sah, der vor ihm lag.

»Pentobarbital?«, wollte ich wissen.

Irgendwie roch es hier doch verdächtig nach Leichen. Es war zwar weit und breit nichts Verdächtiges zu sehen, aber ich war mir sicher, den Hauch eines unangenehmen Geruchs in der Nase zu haben.

»Ein Barbiturat, das früher in der Humanmedizin als Schlafmittel eingesetzt worden ist. In der Tiermedizin wird es zum Einschläfern von Tieren verwendet.«

Glaubst des ned, würde Großmutter jetzt sagen. Den Tierarzt einschläfern, wenn das mal nicht link war.

»Inzwischen wird es aber nicht mehr als Schlafmittel verwendet. Sterbehilfeorganisationen benutzen es, um Tod durch Einschlafen hervorzurufen.«

»Aber es ist ein Betäubungsmittel?«, fragte ich eifrig. Unglaublich.

»War das im Bier?«

Das erklärte natürlich, wieso sich der Schmid so widerstandslos hatte schlagen lassen.

»Er hat es nicht oral aufgenommen«, verbesserte mich der Toxikologe. »Im Mageninhalt findet man gar nichts. Es muss ihm gespritzt worden sein. Es wurden ja auch genügend Einstichstellen gefunden, und eine frische Einstichstelle, die aussieht, als hätte jemand die Spritze nicht sachgemäß eingestochen und herausgerissen.«

Einstichstellen. Gespritzt.

»Aber wer lässt sich denn freiwillig etwas spritzen?«, fragte ich angestrengt und konzentrierte mich auf meinen Magen. Vielleicht hatte ich auch nur Hunger und mir war deswegen so übel. »Vielleicht war er doch schon ein klein wenig benommen von den Medikamenten …«

»Der Konzentration nach zu urteilen, wurde ihm eine Überdosis gespritzt, an der er innerhalb kürzester Zeit verstorben ist.«

»Also im Urin keine Spuren?«, fragte Max nach und machte sich eine Notiz.

»Nein. Der Tod muss sehr schnell eingetreten sein. Ich möchte sogar behaupten, dass er schon während der intravenösen Gabe des Betäubungsmittels zusammengebrochen ist. Bei der Dosierung bleibt man höchstens zehn Sekunden aufrecht stehen.« Er warf mir einen seltsamen Blick zu, vielleicht weil ich so nah am Fenster stand. »Allerhöchstens zwanzig Sekunden.«

»Das heißt, ihm wurde das Betäubungsmittel sicher gespritzt?«, wollte Max noch einmal bestätigt haben.

»Das ist ja wirklich eigenartig ... Vielleicht hat der Mörder ihm die Spritze in den Hintern gerammt«, schlug ich vor.

Die beiden sahen mich mit hochgezogenen Augenbrauen an. »Heimlich. Das geht bestimmt ganz schnell«, erklärte ich meinen Gedankengang.

»So wie es aussieht, wurde es ihm intravenös verabreicht«, erklärte der Toxikologe freundlich. »Und wie gesagt, die Einstichstelle in der Leistengegend sieht nach einer frischen Verletzung aus, sodass ich annehme, dass dies die Einstichstelle ist.«

»Intravenös?« Moment mal. Da musste man ja eine Vene finden. So hoppladihopp ging das bestimmt nicht.

»Vermutlich hat sich der Mann doch noch gewehrt«, meinte Max, »und sich die Spritze herausgerissen.«

»Das glaube ich nicht«, erwiderte der Toxikologe. »Bei der Konzentration ist man nach wenigen Sekunden nicht mehr handlungsfähig. Ich kann mir nur vorstellen, dass er schon während der Injektion gefallen ist – und der Mörder die Spritze nicht mehr schnell genug herausziehen konnte.«

»Aber wie soll das gehen?«, wandte ich ein. »Unfreiwillig geht das doch gar nicht. Er kann sich ja erst gewehrt haben, als er das meiste intus hatte, oder?«

Die beiden Männer nickten ein klein wenig so, als würden sie sich wundern, dass mir das jetzt erst dämmerte.

»Was ist denn bei dem Drogenscreening herausgekommen? Wir haben eine derart große Anzahl von älteren Einstichstellen gefunden, dass wir vermuten, dass er drogen- oder medikamentenabhängig war«, fragte Max.

»Wir testen beim Drogenscreening routinemäßig auf Opiate, Kokain, Amphetamine, Cannabinoide, Benzodiazepin, Kreatinin. Aber alles negativ.« Er zog eine Liste zu sich heran und zeigte mit dem Zeigefinger darauf. »Wir haben sogar auf Methadon getestet. Toxische Gase haben wir auch nicht gefunden.« Er wandte sich an Max. »Wie angefordert haben wir auch auf K.-o.-Tropfen getestet, aber auch das negativ. Keine Gamma-Hydroxy-Buttersäure, kein Flunitrazepam, keine Benzodiazepine.«

»Er war nicht betäubt, nicht betrunken und hat sich trotzdem das Zeug spritzen lassen?«, fragte ich fassungslos.

»Vermutlich wurde er deswegen vorher zusammengeschlagen«, erinnerte mich Max an die Verletzungen des Tierarztes.

Erst k.o. geschlagen und dann das Betäubungsmittel injiziert bekommen, das war ja widerwärtig. »Und es ist ein Mittel zum Einschläfern von Tieren?«

»Ja, das ist bestimmt in jeder Tierarztpraxis zu finden. Zum Beispiel unter dem Namen Eutha77. Oder Euthadorm«, bestätigte der Toxikologe.

»Oje. Das sieht ja schlecht aus für die Schmidin«, entwischte es mir. Schnell verbesserte ich mich: »Na ja. Kann ja jeder gewesen sein, der vorher in die Praxis gegangen ist und sich dort bedient hat.« Ich hatte auch schon einmal in der Praxis gesessen und dort auf den Schmid gewartet. Da hätte ich Eutha77 in rauen Mengen mitnehmen können.

»Betäubungsmittel müssen in einer Praxis gesondert aufbewahrt und gegen unbefugte Entnahme gesichert werden. Zum Beispiel in einem Stahlschrank oder Tresor«, wurde ich vom Toxikologen aufgeklärt. Ich hatte noch immer das Gefühl, mich dringend übergeben zu müssen. »Einfach in die Praxis und etwas mitnehmen geht da nicht. Auch die Vorratshaltung ist streng reglementiert, es darf den Monatsbedarf nicht übersteigen.«

Ich nickte gewissenhaft, als wäre mir das schon längst klar gewesen.

»Da muss alles genauestens aufgeschrieben werden, wann man das Betäubungsmittel gekauft, wann man es verbraucht hat. Millilitergenau. Mit Name und Anschrift des Lieferanten und des Tierbesitzers.«

Er wandte sich an Max. »Da die Angaben monatlich zu überprüfen und drei Jahre aufzubewahren sind, müssten Sie fündig werden, wenn Sie die BTMs der Tierarztpraxis überprüfen.«

Dann hielt ich den Geruch nicht länger aus und verabschiedete mich rückwärtsgehend vom Rechtsmediziner. Mist. Ich hatte mir fest vorgenommen das durchzuziehen. Das nächste Mal würde ich mich zusammenreißen.

Ein paar Minuten später kam auch Max aus dem Zimmer und legte mir den Arm um die Taille. »Und, geht's?«

»Entweder ich habe Hunger, oder ich muss mich übergeben«, erläuterte ich, und wir gingen Hand in Hand die Treppe hinunter. »Will gar nicht wissen, was der jetzt von mir denkt.«

»Ich habe ihm erzählt, dass du schwanger bist«, grinste Max. »Der denkt sich gar nichts.«

»Blödmann«, sagte ich böse, obwohl ich mir sicher war, dass Max gar nichts zu dem Toxikologen gesagt hatte und mich nur ärgern wollte.

»Diese vielen Einstichstellen sind eigenartig«, sagte Max und zog mich durch die Eingangstür nach draußen. Ich atmete ein paarmal tief durch.

»Der Schmid hat sich angeblich alles Mögliche gespritzt«, erklärte ich Max. »Schmerzmittel und so. Vielleicht ist er am Abend heimgekommen, hat sich gedacht, Scheiße, mein Knie, und hat sich noch eine Spritze reingerammt.«

»Und du meinst, er kann nicht lesen?«, wollte Max wissen. »Muss doch irgendwie beschriftet sein, so ein Medikament.«

»Ja. Aber vielleicht hatte er so starke Schmerzen. Und er war so müde und so besoffen, dass er sich nicht mehr darauf konzentrieren konnte. Dann hat er sich das Falsche gespritzt.«

Okay. Er war nicht besoffen. Aber vielleicht müde und total verzweifelt, weil er eben nicht besoffen war. Max zog die Augenbrauen nach oben.

»Und ist vor Verzweiflung an alle möglichen Schränke gelaufen. Ob man da noch richtig lesen kann, ist halt die Frage.«

»Er ist nicht gegen Schränke gerannt.«

»Okay«, sagte ich, weil Max nicht mit Begeisterung auf meine Theorie reagierte. »Was machen wir als Nächstes?«

Max legte mir den Arm um die Schulter und zog mich näher an sich.

»Was essen«, beantwortete ich meine Frage selbst, bevor Max irgendetwas anderes vorschlagen konnte. »Sonst laufe ich wie der Schmid aus lauter Verzweiflung noch irgendwo dran.«

»Der Schmid ist nirgendwo ›drangelaufen‹«, wiederholte Max mit sehr geduldiger Stimme.

»Er war nicht betrunken, das wissen wir jetzt. Er hatte eine derart hohe Dosis an diesem Euta-Zeugs intus, dass er sofort gestorben ist, und er hat vorher voll eins auf die Nase bekommen«, zählte ich auf. »Oder?«

»Ich nehme mal an, dass er dieses Pentobarbital gespritzt bekommen hat, als er schon längst bewusstlos und handlungsunfähig auf dem Komposthaufen lag«, erklärte mir Max.

»Der Rechtsmediziner hat aber nie behauptet, dass der Schmid nach der Schlägerei bewusstlos gewesen wäre«, entgegnete ich. Außerdem wunderte mich momentan wirklich diese Kombination aus Schlägerei und Giftspritze. Auch wenn man annahm, dass der Täter ihn bewusstlos schlagen wollte, die Verletzungen sahen einfach anders aus. Nach ungezügelter Gewalt, nach ganz viel Wut und Zorn. Würde das nicht anders aussehen, wenn es nur um Bewusstlosigkeit gegangen wäre? Denn wie passte es zusammen, dass jemand unglaublich emotional und unbeherrscht um sich schlug, gleichzeitig total rational seine Giftspritze dabeihatte und dann eiskalt sein Gegenüber einschläferte?

»Ich weiß«, bestätigte mir Max. »Aber wie du auch schon angemerkt hast, ist es eigenartig, dass er sich freiwillig etwas spritzen hat lassen. Da wäre Bewusstlosigkeit eine mögliche Erklärung.«

Wir blieben vor einer Dönerbude stehen. Ein romantisches Essen zu zweit, ganz ohne Maarten und Großmutter. Und Max nahm mich total ernst, diskutierte mit mir Ermittlungsergebnisse, ohne ständig mit den Augen zu rollen. Vielleicht hätte ich den Heiratsantrag doch annehmen sollen.

»Ich würde mir freiwillig etwas spritzen lassen, wenn ich den Eindruck hätte, dass mir der andere helfen will.«

»Aber nach einer Schlägerei?«, gab Max zu bedenken. »Mit Euthadorm?«

»Okay, Euthadorm ist jetzt das falsche Medikament, aber vielleicht hat der Schmid das ja nicht mehr gesehen nach der Schlägerei. Vielleicht waren es auch zwei Kerle. Der eine hat ihn geschlagen, der andere hat so getan, als würde er ihm helfen – der Mörder hat gesagt, alles kein Problem, die Schmerzen von der gebrochenen Nase und so, tut mir echt leid, wenn ich dir irgendwie helfen kann mit einem Spritzerl ...«

Zugegeben war es ein bisschen unlogisch, dass sich der Schmid ausgerechnet vor dem Komposthaufen zu diesem Spritzendeal überreden hat lassen. Noch dazu in Unterwäsche. Und mit Geschirrtuch im Mund.

»Ist ja auch egal«, behauptete ich, da mir dazu jetzt auch nichts einfiel, »dem Mörder ist es auf jeden Fall irgendwie gelungen, das ist doch die Hauptsache. Deshalb müssen wir in diese Richtung ermitteln.«

Mit so lausigen praktischen Details durfte man sich nicht aufhalten, wenn man Erfolg haben wollte.

Max bestellte zwei Döner und begann dann ganz entspannt, sein Vorgehen zu erläutern. »Da nicht jeder Zugang zu Barbituraten hat, müssen wir als Erstes in diese Richtung ermitteln«, erklärte er mir seinen Plan. »Muss ja scheinbar alles genauestens gesichert sein und pedantisch dokumentiert werden. Und wen überprüfen wir jetzt?«

Ich kam mir ein klein wenig vor wie in der Schule, als wollte mich ein Lehrer überprüfen, ob ich gerade aufgepasst hatte.

»Ärzte. Tierärzte. Apotheker«, zählte ich brav auf, schließlich wollte ich nicht so sein. Während wir auf den Döner warteten, rutschte seine Hand ganz nebenbei von meiner Taille unter die Jacke und das T-Shirt, bis sie auf meiner nackten Haut lag. Streng sah ich ihn von der Seite an, aber er grinste nur. Ich bekam gleich den ersten fertigen Döner, damit ich nicht länger gegen die Übelkeit ankämpfen musste. Was für ein Mann, dachte ich mir mit einem innerlichen Seufzen. Und Döner schmeckten wirklich supergut, fast so gut wie Leberkässemmeln. Ich holte ein Taschentuch aus meiner Umhängetasche und hatte drei Post-it-Zettel in der Hand.

»Siebenunddreißig Mal kauen, dann schlucken«, hatte Großmutter auf den ersten geschrieben. »Was bitter ist im Mund, ist fürs Herz gesund«, »Von Cola bekommt man schwarze Füße«. Ich zerknüllte heimlich die Zettel und trank einen großen Schluck Cola. Bestimmt liebte mich Max auch mit schwarzen Füßen.

»Vergiss nicht die Ehefrauen von Ärzten, Ehefrauen von Tierärzten, Ehefrauen von Apothekern«, zählte Max auf und biss in den zweiten Döner.

Damit stand unser nächstes Ziel schon fest.

Franziska Schmid, Fachfrau für geknüpfte Makramee-Scheiben und trauernde Witwe.

Bevor wir bei der Schmidin läuteten, blieben wir im Vorgarten stehen. Max sah sehr nachdenklich aus, vielleicht dachte er an Schiesser-Unterhosen mit Eingriff und schwarze Nylonsocken, während er den von Tausenden und Abertausenden kleinen Steinchen bedeckten Weg betrachtete, der in den Garten hinterm Haus führte. Als er weiterging, schlenderte ich hinter ihm her und versuchte dasselbe zu sehen wie er und noch etwas Besseres dabei zu denken.

»Nachdem die Schmidin keine Türen oder Fenster geschlossen hat, muss der Schmid durch die Haustür nach draußen gegangen sein«, erklärte er mir, »sofern sie nicht die Mörderin ist und lügt, dass sich die Balken biegen.«

Er blieb bei dem Hauseck stehen, von dem aus man jetzt hinter den Garten sehen konnte. Der gepflegte Steinchenweg führte um das ganze Haus herum.

»Er hat keine Schuhe angezogen«, sagte ich, während wir hinters Haus gingen.

»In der Nacht hatte es fünf Grad. Da fragt man sich doch eher, wieso er sich keine Hose angezogen hat«, erläuterte Max seine Zweifel und blieb vor dem Schuppen stehen. Der Komposthaufen sah nach dem Einsatz der Spurensicherung tatsächlich ziemlich zerwühlt und breitgetreten aus.

»Vielleicht war es kein Zufall, dass er ausgerechnet auf dem Komposthaufen starb«, stellte er mehr fest, als dass er mich fragte und betrachtete den Haufen von Ästen, Laub und Küchenabfällen. »Und dann noch dazu halb nackt?«

Ich blieb vor dem Komposthaufen stehen und stemmte die Hände in die Hüfte. Die Schmidin kannte echt nichts, die hatte schon wieder neue Abfälle drauf geworfen, und zwar vor nicht allzu langer Zeit. Die Filtertüte vom Kaffee war noch warm, man sah den warmen Dampf in die klare Herbstluft aufsteigen. Ich für meinen Teil hätte diesen Komposthaufen für den Rest meines Lebens gemieden.

»Du meinst, der Mörder hatte die ganze Zeit vor, ihn genau hier abzulegen?«

Max antwortete nicht, sondern ging zum Zaun und sah hinüber zu den Gansbühlers, die ihren Komposthaufen genau gegenüber hatten. Allerdings ein bisschen ordentlicher mit einer hölzernen Einfassung und bestimmt gänzlich ohne Tierknochen.

»Er will uns damit was sagen?«, wollte ich wissen. »Etwas über den Schmid? Etwas über seine Meinung über den Schmid?« Ich bohrte Max meinen Ellbogen in die Seite. »Jetzt red endlich mit mir und schau nicht nur so bedeutungsvoll, das kann ich echt nicht leiden!«

Er grinste mich an. »Im Gegensatz zu euch Frauen denke ich schweigend«, erläuterte er mir sein Vorgehen, und ich hätte ihm gerne noch einmal den Ellbogen in die Seite gerammt.

»Dann entsteht aber keine Diskussion«, antwortete ich pikiert. »Und du kriegst meine zahlreichen Ideen nicht mit.«

Gerade hatte ich zwar überhaupt keine Idee und schon dreimal keine zahlreichen, aber trotzdem.

»Du meinst also, er wurde gar nicht hier umgebracht, sondern vielleicht tatsächlich im Fernsehsessel. Der Mörder hat sich dann gedacht, hey, der Schmid, der gehört sich doch echt auf den Kompost … Hat die Leiche oder den sterbenden Schmid hierhergeschleift … Dann brauchte er natürlich auch keine Schuhe, der Schmid, da reichten die Nylonsocken vollkommen aus.«

»Geschleift nicht. Es wurden keine Schleifspuren im Garten gefunden.«

»Getragen«, sagte ich atemlos. »Der Schmid wiegt bestimmt an die hundert Kilo. Wog.«

Max blieb am Zaun stehen und blickte jetzt hinüber zum Stangl.

»Die Schmidin kann das bestimmt nicht.« Als Max weiterhin unbeirrt zum Stangl hinübersah, fügte ich provozierend hinzu: »Und der Stangl auch nicht. Wobei sie natürlich gemeinsame Sache gemacht haben könnten.«

Max dachte gerade bestimmt, dass ich ihm doch auch schweigend beim Denken zusehen konnte.

»Aber wieso denn nun Komposthaufen?«, erinnerte ich mich an die Ausgangsüberlegung.

»Ein Statement«, antwortete Max. »Ein Zeichen.«

»Was für ein Zeichen? Dass er zur Gansbühlerin fliehen wollte, weil seine Frau so gemein zu ihm war?«

Die Gansbühlerin war keine besonders herzliche Frau, und gut aussehend war sie auch nicht. Aber ich wollte nicht ausschließen, dass sie Qualitäten hatte, von denen ich nichts wusste.

Max verdrehte die Augen. »Komposthaufen. Was wirft man denn auf den Komposthaufen?«

»Kaffeesatz«, sagte ich. »Bananenschalen …«

Ich tippte mir an die Stirn.

»Okay. Die Aussage ist, er kann hier verrotten, zusammen mit all dem Müll, den er hierhergeworfen hat. All den toten Tieren. Den Orangenschalen. Und den vergammelten Äpfeln.«

»Zum Beispiel«, sagte Max und seufzte. »Oder dass er nicht

mehr wert war als dieser Komposthaufen. Ein Haufen Müll, sozusagen. Er wird degradiert zum Unrat.«

Ich schwieg eine Weile beeindruckt. Max sollte Profiler werden. Und vielleicht Bücher schreiben über die Psyche von gestörten Mördern oder so. Kurzzeitig erwog ich, ihm die Theorie vom Kreiter noch mitzuteilen, vom Rausch der Sinne, die der Schmid da auf dem Komposthaufen erlebt hatte. Ich weiß zwar nicht, ob es manche Leute sexuell anregt, wenn sie ein Geschirrtuch in den Mund nehmen und sich dann auf den Komposthaufen setzen, aber der Kreiter musste es ja wissen, der war schließlich auch ein Mann. Aber da ich heute schon ganz viele Theorien gehabt hatte, die alle nicht besonders gut angekommen waren, verkniff ich mir das lieber.

Schließlich warf Max noch einen Blick hinüber zum Haus von Joe. Ich will es nicht beschwören, aber sein Blick sah düster, grimmig und testosterongeladen aus. Für ein paar Sekunden jedenfalls. Dann hatte er anscheinend genug gesehen und ging zurück zur Haustür der Schmids.

Die Schmidin sah mich an, als wäre speziell ich daran schuld, dass Max vor ihrer Haustür stand und dringend den Betäubungsmittelschrank kontrollieren wollte. Wortlos drehte sie sich um und ging Richtung Praxis. Dabei murmelte sie Sätze vor sich hin, die ungefähr so klangen wie »Die nehmen überhaupt keine Rücksicht auf meine Gefühle«. Wir gingen durch die Diele bis zu der Stahltür am Ende des Gangs, dort führte eine schmale Treppe nach unten in die Einliegerwohnung, in der sich die Praxis befand. Mit genervter Miene blieb sie vor einem Regal stehen, in dem sich mehrere mit unterschiedlichen Jahreszahlen beschriftete Ordner befanden, und holte einen davon heraus. Mit einem hörbaren Wumms knallte sie den Ordner auf den Stahltisch in der Mitte des Raums und schlug ihn auf. Man sah eine ordentliche Schrift – wohl die einer Frau –, die sich mit einer deutlich unleserlicheren abwechselte.

»Das habe hauptsächlich ich geführt«, sagte sie ruppig und

kniff die Augen zusammen. »Da war ich ganz genau. Da musst präzise sein, weilst da nämlich jede Menge Ärger kriegst, wennst des ned bist.«

Sie sah besonders böse in meine Richtung, als könnte ich etwas dafür, dass überhaupt jemand auf die Idee kam, solche Ungeheuerlichkeiten zu kontrollieren.

»Hier. Die Verbrauchsmeldungen. Empfangsbestätigungen. Der Lieferschein. Das Lieferscheindoppel.«

Sie fuhr mit dem Finger über die Liste. »Betäubungsmittelnummer. Pharmazentralnummer, abgegebene Gewichtsmenge. Verbrauchsdatum.«

Sie stemmte die Fäuste in die Hüften und kniff die Augen zusammen. Neugierig beugte ich mich über die Liste. Unterschrieben hatte immer er. Aber ob er immer genau gelesen hatte, was sie aufgeschrieben hatte? Meine Gedanken schienen als riesiges Schild auf meiner Stirn zu lesen zu sein.

»Bei uns ist alles mit rechten Dingen zugegangen. Das könnt's glauben! Ich lüg mir doch nicht in die eigene Tasche, und dann kommt einer von der Aufsicht – und wie stehen wir dann da!«

Sie senkte ein wenig die Stimme: »Beim Götz weiß ich natürlich nicht.«

»Götz?«, fragte Max.

»Der andere Tierarzt«, klärte ich ihn auf.

»Nix als Ärger«, sagte sie knapp. »Immer war er im Urlaub, und wenn er Bereitschaft g'habt hat, hat er's Handy ausg'schaltet und so getan, als hätt er keinen Empfang.«

Und wenn man eine Wurmkur für den Hund brauchte, dann war er immer auf seiner Großtierrunde, davon konnte auch ich ein Lied singen.

Max schlenderte zum Schreibtisch des Tierarztes, der überfüllt war mit Zeitschriften, hauptsächlich dem *Deutschen Tierärzteblatt* und dem *Landwirtschaftsanzeiger*, und sah, ohne mit der Wimper zu zucken, auf dieses Chaos. Er berührte auch den Schreibtisch nicht, sondern schien alles, was auf diesem Schreibtisch lag, zu scannen. Er sah so entspannt aus, wie er immer wirkte, wenn er konzentriert war, dass ich auch hinüberschlenderte.

Eine aufgeschlagene Zeitung lag direkt neben der Computertastatur. Auf der einen Seite war eine große Anzeige für die Entwurmung von Pferden abgedruckt. »Tief in die Darmwand eingekapselte kleine Strongyliden …« stand unter einem riesigen Pferdemaul. Auf der anderen Seite war das Ende eines Artikels über Berufskrankheiten bei Tierärzten zu lesen. Eine Tabelle zeigte die Art der Berufskrankheit und dazu den Anteil der Krankheitsfälle, der von der Versicherung akzeptiert worden war. Bandscheibenbedingte Erkrankungen der LWS stand da, von Tier auf Mensch übertragbare Krankheit. Atemwegserkrankungen durch allergisierende Stoffe verursacht, exogen-allergische Alveolitis …

»Dieser Dr. Götz hat seine Praxis wo?«, fragte Max schließlich, als hätte er die ganze Zeit nur über diesen anderen Tierarzt nachgedacht.

Drüben, in Unterbachenreuth, dachte ich mir und schlenderte zum nächsten Fenster, weil mir nicht klar war, was an diesem Schreibtisch so interessant sein sollte. Von hier aus hatte man einen prima Ausblick auf den Schuppen und den Komposthaufen. Hatte der Tierarzt dort vielleicht jemanden gesehen? Unwahrscheinlich, es war ja dunkel gewesen. Aber vielleicht hatte er das Fenster offen gehabt und Geräusche gehört. Und war dann hinausgegangen um nachzusehen?

»Und das hier ist der Schrank für die Betäubungsmittel?«, wollte Max wissen und drehte sich zu einem Metallspind, auf dem groß BTM stand. »Und der Schlüssel?«

Die Schmidin starrte ihn an, als würde sie überlegen, ob sie einen Rechtsanwalt fordern sollte. Dann bückte sie sich nach der letzten Schublade des Schreibtisches, aber Max hielt sie zurück. Er holte aus seiner Jackentasche Handschuhe hervor und öffnete selbst die Schublade. Darin lag ein kleiner Schlüssel. Wir standen zu zweit neben ihm und beobachteten gespannt, was man beim Öffnen des Schranks sehen würde. Die Schmidin hatte eine versteinerte Miene, als Max die Tür öffnete und den Blick auf einen prall gefüllten Schrank freigab. Anscheinend überlegte sie gerade, wie einfach sie uns die Suche machen sollte.

»Was ist denn das alles?«, entwischte es mir.

»T61. Polamivet. Ketamin. Euthadorm. Und das ist für das Betäubungsgewehr«, sagte sie mit ausdrucksloser Stimme.

Max holte sein Handy heraus und drehte sich von uns weg, um mit der Spurensicherung zu telefonieren. Oje, das sah jetzt alles sehr ungünstig für die Schmidin aus. Ich an ihrer Stelle hätte so getan, als wüsste ich nicht, wo der Schlüssel ist. Der Inhalt dieses Schranks war bestimmt ausreichend, alle Tierärzte in Bayern umzubringen.

»Das braucht man in einer Tierarztpraxis«, fügte sie mit scharfer Stimme hinzu, als hätte sie meine Gedanken gelesen.

»Sind da auch Schmerzmittel dabei?«, wollte ich wissen. »Oder Antibiotika?«

Sie drehte sich zu mir und musterte mich von oben bis unten verächtlich.

»Das ist der Betäubungsmittelschrank«, antwortete sie in einem Tonfall, als wäre ich ein bisschen blöd. »Deswegen sind da die Betäubungsmittel drin. Opiate zur Narkose. Sedativa. Mittel zum Einschläfern. Und so Zeug.«

Aha. Sedativa.

»Was suchen Sie denn genau?«, wollte sie wissen. In ihrem rechten Auge schien ein Blutgefäß geplatzt zu sein. Ihr Blick war richtig diabolisch. »Hat ihn einer vergiftet?«

»Wollen Sie eine Freundin anrufen?«, wollte Max sanft wissen. »Sollen wir die Polizeipsychologin kommen lassen?«

»Wieso denn das?«, fauchte sie. »Sagt's einfach, wie er g'storben ist. Ich halt des schon aus. Jetzt ist's auch schon wurscht.« Sie senkte ihre Stimme zu einem Flüstern. »Aber find's ihn, den Teifel, der des g'macht hat.«

Ich starrte auf eine 100-ml-Glasflasche mit der Aufschrift

»Euthadorm«. Sie leuchtete knallblau aus dem Schrank heraus und sah wahnsinnig giftig aus. Dahinter standen noch einige weiße Packungen mit derselben Aufschrift.

»Wir tun unser Bestes«, antwortete Max, ohne auf die Frage, wie ihr Mann gestorben sei, zu antworten. Er griff nach einer Palette mit braunen Glasfläschchen, auf denen »T61« stand, und stellte sie auf den Tisch.

»Wer hat Zugang zu dem Schrank?«, wollte Max wissen.

»Mein Mann und ich«, flüsterte die Schmidin. Sie kniff die Augen zusammen. »Da wird nichts fehlen«, fauchte sie. »Das ist alles dokumentiert. Da gab's nix bei uns.«

Max nickte freundlich. »Davon gehe ich aus«, sagte er mit seiner nettesten Stimme, »das ist eine reine Routineüberprüfung.«

»Wir werden ständig überprüft«, beharrte sie. »Ständig. Ständig kommen die von der Apothekenkontrolle, des könnten wir uns gar nicht erlauben, dass des ned in Ordnung ist.«

»Gut«, antwortete Max mit seiner professionellsten Miene.

»Aber beim Götz, da stimmt doch dauernd was nicht. Deswegen haben wir auch keinen gemeinsamen Betäubungsmittelschrank, weil er immer den Schrank offen lässt und vergisst aufzuschreiben. Und dann spritzt er allaweil schwarz die Pferdln tot. Unter der Hand.« Ihre Augen waren jetzt nur noch schmale Schlitze. »Wenn'S wissen, was ich mein. Der kennt da nix. Sie brauchen nur anrufen bei der Pharmafirma. Bei der Apotheke. Da hat er schon einmal eins auf den Deckel gekriegt, weil er nie was nix dokumentiert hat. Und mich würd's ned wundern, wenn sie dem die Sachen aus dem Schrank stehlen.«

Die ganzen Drogenjunkies, die in unserem Dorf lebten. Die warteten nur darauf, dass der Betäubungsmittelschrank offen stand. Sie stemmte die Hände in die Hüften, in ihren Augen glitzerten Tränen. Ob aus Wut oder Verzweiflung oder vielleicht aus Trauer? Ich hatte plötzlich das Gefühl, dass wir ganz furchtbar gemein zur Schmidin waren, schließlich war ihr Mann gestorben, den sie so vergöttert hatte.

»Wenn mich keiner mehr braucht«, sagte die Schmidin mit belegter Stimme. »Ich muss in d'Küch.«

Mussten wir die jetzt nicht bewachen? Benahm sie sich nicht gerade ausgesprochen verdächtig? Max fand das anscheinend nicht, denn er nickte ihr nur freundlich zu.

Als sie draußen war, holte Max die giftblaue Glasflasche heraus. Euthadorm, las ich, als er sie mir zuschob.

»Das ist das Pentobarbital«, erklärte er mir. Er hatte sich auf jeden Fall mal gut vorbereitet. Außerdem war mir sofort klar, dass dieses Zeug mit nichts anderem verwechselt werden konnte. Die Idee, dass der Tierarzt wegen Schmerzmitteln in diesen Schrank gegriffen und sich versehentlich das knallblaue Zeug injiziert hatte, war total weit hergeholt.

»Wir überprüfen jetzt, ob alle Flaschen mit entsprechender Chargennummer, die laut Liste noch da sind, auch in dem Schrank sind«, erklärte er mir sein Vorgehen und holte die anderen Medikamentenschächtelchen hervor.

»Und du gehst jetzt bitte zu ihr hoch in die Wohnung«, sagte er sehr leise. »Und siehst nach, was sie macht. Wenn sie dich erwischt, fragst du, ob wir einen Karton haben könnten.«

Das war ja endlich mal ein toller Auftrag. Ich nickte möglichst cool und öffnete leise die Tür zum Haus. Eine dunkle, geflieste Treppe führte hinauf in die eigentliche Wohnung. Oben war eine Stahltür, die geschlossen war. Sehr leise und langsam drückte ich die Türklinke hinunter und horchte. Irgendwo in der Wohnung hörte ich die Schmidin erregt flüstern. Hatte sie Besuch? Ich schlich um die Ecke und konnte jetzt deutlich ihre Worte hören. Sie telefonierte.

»Möglichst sofort«, wisperte sie eben. »Auf Verschwiegenheit lege ich größten Wert.«

Verschwiegenheit? Das Telefonat wurde ohne einen Gruß beendet, und es war für einen kurzen Moment so totenstill in der Wohnung, dass mir ganz unheimlich wurde. Schließlich hörte ich eilige Fußschritte, die in meine Richtung führten. Ich trat den Rückzug an.

»Sie hat telefoniert«, berichtete ich atemlos. »Ich habe aber nur gehört, dass sie ›möglichst sofort‹ gesagt hat. Und dass sie auf Verschwiegenheit größten Wert legt. Und bei dir?«

»Es fehlt ein Fläschchen Euthadorm.« Max sah nachdenklich auf den Betäubungsmittelschrank.

»Na prima«, sagte ich aufgeregt. »Nimmst du sie jetzt fest?«

»Okay«, sagte Max mit einer Stimme, als wäre ihm das alles vollkommen egal, und warf mir meine Jacke zu. »Dann suchen wir mal den Bauern, bei dem der Schmid vorher war.«

»Wie, du nimmst sie nicht fest?«, fragte ich ungläubig nach.

Er sah ein bisschen aus, als würde er sich »ach Schnuckelchen« denken.

»Vielleicht hat der Schmid ja letzte Nacht eine Kuh eingeschläfert«, schlug er mit sachlicher Stimme vor, obwohl seine Augen noch immer verdächtig nach Schnuckelchen aussahen, »und ist nur nicht dazu gekommen, das in der Liste einzutragen.«

Auch wieder wahr. Ich schlenderte in den Garten, während Max in die Wohnung hinaufging, wohl um der Schmidin Bescheid zu sagen.

Vor dem Garten der Stangls standen gleich mehrere Frauen und ratschten in moderater Lautstärke. Ich blieb vorsichtshalber bei der Hecke stehen, denn ich wusste, dass keiner mehr reden würde, sobald sie mich sahen.

»Vielleicht hat er keine frische Wäsch' mehr g'habt«, sagte eben die Rosl. »Vielleicht hat sie nicht g'waschen, und er hat gar nix anderes anziehen können.«

Ach ja, da wurde wieder die Tatsache diskutiert, dass der Tierarzt »nackert« draußen gewesen war.

»Vielleicht hatte er aber auch ein Date«, sagte die Annl. Das Date hörte sich wie Däit an.

»Aber da ziehst dich doch auch anständig an«, erklärte die Rosl routiniert. »Da gehst doch ned mit einer Unterwäsch' raus.«

»Und noch dazu beim Komposthaufen. Da hat doch kein Mensch eine Verabredung«, sagte die Kathl nüchtern.

»Wahrscheinlich hat er noch irgendwas zum Kompost bracht«, fügte die Kathl hinzu.

»Und hat einen Einbrecher derwischt«, bestätigte die Rosl begeistert.

Oje.

»Oder sie hat ihn derwischt. Mit der Freundin am Komposthaufen«, sagte die Annl mit ihrer piepsigen Stimme. »Wisst's ihr nimmer, wie des damals war, wie sie sich kennenglernt haben?«

Ich spitzte die Ohren.

»Der war doch erst einmal mit der Dings zam.«

»Dings?«, fragte die Rosl neugierig. »Ach ja. Die Dings, dieses Trutscherl, ich weiß schon, wenst meinst.«

»Wie des auseinandergegangen ist, hat sie sich gleich an ihn drang'schmissen«, wusste die Annl. »Dann hätt sich die Dings wieder anders entschieden, und dann aber …«

Dann aber?

»Die hat ihr voll eine reing'haut«, piepste sie mit Begeisterung in der Stimme. »Ich weiß noch, das war vor dem Schmalzlwirt. Das hat vielleicht g'scheppert.«

»Das war nur eine Ohrfeige«, relativierte die Kathl die Aussage. »Im Affekt. Außerdem waren sie da schon Monate zusammen. Und du warst doch da gar nicht mit dabei.«

Auf der Straße kam jetzt auch die Anneliese alias Honey West daher und gesellte sich zu den Frauen. Leider musste ich genau in dem Moment husten und meine Tarnung hinter der Hecke aufgeben, um nicht vollends durchgeknallt zu wirken. Damit war der Ratsch der Frauen jedoch beendet. Sie verabschiedeten sich in aller Eile, während ich mich zu Anneliese gesellte, die eine zufriedene, aber gleichzeitig finstere Miene zur Schau stellte. Vielleicht lag es auch daran, dass wir vor dem Haus der Stangls standen und Anneliese beobachtete, wie sich die kleine Urenkelin vom Stangl etwas, das wie eine Nacktschnecke aussah, in den Mund steckte.

Ich fragte mich, ob ich das mit Honey West jetzt ansprechen

sollte oder ob es unsere sowieso zurzeit recht schwierige Beziehung noch mehr komplizieren würde.

»Die Rosl meint, der Schmid könnte ein Date beim Komposthaufen gehabt haben«, erklärte ich Anneliese, die weiter in den Garten der Stangls starrte. Das war jetzt kein geeigneter Satz, um zu einer Versöhnung zwischen ihr und mir anzusetzen, aber immerhin kam ein Gespräch in Gang.

»Kinder stecken in dem Alter alles in den Mund. Sie essen einfach alles. Es ist so widerlich«, erklärte sie ohne jegliche Emotion in der Stimme, während sie genüsslich ein Bonbon in den Mund steckte. Okay. Sie wollte nicht über Tratsch sprechen.

Wir sahen beide auf die dicken Backen des kleinen Butzerls. »Sogar Hunde-Aa«, erläuterte Anneliese und bot mir ein Bonbon an. »Total widerlich.«

»Na, so was.« Aus versöhnungstechnischen Gründen nahm ich das Bonbon an, obwohl ich mich furchtbar ekelte, und steckte es in den Mund. »Das machen Hundebabys auch.«

»Ach«, sagte Anneliese nur mäßig interessiert, während wir zusahen, wie das Kind die Nacktschnecke schluckte.

»Die fressen auch Hundescheiße«, erklärte ich ihr. »Das ist gut für die Darmflora.«

Anneliese sah mich schief an, und ich versuchte zu lächeln.

»Und, wie geht's so?«

Das war die Überleitung zu der Aussage, du, ist doch total unnötig, dass wir uns ständig nur schief ansehen.

»Gut«, antwortete sie mit einer dicken Bonbonbacke.

Mit einem spöttischen Blick auf mich nickte sie zu Max' Audi.

»Jetzt hast du's ja g'schafft. Mit dem Max. Er lässt dich endlich mitmachen.«

Ich nickte nur. Das klang jetzt nicht gerade, als würde sie sich für mich freuen.

»Und selber?« Ist die Schwangerschaftsübelkeit vorbei? Musst du noch kotzen oder nicht?

»Ich unterschreibe jetzt dann meinen ersten Vertrag«, antwortete Anneliese und sah mit angestrengter Coolness an mir vorbei.

»Vertrag?«

Anneliese sah neugierig zu, wie die Kleine weiter zu ihrem Uropa, dem alten Stangl, krabbelte und sich an seinem Hosenbein festhielt.

»Welchen Vertrag?«, bohrte ich nach.

»Na ja. Weißt schon«, sagte sie.

»Nein, weiß ich nicht«, beharrte ich. »Jetzt sag schon.«

»Mei. Bevor ich zu ermitteln anfang, will ich natürlich schon Kohle sehn. Verstehst?«

Nein, ich verstand nur Bahnhof. Wer gab denn Anneliese Geld dafür, dass sie irgendetwas ermittelte? Meines Erachtens war das jetzt erstunken und erlogen. Sie schob das Bonbon von einer Backe in die andere und lächelte von oben herab.

»Ist gerade notfallmäßig reingekommen. Hab ich mir ned dacht, dass meine Werbemaßnahme so durchschlagende Wirkung hat.«

Ihre Honey-West-Zettelchen, die sie verteilt hatte. Mannometer. So ein Typ musste echt verzweifelt sein, wenn er beschloss, mit Anneliese zusammenzuarbeiten.

»Was ist?«, wollte sie wissen, als ich nichts darauf sagte.

»Ja super«, antwortete ich, weil ich kein Wort davon glaubte. »Dann brauchst du dich auch in die Ermittlungen mit dem Schmid nicht reinhängen.«

Jetzt antwortete sie nicht.

»Und wieso ist das super?«, wollte sie eisig wissen.

Halt endlich deine Klappe, Lisa, sagte ich zu mir selbst. Außerdem konnte es mir doch komplett gleichgültig sein, was Anneliese in ihrer Freizeit tat. Vor allen Dingen hatte sie kaum freie Zeit wegen ihrer Kinder. Und am Vormittag, wenn die nicht zu Hause waren, kämpfte sie gegen ihre Schwangerschaftsübelkeit.

»An deiner Stelle würd ich eher schaun, dass du mit mir z'amarbeiten kannst«, erklärte sie mir.

Max kam endlich aus dem Haus der Schmids und sah sich suchend um. Er steckte die Hände in die Hosentaschen und ließ seinen Blick über den Garten schweifen, dann schlenderte er unbefangen zur Garageneinfahrt und blieb vor dem Garagentor stehen. Es war eine Doppelgarage, denn die Schmids hatten zwei Autos. Einen roten neuen Golf, mit dem die Schmidin zum Einkaufen fuhr. Und einen silbernen BMW Kombi, mit dem der Schmid herumfuhr, wenn er unterwegs zu seinen Bauern war. Sein Praxisauto, mit dem man unmöglich irgendwohin zum Einkaufen fahren konnte, weil es schon so vollgestopft war, dass man nicht einmal einen Miniträger Bier hineinbrachte.

»Weswegen das denn?«, fragte ich, beobachtete dabei aber Max.

»Dann würd ich mir das vielleicht noch mal überlegen, ob ich dir was sag«, erklärte mir Anneliese. »Ich will ja ned so sein. Schließlich sind wir befreundet.«

»Du kapierst es einfach gar nicht«, seufzte ich, während ich zusah, wie Max das Garagentor öffnete.

»Doch, ich bin ja nicht blöd«, erklärte sie mir eisig, und ich sah eine Versöhnung in weite Ferne rutschen. »Aber brauchst ned meinen, dass ich dir helf. Wenn du wieder mal meine Unterstützung brauchst bei deinen Ermittlungen.«

Das war natürlich eine Drohung, die mir das Leben extrem schwer machte. Ich verdrehte die Augen. Anneliese ebenfalls.

Dann schob Max das Garagentor ganz auf, und mein Blick fiel auf das Auto vom Schmid. Alle Türen des Praxisautos standen sperrangelweit offen, inklusive der Heckklappe. Da Max wie angewurzelt stehen blieb, erweckte es den Eindruck, als wäre er erschlagen von dem, was der Spurensicherung jetzt alles bevorstand. Denn das Auto war komplett vollgeschichtet mit tierärztlichen Gerätschaften. Als Erstes stach ein riesiger silberner Kasten ins Auge, der im Kofferraum den meisten Platz einnahm. Den hatte ich schon öfter gesehen, weil ich den Schmid auch schon auf offener Straße aufgehalten hatte, um ihn wegen der Wurmkur zu fragen. Deshalb wusste ich aus eigener Erfahrung, dass er immer welche dabeihatte, und zwar genau in diesem silbernen Kasten. Auch wenn er ziemlich lang in den diversen Schubladen danach suchen musste. Wegen der Sonneneinstrahlung und der Hitze wurden die Medikamente darin aufbewahrt. Sozusagen ein absperrbarer Isolierschrank, damit sich nicht jeder selbst seine Antibiotika herausnehmen konnte. Von Absperren hatte ich zwar nie etwas mitbekommen, aber vielleicht tat er das nur nachts.

Vor und neben diesem silbernen Schrank waren im Auto noch Unmengen von anderem Zeug übereinandergeschichtet: Thermoboxen, Stoffbeutel, medizinische Geräte. Wie Max hier jetzt die fehlende Euthadorm-Spritze finden wollte, war mir ein Rätsel.

Als dieser jedoch einen Schritt zur Seite ging, sah auch ich, weshalb er unschlüssig stehen geblieben war. Denn man sah nicht nur das Auto – da war noch ein riesiger Hintern, der eindeutig zur Schmidin gehörte. Sie hing halb im Auto und hatte neben sich einen riesigen, blauen Müllsack, den sie in rasender Geschwindigkeit mit Dingen füllte, die vorher im Auto gelegen hatten.

Kapitel 5

»Und, was gibt's Neues?«, wollte Großmutter wissen, während ich auf meinen Lieblingsplatz auf der Eckbank rutschte, direkt neben Maarten, der eine riesige Portion Apfelmaultaschen vor sich stehen hatte. Direkt vor meinen Füßen fingen die beiden Hunde an, sich zu beißen, und ich war nahe dran loszuschreien. Ich hätte bei Max bleiben sollen, der jetzt ein Date mit der Spurensicherung hatte, die die Praxis und das Praxisauto zerlegten, den Rechner konfiszierten und die Schmidin zum zweiten Mal zur Raserei trieben. Wenn ich gewusst hätte, dass Maarten schon bei Großmutter war, wäre ich noch länger geblieben. Denn Max hätte mich weiter mitspielen lassen, auch wenn ich nicht in den Müllsack reinspitzen durfte. Es wäre superspannend gewesen, der Spurensicherung wirklich einmal bei der Arbeit zuzusehen. Aber ich würde das alles immerhin noch in Kurzform präsentiert bekommen, jetzt, wo ich zum heiligen Klub der Polizeiermittler gehörte. Da war es mir lieber, ich verhinderte zu Hause das Schlimmste.

»Mei«, sagte ich nur mürrisch, weil ich nichts ausplaudern durfte. »Wenn du willst, Maarten, bring ich Resis Hund zu ihrem Vater, dann kann sich der mit dem Hundsviech rumärgern.« Oder ins Tierheim. Die Resi würde wahrscheinlich auf immer und ewig bei ihrer kranken Tante bleiben, nur um sich nicht mehr um ihren Hund kümmern zu müssen.

»Ich ärgere mich nicht«, entgegnete Maarten. »Ich bin mit so vielen Schwestern aufgewachsen, da ist ein Hund nichts dagegen.«

Ach herrje. Ein durch weibliche Übermacht traumatisierter Maarten …

»Es muss doch was Neues geben«, motterte Großmutter. »Was habt's denn den ganzen Vormittag g'macht?«

»Die Rosl meint, dass der Schmid ein Date beim Komposthaufen hatte.«

Großmutter schwieg zunächst beeindruckt, bevor sie fragte: »Und was ist ein Däit?«

Maarten sah von Großmutter zu mir. Ich blickte auffordernd zurück. »Ein Date«, wiederholte er ernsthaft, als wäre das eine Prüfungsfrage, »ist ein Stelldichein.«

Ich grinste. »Ein Rendezvous zwischen zwei Verliebten.«

Großmutter schüttelte den Kopf, und Maarten wurde rot. »Des macht man doch ned am Komposthaufen.« Wie nebenbei schob sie mir eine Zeitschrift näher an den Teller.

»Die Schmidin hat einen riesigen Müllbeutel voller Sachen aus dem Auto vom Schmid verschwinden lassen wollen«, verriet ich ihr ungeniert – schließlich hatte Anneliese neben mir gestanden und diese Information bestimmt schon in der Metzgerei unters Volk gebracht.

»Aber dass du das fei ned weitertratschst.«

»Ich tratsch nie«, erklärte mir Großmutter böse. »Und was für Sachen sollen des gewesen sein?«

»Drogen?«, konkretisierte Maarten.

»Keine Ahnung«, seufzte ich.

»Ja. Des hätt ich auch g'macht«, erläuterte Großmutter. »Ich hab letztens auch mal reing'schaut in des Auto. Weil der hat so viel Zeug drin hat, der sieht gar nicht mehr raus. Wie der überhaupt noch Auto hat fahren können bei dem ganzen Graffel, das der drin gehabt hat.«

»Das ist sein Praxisauto«, ermahnte ich sie. »Das ist kein Graffel, sondern die ganzen Medikamente und Instrumente und ...« Mir ging das Vokabular aus. »Zeugs. Total teures Zeug, Röntgenapparate und so.«

Großmutter schüttelte den Kopf und schob mir die Zeitschrift noch näher an den Teller. »*Landlust*«, las ich den Titel und schob das Blatt ein bisschen vom Teller weg.

»Schmarrn, Medikamente und so. Unten, am Boden, lauter Dosen und Spritzen und Ding.«

Als ich laut aufseufzte, erklärte sie mir sehr pointiert: »Müll.«

Sie kippte mir so viel Vanillesauce über die Apfelmaultaschen, dass man gar nichts mehr von ihnen sah.

»Dass sie da nie aufg'räumt hat, des kann ich ned verstehn. Des ist doch nix, wenn der eigene Mann so rumfährt mit dem ganzen Müll drin.«

Sie kam aus dem Kopfschütteln gar nicht mehr raus. »Kannst dir des vorstellen? Anstatt dass's ihm a Thermoskanne Kaffee mitgibt, hat er Cola trinken müssen, die ganzen Dosen, ich hab's g'sehen«, verteidigte sie sich, als ich nichts als Zungeschnalzen für sie übrig hatte. »Die sind alle vor dem Beifahrersitz g'legen. Des hat die Rosl vor Kurzem g'sagt.«

So viel zum Thema, dass Großmutter nie bei den anderen Ratschkathln mitmachte.

»Des wird's halt rausg'räumt ham.« Sie legte eine bedeutungsvolle Pause ein. »Dass da ein Müllbeutel überhaupt reicht, kann ich mir ned vorstellen, allein schon die ganzen Dosen.«

Nachdem ich gerade noch fest davon überzeugt gewesen war, dass der Müllbeutel prallvoll mit Euthadorm und Antibiotika war, fand ich Großmutters Mülltheorie plötzlich viel wahrscheinlicher. Irgendwie konnte ich mir plötzlich ein breites Grinsen nicht mehr verkneifen. Sollte es sich wirklich nur um Cola-Dosen handeln, war das bestimmt irrsinnig lustig. Für die Spurensicherung, meine ich. Und wenn Max das Auto beschlagnahmte, war das noch lustiger. Das war jetzt gar nicht nett von mir, mich derart zu freuen. Leider würde es dadurch auch Jahre in Anspruch nehmen, bis jemand die fehlende Flasche Euthadorm fand.

»Des hätt ich doch gleich g'macht, des Auto aufg'räumt«, erklärte Großmutter sehr bestimmt. »Des kannst dir doch an allen fünf Fingern abzählen, dass auf kurz oder lang die Spurensicherung kommt, und dann stehst dabei und schämst dich.«

Ich wies sie lieber nicht darauf hin, dass man bei Mordermittlungen eigentlich nicht aufräumte, wenn man nicht zufällig ursächlich mit dem Mord zu tun gehabt hatte. Aber ich kannte den Drang, die eigene Wohnung aufzuräumen, wenn man ahnte, dass die Spurensicherung gleich kam.

»Was macht der Max jetzt?«, wollte Großmutter wissen.

»Der ist bestimmt mit der Spurensicherung zugange«, mutmaßte Maarten begeistert, und Großmutter nickte nicht minder enthusiastisch. Anscheinend hatten sie jetzt einen neuen Hauptverdächtigen, was sie dringend besprechen mussten, sobald ich die Küche verließ.

»Willst nicht ein bisserl in der Zeitschrift lesen?«, fragte Großmutter schließlich doch noch einmal nach. »Die hat der Maarten mitgebracht.«

Ich warf Maarten einen schrägen Blick zu. So hätte ich ihn gar nicht eingeschätzt, dass er die *Landlust* las.

»Da sind so schöne Deko-Ideen drin.«

Deko-Ideen? Seit wann machte sich Großmutter über so etwas Gedanken, und seit wann kannte sie das Wort »Deko-Idee«?

»Was soll ich denn dekorieren?«, fragte ich erstaunt. Mal abgesehen von einem Adventskranz hatten wir nämlich gar nichts, was wir dekomäßig hätten herumstehen lassen können.

»Vielleicht beim Max. In der Wohnung«, schlug sie vor, anscheinend auch nicht begeistert davon, dass ich das bei uns machen könnte.

»Krampf«, sagte ich. »Der Max kriegt echt die Krise, wenn ich irgendetwas dekoriere.«

Da hielt ich es doch lieber mit »Wie du mir, so ich dir«, denn mir wäre es auch sehr unangenehm, wenn Max bei mir irgendwelche aus Eicheln selbstgebastelte Serviettenringe aufstellen würde.

Maarten sah sehr enttäuscht aus. Vielleicht sollte ich ihm anbieten, für ihn etwas zu basteln.

»Und, warst du vielleicht beim Metzger?«, wechselte ich stattdessen das Thema und blätterte einmal quer durch die Zeitschrift, weil Großmutter und Maarten so irrsinnig enttäuscht aussahen. Meine Metzgerei-Einsätze waren in letzter Zeit nämlich nicht besonders von Erfolg gekrönt gewesen, und das, wo unsere Metzgerei doch der offizielle Treffpunkt aller dörflichen Informanten war.

Großmutter seufzte nur. »Ja, ich war beim Metzger, und stell dir vor, ich hab dort die Rosl getroffen«, erzählte sie.

Genau, so hatte ich mir das vorgestellt, die Rosl war jetzt bestimmt ganztags beim Metzger anzutreffen, weil es schließlich ein riesiger Zeitaufwand war, alle Leute im Dorf auf dem Laufenden zu halten.

»Die Rosl hat g'sagt, dass sie gar ned wissen, wieso sich der Schmid überhaupt nicht gewehrt hat. Der war doch ein g'standnes Mannsbild. Und wennst dir anschaust, was der für ein Prackl war. Dass der ned zurückhaut. Des gibt's doch ned«, erklärte mir Großmutter. »Der hat ja die Kühe hinterdrücken können mit einer Schulter. Praktisch.«

»Ja«, sagte ich einsilbig, weil ich unterschrieben hatte, dass ich nichts über die Ermittlungen weitertratschen würde. »Hatten sie denn beim Metzger dafür auch eine Erklärung?«

»Nein«, antwortete Großmutter leider und fügte stolz hinzu: »Aber ich kann mir des schon vorstellen. Des ist halt, wennst vor dem Fernseher einschlafst.«

Dann wird man geschlagen, oder was? Ich seufzte, weil ich schon kommen sah, dass mich diese Informationen überhaupt nicht weiterbrachten. Wenigstens schmeckten die Apfelmaultaschen total wunderbar, und die Vanillesauce war auch nur ein ganz klein wenig angebrannt, da konnte man schon gerne ein Auge zudrücken, wenn nichts beim Ermitteln herauskam.

»Was ist dann?«, wollte ich jetzt doch wissen, als Großmutter nicht weitersprach.

»Na ja, des kannst dir ja vorstellen. Der ist total übermüdet von dem vielen Arbeiten, dann schaut er die *Tagesthemen* an und schlaft natürlich ein.« Dazu muss man wissen, dass Großmutter, wenn sie mental gerade so gut drauf ist, dass sie Fernsehen nicht als einen Alienangriff auf ihre Gesundheit ansieht, eigentlich immer vor dem Fernseher einschläft, egal, ob übermüdet oder nicht.

»Und wenn dann einer reinkommt und ihm eine duscht, dann aber.«

Maarten sah mich mit gerunzelter Stirn an, noch immer nicht ganz des Bayerischen mächtig. »Duschen?«, fragte er und sprach das Wort sehr ostfriesisch mit langem U aus, was dem Ganzen eine komplett neue Bedeutung verlieh.

»Nein, nicht waschen. Eine draufhauen, dass es nur so scheppert«, erklärte ich ihm und unterdrückte ein Grinsen, wandte mich dann aber gleich an Großmutter. »Aber danach muss er doch wach gewesen sein. Nachdem der Mörder ihm eine reingehauen hat. Das gibt's doch nicht, dass einer so tief schläft, dass man ihm die Nase brechen kann und er nicht aufwacht.«

Scheißjob, Tierarzt, würde ich sagen. Wenn man ständig derartig übermüdet war, dass man selbst seine eigene Prügelei verschlief.

»Und danach hätte er sich doch wehren müssen.«

»Dann war's halt schon zu spät«, phantasierte Großmutter weiter. »Glaubst des? Wennst schläfst und dann eine geduscht kriegst, dann weißt doch gar nicht mehr, wo oben und wo unten ist.«

Sie drehte sich von uns weg, um die zweite Ladung Apfelmaultaschen aus dem Ofen zu holen.

»Nach dem Schlag war er dann schon so zwirrt, dass er einfach auf und davon ist«, sprach sie in den Ofen hinein, während sie überprüfte, ob die Eiermilch auch richtig gestockt war.

In den Nylonsocken. Hinaus zum Komposthaufen. Klang logisch.

»Verwirrt«, erklärte ich automatisch das »zwirrt«, bevor Maarten nachfragen konnte.

»Aber hätte das die Schmidin nicht hören müssen?«, fragte Maarten, und aus seinem Mund hörte sich das »die« vor dem Namen total eigenartig an.

»Wenigstens ein Schmerzensschrei«, pflichtete ich ihm bei.

Und ein bisschen ein Kampfgetümmel hätte man hören müssen.

Maarten nickte. »Wenn jemand so zuschlägt, dass es einem die Nase bricht, dann taumelt man als Opfer doch bestimmt gegen irgendwelche Möbelstücke.«

»Und rumpelt herum«, baute ich seine Geschichte noch ein bisschen aus. Schließlich war ich Journalistin und hatte jede Menge Phantasie.

»A geh«, sagte Großmutter und hob mit einem Ächzen das nächste Reindl aus dem Ofen. »Und das ist jetzt für den Max.«

Damit er dick und kugelrund wurde, wo ich doch so auf seine athletische Figur stand.

»Der Schmid hat aber gar nicht mehr richtig stöhnen können«, erklärte ich den beiden. »Wegen dem Geschirrtuch im Mund. Da kannst doch weder schreien noch stöhnen.«

Die beiden sahen mich mit großen Augen an.

»Ein Geschirrtuch?«, fragte Großmutter nur, dann knallte sie die Apfelmaultaschen auf den Küchentisch. »Ein ganzes Geschirrtüchl? Und lasst's dem Max was übrig«, fügte sie warnend hinzu.

Maarten und ich schwiegen uns eine Weile an.

Über das Geschirrtuch hatte ich viel zu wenig nachgedacht.

»Wieso nimmt der ein Geschirrtuch in den Mund?«, fragte Großmutter und sah ihr eigenes ratlos an, was zugegeben ein riesiges Geschirrtuch war und deswegen kaum in einen Mund hineingepasst hätte.

Meine Gedanken kreisten weiter.

»Wo meint denn die Rosl, dass der Mörder hereingekommen ist?«, fragte ich.

Das war jetzt zwar wirklich unter meinem Niveau, Rosls Überlegungen mit einzubeziehen, aber momentan war ich mit meinem Latein am Ende.

»Durch die Haustür«, sagten Maarten und Großmutter unisono.

»Der hat geklingelt. Ganz frech«, machte Großmutter weiter,

als wüsste sie das haargenau. »Dass du mir fei in der Nacht, wenn einer klingelt, nicht einfach aufmachst. Da muss man schon schauen, durchs Küchenfenster am besten, da siehst gleich, ob einer bewaffnet ist.«

Und vor allen Dingen, ob er Geschirrtüchl dabeihatte. Ich nickte brav, obwohl ich wusste, dass Großmutter jedem, der vor unserer Tür stand, einfach aufmachte. Wir sperrten nicht einmal die Haustür ab, nicht dass plötzlich ein Kabelbrand unser Haus niederfackelte, während wir des Nächtens zu verwirrt waren, um aufzusperren und uns ins Freie zu retten.

»Angeblich waren alle Türen geschlossen«, erklärte mir Maarten, als wäre er bei den polizeilichen Ermittlungen involviert. »Allerdings nicht abgesperrt.«

Ein anständiger Mörder, der an alles dachte, hätte bestimmt die Türen alle wieder geschlossen und auch noch die Haustür hinter sich zugezogen.

»Und der Schmid hat einfach aufgemacht«, erklärte er mir weiter. »Meint die Rosl«, fügte er kraftlos hinzu, weil ich ihm einen skeptischen Blick zuwarf.

»Gerade hattet ihr aber noch die Theorie, dass er vollkommen übermüdet vor dem Fernseher gelegen und nicht einmal durch die Prügelei wach geworden ist. Ist der dann im Halbschlaf zur Tür gegangen und hat sich in Trance niederschlagen lassen?«, machte ich sie auf ihren Logikfehler aufmerksam. »Und woher weißt du das eigentlich alles, Maarten?«

Er wurde ein bisschen rot. »Ich war mit beim Metzger.«

»Er hat mir die Einkäufe heimgetragen. Weil du ja nie Zeit hast.«

Ich rollte mit den Augen.

Den nächsten Morgen begann ich im Bett sitzend und auf meinen Laptop einhämmernd. Das hatte gleich mehrere Gründe. Der erste war, dass ich rasende Kopfschmerzen hatte und mir deswegen unmöglich Großmutters neueste Theorien anhören konnte, womöglich noch verbunden mit irgendwelchen Vorschlägen, was ich noch unbedingt lernen musste. Die rasenden Kopfschmerzen suchten mich nur deshalb heim, weil ich mit Max, der nach der ganzen Durchsuchungsaktion bei der Schmidin Stärkung nötig hatte, zu viel Alkohol getrunken hatte, vielleicht auch zu schlechten Alkohol. Danach waren wir zu spät in sein Bett gegangen und ich dann natürlich dementsprechend zu spät in mein eigenes – schließlich musste ich das nächtliche Abbrennen unseres Hauses verhindern. Wir hatten zwar so getan, als wäre alles in Ordnung, aber wir vermieden trotzdem krampfhaft das Thema »Praxisauto« und »Konfiszieren von Plastikbeuteln zweifelhaften Inhalts«. Großmutter hatte nämlich recht gehabt. Die Schmidin hatte lediglich versucht, in einer Hauruckaktion die ganzen Dosen und weggeworfenen Medikamentenpackungen zu entsorgen. Damit keiner sagen konnte, dass der Schmid einen Verhau in seinem Auto gehabt hatte. Max schwieg das Thema jedenfalls tot, und ich verkniff mir die Schadenfreude. Die fehlende Flasche Euthadorm war auch nicht aufgetaucht.

Der zweite Grund, weshalb ich zu Hause blieb, war, dass ich dringend mit meinem Antibiotika-Artikel weitermachen musste und ich heute die einmalige Chance hatte, meine Arbeit mit Max und meine journalistische Tätigkeit unter einen Hut zu bringen. Denn ich brauchte dringend einen Tierarzt, den ich befragen konnte, und da der Schmid tot war, musste ich sowieso zum Götz nach Unterbachenreuth fahren. Wenn das mal keine Fügung war!

»*Dank einer Änderung des Arzneimittelgesetzes soll eine Antibiotika-Datenbank aufgebaut werden*«, tippte ich im Schneidersitz auf meinem Bett. »*Erstmals erhalten damit die zuständigen Länder umfassend Einsicht in den Einsatz von Antibiotika sowie stärkere Kontrollbefugnisse. Das Ziel: Tiere, die bei uns auf dem Teller landen, sollen mit weniger Antibiotika behandelt werden.*

Der Einsatz von Antibiotika in Deutschland soll deutlich

gesenkt werden: In der Mast werden Antibiotika als Wachstumsbeschleuniger eingesetzt, vermutlich bei 100 % der Mastkälber, 90 % des Mastgeflügels und 50 % der Mastschweine. Das Fleisch dieser Tiere gelangt später in den Handel – und in unsere Mägen. Die Gefahr: Wer das Fleisch antibiotikaresistenter Tiere isst, kann selbst Resistenzen entwickeln. Vermutlich ist die Menge des Fleisches zwar zu gering, um unsere eigenen Bakterien resistent zu machen, aber die Gefahr ist groß, dass Umweltbakterien resistent werden und in die Nahrungskette gelangen. Sowohl Tierärzte als auch Landwirte müssen nun die Häufigkeit der Anwendungen und Verabreichungen von Antibiotika dokumentieren. Mehr Antibiotika zu verabreichen als in der Packungsbeilage vorgeschrieben, ist verboten.«

Zufrieden las ich den Abschnitt noch einmal durch. Danach klingelte es Sturm an der Haustür, und ich hörte dumpf, wie Großmutter begeistert einen Lobgesang auf meine hauswirtschaftlichen Fortschritte anstimmte. Ich will nicht sagen, dass Großmutter log, aber es war nahe dran. Hektisch klappte ich meinen Laptop zu und sprang aus dem Bett, bevor Max nach oben gestürmt kam und mich beim Im-Bett-Arbeiten erwischte.

»Und da wollte ich mal nachfragen«, sagte Großmutter mit strenger Stimme. »Wie das denn ist. Mit der Lisa.«

»Mit der Lisa?«, hörte ich Max' Stimme und bekam ein ganz flaues Gefühl im Magen. Das durfte jetzt nicht wahr sein!!!

»Ja. Was du an ihr findest«, erklärte sie resigniert, da sie wohl mit etwas Verzögerung herausgefunden hatte, dass es an ein Wunder grenzte, dass Max mit mir zusammen war.

Das Blut rauschte in meinen Ohren, so lange hielt ich schon die Luft an. Ich hatte sofort kapiert, was Großmutter hören wollte. Unter anderem, was an mir noch optimiert werden könnte, damit Max auch wirklich Interesse an mir fand. Max räusperte sich, entweder weil auch er kapiert hatte, worum es ging, oder weil er keine Ahnung hatte, was er an mir fand.

»Sie sieht gut aus«, fing er an, und er klang wie jemand, der vollkommen unvorbereitet eine Pressekonferenz bestreiten musste.

»Aber die Jeans. Diese ewigen Jeans«, jammerte Großmutter.

»Jeans stehen ihr sehr gut«, erklärte er, und ich sah ihn sofort vor meinem inneren Auge auf meinen Hintern schielen. »Außerdem hat sie die schönsten Augen, die ich jemals bei einer Frau gesehen habe«, sagte er so ernst, dass mir ganz anders wurde. Großmutter war anscheinend noch immer nicht zufrieden, und ich drückte mir die Daumen, dass Max jetzt nicht in die Vollen ging und noch ein paar pikante Details über seine Vorliebe für meine Brüste oder meinen Hintern preisgab.

»Die Augen«, wiederholte Großmutter nur skeptisch, als wäre das nicht genug.

»Wenn sie lacht, kann sie ganz oft gar nicht mehr aufhören. Dann lacht sie manchmal so lange, bis sie heult«, sagte er, und ich konnte mir richtig vorstellen, wie er gerade guckte. So mit einem inneren Lächeln. »Ich liebe es, wenn sie mir das Essen vom Teller klaut«, fügte er hinzu, und jetzt begann seine Stimme wirklich zu lächeln. »Wenn sie sagt, dass sie keinen Hunger hat. Und dann meine Portion vertilgt.«

Ich seufzte ein wenig schwärmerisch. Max vertilgte nie meine Portionen. Er bestellte immer so viel, dass ich dann bei ihm mitessen konnte. War das nicht wahre Liebe?

»Aber die Kocherei«, klagte Großmutter. »Und das Bügeln. Und das Aufräumen.«

Max begann zu lachen, und in meinem Gesicht war plötzlich auch ein ganz breites Grinsen.

»Planänderung«, sagte Max, als er die Treppe zu meinem Zimmer hochgestürmt kam. Beim Anblick meines uralten Schlafanzugs grinste nicht nur seine Stimme, sondern auch sein Gesicht. »Wir befragen erst einmal den Bauern, bei dem der Schmid kurz vor seinem Tod gewesen ist.«

Ich raffte meine Anziehsachen zusammen und wollte mich an ihm vorbeidrücken. Eigentlich hätte ich ihm jetzt gerne auch ein paar nette Dinge gesagt. Wie zum Beispiel, dass ich es mochte, wenn wir uns gerade stritten und er mich dann plötzlich einfach so lange küsste, bis mir die Luft wegblieb. Oder wenn er meiner Großmutter, ohne sich zu schämen, sagte, dass ich tolle Augen habe. Aber dann hätte er sofort gewusst, dass ich gelauscht hatte.

»Am Nachmittag hat der Götz nämlich seine Kleintiersprechstunde und ist dann sowieso in der Praxis.«

»Du hättest mich vorwarnen können«, schimpfte ich ihn aus, als er mich nicht an sich vorbeiließ, um zu kontrollieren, ob ich mich noch genauso anfühlte wie gestern Abend. »Dann hätte ich mich schon mal angezogen.«

Ich schubste ihn weg und lief barfuß ins Bad. Er lehnte sich gegen den Türstock im Bad und sah bei der morgendlichen Hygiene zu, als hätte er aus gutem Grunde nicht angerufen.

»Ich habe gearbeitet«, erklärte ich ihm mit der Zahnbürste im Mund. »Es ist nicht so, dass ich bis jetzt geschlafen hätte.«

Sein Blick sah verdächtig nach »klar, Schatz« aus.

»Kommt der Joe auch mit?«, nuschelte ich durch die Zahnbürste.

Max war schlagartig genervt. »Der wollte nicht mit.«

»Nachdem du ihm angedroht hast, ihn strafversetzen zu lassen?«, bohrte ich nach. Oder die Rosl zu observieren. Max kannte ganz viele gemeine Tricks, wie man Praktikanten und unbeliebte Polizisten, die hinter seiner Freundin her waren, mit ungeliebten Aufgaben ruhig stellte.

»Nein, er hat selbst vorgeschlagen, noch einmal die Gansbühlers wegen des nächtlichen Streits zu befragen.«

Wahrscheinlich hatte Joe nur keine Lust auf ein Ermitteln zu dritt gehabt, und man konnte es ihm echt nicht verübeln. Ich schnappte mir meine Tasche und rannte die Treppe nach unten.

»Vermutlich hat er einfach Angst, nach Unterbachenreuth zu fahren«, erläuterte ich, während ich in die Schuhe schlüpfte.

Mir war es auch lieber, er war nicht mit dabei. Ich streckte kurz meinen Kopf in die Küche, um mich von Großmutter zu verabschieden.

»Ein Wunder wär das nicht«, bestätigte Großmutter, die unsere Unterhaltung offensichtlich belauscht hatte, mit gerunzelter Stirn. »Weil's bei denen auch zugeht wie bei den Vandalen.«

»Vandalen«, echote Max interessiert, während ich hektisch versuchte ihn weiterzuziehen. Die Geschichten, die vom Nachbarort erzählt wurden, waren absolut nicht dazu geeignet, an Nicht-Ortsansässige weitergegeben zu werden.

»Erst vor Kurzem hat der Schmalzl g'sagt, dass sie den Seldschukenwirt zusperren wollen«, erklärte Großmutter mit vertraulichem Unterton. »Weil des müssen Zustände gewesen sein, unglaublich. Und wundern tut mich des überhaupt gar ned.«

»Servus, Oma«, sagte ich, als hätte ich nichts davon gehört, und versuchte Max nach draußen zu zerren. Die aus Unterbachenreuth hatten diese grässlichen Zustände bis jetzt überlebt, da konnte es so schlimm nicht sein. Außerdem wollte ich nicht wissen, wie es beim Schmalzl zuging, wenn's die Schmalzlin wieder mal so richtig im Kreuz hatte. »Alles halb so wild. Nur weil ein paar Kontrolleure empfindlich sind, wenn's um die Kücheneinrichtung geht, heißt das noch lange nicht, dass er einen schlechten Saibling brät.«

Die paar Kakerlaken, die da nach Meinung der Rosl herumliefen, fielen doch kaum ins Gewicht.

»Und dann noch rausreden wollen«, rief Großmutter uns von der Haustüre hinterher. Das konnte sie gar nicht leiden, wenn sie nicht zu Ende reden durfte. »Weil so viel los war, hätt er nicht g'scheit putzen können. Ich sag euch eins, bei den Schmalzls käm des überhaupt ned infrage nicht, da kann los sein, was will, dann würd die Schmalzlin putzen.«

Aber der Karpfen mooselte trotzdem. Dann fiel Gott sei Dank die Tür ins Schloss.

Da ich mich in Unterbachenreuth überhaupt nicht auskannte, fuhr Max langsam in den Ort hinein, auf der Suche nach einer auskunftsfreudigen Person.

»Du musst doch hier irgendjemanden kennen«, meinte Max. »Irgendeine Rosl.«

»Das verstehst du nicht«, belehrte ich ihn. »In Unterbachenreuth, das ist doch praktisch wie im Urwald. Da kannst du nicht erwarten, dass irgendjemand aus unserem Dorf Kontakt zu denen aufnimmt. Sodom und Gomorrha, würde die Rosl sagen. Und: Ohne uns.«

Max enthielt sich eines Kommentars, vermutlich, weil er einen alten Mann entdeckt hatte, der gebeugt am Straßenrand entlangtaperte. Max hielt an und ließ die Fensterscheibe auf meiner Seite herunter.

»Wir suchen den Bauernhof von Anton Mossbauer«, erklärte ich dem Mann, vorsichtshalber in einer Lautstärke, die auch für Schwerhörige verständlich gewesen wäre.

Er starrte mich böse an, vielleicht, weil ich ihn so angeschrien hatte, und schien sich eine besonders schlimme Antwort zu überlegen.

»Kenn i ned«, sagte er nach reiflicher Überlegung.

»Kennt er nicht«, übersetzte ich für Max, der das natürlich verstanden hatte, und er verdrehte wegen meiner gekonnten Übersetzung die Augen.

Ich bedankte mich bei dem Alten, dann gab Max Gas und blieb bei einem kleinen Grüppchen Frauen stehen, die am Straßenrand standen.

»Anton Mossbauer?«, fragte ich, und die Frauen starrten mich an, als hätte ich auf Suaheli mit ihnen gesprochen.

»Anton?«, wollte die eine wissen.

»Eppa der Toni von der Mare«, mutmaßte eine andere.

»Sind die ned g'schied'n?«, fragte die dritte.

»A geh, die ham doch erst baut.«

»Weil's doch vom Opa des Grundstück kriagt ham.«

»Muss hier einen Bauernhof haben«, unterbrach ich verzweifelt die aufkeimende Unterhaltung über Antons, die keinen Menschen interessierten. »Einen ganz großen mit Kühen. Vielen Kühen.«

»Kia?«, fragte die dicke Blonde mit Erstaunen im Blick. »Der Toni arbat beim Finanzamt. Der pendelt jeden Tog.«

»Der hat gar koa Zeit für an Hof«, erklärten sie mir durcheinander, als würde mich der Toni von der Mare interessieren. »Der kommt erst um Sechse am Abnd hoam.«

»Und jetzt, wo's bauen, da ging des gar ned.«

Das war natürlich hochinteressant.

»Ja. Aber wir suchen den Anton Mossbauer«, sagte ich so hochdeutsch, wie ich konnte.

Max ließ die Fensterscheibe wieder hochsurren und sah mich mit hochgezogenen Augenbrauen an.

»Bist du dir sicher, dass es einen Anton Mossbauer überhaupt gibt?«, fragte ich schlecht gelaunt.

»Bist du dir sicher, dass die dich überhaupt verstehen?«, stellte er die Gegenfrage und beugte sich nach vorne, um mich zu küssen.

»Am besten halten wir da vorne beim Seldschukenwirt. Der weiß das bestimmt«, schlug ich grummelig vor und wich seinem Kuss aus. »Bestellen darfst du halt nix wegen der ganzen Kakerlaken.«

Max grinste vor sich hin, bog aber brav vor der Wirtschaft ab und trottete hinter mir her.

Der Seldschukenwirt sah immer noch aus wie der Hadschi Halef Omar, in ziemlich alt. Und die Bedienung sah ein bisschen aus wie die Uschi Glas, jedenfalls wenn man schon ein paar Bier intus hatte. Auf die Frage, ob jemand den Anton Mossbauer kannte, entbrannte eine hitzige Diskussion, in der ein paarmal auch der Anton Schmid, der Anton Ranftl und der Anton Meier vorkamen. Das Peinliche war, dass ich die ganze Diskussion nicht so richtig verstand, entweder weil ich so paralysiert auf den ausgestopften Waller starrte, der über dem Tresen hing und dem Schmalzl'schen Waller über dem Tresen glich wie ein Zwillingsbruder, oder weil ich mit dem Dialekt meine Schwierigkeiten hatte. Das versuchte ich Max gegenüber so gut es ging geheim zu halten und nickte deshalb wie ein Wackeldackel in einem ungefederten Auto.

Max hatte sich inzwischen sein Telefon ans Ohr geklemmt und ließ sich von der Schmidin die Adresse durchgeben.

Die Diskussion verstummte, und als der Max »Im Weihertal 1« zu mir sagte, brandete sie erneut auf.

»Ah. Der Lindenschmidhannes … Hab i mir scho denkt. Der wohnt neba dem Bartlkrupperten«, erklärte der Seldschukenwirt plötzlich souverän. »Und der hoaßt Mossbauer?«

»Das ist vollkommen normal«, erklärte ich Max im Auto versiert, um nicht als ganz blöd dazustehen. »Der Anton Mossbauer hat als Hausname Lindenschmidhannes. Und weil alle Lindenschmidhannes sagen, weiß natürlich niemand, dass er eigentlich Mossbauer heißt.«

Außerdem hatte ich absolut nichts verstanden von dem, was sie so geredet hatten, sondern mir alles nur aufgrund meiner irrsinnigen Intelligenz zusammengereimt.

Max bog ab und ließ das Auto auf den Hof rollen.

»Wir teilen uns auf«, schlug er vor. »Du suchst dir jemanden zum Quatschen. Und ich such mir den Bauern.« Er machte eine kleine Pause. »Den Lindenschmidhannes«, versuchte er es mit einem Scherz, weil ich noch immer so biestig dreinsah. Es wurde echt Zeit, dass ich mit Ermittlungsergebnissen aufwarten konnte, damit Max endlich sein elendiges Machogrinsen vergehen würde!

Während er auf das Wohnhaus zuging, streunte ich quer über den Hof zu den Stallungen hinüber und blieb vor einem riesigen Stall stehen. Ein enorm großes Holzschiebetor versperrte mir den Weg. Das war jetzt meine Chance. Ich würde jemanden finden, der mir alles verriet. Was auch immer das sein mochte. Mit großer Kraftanstrengung schob ich das riesige Tor nach rechts.

Der Kuhstall.

Unzählige weiß-braune Kühe steckten ihre Köpfe unter den Stangen hindurch in den Mittelgang. Dort stand ein Junge in schmutzigen Jeans und einem ausgeleierten, noch schmutzigeren Pulli und kehrte den Kühen die Maissilage vor die Kuhmäuler.

»Hi«, sagte ich lässig, als ich direkt vor ihm stand. Er sah kurz auf und kehrte dann um mich herum, als wäre ich nicht da. Dabei murmelte er ein undeutliches »Servus«, das wie »Servas« klang.

»Sieht nach viel Arbeit aus«, versuchte ich ins Gespräch zu kommen, da ich es als total kontraproduktiv ansah, als Einstieg zu behaupten, ich wäre von der Polizei. Oder noch schlimmer, Journalistin.

»Mei«, kam die undeutliche Antwort, und schon verschwand der Junge in einem Nebenraum und begann, an einem sehr kompliziert aussehenden Apparat herumzudrücken.

»Ich komme wegen dem Dr. Schmid«, sagte ich, während ich zu ihm in den kleinen Raum trat, in dem es zischte und fauchte.

»Dem Tierarzt«, half ich nach, nachdem der Junge nicht reagierte. »Also, der Tierarzt, den ihr geholt habt. Vor zwei Tagen.«

Der Junge sah jetzt endlich auf und sagte etwas absolut und total Unverständliches.

Ich weiß, ich bin hier aufgewachsen. Unterbachenreuth ist vielleicht fünfzehn Kilometer von unserem Dorf entfernt, und es war ein Ding der Unmöglichkeit, dass ich den Bub nicht verstand.

»Wie bitte?«, hakte ich nach, in der Hoffnung, dass es nur an meinen Ohren lag.

Er lächelte mich liebenswürdig an, als wäre das Gezische aus der Melkanlage schuld, dass ich nichts verstand, und wiederholte seinen Satz. Nachdem ich nun schon zum zweiten Mal nichts kapierte, deutete ich breit grinsend auf meine Ohren, als wäre mir das alles zu laut, und schlenderte wieder nach draußen. Mannometer. Das war unglaublich, die Sprache, die die hier draufhatten. Mitten im Hof standen jetzt Max und ein

Mann, der nach Bauer aussah, und ich verzog mich schnell wieder zu den Kühen. Wäre ja oberpeinlich gewesen, wenn ich den Bauern auch nicht verstanden hätte. Mein ganzer Ruf als Einheimische wäre total ruiniert gewesen. Schweigend sah ich den Kühen zu, die sich brav anstellten, um gemolken zu werden.

Der Junge kam jetzt wieder aus dem kleinen Raum heraus und stellte sich neben mich. Er sagte etwas wie »Ibinderbua-vomLinterhannes«, was ich total richtig als »Ich bin der Sohn des Bauern« interpretierte.

»Meistens kommt ja der Götz«, sagte er plötzlich in fast astreinem Hochdeutsch. »Aber da ham wir ihn ned erreicht. Da ist dann der Schmid kommen.«

»Warst du mit dabei?«, fragte ich neugierig nach.

Er nickte. »Ja. Er hat einen Kaiserschnitt g'macht bei einer Kuh.«

»Und, war er wie immer?«

»Ja, die machen des alle gleich.«

»Nein. Der Schmid«, konkretisierte ich meine Frage. »War der wie immer?«

Der »Bub vom Bauern« sah mich verständnislos an. Schließlich ging es bei einem Kaiserschnitt nicht darum, ob der Tierarzt wie immer war, sondern dass die Kuh überlebte.

»Meistens war ja der Götz da, der hat eher mit sich reden lassen«, erklärte er mir.

Über was konnte man denn bei einem Kaiserschnitt reden?

»Mit sich reden lassen?«, hakte ich nach, während sich der Junge von mir wegdrehte, um wieder mit dem Besen die Silage zu schieben.

»Muss arbeiten«, sagte er wortkarg.

»Über was denn reden?« Das konnte doch jetzt nicht so lange dauern, mir darüber Auskunft zu geben.

»Mit dem Schmid hat sich der Papa halt allaweil g'scheit g'fetzt, weil der so ein Saubatzi ist«, erläuterte er mir die Meinung seines Vaters, als wäre das ganz normal, zum Tierarzt Saubatzi zu sagen.

»Wieso?«

»Weil er so spät kommen ist. Weil der Götz gar ned kommen ist. Der Papa hat g'sagt, er nimmt sich jetzt einen anderen Tierarzt, ständig krepieren die Viecha, nur wegen dene Saubeutel.«

Er nahm erneut den Besen in die Hand, als wäre jetzt alles gesagt.

»Ist denn die Kuh gestorben?«, wollte ich wissen.

»Nein, die Kuh ned. Aber das Kalb, des war tot. Und der Schmid hat g'sagt, dass er da nix dafür kann, weil des schon tot war. Dass er des auch nur noch rausschneiden könnt und dass er froh sein könnt, dass er das Kalb rausgeschnitten hat, weil sonst wär die Kuh auch noch tot. Und der Papa hat g'sagt, dass des kein Wunder wär, weil er nämlich schon vor Stunden ang'rufen hat und keiner ans Telefon 'gangen wär. Und dann noch eine Rechnung stellen, die sich g'salzen hat, hat der Papa g'sagt. Des hamm mer gern.«

Ich sah ihm zu, wie er von mir wegging und die Silage vor sich herschob. Ich verfolgte ihn bis zur Melkanlage.

»Und über was hat der Götz mit sich reden lassen?«, bohrte ich trotzdem nach.

Der Bub bekam plötzlich einen roten Kopf, die Melkanlage begann zu zischen, und er deutete auf seine Ohren, als würde er nichts verstehen.

»Über was hat der Schmid NICHT mit sich reden lassen?«, blieb ich hartnäckig, weil ich mir ganz sicher war, dass er alles verstand, was ich sagte.

Als der Junge sich einfach wegdrehte, beschloss ich, dass ich mein Bestes gegeben hatte, und steuerte auf eine Tür zu, die so aussah, als würde sie nach draußen führen. Das war aber ein Irrtum. Hinter der Tür lag ein kleiner, kahler Raum, in dem ein paar graue Tonnen und einige Futtersäcke lagerten. Ich wollte gerade weiter zur nächsten Tür gehen, die vermutlich nach draußen führte, als sich der Junge mir sehr resolut in den Weg stellte mit einem fast panischen Gesichtsausdruck.

»Über die Rechnung«, sagte er hastig. »Über die Rechnung hat er nie mit sich reden lassen. Der Papa hat g'sagt, dass, wenn ein Viech krank ist, dann derschießt es besser und wirfst es auf den Misthaufen. Da bist weniger Geld los, als wennst den Schmid rufst.«

Irritiert ging ich einen Schritt rückwärts, weil sich der Junge sehr beherzt vor mir aufbaute. Ich versuchte, einen Blick über seine Schulter in den Raum hinein zu werfen, was ihm sehr unangenehm zu sein schien, denn er zog die Tür hastig hinter sich zu.

»Wegen der Rechnung«, wiederholte ich nur.

Wenn das mal nicht total gelogen war.

Während Max und ich wieder zurück in unser Dorf fuhren, tauschten wir unsere Informationen aus. Max hatte etwas ganz anderes herausgefunden als ich. Der Schmid war von neunzehn Uhr bis fast um einundzwanzig Uhr beim Mossbauer gewesen und hatte weder besoffen gewirkt noch sonst wie psychisch angegriffen. Sie hatten sich über eine komische Tierkrankheit unterhalten, die in einem benachbarten Mastbetrieb aufgetreten war. Das Q-Fieber, bei dem sich zwei vom Veterinäramt angesteckt hatten und fast daran gestorben waren.

»Der Schmid hat ihm erzählt, dass er während des Studiums einmal mit Q-Fieber im Bett lag. Da hatten sich alle Studenten in einem Kurse angesteckt. Weil sie einen Kaiserschnitt bei einer Kuh mit Q-Fieber machen mussten.«

»Tierarzt ist ein Scheißjob«, sagte ich und erinnerte mich an die aufgeschlagene Seite des tierärztlichen Anzeigers. Da hatte es jede Menge Krankheiten gegeben, die kein Mensch haben wollte.

»Der Bauer wollte ihn noch zum Essen einladen, aber der Schmid hat gesagt, er müsste heim, weil er noch was vorhatte.«

»Was denn?«, fragte ich nach.

Schließlich lag die Schmidin um die Zeit angeblich schon im Bett und hatte keine Lust mehr auf irgendetwas. Der Schmid hätte am Abend nichts anderes vorgehabt, als sich ein paar Flaschln Bier reinzuziehen. Das hätte er ebenso mit dem Mossbauer haben können.

»Das hat er ihm natürlich nicht erzählt.« Er ging vom Gas, als wir wieder in unseren Ort hineinrollten.

»Ich glaube, dass der Mossbauer die ganze Unterhaltung mit dem Schmid gerade erst erfunden hat.«

Von wegen zum Essen einladen und so einen Schmarrn. Ich erzählte von dem Streit zwischen dem Bauern und dem Schmid und von dem toten Kalb.

»Wieso sollte er ihn danach zum Essen einladen?«

»Aber wegen einem toten Kalb und einem Streit um eine Rechnung bringt man noch lange keinen Tierarzt um«, erklärte Max mir, dann müssten nämlich schon jede Menge Tierärzte tot sein.

»Aber wieso erfindet er dann so einen Mist wie diese Essenseinladung? Das sieht doch aus, als wollte er von sich ablenken, oder nicht?«

Max zuckte nur müde mit den Schultern. Er war es gewöhnt, dass ihm ständig hergelogen wurde, und da war die Erfindung einer Essenseinladung vermutlich ein Klacks.

»Vielleicht hat es ja damit zu tun, dass der Schmid nicht mit sich hat reden lassen. Und der Götz halt schon. Da könnst schon stocknarrisch werden«, beharrte ich.

»Worüber reden?«

»Was weiß ich.«

Mein Informant hatte sich wohl daran erinnert, dass sein Vater ihm ein paar gewaltige »Bockfotzn« verabreichen würde, wenn er diese Information Fremden, speziell Polizisten und Journalisten, preisgab.

»Da müsstest du halt ermitteln«, schlug ich hilfreich vor. »Ich glaube, das würde uns im Moment echt weiterhelfen.«

Jetzt versuchte zur Abwechslung ich einmal, einen Blick zu haben, der nach »ach Schneckelchen« aussah. Das schien mir nicht gut zu gelingen, denn Max sah mehr nach einem riesigen

Seufzer aus. Dann jedoch verirrte sich seine Hand rein zufällig vom Lenkrad auf meinen linken Oberschenkel.

»Ich liebe deine Vorschläge«, sagte er.

Ich wusste, dass das eine ganz gewaltige Lüge war.

»Was machst du jetzt mit dem Mossbauer?«, bohrte ich weiter.

»Gar nichts«, gab er zu. »Bis jetzt stimmt ja alles soweit.«

Bis auf die Essenseinladung. Manno, Max hatte echt keinen Drive momentan. Ich hätte schon längst die Schmidin und den Mossbauer in Untersuchungshaft genommen.

»Ich muss jetzt leider in den sauren Apfel beißen und herumtelefonieren. Das wird für dich bestimmt sehr langweilig.« Er nahm seine Hand von meinem Oberschenkel, um eine Hand für die Schaltung frei zu haben. »Für mich übrigens auch.«

»Was?«

»Die ganzen Bauern anrufen, bei denen der Schmid angegeben hat, Tiere eingeschläfert zu haben.«

Hach, natürlich. Der Schmid hätte ja auch alle möglichen eingeschläferten Tiere angeben können, die er gar nicht eingeschläfert hatte.

»Aber wieso sollte er das tun? Oder meinst du, er hat Betäubungsmittel gehortet, damit ihn seine Frau bei Gelegenheit ganz einfach umbringen kann?«

»Er nicht. Vielleicht hat seine Frau irgendwelche Tierarztbesuche erfunden, die so gar nicht stattgefunden haben. Schließlich ist die Schrift von ihr.«

»Die Unterschrift ist aber immer von ihm.«

Er hob bedeutungsvoll die Augenbrauen und ließ sein Auto vor unserer Metzgerei ausrollen.

Okay. Natürlich hätte sie ihm im Vollrausch eine Liste vorlegen können, und er hätte vermutlich alles unterschrieben.

»Na ja. Dann viel Spaß«, empfahl ich ihm.

Da er so bereitwillig vor der Metzgerei stehen blieb, konnte das nur eins bedeuten. Und das, wo ich in letzter Zeit solche Schwierigkeiten hatte, mit der Dorfbevölkerung ins Gespräch zu kommen.

»Willst du nicht mitkommen?«, fragte ich und legte ihm nun meinerseits die Hand auf den Oberschenkel.

»Wenn ich dabei bin, redet doch keiner mehr«, erinnerte er mich.

In meiner Gegenwart verstummten leider inzwischen auch alle Gespräche.

»Und, was soll ich machen?«

»Leberkässemmel?«, sagte er und grinste. »Mit süßem Senf. Soll total gesund sein.«

Anneliese hatte jedenfalls nicht die Probleme wie ich, denn so wie es aussah, stand sie in der Metzgerei im Zentrum des Interesses. Die ganze Mannschaft hatte sich schon heißgeredet, und von meiner Warte sah es aus, als hätte jede der Anwesenden ungefähr zehn Theorien, davon zehn unhaltbare.

Ich versuchte mir irgendeine Frage zu überlegen, die ich in die Runde werfen konnte, um ganz unauffällig an den allgemeinen Tratsch zu kommen, und zog einen Zettel aus meiner Jackentasche, um so zu tun, als würde ich meinen Einkaufszettel konsultieren. Etwas irritiert starrte ich auf den roten Post-it-Zettel mit der Aufschrift: »Nicht die Haare waschen, wenn du deine Sache hast. Da wirst du damisch.« Wie bitte? Noch dazu war das eindeutig die Schrift von Maarten, dem musste ich mal gehörig die Meinung geigen!

Ich versuchte mich wieder auf das eigentliche Problem zu konzentrieren, die Ratschkathln. Das mit den Unterhosen hatten sie zur Genüge durchgekaut. Dann konnte man ja das Interesse auf die gebrochene Nase lenken. Irgendjemand musste eine gewaltige Wut auf den Schmid gehabt haben. Wenn ich mich so an die letzten belauschten Gespräche erinnerte, wusste jeder, dass der Schmid »ein Weiberer« gewesen war. Und ich war mir sicher, dass in der Metzgerei jede der Anwesenden die Namen seiner Freundinnen hätte auflisten können sowie die Anzahl der nächtlichen Treffen samt exakter Zeitangabe. Wenn nicht sogar noch jedes Detail ihrer Kleidung und wer wann eine unmögliche

Frisur gehabt hatte. Das ergab dann mehr als nur ein Szenario: Nicht nur die gewaltig angepisste Schmidin könnte sich auf den Schmid gestürzt haben, nein, auch ein angepisster Ehemann könnte das erledigt haben. Wobei bei dem angepissten Ehemann die Frage war, wie der an das Euthadorm herangekommen war, wenn er nicht zufällig auch als Tierarzt, Arzt oder Apotheker sein Brot verdiente.

Als ich die Tür öffnete, machte sich ein ungemütliches Schweigen breit. Ich sah mich um, ob vielleicht Joe hinter mir aufgetaucht war, aber da war niemand. Selbst Max war schon weitergefahren. Anneliese hob etwas zu hochnäsig ihre Augenbraue und musterte mich von oben bis unten.

»Also, ich ess jetzt schon immer den Andive aus dem Garten«, erklärte die Rosl schließlich nach einer längeren Pause, als hätten sie schon vorher von ihrer Endiviensalatzucht gesprochen. »Jetzt schmeckt er doch am besten.«

Ich stellte mich neben die ganzen Ratschen und betrachtete die Auslage, als hätte ich alle Zeit der Welt. Das hatte noch jedes Mal funktioniert. Aber Anneliese hatte keine Lust, so zu tun, als wäre alles normal.

»Mei. Bist jetzt unter die Profiler ’gangen?«, wollte sie spöttisch wissen. »Richtig bei den Ermittlungen beteiligt? Gratulation.«

Vielleicht hätte ich ihr nicht sagen sollen, dass sie mit ihren blöden Ermittlungen die Pest war. Jetzt wollte sie mir natürlich beweisen, dass dem nicht so war.

»Alles hat seine Vor- und Nachteile«, antwortete ich kryptisch. »Ich helfe gerade dem Joe …«

»Joe«, sagten alle kollektiv, und plötzlich wurde ich nicht mehr ignoriert.

Tschou. Die Rosl schüttelte sogar den Kopf.

Was war ich auch blöd, ich hätte sagen müssen, ich helfe Max. Den mochten sie irgendwie seit einiger Zeit, obwohl er erwiesenermaßen nicht hier geboren war und vermutlich nie richtig bayerisch sprechen lernen würde. Aber seit dem letzten

Mordfall hatten sie ihn so richtig ins Herz geschlossen. Irgendwie machte mich das gerade wütend, vor allen Dingen, weil ich so unbedacht Joe erwähnt hatte.

»Da war der Martin doch ein ganz ein anderer«, erklärte die Rosl.

Alle brummelten zustimmend, und ich verkniff mir den Einwand, dass Maarten nicht Martin hieß und dass sie den eigentlich auch nicht hatten leiden können, weil der nämlich von da droben kam, wo nicht einmal sicher war, was für Krankheiten die einschleppten. Der Joe sprach zwar nicht richtig Dialekt, aber ich war mir ganz sicher, dass er aus Bayern kam. Er verstand nämlich jedes Wort – also, wenn ihm mal jemand versehentlich etwas erzählte – und hatte einen leicht bayerischen Einschlag. Man konnte ihm doch nicht zum Vorwurf machen, dass er nicht gleich einen auf Kumpel machte wie der Schorsch und jedem aus seiner Kindheit erzählte.

Die ganzen Weiber drehten sich von mir weg und ignorierten mich kollektiv für die Schandtat, mit dem »Tschou« herumzuziehen. Das gemeinsame Presssackessen war ein großer Fehler gewesen.

»Ich bin mir ganz sicher, dass ich den kenn. Den Joe«, sagte die Rosl. »Vielleicht von einem Fahndungsfoto.«

Ich kannte überhaupt keine Fahndungsfotos. So etwas bekam man doch normalerweise gar nicht zu Gesicht.

»Der Joe ist bei der Polizei«, sagte ich in die Stille hinein, obwohl das natürlich jede hier wusste.

»Ich möcht nicht wissen, was der für Waffen unter seinem Bett hat«, erklärte die Rosl mit gesenkter Stimme. Die Frauen rückten näher zusammen. »Wie der einzogen ist, da hat er so einen Trumm Koffer dabeig'habt. Wisst's schon.«

Nein, wusste ich nicht.

»Was für einen Koffer?«, hakte ich nach und hoffte auf eine erneute Belebung der Diskussion.

»Ich würd mal sagen, da war eine Kalaschnikow drin«, erklärte die Annl piepsig.

Ich starrte sie fassungslos an. Die Annl wusste doch überhaupt nicht, wie eine Kalaschnikow aussah! Und einen Kalaschnikowkoffer kannte sie schon dreimal nicht!

»Schmarrn«, sagte ich laut und deutlich. Manchmal musste man zu seiner Meinung stehen.

»Den, wo i das erste Mal g'sehen hab«, sagte die Rosl genauso laut und deutlich zurück, »da hab ich glei g'wusst, den kennst.«

Das hatte ich mir auch sofort gedacht, als ich Joe zum ersten Mal gesehen hatte. Ich hatte ihn nämlich schon dreimal in *Mr. and Mrs. Smith* gesehen. Als Brad Pitt.

Alle Frauen nickten im Takt.

»Mich würd nur interessieren, woher ich ihn so gut kenn«, sagte die Kreszenz nachdenklich.

Irgendwie kam ich auf keinen grünen Zweig, wenn alle über Joe redeten statt über den Tierarzt.

»Von einem Mordfall. Da bin ich mir ganz sicher. Das hat mit einem Verbrechen zu tun g'habt«, war sich die Rosl sicher.

»Vielleicht hat er auch die Resi umgebracht«, erläuterte die Annl noch piepsiger. »Mir wär so g'wesen, als würd's bei der vor dem Haus a weng gammelig riechen.«

Ich beschloss, ganz ruhig zu bleiben und mich langsam und zielgerichtet zu verdünnisieren. Die Resi war vor einiger Zeit einmal aufgetaucht, um nach ihrem Hund zu sehen, der inzwischen bei Maarten wohnte und auch ganz offensichtlich überhaupt keine Lust hatte, zur Resi zurückzukehren. Jedenfalls war die Resi am nächsten Tag schon wieder zu ihrer Tante abgereist, die sie so dringend im Haushalt brauchte. Das jetzt dem Joe in die Schuhe zu schieben, fand ich ziemlich gemein. Außerdem war ich mental nicht in der Lage, mir weiter so einen Schmarrn anzuhören.

»Ehrlich?«, fragten drei Frauen neugierig.

»Aber hätten wir des nicht längst merken müssen?«, fragte sich die Rosl. »Wennst dir des vorstellst. Liegst ermordet in deiner Wohnung, und keiner findet dich.«

Ich unterdrückte ein Stöhnen.

»Des will ich nicht erleben«, bestätigte die Annl, als wäre das Schlimmste am Ermordetwerden, dass man lange nicht gefunden wird. »Aber ich sag's euch, des hat gerochen wie eine Leich. Da hast doch echt Angst um dein Leben, wennst weißt, dass ein Serienkiller bei uns sein Unwesen treibt. Und die Reisingerin ist auch schon im Krankenhaus.«

Jetzt hatten alle einen verzweifelten Blick, nicht nur ich.

»Das waren die Gallensteine«, sagte ich und versuchte den Tinnitus, der sich gerade anbahnte, zu ignorieren.

»Ja, die wurde operiert«, unterstützte mich die Kathl.

»Habt's denn schon den Pathologiebericht?«, lenkte die Kreszenz von Resis Leiche ab, weil sie wohl merkte, dass ich mich gleich verdünnisieren würde.

»Ja«, gab ich zu und wurde mit gespitzten Ohren belohnt. »Also, nicht ich. Weil ich die ganze Zeit ohnmächtig war. Deswegen weiß ich nichts«, log ich in einem entschuldigenden Tonfall. Denen würde ich es auf gar keinen Fall zu einfach machen.

»Kann ich mit dir mal reden?«, wandte ich mich an Anneliese, und die anderen waren so dezent, sich zu verzupfen.

»Mei, hab gar ned viel Zeit. Jetzt, wo ich berufstätig bin.«

»Berufstätig?« Anscheinend hatte ich das Wort mit zu vielen Fragezeichen ausgesprochen, denn sie sah mich wahnsinnig böse an.

»Ja, berufstätig.«

»Weißt du jetzt schon, was du ermittelst?«, wollte ich wissen, was anscheinend die falsche Frage war.

»Das werd ich grad dir auf die Nase binden«, sagte sie spitz. »Sobald ich meinen Fall gelöst hab, kann ich's dir ja sagen. Also, was willst?«

Ich konnte mich nicht mehr zurückhalten: »Wie jetzt? Du ermittelst? In einem Fall?« Eigentlich hatte ich ihr Gerede vor dem Stanglschen Garten für reines Angeben gehalten.

»Ja. Ich hab einen Auftraggeber. Und da ermittle ich halt«, erklärte sie mir. »Deswegen wenig Zeit. Verstehst schon, gell?«

»Und wer ist dieser Auftraggeber?«, wollte ich wissen.

»Des kann ich dir doch ned sagen. Des ist doch mein Dienstgeheimnis.«

»Und du bist dir sicher, dass du dir das nicht nur einbildest?«, bohrte ich weiter.

Sie stemmte zornig die Fäuste in die Hüften. »Sag mal, meinst du, ich bin blöd, oder was?«

»Und wo ermittelst du?« Ich konnte einfach nicht lockerlassen. Auch wenn ich mir einredete, dass mich das alles nichts anging, hatte ich ein ganz blödes Gefühl bei dem Gedanken, dass Anneliese ganz alleine vor sich hinermittelte.

»Ja, grad, zum Beispiel. Da hab ich die Rosl befragt. Des war wirklich interessant und hat mich echt weiterbracht.«

Die Rosl. Hatte die Anneliese in ihren Ermittlungen weitergebracht. Ich schüttelte den Kopf.

»Anneliese, sag ehrlich, das hat aber nichts mit dem Tierarzt zu tun, oder?«

»Wenn du meinst, dass du mir irgendwas aus der Nase ziehen kannst, vergiss es.«

»Das kann gefährlich werden, weißt du«, unterbrach ich sie. Ich hatte nämlich echt Erfahrung darin, dass so etwas gefährlich werden konnte. »Denk an deine Kinder, die wachsen als Waisen auf, wenn mit dir was ist.«

»Lisa! Du schaffst es nicht. Ich werd des weitermachen! Ruckizucki hatte ich einen potenziellen Klienten, der hat sich meine Referenzen ang'schaut, und schon hatte ich den Auftrag.«

»Welche Referenzen denn?«, fragte ich atemlos.

»Mei, den letzten Fall von uns zweien. Das hat ihn total überzeugt.«

Kraftlos starrte ich sie an. Nur weil wir bei dem letzten Mord das Handy ihrer ermordeten Cousine gefunden hatten, konnte man nicht von Ermittlungserfolg sprechen.

»Ja, also. Ich wollte dich eigentlich auch was fragen«, sagte ich nach einer ungemütlichen Pause. »Es wird doch überall herumerzählt, dass der Schmid so ein Womanizer war.«

Anneliese stemmte ihre Fäuste in die Hüften und sah mich ziemlich arrogant von oben bis unten an.

»Und?«, sagte sie.

»Weißt du, wer seine Freundin war? Er soll ja sogar mehrere gehabt haben«, fragte ich weiter und merkte jetzt schon, dass ich das ganze Gespräch ein wenig anders hätte aufziehen sollen. Das war ein höchst undiplomatischer Einstieg gewesen.

»Mei, musst halt rauskriegen«, sagte sie. »Ich muss weiter.«

Damit drehte sie sich um und verschwand in der Metzgerei.

Kapitel 6

Ziemlich schlecht gelaunt verzichtete ich auf eine Leberkässemmel und ging nach Hause. Es machte bestimmt mehr Sinn, meinen Antibiotika-Artikel weiterzuschreiben, bevor mich Max wieder abholte, um zum Tierarzt Götz zu fahren. Nachdem ich mir zu Hause einen Kaffee und die Reste von Maartens Mittagessen reingezogen hatte, schnappte ich mir meinen Laptop.

Da der Tag ein wunderbarer war – blassblauer Himmel über Herbstlandschaft –, zog ich aus dem Schuppen einen alten Liegestuhl in die Sonne, schoss ein paar schimmelige braune Äpfel in Richtung von Reisingers Garten und begann, meine Entwürfe auszuarbeiten. Als ich gerade sehr produktiv im Liegestuhl lag und auf die Tastatur einhämmerte, kam Großmutter aus dem Haus. Hin und wieder legte ich eine Denkpause ein und sah den Sonnenblumen zu, die sich im Wind wiegten wie gelbe, schaukelnde Sonnenstrahlen. Großmutter verfolgte mich schon die ganze Zeit, ihr schien etwas auf der Seele zu brennen, aber ich hütete mich davor, sie anzusprechen. Ich beobachtete stattdessen eine Wespe, die sich mit Inbrunst in das Loch eines Apfels hineinbiss. Großmutter schepperte mit dem Laubrechen durch den Garten. Gelegentlich hörte ich ein leises »Wenn ich's nicht mach, macht's wieder keiner«.

Schließlich blieb sie direkt vor mir stehen und stemmte ihre linke Faust in die Seite.

»Hat Max einen Garten?«, fragte sie. »Hilfst ihm schon mit dem ganzen Laub.«

»Max hat keinen Garten«, sagte ich abgelenkt und besserte

einen Tippfehler aus. »Weißt du, ob der Dr. Schmid eine Freundin hatte?«

»A geh. Der wird keine Freundin g'habt haben. Der hat doch eine Frau, was braucht er da eine Freundin?«

Ich seufzte, sah aber nicht vom Bildschirm hoch. »Gibt's da nicht irgendwo einen betrogenen Ehemann oder so?«

Einen, der Kampfsportler war und furchtbar cholerisch vielleicht.

»Und Kochen?«, ignorierte sie meine Frage. »Kochst ihm hin und wieder was G'scheits? Was mit Fleisch?«

Zwischen den dicken Wolken kam nun doch die Sonne hervor, und plötzlich leuchtete alles um mich herum in den schönsten Farben. Wenn Großmutter nicht so genervt hätte, wäre alles wunderbar gewesen.

»Nein«, gab ich zu. Max briet für mich hin und wieder »ein Fleisch«, und daran wollte ich auch so schnell nichts ändern.

»Dann wird's fei Zeit, dass du dem Max mal was zum Essen machst. Was G'scheits.«

»Bin halt noch nicht dazu gekommen«, sagte ich und löschte versehentlich einen ganzen Absatz. »Scheiße.«

»Und fluch ned immer so. Des macht ma ned als Weibsbild.«

»Fleisch ist total ungesund«, lenkte ich von meiner Fäkalsprache ab und drückte auf »Rückgängig machen«.

»Die Viecher kriegen so viel Antibiotika, dass man bei einer Lungenentzündung gar nicht mehr zum Doktor muss. Da reicht ein bisserl Fleisch essen«, erklärte ich. Großmutters Blick sprach Bände.

»Der heirat' dich nie«, prophezeite mir Großmutter. »Wennst dich in der Küch' so anstellst.«

Ach, daher wehte der Wind! Ich starrte jetzt reichlich unkonzentriert auf meinen Laptop und ärgerte mich still vor mich hin. Schließlich heiratete ich hauptsächlich deswegen nicht, weil ich auf meine liebe Großmutter aufpassen musste, und nicht, weil ich kein Steak braten konnte. Wenn ich wollte, könnte ich das.

Bestimmt. Nur weil ich immer kraftlos bei Max zusammenbrach und ihm beim Essenkochen zusah, hieß das noch lange nicht, dass ich es nicht könnte. Im Fall des Falles.

»Männer brauchen halt hin und wieder ein Fleisch«, machte Großmutter penetrant weiter, ohne meine miesepetrige Laune zu beachten. »Dann werden's unzufrieden und suchen sich eine, die besser kochen kann.«

Zum Beispiel meine Großmutter. Die würde bestimmt den nächsten Heiratsantrag von Max abbekommen. Außerdem, woher wollte meine Großmutter das so genau wissen? Schließlich hatte sie nie geheiratet und ließ, von Max einmal abgesehen, keinen Mann über zehn Jahren ins Haus. Irgendwie hatte ich angenommen, dass sie mir den Rücken stärken würde bei meinem Entschluss, nicht zu heiraten, und zwar mit einem deftigen »Recht hast«. Seit sie Max kannte, hatte sich ihre Meinung zum anderen Geschlecht anscheinend komplett ins Gegenteil verkehrt.

»Einen Mann musst bei Laune halten, dass er dir bleibt«, erklärte sie munter weiter und bückte sich nach einem faulen Apfel.

Ja, daran arbeitete ich hart. Zumindest sexuell hielt ich Max total bei Laune. Kochen wurde total überbewertet in Zeiten von Pizzadienst und Running Sushi.

»Weißt du, dass der Schmid seine Wäsche immer selber g'waschen hat?«, wollte ich wissen und setzte spitz hinzu: »Dass der bei der Schmidin geblieben ist, ist doch ein Wunder, oder? Aber vielleicht hat sie besser gekocht als ich.«

»Selber g'waschen?«, fragte Großmutter kopfschüttelnd. »Glaubst des ned, wer erzählt denn so einen Schmarrn?«

»Die Schmidin«, erklärte ich. »Die hat erzählt, der Schmid, der kommt von seiner Tierarztrunde heim, dann zieht er sich aus, gleich in der Diele, weil sie das stinkerte Zeug nicht in der Wohnung haben will, und tut's in die Waschmaschine.«

Ich speicherte meine Datei und sah zu Großmutter auf, die mich einigermaßen fassungslos ansah, als hätte ich ebenfalls vor, von Max zu verlangen, sich schon in der Diele auszuziehen und alles selbst zu waschen.

»Schmarrn«, erklärte Großmutter sehr bestimmt. »Die hat sich doch da drüber immer so beschwert. Dass es ihr g'langt mit dem Saustall, den er immer fabriziert, wenn er von der Arbeit heimkommt.«

Mein Herz begann schneller zu schlagen, denn ich wusste, was Großmutter gleich sagen würde. Der Schmid, der hat sein ganzes Klump einfach ins Wohnzimmer g'worfen, und die Schmidin hat immer g'sagt, räum deine g'stinkerten Sachen doch weg, bin ich die Putzfrau, oder was? Und NIE hat er's weggräumt, NIE.

»Der würd's liegen lassen bis zum nächsten Tag«, fuhr Großmutter tatsächlich fort, »und die nächste Woch' auch noch, glaubst des! Wenn ich's ned mach, macht's keiner! Als wär des ein Aufwand, des gleich in den Keller zu tun, zur Waschmaschine.«

Da Großmutter keine Lust verspürte, weiter über die Schmidin zu tratschen, und ganz hartnäckig zum Thema »Männer bekochen« zurückkam, warf ich mich in meine Laufklamotten und behauptete, dass ich jetzt joggen müsste, ansonsten bekäme das Hundsvieh wieder nicht genügend Bewegung und fiele allen zur Last.

Während ich lostrabte, dachte ich darüber nach, was die Schmidin dazu bewogen haben könnte, das mit der Wäsche zu erzählen. War doch komplett egal, ob der Schmid das gemacht hatte oder sie selbst. Oder hatte sie den Eindruck, dass sie sich verdächtig machte, wenn sie zugab, dass sie sofort alle Klamotten gewaschen und alle Spuren, die es nur gab, vernichtet hatte?

Es war zwar sehr schwer vorstellbar, dass die Schmidin hemmungslos auf ihren Mann einprügelte, aber manchmal gab's Dinge im Leben, die glaubte man einfach nicht. Und manchmal erzählte auch der Max so einen irrsinnigen Quatsch, dass ich ganz aggressiv werden konnte. Das Bedürfnis, ihn zu schlagen, hatte ich zwar noch nie gehabt, aber wer weiß, wie das nach dreißig Ehejahren aussah.

Ich stolperte über meinen Hund, der abrupt stehen geblieben war, weil es an der Straßenlaterne so appetitlich roch, und rappelte mich gerade noch auf, bevor ich in die nächste Seitenstraße einbog, die Richtung Wald führte. Ich war schon ewig nicht mehr im Wald joggen gegangen. Aber jetzt hatte ich ja meine obligatorische Leiche gefunden, und das Risiko, noch eine zu finden, fand ich verschwindend gering. Wahrscheinlicher war es, dass ich, bereits bevor ich den Wald erreichte, entkräftet zusammenbrach.

Als ich den Waldweg entlanglief, begann es schon wieder leicht zu regnen. Bei den Ermittlungen hatten wir bis jetzt bestimmt etwas Wesentliches übersehen, überlegte ich, während ich meinen Blick in die Ferne richtete. Bei jedem meiner Schritte quatschte es unter den Füßen. Ein großes Problem war bestimmt, dass ich bei den Zeugenbefragungen nicht dabei gewesen war. Mir wären bestimmt Ungereimtheiten aufgefallen, die Max in Unkenntnis unseres Dorfes als vollkommen normal eingestuft hatte. Vielleicht hätte ich den Joe zur Befragung vom Stangl begleiten sollen. Leute wie der Stangl wurden nämlich meines Erachtens sowieso komplett unterschätzt. Jeder dachte, taub und doof war das Gleiche, aber das war wirklich ein Schmarrn.

Hinter mir hörte ich gleichmäßige Schritte, die ungefähr im gleichen Takt mit meinen liefen. Ich kniff die Augen zusammen und redete mir ein, dass ich mir gefälligst nichts einreden sollte. Vielleicht hätte ich doch das Angebot von Joe mit der Selbstverteidigung annehmen sollen. Mein Hund sah mich vorwurfsvoll von der Seite an, weil ich immer schneller wurde.

Als dieser Jemand direkt neben mir war, fiel ich sofort in meinen langsamen Trott zurück.

»Hi«, keuchte ich schlecht gelaunt, während Joe locker neben mir hertrabte.

»Du hast ja ein ganz schönes Tempo drauf«, grinste er breit, als hätte er mich schon längst durchschaut.

»Das ist Intervalltraining«, erklärte ich möglichst cool, wobei jemand, der keuchend und mit hochrotem Kopf durch den Wald trabt, bestimmt gegenteilig wirkt. »Das steigert die Leistungsfähigkeit enorm.«

Eine Weile liefen wir nebeneinanderher. Joe sah aus, als würde er spazieren gehen, mein eigener Puls war noch total am Anschlag.

»Das hätte ich mir auch nicht vorgestellt, als ich versetzt wurde«, sagte er. »Dass ich hier an einem Mordfall arbeiten würde.«

Gerade in unserem Ort war genau das jedoch sehr wahrscheinlich.

»Ich dachte mehr so an Falschparken. Oder Nachbarschaftsstreitigkeiten.«

»Bei uns kann man nicht falsch parken«, erklärte ich ihm keuchend. »Man darf überall parken, auch mitten auf der Straße.« Zumindest, wenn man die Kreiterin war, die grundsätzlich nicht parallel einparken konnte. »Und Nachbarschaftsstreitigkeiten lösen wir selbst. Da brauchen wir doch keine Polizei.«

Ich blieb abrupt stehen und beugte mich keuchend nach vorne. Dieses Tempo war mir echt zu schnell zum Unterhalten. Joe blieb neben mir stehen und sah mir interessiert zu. Mannometer, das kam jetzt wirklich uncool rüber, aber ich konnte einfach nicht mehr laufen.

»Hast du dir das überlegt mit der Selbstverteidigung?«, wollte er wissen, als würde ich nicht gerade nach Luft ringen.

Ich schnaufte zweimal tief durch und nickte.

»Vielleicht hast du recht. Aber nicht jetzt, im Moment«, wehrte ich ab. Aktuell hatte ich damit zu tun, wieder cool von dannen zu traben.

»Allein schon wegen dem Tierarztmörder. Der hat ja ordentlich zug'langt.«

»Das Wichtigste ist die innere Einstellung. Du darfst dir nicht denken, dass du schwächer bist.«

Derjenige, der den Schmid vermöbelt hatte, war aber definitiv stärker als ich. Denn er war auch stärker als der Schmid gewesen.

»Es kommt nur auf die richtige Technik an«, erklärte er mir. »Da kannst du den stärksten Mann aushebeln.«

Das war eine tolle Vorstellung. Vielleicht sollte ich das wirklich einmal in Angriff nehmen – mein ständiger Kontakt zu Mördern wäre dann bestimmt einfacher zu ertragen.

»So, das war meine Runde«, log ich und drehte einfach um. »Tschüss dann, ich muss zurück, ich muss mit Max zum Götz, dem Tierarzt aus Unterbachenreuth. Das ist der Kollege vom Schmid.« Mein Stolz war mir jetzt total wurscht, denn diesen Weg weiterzulaufen bedeutete, dass ich mindestens noch sechs Kilometer rennen musste, und das hielt ich wirklich nicht aus. Und dass der Max auf mich wartete, war auch gelogen, weil wir uns nämlich erst in zwei Stunden treffen wollten. »Fährst du da auch mit?«

Joe sah plötzlich angestrengt in die Ferne, als würde er sich jetzt gerne vor der Antwort drücken.

»Nein.«

Schweigend trabten wir aus dem Wald heraus, da Joe anscheinend auch keine Lust auf eine längere Joggingrunde hatte.

»Was war das eigentlich mit dem Swingerklub, bei dem der Schmid seine Finger mit im Spiel gehabt haben soll? Und wieso ermitteln wir nicht in diese Richtung?«, fragte er schließlich.

»Weil das schon lange nicht mehr aktuell ist«, klärte ich ihn auf. »Er hatte letztes Jahr mal mit dem Roidl geplant, einen Swingerklub zu eröffnen. Aber die Schmidin ist doch so eifersüchtig, das hätte nie und nimmer geklappt. Deshalb ist er schon vor Monaten ausgestiegen. Und der Roidl ist doch ermordet worden, da hätte er ja ganz alleine wieder anfangen müssen.«

»Der Roidl ist auch ermordet worden?«, fragte Joe staunend.

Ich nickte nur, weil ich keine Lust hatte, meine Rolle bei diesem Kriminalfall näher zu erläutern. »Aber der Mörder liegt noch im Krankenhaus. Der kann's schon mal nicht gewesen sein.«

Wir joggten auf Joes Garten zu.

»Aber vielleicht hat die Frau vom Tierarzt das inzwischen rausgefunden«, schlug Joe vor.

»Ob sie ihn gleich wegen dieser uralten Sache umbringt …« Ich nickte kurz in die Richtung von Stangls Garten. »Aber was hat er denn gesagt? Bei der letzten Befragung.«

Er verzog das Gesicht. »Ich weiß jetzt alles über seine amerikanische Kriegsgefangenschaft. Er hat auf keine Frage richtig reagiert.«

»Ich dachte, du wolltest ihn zwingen, seine Hörgeräte reinzuschieben«, erinnerte ich ihn.

»Ja, die hatte er auch drin«, antwortete Joe schlecht gelaunt. »Vielleicht hat er ja auch Alzheimer. Ich muss dann weiter.«

Wir trennten uns vor Joes Gartentür mit einem coolen Abklatschen, dann joggte ich weiter, während Joe auf seine Haustür zulief.

Der Stangl hatte kein Alzheimer, vielleicht sollte ich mal bei ihm vorbeischauen und den Geisteszustand überprüfen. War zwar nicht so toll, in verschwitzten Joggingklamotten auf der Matte zu stehen, aber wo ich schon einmal hier war, konnte ich das auch gleich in Angriff nehmen. Langsam trabte ich an Dr. Schmids Garten vorbei zum Stanglschen Garten. Beide Gärten lagen wie ausgestorben da. Ich vermied es, zum Schuppen der Schmids zu schauen, und klingelte am Gartentürl vom Stangl. Als keiner aufmachte, öffnete ich mir selbst, indem ich mich weit über die Tür beugte und den Türöffner betätigte, und ging weiter zur Haustür, wo ich erneut klingelte. Das mit dem Hörgerät war echt die Pest. Ich war mir nämlich hundertprozentig sicher, dass der Stangl zu Hause war, weil der nämlich nie Haus und Garten verließ, ausgenommen, er wurde mit einer schweren Erkrankung ins Krankenhaus eingeliefert.

Ich verlegte mich aufs Klopfen an der Haustür. Ärgerlich, weil mir schon kalt wurde vom Herumstehen in verschwitzten Klamotten, drehte ich mich um und kreischte augenblicklich los. Direkt neben dem Weg hinter einem dichten Busch lag der

Stangl im Gras und sah mit großen Augen zu, was ich an seiner Haustür veranstaltete.

»Herr Stangl?«, fragte ich in Überlautstärke, als mir klar war, dass ich nicht die nächste Leiche gefunden hatte. »Soll ich einen Krankenwagen rufen?«

Er verstand ganz offensichtlich nichts von dem, was ich sagte, aber da er so nett lächelte und nicht aussah, als würde er demnächst das Zeitliche segnen, ging ich erst einmal neben ihm in die Hocke.

»Alles klar?«, brüllte ich ihm ins Ohr.

»Manchmal, da wird mir so damisch im Hirn«, brüllte er zurück, allerdings mit seiner viel zu hohen Stimme, die mich jedes Mal wieder irritierte. »Da haut's mich einfach g'strecktalängs hin.«

Aha. Eine Schwindelattacke.

»Und wenn i dann eh schon lieg, ruh i mich gleich a bisserl aus ...«, machte er weiter in einer Lautstärke, als wäre die ganze Welt schwerhörig. »Und dann geht's scho wieder. Ob ich des drinnen im Haus mach, im Bett, oder da, wo ich grad bin, ist ja grad wurscht. Da ist die Zeit dann gut ausgenutzt.«

Eine sehr positive Lebenseinstellung.

»Dann musst halt schauen, dass'd bis zu einem Baum kommst oder dem Zaun, und dann ziehst dich hoch«, empfahl er mir, sollte ich jemals in diese missliche Lage kommen. »Aber ich schlaf eh immer mittags ein Stünderl. Des mach ich einfach immer dann, wenn's mir herhaut.«

»Soll ich Ihnen hoch helfen?«, brüllte ich ihn an, weil ich es reichlich abstrus fand, seine Mittagspause neben den Rosensträuchern zu verbringen. Außerdem musste ich ganz stark an mich halten, dass ich nicht in derselben hohen Tonlage zu reden begann.

Er nickte begeistert, und ich versuchte redlich, ihn wieder in die Vertikale zu bringen. Was damit endete, dass auch ich im Gras neben ihm saß und mir eingestehen musste, dass ich einfach nicht stark genug war.

»Ich schaff das schon«, erklärte er milde. »Ich ruh mich noch a bisserl aus, und dann zieh ich mich beim Postkasten hoch.«

»Ich wollt Sie eigentlich fragen wegen dem Mord an dem Dr. Schmid«, erklärte ich ihm so laut, dass meine Ohren klingelten.

»Wegen was?«, fragte er nach.

»Dem Mord. Ob Sie was gehört haben. Am Abend.«

Was für eine blöde Frage. Ganz offensichtlich hörte der Stangl wirklich gar nichts. Wenn ihm der Mörder nicht alle Details ins Ohr geschrien hatte, hätte da ein ganzer Killertrupp zugange gewesen sein können, und er hätte nichts mitbekommen.

»Vielleicht hat der Schmid was g'hört«, sagte er ratlos.

»Der Schmid ist doch tot«, schrie ich in einer Lautstärke, die einen Düsenflieger vor Neid hätte erblassen lassen.

»Tot? Der Schmid?«, fragte der Stangl fassungslos nach. »Aber wieso sagt mir denn des keiner!«

Der Joe wieder. Dass der Stangl nach dem Besuch von Joe nicht einmal von dem Mord wusste, warf irgendwie ein schlechtes Licht auf Joes Befragungstechnik.

»Da war doch die Polizei da«, brüllte ich.

Er nickte begeistert, weil er mich verstand. »Ja, den hab ich auch ned verstanden.«

Menno, Joe, so kam man ja auf keinen grünen Zweig.

»Aber Ihre Tochter, hat die Ihnen nicht erzählt, dass der Schmid ermordet wurde?«, fragte ich.

»Was?«, schrie er zurück.

»Die wollt ihn nicht beunruhigen«, erklärte die Gansbühlerin, die unbemerkt am Zaun auftauchte, vermutlich wegen unseres Gebrülls.

»Danke schön«, sagte ich zu ihr.

Wenn jetzt noch die Schmidin hier auftauchte und all die Fragen, die ich dem Stangl stellte, zusammen mit der Gansbühlerin beantworten würde, wäre das ein tolles, produktives Meeting.

Die Gansbühlerin tat zwar meistens etepetete, aber für Dorfklatsch war sie trotzdem superanfällig.

»Das tut mir jetzt leid, dass ich nicht g'schaut hab, wer da g'stritten hat. Des hätt ich ganz einfach sehn können. Aber raus-g'schaut haben wir nimmer«, erklärte sie mir. »Weil wir wollen mit so was nix zu tun haben. Die werden schon ihre Gründe haben.«

»Wer?«, fragte ich.

»Die, die da g'stritten haben«, sagte die Gansbühlerin. »Weil da hast ja Angst kriegt. Bei dem Gebrüll.«

Das mochte ich mal bezweifeln, dass die Gansbühlerin vor irgendjemandem Angst hatte. Sie sah nämlich aus wie ein Mann, allein schon von der Figur. Mehr so der bullige Typ von Frau und walzenförmig gebaut, ohne Taille, dafür mit breiten Schultern. Zusammen mit dem Kurzhaarschnitt, den Jeans und den Pullis, die sie trug, konnte man sie zumindest im Gegenlicht für einen Mann halten. Sie glich das zwar mit massig Schminke wieder aus, aber in der Nacht im Dunkeln war ich mir hundertpro sicher, dass jeder Mörder freiwillig das Feld geräumt hätte. Und wenn ich raten dürfte, was sie machte, wenn ihr jemand blöd kam, dann wäre eine »Trumm Schelln«, also eine Ohrfeige, die sich gewaschen hatte, an allererster Stelle.

»Haben Sie das denn auch gehört?«, vergewisserte ich mich noch einmal.

Sie beugte sich vertraulich über den Gartenzaun und flüsterte mir geheimnisvoll zu: »Mein Mann hat ja g'sagt, dass des auf der Straß' g'wesen sein muss.«

»Aber?«, fragte ich atemlos. Jetzt war mein Moment gekommen, denn jetzt würde mir die Gansbühlerin was erzählen, was sie weder Joe noch Max verraten hätte.

»Aber ich glaub, dass des beim Komposthaufen war.« Zufrieden mit sich nickte sie. »Weil des hab ich ja sogar beim Bieseln g'hört, und ich war am Klo in unserem Bad.«

Das war natürlich hochinteressant. Ich arbeitete hart daran, kein breites Grinsen im Gesicht zu haben. Diese Info bekam ich nämlich nur, weil ich die Lisa von der Wild Annl war.

»… und ich kann mir nicht vorstellen, dass ich vom Klo aus

einen Streit auf der Straß' g'hört hätt, weil das Badfenster nämlich nach hinten rausgeht.«

Was erzählten die denn dann der Polizei für einen Schmarrn?

»Das sollten Sie besser der Polizei sagen«, erklärte ich ihr und runzelte die Stirn, um ernst zu bleiben.

»Was geht denn die Polizei mein Bieseln an«, entrüstete sich die Gansbühlerin. »Und wie steht dann der Franz da? Der hört doch nimmer g'scheit auf einem Ohr, da, wo er den Tinnitus drin hat. Mit der Richtung, wo er was hört, da tut er sich halt g'scheit schwer.« Sie verengte die Augen, als hätte ich irgendwas kritisiert. »Und da möcht i a ned so sein und sagen, dass er des gar ned sagen kann.«

Sehr vernünftig bei Mordermittlungen. Auf die Befindlichkeiten vom Franz Rücksicht nehmen.

Dann kippte sie ihren Eimer Küchenabfälle auf den Kompost, schaute noch einmal mit routinierter Neugier zu den Schmids und den Stangls in den Garten und verschwand wieder im Haus.

»Eine Elfe ist sie ja ned. Schon als Madl…«, brüllte der Stangl, der sich in der Zwischenzeit aufgerappelt hatte und am Gartenzaun lehnte, »… hat die keinen Liebreiz ned g'habt.«

»Wer?«

»Die Gansbühlerin«, schrie er volle Pulle, und ich hätte wetten können, dass die Gansbühlerin das mithörte. Jedenfalls, wenn sie nicht auch spontan einen Gehörschaden entwickelt hatte.

»Wo ist denn Ihr Hörgerät?«, wollte ich wissen und packte mein eigenes Ohr, um es langzuziehen. »Das HÖRGERÄT!«

Er nickte begeistert, weil er meine Frage verstanden hatte.

»Da hab ich keine Batterie mehr«, erzählte er und deutete mit den Fingern auf seine riesigen Ohrwascheln. »Schon ganz lang nimmer. Die waren irgendwann leer. Weil die hätt ma ausschalten müssen, und des hab i ned g'wusst.«

Ach herrje. In mir bahnte sich ein gewaltiges Kichern an, wenn ich daran dachte, wie der Stangl ganz brav seine Hörgeräte ohne Batterien in die Ohren geschoben und dann die Befragung mit dem Joe absolviert hatte. Das war echt gemein.

»Aber ist ja auch wurscht. Weil ich hör ja sowieso alles, was ich wissen will.«

Ja, aber was der Joe wissen wollte, das hatte er ganz offensichtlich nicht gehört.

»Man muss ja gar nicht alles hören. Und des Hörgerät, des ist kein Spaß. Des wennst drin hast, da hörst jeden Schmarrn. Des Klappern vom Besteck. Oder des Müllauto. Des will doch keiner mitkriegen.«

Oder einen Mord. Das wollte wirklich kein Mensch wissen. Ich winkte ihm zu. Das mit dem schlechten Hören würde ich aber lösen, selbst wenn ich extra zu einem Akustiker fahren musste, um Batterien zu organisieren. Der Stangl hatte schließlich den ganzen Tag nichts anderes zu tun, als im Garten rumzuliegen, da konnte man schon dies und das mitbekommen, selbst mit Hörschaden.

»Ich komme wieder«, brüllte ich ihn an, und in der Lautstärke, mit der ich es tat, klang es wie eine üble Drohung.

Zu Hause war große Hektik angesagt. Ich rief als Erstes die Monika an, die Tochter vom Stangl, weil man das bei dem Wetter echt nicht machen konnte, den Alten so lang im Garten herumliegen lassen. Die war supergenervt, weil die Gansbühlerin auch schon zweimal angerufen und erklärt hatte, dass sie das nimmer mit anschauen kann, wie der Papa sich im Garten eine Blasenentzündung holt. Großmutter stand natürlich mit riesigen Ohrwascheln neben mir, um live mitzuerleben, wie mich die Monika Stangl zur Sau machte, weil sie eh so viel zu tun hatte und auch das Haus vom Papa leer räumen musste, und ständig rief ein Nachbar an, weil der Papa schon wieder unter den Hortensien lag. Ich knallte entnervt den Hörer auf.

»Und?«, wollte Großmutter wissen. »War des die Stangl Monika?«

»Ich war bei ihrem Papa. Im Garten«, erzählte ich schlecht

gelaunt, weil mir mein nachbarschaftlicher Einsatz nicht honoriert wurde. »Der lag im Garten herum und konnte nicht mehr aufstehen.«

»Und?«, fragte Großmutter nach weiteren Neuigkeiten, als wäre das ganz normal.

»Er hat nicht einmal gewusst, dass der Schmid nicht mehr lebt«, erzählte ich ihr. »Und die Gansbühlerin schaut nicht nach, wenn g'stritten wird. Weil die ihre Gründe haben könnten.«

Großmutter nickte beipflichtend.

»Der Stangl könnte sich auf jeden Fall besser rasieren«, erläuterte ich. Und in Batterien für sein Hörgerät investieren.

»Er hat sich halt den schlechten Rasierappart gekauft, weil er dacht hat, er stirbt eh bald. Und fürs Grab kauft er sich nix«, erklärte mir Großmutter. »Ist ja auch g'scheiter so. Was willst im Grab mit einem neuen Rasierapparat.«

»Der kann doch noch jahrelang leben«, wandte ich ein. »Und bis dahin will er jetzt schlecht rasiert herumlaufen, oder wie?« Beziehungsweise herumliegen. Aber das würde sich jetzt bestimmt ändern, wenn er ins Seniorenheim kam. Außerdem war mir das sowieso alles total wurscht, denn ich wollte endlich unter die Dusche.

»Weißt du eigentlich ganz konkret, wieso der Dr. Schmid damals bei dem Swingerklub vom Roidl nicht mehr mitmachen wollte?«

Da hatte es nämlich beim letzten Mordfall ganz wüste Spekulationen gegeben über den dubiosen »Kompagnon« vom ermordeten Roidl.

»Weil ein Swingerklub nix ist«, erläuterte sie ihre eigene Meinung. »Und was ist jetzt mit dem Schmid? Habt's da wenigstens eine Spur?«

»Ich glaube ja, dass der Swingerklub eine Spur ist«, erklärte ich Großmutter, während ich nach oben ging. »Wenn die Schmidin das rausgebracht hat, hätte sie nämlich ein Mordmotiv.«

»Des weiß die doch schon ewig«, rief mir Großmutter nach. »Die ist doch nicht blöd.«

Als Max klingelte, hatte ich noch leicht feuchte Haare und sprang gerade hektisch in meine Jeans. Während ich kurz meine Haare föhnte, erzählte ich ihm mit dem Kopf nach unten hängend, dass die Gansbühlerin beim Bieseln den Streit gehört hatte, was ihn wirklich sehr interessierte. Besonders das mit dem Bieseln. Dass der Stangl nicht einmal gewusst hatte, dass der Schmid tot war, ließ ich mal vorsichtshalber weg, um den Joe nicht in Schwierigkeiten zu bringen.

»Vielleicht solltet ihr noch einmal den Stangl befragen und ihm vorher Batterien für sein Hörgerät kaufen«, versuchte ich es ihm durch die Blume zu sagen. »Der Stangl, der ist ein ganz ein Wilder, der hat schon Sachen mitgekriegt, da hast du noch in die Windel gemacht.«

Als ich mich wieder aufrichtete und meine Haare nach hinten schüttelte, bezweifelte ich, dass Max von meinem Bericht irgendetwas mitbekommen hatte, weil er sehr versonnen auf meinen Hintern starrte.

»Männer«, sagte ich düster, während sich auf Max' Gesicht ein ausgesprochen nettes Grinsen ausbreitete. »Hast du das jetzt gehört mit dem Bieseln und dem Komposthaufen?«

»Klar. Ich bin multitaskingfähig«, erklärte Max überzeugt. »Vielleicht solltest du das mit dem Stangl übernehmen, du hast durch deinen Einsatz ja quasi schon eine Beziehung aufgebaut. Der schüttet dir bestimmt sein Herz aus.«

Ja, man musste nur an die Gansbühlerin denken. Manchmal war es glatt von Vorteil, die Lisa von der Wild Annl zu sein.

»Aber ich sag's dir gleich«, warnte ich ihn, »alles Weitere, was ich während dienstlicher Befragungen von der Stangl Monika geschenkt bekomme, kriegst ab jetzt du. Schließlich sind das dann dienstliche Geschenke.«

Endlich saßen wir in Max' Auto und fuhren ein zweites Mal in Richtung Unterbachenreuth.

»Und, Telefonate erledigt?«

Ich reichte Max ein Stück Hefezopf, den Großmutter gebacken hatte.

»Ja. Die Angaben von den Schmids bezüglich der Einschläferungen scheinen in Ordnung zu sein.«

»Wieso scheinen?«, fragte ich kauend und nahm Max' Kaffeebecher aus dem Getränkehalter.

»Weil ich recherchiert habe. Wie man seine Angaben in Ordnung bringen kann, wenn man Betäubungsmittel hat verschwinden lassen.«

Er nahm mir den Kaffeebecher aus der Hand und trank selbst einen Schluck. »Könnte. Wenn man müsste.«

Hm, was Max für interessante Informanten hatte. Da musste ich ganz schön nachrüsten, wenn ich mithalten wollte.

»Und?«, fragte ich neugierig.

»Es gibt auch Mittel zum Euthanasieren, die man nicht dokumentieren muss. Das T61 zum Beispiel. Wenn man ein Tier einschläfert, bekommt das kein Mensch mit, ob das T61 ist oder Euthadorm«, erklärte er mir. »Wenn du also einmal mit T61 einschläferst und angibst, es mit Euthadorm gemacht zu haben, dann hast du die Dosis übrig.«

»Ich würde das mitbekommen«, widersprach ich. »Du musst dir doch nur die Farbe anschauen. Euthadorm ist knallblau. Außerdem ist das eine riesige Flasche.«

Ich holte mir den Kaffeebecher zurück und umschloss ihn mit beiden Händen. »Und die Pferdebesitzer, die schauen bei so etwas mit Argusaugen zu.« Das hatte ich nämlich im Internet gegoogelt. Denen machte man kein X für ein U vor.

»Aber ein Bauer? Bei einem habe ich angerufen, der hat zugegeben, dass er gar nicht mit im Stall war.« Max sah ganz entspannt aus. »Bei einem Bauern hat der Schmid aufgeschrieben, zwei Dosen Euthadorm verwendet zu haben. Das konnte der Bauer auch nicht bezeugen.«

»Aber wieso sollte der Schmid der Schmidin helfen, dass sie ihn umbringt?«

»Sie hat die Liste geführt«, erinnerte er mich und nahm mir

das restliche Stück Hefezopf weg, das ich noch in der Hand hatte. »Vielleicht hat er einfach nur unterschrieben, was sie alles aufgeschrieben hat. Und wer weiß das jetzt noch, ob er damals zwei oder nur eine Flasche Euthadorm verbraucht hat?«

»Außerdem haben wir die Ergebnisse von unseren Computerleuten. Der Schmid hat an dem betreffenden Abend weder eine Bestellung weggeschickt noch eine E-Mail geschrieben.«

Und was hieß das nun wieder? Dass die Schmidin uns angelogen hatte? Oder dass der Schmid doch etwas anderes getan hatte als geplant?

Dann ging Max vom Gas, denn wir hatten das Ortsschild von Unterbachenreuth passiert.

Der Götz hatte ein dunkles altes Haus hinter riesigen Fichten, die bestimmt schon seit Jahren ihre Nadeln auf das Dach warfen, das mit seiner moosigen Verkleidung sehr finster und furchterregend aussah. Das war meines Erachtens auch der Grund, weshalb die Kleintiersprechstunde vom Götz so schlecht besucht war. Eigentlich will ich mich ja nicht an den ganzen abstrusen Geschichtchen beteiligen, die in unserem Dorf über das Nachbardorf kursieren. Aber so ganz geheuer war mir das hier wirklich nicht, vielleicht auch, weil ich seit meiner Kindheit stets nur die allerschlimmsten Dinge von diesem Ort gehört hatte.

»Vielleicht ist er ja gar nicht da«, sagte ich und blieb sicherheitshalber ganz dicht bei Max. Die paar Male, die ich wegen einer Wurmkur hier gewesen war, hatte auch nie jemand aufgemacht – weil der Götz angeblich ständig auf Großtierrunde unterwegs war. Oder weil er grundsätzlich nicht aufmachte, damit man nicht über seine ganzen betäubten und gefesselten Opfer stolperte.

Während ich klingelte und klopfte, zupfte mir Max etwas von der Jacke und sagte hinter mir: »Begrüße ihn mit einem netten Lächeln.«

»Wie bitte?«

»Hör ihm zu, seine Gesprächsthemen sind wichtiger.«

Ich drehte mich zu ihm um und sah die roten Post-it-Zettel in seiner Hand, die mir anscheinend an der Jacke geklebt hatten. Ärgerlich versuchte ich sie ihm zu entwinden. »Lass das, das sind nur Omas ultimative Tipps für mein glückliches Leben.«

Sein Grinsen war breit, und er weigerte sich, die Zettel rauszurücken. »Die hänge ich bei mir an den Kühlschrank.«

»Gib her!«

»Mach sein Zuhause zu einem Ort der Ordnung und Behaglichkeit.« Er nickte begeistert. »Tolle Idee.«

»Gib. Mir. Meine. Zettel.«

Als das Gesicht vom Götz am Fenster neben der Tür auftauchte, drückte mir Max die Zettelchen doch noch in die Hand und raunte mir ein belustigtes »Du solltest auf deine Großmutter hören« zu. Was hieß hier Großmutter, das klang eher, als hätte sie es aus einem Eheratgeber der Fünfzigerjahre geklaut.

Der Götz sah aus, als hätte er keine Lust, uns die Tür aufzumachen, aber nach einer Weile hörten wir schließlich den Schlüssel im Schloss. Götz hatte eine Jeans an, die aussah, als hätte er sich diverse Male die schmutzigen Hände an den Oberschenkeln abgewischt, einen grünen Strickpulli und darüber noch eine tarngrüne Weste mit irrsinnig vielen Taschen. Sein Kopf war komplett kahl und glänzte wie ein Halbmond im schwachen Licht des herbstlichen Nachmittags.

»Kripo«, sagte Max mit seinem nettesten Kripo-Lächeln.

Ich nickte bestätigend, weil ich nicht gleich zu Anfang mit meiner Berufsbezeichnung herausrücken wollte. Der Götz sah überhaupt nicht nach jemandem aus, »der mit sich reden ließ«. Von der Größe war er vergleichbar mit Max, also ein bisschen größer als ich, aber im Gegensatz zu Max wirkte er bullig und korpulent. Seine dichten Augenbrauen, die ihm anscheinend nicht gleichzeitig mit seinem Haupthaar ausgefallen waren und die mich ein bisschen an einen CSU-Politiker erinnerten, zogen sich über seiner Nase zu einem horizontalen Strich zusammen. Trotzdem nickte er uns zu, wenn auch ein wenig eckig, und schlüpfte in ein Paar schmutzige Galoschen, die vor der Haustür standen.

Wortlos führte er uns um das Haus herum zur Praxis – unter dichten, grässlichen Fichten hindurch, die jeden Sonnenstrahl abschirmten und alles in ein düsteres, unbehagliches Licht tauchten. Umständlich sperrte er die Tür auf, was ewig dauerte, weil er mehrere Schlüssel ausprobierte, bis er den richtigen gefunden hatte. Oft schien er sich dort nicht aufzuhalten, der Übung nach zu urteilen. Die Praxis bestand lediglich aus einem kleinen Wartezimmer mit ein paar Stühlen, die alt und klapprig aussahen, und einem Praxisraum, der auch nicht besonders groß war. Mitten im Zimmer stand ein stählerner Tisch. Alle Wände waren vollgepflastert mit kleinen und großen Schränken. Ich blieb vor einem Medikamentenschrank stehen. Durch die Glastüren konnte man sehen, wie unordentlich alles hineingestopft war, Verbandsmaterial und Medikamente wild durcheinander. Neben einem Spülbecken stand eine Edelstahlnierenschale, in der gebrauchte Spritzen lagen. Als hätte der Götz meinen Blick bemerkt, packte er die Schale und kippte den Inhalt in den Mülleimer. Der Deckel des Mülleimers klappte übertrieben laut zu.

»Keine Kunden?«, fragte Max freundlich.

Götz zuckte mit den Achseln, packte eine kleine Kühltasche für Medikamente und drückte sie in ein Schränkchen, in das sie offensichtlich nicht hineingehörte.

»Ich mache hauptsächlich Großtiere. Die Kleintiersprechstunde ist eigentlich meine Mittagspause«, gab er zu, als er sich wieder zu uns umdrehte.

Ich sah auf die Einweghandschuhe, die er angezogen hatte. Vermutlich, damit er uns nicht anfassen musste. Oder weil jederzeit ein Notfall hereinkommen könnte, bei dem er sofort eine Not-OP einleiten musste.

Langsam schlenderte ich weiter durch den Raum und sah mir die Dinge an, die hier herumstanden. Ich blieb vor einem Hängeschränkchen stehen, in dem in verschiedenen durchsichtigen

Fächern alle möglichen Spritzen und Kanülen zu sehen waren. So wie es hier aussah, hatte er keine Schmidin, die hinter ihm herräumte.

»Außerdem habe ich heute alle, die angerufen haben, in die nächste Stadt geschickt«, setzte er noch hinzu. »Seit der Schmid tot ist, kommen's nämlich allesamt zu mir.« Seine Laune war anscheinend richtig im Keller, weil sein Kollege tot war. »Ich könnt mich direkt z'reißen«, erklärte er grimmig.

»Gut für das Geschäft«, schlug Max mit einem Lächeln vor.

Der Götz schnaubte nur durch die Nase. Ich lehnte mich mit dem Hintern an eines der niedrigen weißen Schränkchen und wartete darauf, dass ich endlich meine Antibiotika-Fragen loswerden konnte.

Der Götz runzelte die Stirn. »Des mit den Kleintieren liegt mir einfach nicht. Da steh ich doch zehnmal lieber in einem Kuhstall, als dass ich hier irgendeinen Hamster behandle.«

»Zu klein?«, fragte ich erstaunt. Also, ich hätte lieber einen wild gewordenen bissigen Hamster behandelt als eine wild gewordene bissige Kuh.

Er senkte die Stimme ein wenig. »Nein. Da geht's mehr um die Besitzer. Die ganzen fetten Hunde, die sich nicht bewegen, weil ihre fetten Besitzer sich nicht bewegen wollen. Die überfressenen Katzen. Das kannst dir ja nicht mit anschauen. Dem Schmid war des egal.«

Er zupfte an seinen Einweghandschuhen, als hätte er vor, sie auszuziehen – tat es aber nicht. Sein Blick schweifte von Max zu mir. »Dem hat das nichts ausgemacht.«

Er lächelte angestrengt und sah auf die Uhr. »So ein netter Kerl, und dann muss er auf diese Art sterben.«

»Wie musste er sterben?«, wollte Max wissen, als wüsste er das nicht viel genauer als der Götz.

Götz zuckte mit den Schultern. »Na ja. Auf dem Komposthaufen. Da will man doch nicht das Zeitliche segnen. Und dann noch in Unterwäsche.«

Der Götz blickte intensiv in meine Richtung, seine Halsschlagader schwoll plötzlich an, und man erkannte den Herzschlag ganz deutlich. Auf jeden Fall war ihm das Gespräch sichtlich unangenehm.

Es trat eine ungemütliche Gesprächspause ein, endlich eine Gelegenheit für mich, auf die Antibiotika-Geschichte einzugehen. Schließlich sollte mein Artikel fertig werden.

»Ich hätte da noch eine Frage zum Einsatz von Antibiotika in Mastbetrieben«, sagte ich in dem Tonfall, den ich immer während eines Interviews anschlug, wenn ich noch zwanzig Fragen hatte. »Es ist doch so, dass Antibiotika in der Mast eingesetzt werden ...«

»Antibiotika dürfen in der Nutztierhaltung nur therapeutisch eingesetzt werden. Und nach tierärztlicher Indikation«, unterbrach mich der Götz. Sein Kehlkopf hüpfte wild auf und ab, und er schien nach jedem Wort zweimal zu schlucken. »Das hat auch seinen Sinn, denn ansonsten werden Resistenzen gezüchtet.«

»Genau«, nickte ich bestätigend. »Aber wie ist das denn nun in der Praxis?«

Der Götz sah mich total verständnislos an und räusperte sich umständlich.

»Also in der tierärztlichen Praxis«, wollte ich ihm auf die Sprünge helfen. Ich brauchte dringend Zitate von irgendwelchen Fachleuten. So etwas wie: »Ja, die Bauern, die wollen halt ständig, dass man ihnen einen Karton Antibiotika auf den Hof stellt. Und im Vertrauen, anders könnte ich meine Hypothek vom Haus auch gar nicht zahlen.«

Ich sah ihn auffordernd an.

Zumindest so einen Satz wie »Ja, ich kannte mal jemanden, der hat seine Hypothek so abgezahlt. Anders geht das ja nicht mehr, wenn die ganzen Bauern ihre Scheißrechnungen nicht bezahlen.«

Er runzelte die Stirn und folgte Max mit Blicken, während dieser durch den Praxisraum schritt. »Verabreichungen von Arzneimitteln müssen genauestens dokumentiert werden. Es gibt die behördliche Lebendtierbeschau, in der …« Er geriet ein wenig ins Stocken, als Max vor einem Schränkchen stehen blieb und die Utensilien darauf betrachtete.

»Die Lebendtierbeschau?«, fragte ich aufmunternd, da er anscheinend vergessen hatte, was er sagen wollte.

»… in der überprüft wird, ob das Tier gesund ist und zur Schlachtung freigegeben werden kann.«

»Ja, genau«, nickte ich. Das wusste ich bereits. Er konnte sich überhaupt nicht mehr auf mich konzentrieren, weil er Max beobachten musste.

»Aber die Sache mit den Antibiotika«, versuchte ich es noch einmal.

»Es ist ganz wichtig, dass Arzneien, und besonders Antibiotika, sorgsam angewendet werden. Um die Reserveantibiotika zu schonen.«

Das klang jetzt irgendwie auswendig gelernt und beantwortete meine Frage gar nicht.

»Hat das mit dem Schmid zu tun?«, wollte er wissen. »Der hat Antibiotika verkauft, oder wie?«

Von Verkaufen war überhaupt nicht die Rede gewesen.

»Haben Sie da einen Verdacht?«, wollte Max wissen und beugte sich über eine Schale, in der weitere benutzte Spritzen lagen.

Der Götz trommelte mit den Fingern auf den Stahltisch vor sich. »Na ja. Wir waren zwar Kollegen, aber so viel Kontakt hatten wir jetzt auch nicht. Wir haben die Medikamente und so alles getrennt bestellt. Wenn er was Illegales am Laufen hatte, dann … hat er das jedenfalls nicht mit mir besprochen.«

Mit einem Ruck nahm der Götz die Schale weg und kippte auch diese Spritzen in den Müll.

»Medikamente und so? Was gibt es da noch zu bestellen, außer Medikamenten?«, fragte ich weiter.

An seinen Schläfen bildeten sich Schweißtropfen.

»Verbandsmaterial«, sagte er, »zum Beispiel Spritzen, Kanülen …«

»Betäubungsmittel«, sagte Max.

»Betäubungsmittel«, wiederholte der Götz, und seine Stirn begann zu glitzern.

»Aber um noch einmal auf diese Antibiotika zurückzukommen … Da gab es ja einen Tierarzt, der hat das Zeug tonnenweise an die Bauern verkauft«, erläuterte ich. »Der hat gar nicht nachgeschaut, ob die kranke Tiere haben, sondern hat ihnen das einfach so verhökert. An der Autobahnraststätte, zum Beispiel.«

Der Kehlkopf vom Götz vollführte wilde Tänze, und er starrte mich an, als wäre ihm das wirklich komplett neu.

»Da war doch vor zwei Jahren mal so ein Skandal. Von einem bayerischen Tierarzt«, machte ich weiter. Ich wollte ja nicht behaupten, dass der Schmid oder der Götz oder wer auch immer so etwas machten. Ich wollte nur endlich irgendwelche Aussagen von irgendwelchen Tierärzten, die ich in meinem Artikel verbraten könnte.

»Ja«, sagte er. »Das soll's geben.«

Entkräftet starrte ich ihn an. Ich hatte echt einen totalen Scheißjob. Ich gab wirklich mein Bestes, und dann bekam ich auf meine Fragen ein »Das soll's geben«. Das erinnerte mich an die Bewerbung in meiner großen Umhängetasche. Gerade war ich in der richtigen Stimmung, um sie tatsächlich in den Briefkasten zu stecken.

Max blieb vor einem Safe stehen, auf dem »Betäubungsmittel« stand.

»Mir ist tatsächlich zu Ohren gekommen …«, fing der Götz an und unterbrach sich selbst. Max drehte sich um und sah ihn aufmunternd an.

»… dass der Schmid da was am Laufen hatte.« Seine Stimme wurde leiser, er hob entschuldigend die Hände. »Ist nur so ein Gerücht, bestimmt ist daran kein Körnchen Wahrheit.«

Inzwischen wirkte er gar nicht mehr wie ein Psychokiller, sondern wie jemand, der von einem Psychokiller verfolgt wird.

»Ich persönlich habe gar nichts mitbekommen, er hat mich

auch nie gefragt, ob ich ...« Er unterbrach sich erneut. »... diese unerfreulichen Gerüchte müssen ja nicht ... stimmen.«

Er schluckte.

»Nicht unbedingt.«

»Gerüchte?«, hakte Max nach.

»Es fragen sich halt manche, wie das gehen soll mit dem mageren Tierarztgehalt und dann diese Reisen nach Thailand.«

»Thailand?«, fragte ich erstaunt. Das hörte ich jetzt zum ersten Mal. Angeblich reichte es nicht einmal bis in den bayerischen Wald, wo die Schwester vom Schmid hingeheiratet hatte. »Ich kann mich nicht erinnern, dass der jemals weggefahren wäre. Der war doch immer da.«

Manchmal hatte er keine Lust zum Arbeiten oder wurde von seiner Frau verleugnet, aber das tat sie doch nur, weil sie so extrem misstrauisch war jungen Frauen gegenüber, die ständig Wurmkuren für Hunde brauchten.

»Letztes Jahr. Da war er sechs Wochen am Stück weg«, antwortete der Götz, plötzlich wieder selbstsicher.

Stimmt, daran konnte ich mich auch erinnern.

»Das könnte ich mir nicht leisten«, fügte er zufrieden hinzu. »Als Tierarzt verdient man nämlich nicht allzu viel.«

Max zeigte auf den Safe.

»Wir müssten uns noch Ihren Betäubungsmittelschrank ansehen«, erklärte er und zog Einweghandschuhe aus seiner Jackentasche heraus.

»Betäubungsmittelschrank«, wiederholte der Götz mit einem leicht betäubten Blick. »Wieso denn den Betäubungsmittelschrank?«

Keiner von uns antwortete.

»Und natürlich die Papiere dazu«, ergänzte ich versiert, als würde ich tagein, tagaus nichts anderes machen, als Betäubungsmittelschränke zu kontrollieren.

Der Götz drehte sich von uns weg und wühlte sich durch mehrere Schubladen eines weißen Kästchens, blieb dann überlegend mitten im Raum stehen, drehte sich einmal um seine Achse, ging zu einem Behälter, in dem ich leere Spritzen vermutet hätte, und öffnete ihn. Ich warf Max einen Blick zu. Sah doch ganz danach aus, als würde er sich jetzt weigern, uns den Schrank zu öffnen.

Schließlich blieb er mit gerunzelter Stirn vor mir stehen. »Ich müsste mal an diesen Schrank«, sagte er und zeigte auf den Schrank, an dem ich lehnte. Als ich mit meinem Hintern ein weißes Schränkchen nach rechts rutschte, ging die Suche von vorne los.

»Betäubungsmittel brauchen Sie wohl nicht besonders häufig«, wollte ich wissen.

Oder suchte er bei jeder Spritze eine halbe Stunde nach dem Schlüssel? Mit rotem Kopf schob er medizinische Gerätschaften in der Schublade herum.

»Das macht meine Sprechstundenhilfe für mich. Wenn sie da ist. Sie will die Übersicht behalten, hat sie gesagt.«

Inzwischen glitzerte auch sein Kahlkopf schweißnass. Verdächtiger ging es praktisch gar nicht mehr, und ich warf Max einen Blick zu. Der aber hatte sein Pokerface aufgesetzt und ließ sich nichts ansehen. Endlich hielt der Götz mir den Schlüssel triumphierend vor die Nase, ging zum Safe, öffnete ihn und sah hinein. Im Gegensatz zum Schrank vom Schmid war hier viel zu wenig Platz für die vielen Glasfläschchen. Er begann in einer Schublade nach Papieren zu suchen, während Max nach und nach alles aus dem Schrank herausräumte.

Ich sah die Fläschchen durch. Es gab keine blauen Glasfläschchen, auf denen »Euthadorm« stand. Max hielt mir wortlos ein durchsichtiges 100-ml-Glasfläschchen entgegen. »Eutha77«, las ich darauf.

»Okay«, sagte der Götz schließlich und blickte von seinem Formular auf die Medikamente, die vor ihm standen. »Das wäre also … die Liste.«

Er schien kein gesteigertes Interesse zu haben, sie uns zu zeigen. Als ich meine Hand ausstreckte, reichte er sie mir jedoch widerstandslos. Man brauchte dazu auch keinen Kommentar, denn man sah auf einen Blick, dass der Götz entweder nicht aufschrieb, was er entnahm, oder ihm ganz viele Fläschchen fehlten, von denen nicht dokumentiert war, was er damit gemacht hatte. Pferde eingeschläfert. Hunde euthanasiert. Seine Nachbarschaft ermordet. Er bekam auch einen ziemlich hektischen Gesichtsausdruck, als ich Max die Liste bedeutungsschwanger weiterreichte.

»Moment«, sagte er eine Oktave höher. »Das haben wir gleich. Da fehlen … ja nur …«

»Zwölf«, sagte Max mit seiner liebenswürdigen Stimme, die jedem das Gefühl vermittelte, dass alles in Ordnung war. »Nur zwölf?«

Zwölf Nachbarn waren eine ganze Menge.

Der Tierarzt wühlte in seiner Hosentasche und danach in den zahlreichen Taschen seiner Weste. Die Erleichterung in seinem Gesichtsausdruck war enorm, als er schließlich triumphierend ein Fläschchen Eutha77 in die Luft hielt.

»Jetzt fehlen nur noch elf.«

Das sah jetzt natürlich erst einmal ganz schlecht für den Götz aus. Er hatte uns mehrmals erläutert, dass das alle Tierärzte so machten, also erst am Ende des Monats oder sogar am Ende des Quartals die Listen in Ordnung brachten. Das würde doch noch lange nichts heißen.

Der Götz hatte jedenfalls sehr verzweifelt gewirkt, als ihm Max angekündigt hatte, dass sie seine Fingerabdrücke brauchten – angeblich nur, um herauszufinden, ob sich jemand unberechtigterweise am Betäubungsmittelschrank vergriffen hatte. Sozusagen »Ausschlussfingerabdrücke«. Aber der Götz hatte nicht gewirkt, als würde er das glauben.

Während wir schweigend zurück ins Dorf fuhren, musste ich daran denken, was die Schmidin gesagt hatte. Darüber, dass sie keine Lust gehabt hatten, mit dem Götz gemeinsame Sache zu machen, weil der so schlampig war und die Apothekenaufsicht ständig gemeckert hatte, dass die Dokumentation der Betäubungsmittel nicht stimmte. Und die ganzen schwarz totgespritzten Pferdln, ich hatte keine Ahnung, wie er das in Ordnung bringen wollte und ob da ein toter Schmid überhaupt ins Gewicht fiel. Schließlich waren elf Spritzen zu wenig ganz schön heftig angesichts der Tatsache, dass nur ein Tierarzt tot war.

»Ist dir die Sache mit dem Schlüssel aufgefallen?«, wollte Max schließlich wissen.

»Dass er den nicht gefunden hat? Und überhaupt keine Tierarzthelferin da war, die er hätte fragen können?«

Ich hatte sowieso den starken Verdacht, dass der Götz überhaupt keine Tierarzthelferin hatte und dass das Herumgerede, die Tierarzthelferin würde am Monatsende alle fehlenden Eutha-Spritzen wieder auftreiben, nur der Versuch war, die Schuld abzuwälzen.

»Der Schrank war nicht abgesperrt«, erklärte er mir. »Er hat erst einmal zugesperrt, bevor er aufgesperrt hat.«

Oje. Das sah jetzt aber gar nicht gut aus für den Tierarzt. Und was für eine tolle Beobachtungsgabe mein großartiger Freund hatte! Andere Frauen wären bestimmt so gescheit gewesen, gleich Ja zu sagen, wenn jemand wie Max ihnen einen Heiratsantrag gemacht hätte.

»Meinst du, dass der Götz den Schmid umgebracht hat?«, wollte ich wissen.

»Wenn, dann hat er es nicht besonders klug angestellt«, sagte Max.

»Stimmt, ich hätte meinen Betäubungsmittelschrank so richtig auf Vordermann gebracht«, sagte ich. Und Großmutter hätte die Ecken noch mal gescheit feucht durchgewischt.

»Eben hast du noch gesagt, wie leicht die Unterlagen zu türken sind. An der Stelle vom Götz hätte ich gleich nach dem Mord damit angefangen«, sagte ich schließlich. »So blöd kann doch keiner sein.«

Max trommelte mit den Fingern auf dem Lenkrad.

»Und wieso hat er seine Handschuhe nicht ausgezogen? Angeblich war das doch seine Pause.«

Eigentlich wollte ich Max damit fragen, wieso er ihn nicht gezwungen hatte, seine Handschuhe auszuziehen. Das war doch fast ein peinlicher Polizeifehler.

»Vielleicht hat er die ja routinemäßig an«, schlug ich vor. »Quasi allzeit bereit.«

»Ich bestelle ihn ins Präsidium«, erklärte mir Max. »Wenn er da mit Handschuhen erscheint, muss er sie ausziehen.«

Als ich nach Hause kam, war ich so richtig fertig und freute mich riesig auf meinen Platz auf der Eckbank. Vielleicht hatte Großmutter auch was gekocht. Nachdem wieder ein alter Fiat Punto vor dem Gartentürl stand und Maarten somit da war, war die Wahrscheinlichkeit sehr hoch, dass sie auch am Abend etwas Leckeres zubereitet hatte.

Ich merkte sofort, dass etwas nicht stimmte, denn Großmutter saß unzufrieden vor dem leeren Tisch, auf dem ein ungekochter Blumenkohl lag, und schimpfte vor sich hin, dass ich viel zu spät dran sei, um zu kochen. Seit wann war ich fürs Kochen zuständig?

»Mach du das halt«, schlug ich vor und ließ mich auf die Eckbank fallen.

»Und du lässt den Herrgott einen lieben Mann sein!«, moserte Großmutter an mir herum. »Wie willst denn des lernen mit dem Karfiol, wennst des ned selber machst! Und jetzt wasch den Karfiol g'scheit, der ist von der Reisingerin, der letzte, den sie im Garten g'habt hat.«

»Hast du ihr den geklaut?«, wollte ich streng wissen. Kaum war die arme alte Reisingerin im Krankenhaus, wurden ihr die letzten Gemüsebestände entwendet, das war ja unglaublich!

»Ich hab sie im Krankenhaus ang'rufen«, sagte sie. »Und sie hat g'sagt, Annl, tu mir einen G'fallen und koch den Karfiol, sonst verkommt der. Und wenn das ihr letzter Wille ist, dann mach ich das.«

Ich sah sie fassungslos an. »Ehrlich?« So schlimm stand es also um die Reisingerin.

»Mei«, schränkte Großmutter ihre Aussage ein. »In dem Alter kann jeder Wunsch dein letzter sein.«

Ich stöhnte nicht, sondern schüttelte nur den Kopf. Wenn ich an meinen letzten Wunsch dachte – nämlich mein vollgetanktes Handy mit ins Grab zu bekommen –, war das mit dem Karfiol echt ein seltsamer Wunsch. »Ich mag jetzt keinen Blumenkohl waschen, auch wenn das der letzte Wille von der Reisingerin ist. Wir haben doch bestimmt noch Brot und Käs im Kühlschrank«, moserte ich herum. »Außerdem essen wir um diese Zeit doch normalerweise schon.«

»Ja, weilst viel zu spät kommst zum Kochen.«

»Weil halt du normalerweise kochst«, erinnerte ich sie.

»Dass du's nie lernst«, schimpfte Großmutter weiter. »Den kochst jetzt schön a Viertelstund', und beeil dich, weil der Max kommt bald, und was soll der essen, wenn du mit dem Karfiol ned fertig bist. Und die Kartoffeln hast noch ned amal aus dem Keller gholt.«

Ich sah sie fassungslos an.

»Bist du krank?«, fragte ich misstrauisch.

Man muss nämlich wissen, dass mich Großmutter ganz selten etwas in der Küche machen lässt, weil sie das alles so »stocknarrisch« macht, wenn sie zuschauen muss, was für ein Versager ich im Haushalt bin. Weil ich alles ganz umständlich und anders als sie mache und sowieso zwei linke Hände mein Eigen nenne.

»Ich bin ned krank. Und jetzt wasch endlich den Blumenkohl.«

Etwas irritiert stand ich nun doch auf und ging zum Spülbecken. Großmutter stellte sich neben mich, stemmte ihre Fäuste in die Hüften und sah mir kopfschüttelnd zu, wie ich Wasser über den Blumenkohl laufen ließ.

»Weil wie sollst du des später mal machen. Wenn mit mir was is.«

Wenn mit ihr »mal was wär«, würde ich auf keinen Fall bei der Reisingerin den Blumenkohl klauen.

»So wird des nix. Den musst ins Salzwasser legen, oder meinst, der Max will die ganzen Wurmerln essen…«

»Das schmeckst doch gar nicht raus«, widersprach ich ungeduldig.

»Meinst, den Max grausts vor gar nix«, schimpfte sie weiter. »Du bist ja schon wie die aus der Fabrik. Die schütten auch alles ung'schält zam, und wir essen alles mit, die ganzen Wurmerln und die fauligen Stellen.«

Und die Raupenscheiße, die hatte sie vergessen. Weil Raupen, die fressen nämlich nicht nur, die hatten auch jede Menge Zeit, sich des Essens wieder zu entledigen.

»Aber geschmeckt habe ich das noch nicht«, wiederholte ich mich. »Da darfst halt nicht dran denken.«

»Der Max, der will doch gar ned essen, was du ihm kochst, wennst ihm die Wurmerln hinstellst.«

Was hatte sie denn die ganze Zeit mit dem Max und dem Essen? Der hatte wahrscheinlich heute schon viel zu viele Leberkässemmeln gegessen, der brauchte unseren Karfiol überhaupt nicht. Während ich den Blumenkohl in die Schüssel mit Salzwasser tauchte, warf ich Maarten einen kritischen Blick zu, der schweigend in der Ecke saß. Er sah so zufrieden aus, dass ich mich fragte, wieso er nicht schon längst die Kartoffeln aufgesetzt hatte. Großmutter verschwand schlecht gelaunt in der Speisekammer, um die Semmelbrösel zu holen.

»Und du…«, sagte ich zu Maarten und zeigte wütend mit meinem Finger auf ihn, »lässt das mal mit diesen blöden Post-it-Zetteln. Sag jetzt nix von deinem Kindheitstrauma! Vier Schwestern und der arme Maarten! Aber ich verbiete dir, das auf meine Kosten zu verarbeiten. Das ist total daneben.«

»Wie bitte?«, fragte Maarten erstaunt nach.

»Die Idee mit den Post-it Zetteln ist doch garantiert von dir, das ist doch sogar deine Schrift!«

»Die haben immer zusammengehalten, meine Schwestern«, verteidigte sich Maarten. »Die haben mich nie mitspielen lassen.«

»Ja, so wie du und die Oma«, motterte ich zurück. »Willst DU etwa heiraten?«

»Ich hab ja gar keine Freundin«, wich er peinlich berührt aus. »Außerdem schreib ich doch nur, weil sie die Lesebrille nicht findet.«

Ich verdrehte die Augen zur Decke. »Ja, natürlich findet sie die momentan nicht. Die habe ich wohlweislich auf den Schrank gelegt, weil sie die NUR braucht, um diese peinlichen Post-its zu verfassen.«

»Ich werde dazu gezwungen«, behauptete er. »Ich würde dir nie Ratschläge geben.«

Großmutter kam zurück in die Küche, und ich fragte ablenkend: »Und, wie war's bei dir? In der Arbeit?«

Er warf einen kurzen Blick auf Großmutter und sagte dann: »Heute war die Hölle los. Da haben zwei alte Frauen um ein Päckchen Tempos gestritten …«

Ich begann zu lachen, und er sah mich böse an. »Das ist nicht lustig. Ich hatte echt Bedenken, ihnen das Besteck zum Mittagessen zu geben. Nicht, dass sie damit aufeinander losgehen.«

»Weil sie's halt immer zamsperren wie die Viecha«, war das Urteil von Großmutter. »Bevor du mich ins Altersheim tust, mach lieber so mit mir …« Dabei vollführte sie eine Handbewegung, als würde sie sich die Kehle durchschneiden. Nebenbei bemerkt war das ihr Standardwunsch, wenn es ums Altwerden ging.

»Und bei euch?«, wollte Maarten wissen.

»Der Schmid war letztes Jahr angeblich in Thailand, sechs Wochen«, erzählte ich. »Während die Schmidin zu Hause war.«

»Des wennst dir vorstellst«, sagte Großmutter. »Was macht denn der in Thailand? Noch dazu ohne die Franzi.«

Da wüsste ich schon was, was man so als Mann in Thailand machte.

»Ach, Schmarrn«, sagte sie schließlich, sich anscheinend an den Tratsch des letzten Jahres erinnernd. »Der war doch niemals ned in Thailand, des war doch alles wegen seiner Schmerzen im Kreuz. Da hat er eine Reha bewilligt kriegt und war in Bad Füssing.«

»Der Götz hat gesagt, er war in Thailand«, stellte ich diese Aussage richtig.

»Bad Füssing liegt doch ned in Thailand«, korrigierte mich Großmutter energisch.

Darauf wollte ich jetzt gar nicht weiter eingehen, diese Diskussion führte nur zu neuen Absonderlichkeiten.

»Wegen seinem Kreuz nach Thailand?«, fragte Großmutter kopfschüttelnd und zungenschnalzend.

»Da ist es schön warm«, erklärte ich. »Und die ganzen Thailänderinnen.«

Großmutter kam aus dem Zungenschnalzen nicht mehr heraus. Dann klingelte es, und es stand tatsächlich Max vor der Tür. Er sah ziemlich müde aus, und zwar nicht nur deswegen, weil wir »sauber z'spät« gestern ins Bett gegangen waren.

»So fleißig war's, unsere Lisa«, sagte Großmutter stolz und angetan von meiner Leistung, den Blumenkohl ins heiße Wasser gelegt zu haben. »So fleißig, des kann ma sich gar ned vorstellen.«

Max wirkte wie komplett aus der Bahn geworfen. Ich gab ihm seufzend einen Kuss und murmelte »Unvorstellbar. Mein Fleiß« an seinen Lippen. In der Hoffnung, dass er vielleicht sagen würde, Mädl, jetzt gehen wir zum Chinesen, ich lass mich nicht lumpen.

»Unfassbar«, seufzte Max stattdessen zurück.

Kapitel 7

Am nächsten Tag bat mich Max noch einmal ganz offiziell, beim Stangl vorbeizuschauen. Endlich gab er zu, dass er sonst niemals nicht von dem finalen Streit vom Schmid beim Komposthaufen erfahren hätte! Ich war guter Hoffnung, dass man dem Stangl ähnlich tolle Aussagen entlocken konnte wie der Frau Gansbühler. Hey, der Typ war früher Kampfflieger gewesen. Er hatte einem Aufklärungsgeschwader angehört und verfügte über wahnsinnig viel Kriegserfahrung. Nur weil er nix hörte, hieß das noch lange nicht, dass er nichts mitbekam. Solche Leute hörten normalerweise das Gras wachsen! Als Erstes musste ich jedoch zu einem Akustiker und Batterien kaufen. Ich trank meinen Kaffee im Stehen und schrieb Maarten noch schnell einen roten Post-it.

»Lass diesen Blödsinn mit den Post-it-Zetteln«, las Maarten laut vor, bevor er wieder kraftlos auf der Eckbank zusammensackte.

Langsam fragte ich mich wirklich, ob die Stelle in dem Seniorenstift der richtige Job für ihn war.

»Wo ist denn eigentlich die gestickte Bettwäsch'?«, wollte Großmutter wissen. »War die nicht im Schlafzimmerschrank?«

»Ich hasse gestickte Bettwäsche«, sagte ich undeutlich und schnappte mir noch eine Golatsche, die sie extra für den armen Maarten gebacken hatte.

»Das ist deine Aussteuer«, eröffnete sie mir wütend. »Der Max soll nicht denken, dass du keine Aussteuer hast.«

»Das weiß er schon«, behauptete ich. »Das war das Erste, was ich ihm erzählt habe.«

»Was?«

»Das mit der gestickten Bettwäsche«, erklärte ich, während Maarten ein Geräusch von sich gab, als würde er vergeblich ein Lachen unterdrücken.

»Und weiß er das mit dem G'schirr?«, bohrte sie weiter, während ich mit einem Zug den Kaffee leerte. »Da fehlt nur ein einziger Teller von denen mit dem Goldrand. Und auch nur ein Suppenteller, die braucht man ja eh ned so häufig.«

Ich schnappte mir meine Umhängetasche. »Genau«, pflichtete ich ihr verzweifelt bei, »und der Max mag eh keine Suppe.«

Und dann beeilte ich mich, aus der Küche zu kommen.

Nachdem ich neue Batterien für die Hörgeräte gekauft und mir im Detail hatte erklären lassen, wie man was einschaltete und was man tat, wenn derjenige trotzdem nichts hörte, fuhr ich beim Stangl vor.

Als ich diesmal an die Haustür hämmerte, machte der Stangl auch gleich auf und lächelte mich hocherfreut an. »Schön, dass'd mich besuchen kommst, Lisa«, sagte er. »Schickt dich die Monika?«

Als ich ihm verriet, dass ich nochmals über den Schmid mit ihm sprechen wollte, verstand er wieder gar nichts. Deswegen holte ich die frisch gekauften Batterien aus meiner Jackentasche und brüllte ihm zu: »Das sind neue Batterien.«

Wenn ich gedacht hatte, dass das bei ihm Jubelstürme auslösen würde, hatte ich mich geschnitten. Er drehte sich einfach um und schlurfte in seinen karierten Hausschuhen in die Wohnung. Seine Tochter hatte schon ganze Arbeit geleistet, die dunkle Schrankwand im Wohnzimmer sah schon ziemlich leer aus, und in einer Ecke stapelten sich die Umzugskisten. Vor sich hinmosernd kramte er in einer Kristallschale voller Knöpfe, Sicherheitsnadeln, Büroklammern und Batterien nach seinem nutzlosen Hörgerät. »Und wenn die Müllabfuhr kommt, dann ist des ein Gerumpel und ein Getue, dass'd es ned aushaltst. Und des Geschirrgeklapper, des hältst im Kopf ned aus.«

Ich legte die Batterien auf den Wohnzimmertisch und zog das Klebeschild ab. Wahrscheinlich fand er jetzt die blöden Geräte nicht. Mein Blick schweifte durch die dichten Vorhänge hinaus in den Garten. Wenn das mal kein toller Ausblick auf den Schmidschen Schuppen war. Wenn jemand was gesehen haben konnte, dann ja wohl der Stangl. Außerdem ließ sich von hier aus prima beobachten, was die Schmidin im Nachbarsgarten trieb. Gerade war sie damit beschäftigt, das Laub zusammenzurechen und den Komposthaufen damit zu bedecken. Dazu hätte ich an ihrer Stelle gerade gar keine Lust gehabt. Beim Komposthaufen blieb sie bewegungslos stehen und sah in den Gansbühlerschen Garten hinüber. Schließlich ging sie sogar bis zum Gartenzaun, der die zwei Gärten trennte, und beugte sich hinüber. Neugierig ohne Ende, die Frau. Was gab's denn da zu schauen?

»Des willst ja gar ned alles hören. Was'd mit so einem Hörgerät alles hörst«, grummelte der Stangl weiter.

»Kann man ja wieder ausschalten«, schrie ich, so laut ich konnte.

»Nicht zum Aushalten«, bestätigte er mir mit einer Zornesfalte auf der Stirn und überreichte mir die zwei hellbraunen, riesigen Hörgeräte.

Na ja. Er hatte schließlich auch enorm große Ohrwaschel, da fielen die Geräte bestimmt nicht so ins Gewicht. Ich öffnete das kleine Batteriefach und mühte mich eine ganze Weile damit ab, die alten Batterien herauszubekommen. Schließlich reichte ich die neu bestückten Geräte stolz an den Stangl weiter, der sie langwierig und äußerst umständlich in die Ohren steckte. Ich beobachtete derweil die Schmidin, die noch immer am Ganzbühlerschen Zaun stand.

»Und?«, wollte ich in normaler Lautstärke wissen. »Hören Sie was?«

Er sah mich erwartungsvoll an. Anscheinend hörte er nichts.

»Muss man das erst einschalten?«, wollte ich wissen. Ich fummelte hinter seinen Ohren herum. Da gab es je einen Schalter, die ich vorsichtshalber alle beide umlegte.

»Na, hören Sie jetzt was?«, brüllte ich.

Erschrocken zuckte der Stangl zurück.

»Ich hab's doch gewusst«, antwortete er weinerlich. »So ein Schmarrn, so ein Hörgerät. Da hörst Sachen, die willst gar ned wissen.«

»Wir schalten es auch gleich wieder aus«, beruhigte ich ihn. Vielleicht hätte ich doch nicht auf volle Pulle drehen sollen.

»Es geht um den Tag, bevor der Schmid gestorben ist«, erklärte ich ihm. »Das muss so um neun Uhr am Abend gewesen sein.«

Irgendwie hatte ich die Hoffnung, interessante Dinge zu erfahren, schon wieder aufgegeben. Wahrscheinlich hatte Max recht, und der Stangl hatte den ganzen Abend vor dem Fernseher gesessen. Ohne sein Hörgerät musste er den Fernseher auf Düsenjet-Lautstärke einstellen und konnte nichts davon mitbekommen, was auf fremden Komposthaufen passierte.

»Also, um neun war der noch ned tot«, antwortete er erstaunlicherweise, während er mit einer Hand am Hörgerät herumfummelte. »Und um halb zehn auch ned.«

»Wieso halb zehn?«

»Na ja. Da hat er doch noch gestritten.«

»Streit«, echote ich fassungslos. So etwas konnte der doch unmöglich mitbekommen haben. »Und wo?«

»Beim Komposthaufen«, erklärte er und begann, erneut in der Kristallschale zu wühlen.

Das konnte ich fast nicht glauben, das wäre ja zu schön, um wahr zu sein!

»Das hat man bis hierher gehört?«, fragte ich misstrauisch und ungefähr zwei Oktaven höher, als ich normalerweise sprach. Mist. Ich räusperte mich und konzentrierte mich darauf, wieder normal zu sprechen.

»Nein, ich hör doch nichts«, antwortete er in einem Tonfall, als wäre mir das total neu. »Aber ich war noch im Garten.«

»Um halb zehn?«, fragte ich noch misstrauischer. Ich war mir sicher, dass der Stangl gerade etwas erfand, nur um nett zu mir zu sein. Seufzend sah ich ihm zu, wie er weiter in der Kristallschale kramte. Solche Lügengeschichten konnte ich jetzt gar nicht brauchen, da machte ich mich vor Max total lächerlich.

»Ja, des weiß ich ganz genau. Weil vorher, da war die Monika da. Und hat in der stockfinsteren Nacht noch im Gartenschuppen rumgeräumt, als wenn's da nicht warten könnt bis zum nächsten Tag. Bis um halb neun war sie da, die hat gar nimmer aufg'hört.«

Er legte die Stirn in tausend Falten und rieb sich über seine schlecht rasierten Wangen. »Und danach musst ich doch nachschauen, ob das Mädl den Schuppen auch abg'sperrt hat. Nicht, dass einer reingeht.«

Das Mädl war zwar jetzt auch schon fast sechzig und der Schuppen bestimmt inzwischen leer, weil besagtes Mädl alles weggeworfen hatte, aber er musste in der Nacht draußen rumkrautern und absperren. Was für ein Glück.

»Weil die jungen Leut', die vergessen so etwas leicht.«

Wahrscheinlich, weil sie den Krieg nicht mitgemacht und noch nie ein Kampfflugzeug geflogen hatten.

»Da sind Sie also um halb zehn rausgegangen«, fragte ich nach. »Um den Schuppen abzusperren.«

»Ich bin schon vor neun Uhr raus«, gab er zu. »Aber dann war mir schwindelig und hab mich ein bisserl ausgeruht. Dahinten.«

Direkt neben dem Komposthaufen vom Schmid. Hinter der grässlichen Thujenhecke.

»Ausgeruht?«, bohrte ich nach, und der Stangl zog triumphierend zwei Oropax aus der Kristallschale hervor. »Da sind's ja. Ich dachte, die Monika hätt sie wegg'worfen.«

Ich verkniff mir ein Seufzen.

»Ausgeruht?«, wiederholte ich verzweifelt.

»Ja, ich bin halt ein bisserl im Gras g'legen, bis ich Kraft g'habt hab, bis zur Teppichstange zu krabbeln. Da ist dann der Schmid raus'kommen und hat sich unterhalten.«

Mit dem Mörder. Gespannt hielt ich den Atem an.

»Die haben mich nicht bemerkt«, fügte der Stangl entschuldigend hinzu, »weil am Zaun die Thujen so dicht wachsen. Da sieht man nix, wenn da einer liegt.«

Was für ein Glück auch. Unbemerkt vom Schmid und seinem Mörder hinterm Zaun zu liegen.

»Und wer hat gestritten? Er mit seiner Frau?«

»Ah, na«, antwortete er und hielt triumphierend eine besonders große Büroklammer in die Höhe. »Die hab ich schon ewig gesucht.«

»Mit wem denn dann?«, wollte ich wissen.

Mannometer, diese Büroklammer war doch so etwas von wurscht, konnte er sich nicht auf unser Gespräch konzentrieren? Schließlich hielt er inne und sah mich mit blitzenden Augen an.

»Nein, das war keine Frau, das hab ich genau gehört«, begann er zu erzählen. »Die haben so rumgebrüllt, das war der Wahnsinn.«

Sonst hätte er auch kaum etwas verstanden.

»Ich mach nimmer mit, du Hundesohn, hat er g'schrien«, erzählte er begeistert, »du impotentes Arschloch.«

»Der Schmid?« War ein impotentes Arschloch? Ich staunte.

»Nein. Des hat der Schmid zu dem anderen g'sagt.«

Jetzt schwiegen wir beide beeindruckt.

»Wer des wohl war?«, fragte der Stangl, als hätte er keine impotenten Arschlöcher in seinem Bekanntenkreis.

»Sie haben den nicht erkannt?«, wollte ich wissen.

»Der ist mir total bekannt vorgekommen«, erläuterte er, »die Stimme, hab ich mir g'sagt, die hast schon g'hört. Irgendwann. Vielleicht vor Jahren.«

Als er noch besser hören konnte.

»Wenn ich sein G'sicht g'sehen hätt, dann hätt ich ihn bestimmt erkannt«, entschuldigte er sich. »Weil meistens hat ja der Schmid was g'sagt, der andere hat sich des ja nur ang'hört, der wollt gar ned reden. Er hat am Anfang immer g'sagt, des können wir doch in Ruhe. Wann anders.« Er nickte. »Ist ja auch ein

Schmarrn. Da mitten in der Nacht, beim Komposthaufen. Aber der Schmid hat ned lockerg'lassen, der hat gar nimmer aufg'hört. Richtig narrisch war er dann am Schluss.«

»Ehrlich, der Schmid?«, vergewisserte ich mich. »Aber der ist doch so ganz ein Ruhiger.«

War, um genau zu sein.

»Ja, das hat mich auch gewundert«, nickte der Stangl, »der war wie ausgewechselt! Ein richtiger Zornpinkel war er, komisch, dass die Gansbühlerin nicht rübergeschrien hat. Die kann das nämlich gar nicht haben, wenn's laut ist.«

»Und was wollte er von dem anderen? Was genau hat er denn gesagt?«

Der Stangl zuckte mit den Schultern. »Mei. Ich hör ja nimmer ganz so gut. Aber am Schluss, da ist der Schmid richtig wild g'worden. Richtig rumg'schrien, also, so hat man den ja gar ned gekannt!«

»Und was genau hat er geschrien?«, hakte ich nach, weil ich inzwischen schon kapiert hatte, dass es ein richtig heftiger Streit gewesen sein musste, der anscheinend vom Schmid ausgegangen war.

»›Noch einmal und ich hol die Polizei‹, hat er g'schrien«, erzählte der Stangl begeistert.

»Der Impotente?«

»Nein, der Schmid.«

Das hätte er mal lieber gemacht, die Polizei geholt, und zwar vor dem Streit. Aber, oh là là, wenn das mal kein Mordmotiv war! Weshalb nur alle anderen Anwohner nichts davon mitbekommen hatten? Wenn das sogar der Stangl hören konnte!

»Und dann machen sie dir alles dicht, des versprech ich dir«, machte der Stangl weiter und versuchte dabei, den Tonfall vom Schmid zu imitieren. »Da kannst dann gleich aufhören, da kannst wegziehen und brauchst nie wiederkommen, weil dann ist's aus.«

Seine blassblauen Augen leuchteten feurig.

»Was, aus?«, wollte ich wissen.

Er zuckte mit den Schultern. »Da hätt ich nachfragen müssen«, meinte er. »Aber ich wollt mich nicht einmischen. Weil eigentlich geht's mich ja nix an.«

Aber es hätte momentan alles vereinfacht. Die Rosl, zum Beispiel, die hätte bestimmt nachgefragt. Und vor allen Dingen hätte sie bestimmt gewusst, wer das war, der sich da so anschreien ließ.

»Mir war des auch a bisserl peinlich, dass ich des alles so mitgehört hab. Weil des macht man nämlich ned«, erklärte er mir, als hätte ich von den grundlegenden Höflichkeitsprinzipien keine Ahnung. »Aber wennst dann amal a Weile daliegst, dann hast irgendwann den Zeitpunkt verpasst, wo du was sagen kannst.«

Wie wahr. Und was für ein Glück aber auch.

»Und dann war der Streit zu Ende?«, wollte ich wissen.

»Nein, des is ewig so gegangen. Mir war schon ganz kalt. Und am Schluss hat der Schmid geschrien ...«

Der Stangl runzelte die Stirn, anscheinend hatte er vergessen, was die letzten Worte vom Schmid gewesen waren. »Ja. Mit so einem komischen Wort. Abortion, oder so.«

»Abortion?« Eine Abtreibung konnte nun wirklich nicht gemeint sein, so unter Männern.

»›Da kannst gleich deine Aborozion abgeben!‹, hat er noch gesagt, und dann haben sie sich so ang'schrien, dass alles aus war.«

»Was soll denn das sein?«

»Nein. Approbation hat er g'sagt, da kannst gleich deine Approbation abgeben.«

»Approbation?«, vergewisserte ich mich.

Er verzog unschlüssig das Gesicht und drehte an seinem Hörgerät herum. »Was könnt des sein? Eine Approbation?«

Ich seufzte und suchte nach einer einfachen Erklärung für eine Approbation, während ich eigentlich nur dachte: Götz. Götz. Götz. Der, der die Approbation hätte verlieren können, war doch bestimmt der Tierarzt Götz gewesen!! Mein Kopf schwirrte von all den Fragen, die ich noch stellen wollte.

»Ja und dann?«, bohrte ich weiter.

»Dann hat keiner mehr was g'sagt«, sagte der Stangl. »Da hat's ihnen dann beiden g'reicht.«

»Ja, aber ... hat sich denn der Schmid gar nicht gegen den anderen gewehrt? Haben Sie gesehen, ob der andere eine Spritze dabeihatte? Wie hat er denn das geschafft?«

Der Stangl schüttelte den Kopf. »Mei, Mädl, ich bin doch hinter der Hecke g'wesen. Da siehst doch nicht, ob irgendjemand eine Spritze dabeihat. Es war halt wieder ruhig, und ich bin zurück ins Haus.«

Wahrscheinlich hatte er den tödlichen Kampf einfach nicht gehört. So laut war das wahrscheinlich nämlich nicht gewesen.

Im nächsten Moment hörte ich, wie ein Schlüssel im Schloss sperrte, und eine Frau schrie in Düsenjet-Lautstärke: »Wo ist er denn, der Papa? Hat er sich wieder hing'legt?«

Verzweifelt zupfte der Stangl an seinen Ohren und holte die Hörgeräte wieder heraus. »Des hat kein Taug«, sagte er zu mir. »Da wirst stocknarrisch, da hörst alles. Des is nix.«

Da konnte ich ihm jetzt wirklich nicht widersprechen..

»Wer hat denn mit der Prügelei begonnen?«, fragte ich trotzdem noch, obwohl der Stangl schon wieder sein seliges Ich-versteh-gar-nix-Lächeln aufgesetzt hatte.

»Wennst mir einen Gefallen tun willst«, sagte er verschwörerisch und bückte sich nach einem alten, zerknitterten Karton, den er unter das Sofa geschoben hatte, »dann nimm des mit und heb's für mich auf.«

Ich schluckte das »Aber« herunter, als seine Tochter voller Elan ins Wohnzimmer stürmte.

»Mei, der Papa hat Besuch«, brüllte die Monika Stangl uns beide an. »Da hat sich der Papa bestimmt g'freut.«

»Ja, irrsinnig«, erklärte ich knapp. Jetzt bekam ich aus dem Stangl garantiert nichts mehr heraus. »Ich muss jetzt leider los.«

»Aber mei, wart ...« Sie schnitt mir den Weg ab, und ich sah mich schon mit dreißig Schuhspannern aus dem Haus gehen.

»Ich muss weiter«, sagte ich verzweifelt. Außerdem sah doch

jeder, dass ich schon einen Karton in der Hand hatte. »Ich habe gar keine Zeit. Die Oma. Die muss dringend …« Bevor ich sagen konnte, was Großmutter dringend musste, hatte ich einen Karton unterm Arm stecken.

»Wo doch der Papa jetzt ins Altersheim geht, da braucht er die ganzen Glasln nicht mehr. Gell, Papa?«

»Was ist?«, wollte der Stangl wissen, und ich nutzte die Gunst der Stunde, mit nur zwei Kartons das Weite suchen zu dürfen.

Zu Hause schaute ich als Allererstes nach, was genau mir die Monika Stangl geschenkt hatte. Es waren lauter Gläser mit Henkel, auf denen Afrika abgebildet war, und der Inschrift: *25. Treffen der 14. Aufklärungstruppe.* Na prima. Da hatte ich jetzt zehn Gläser, die mich an die Fliegervergangenheit vom alten Stangl erinnerten. Dann öffnete ich den Karton vom alten Stangl. Da waren zwei Bajonette drin. Seufzend schob ich die zwei Kartons unter unser Telefonschränkchen, schaute in der Küche vorbei, die verwaist war und keinerlei Kocheinsatz von Großmutter zeigte, dann lief ich nach oben und schaltete meinen Laptop ein. Bevor ich Max das mit der Approbation erzählen würde, wollte ich selber noch recherchieren, wer alles überhaupt seine Approbation verlieren konnte. Schließlich wollte ich dem Götz auch nichts unterstellen.

Mir fielen spontan nur Ärzte ein, aber das musste nichts heißen. Wikipedia wusste wie immer Bescheid. Die behördliche Genehmigung bestimmter Heilberufe. Die kirchenrechtliche Approbation als Bestätigung eines Geistlichen in seinem Amt oder einer kirchlichen Gemeinschaft. Die päpstliche Approbation als Zustimmung eines Rechtsaktes durch den Papst. Und bei Schulbüchern die Genehmigung des Schulbuchs. Ich klickte auf den Button der Approbationsordnungen. Diese regelten in Deutschland die Zulassung zu den akademischen Heilberufen Arzt, Zahnarzt, Tierarzt, Psychologischer Psychotherapeut, Kinder- und Jugendpsychotherapeut und Apotheker.

Soderla. Wenn das mal keine Neuigkeiten waren. Ging man

davon aus, dass bayerische Päpste keine Zeit hatten, den Schmid zu beehren, und pickte man sich nur die heraus, die Zugriff auf Euthadorm hatten, blieben Ärzte, Tierärzte und Apotheker übrig. Nachdenklich kaute ich auf meinem Bleistift. Dann wählte ich die Nummer von Max.

Max beschloss sofort, dass mit »Approbation verlieren« doch wohl nur der Götz gemeint sein konnte und er auf der Stelle noch eine Befragung durchführen würde. Keine fünf Minuten später rief Max an und erklärte mir, dass wir uns statt beim Götz beim Bauern Mossbauer treffen würden, weil der schon wieder tierärztlichen Beistand brauchte.

»Ist das nicht komisch?«, wollte ich wissen. »Schon wieder der Mossbauer?«

»Ist halt ein großer Betrieb«, sagte Max unbeeindruckt. »Wir treffen uns vor Ort.«

Damit drückte er das Gespräch weg, und ich sah zu, dass ich zu meinem Auto rannte.

Während ich mit leicht überhöhter Geschwindigkeit durch unseren Ort geigte, überlegte ich mir, was es bedeuten könnte, wenn der Götz und der Schmid tatsächlich beim Komposthaufen gestritten hatten. Und wenn der Schmid etwas vom Götz gewusst hatte, was diesen die Approbation gekostet hätte. Und was das gewesen sein könnte. Eventuell hatte der Schmid aber auch überhaupt nicht gesagt, dass es ihn die Approbation kostete. Sondern der Stangl hatte es nur so verstanden. Schließlich hatte er mir alle möglichen Wörter angeboten, die mit A anfingen.

Als ich beim Mossbauer in den Hof fuhr, stand Max' Auto schon vor dem Kuhstall, und ich sprang hektisch aus dem Auto, um nichts Wichtiges zu verpassen.

Der Mossbauer und der Götz standen im Stallgang hinter einer Kuh und unterhielten sich. Als ich näherkam, sah ich, dass der Götz mit dem linken Arm komplett in der Kuh steckte.

Um Gottes willen, wie ekelig. Tierarzt war wirklich der allerletzte Job, den ich machen wollte. Gleich nach Rechtsmediziner.

Max stellte sich neben den Hintern der Kuh und sah ungerührt zu, während der Götz mit zusammengekniffenen Augen einen Punkt in der Ferne fokussierte. Mit einem kurzen Blick auf Max zog er den Arm heraus, der in einem bis zu seinen Schultern reichenden blauen Plastikhandschuh steckte.

»Und, noch was?«, fragte er, während der Mossbauer die Kuh wegführte.

»Wo waren Sie letzten Mittwoch zwischen einundzwanzig und zweiundzwanzig Uhr?«, fragte Max.

Der Götz kniff erneut die Augen zusammen, dann zuckte er mit den Schultern. »Da müsste ich in meinem Terminkalender nachsehen.«

»Okay«, nickte Max freundlich. »Dann sehen Sie mal nach.«

Ich starrte auf die Handschuhe, die der Tierarzt partout nicht ausziehen wollte.

»Den habe ich zu Hause«, sagte er nach kurzem Zögern.

Max sah ihn freundlich an, was anscheinend genügte, um die Erinnerungsfähigkeit des Tierarztes zu beleben.

»Oder in meinem Auto«, ergänzte er in einem Tonfall, als wäre das ein Grund, weshalb er unmöglich nachsehen könne.

»Gerne«, nickte Max. »Gerne begleiten wir Sie zu Ihrem Auto.«

Schweigend pilgerten wir zum Praxisauto von Dr. Götz. Es sah in etwa so chaotisch aus wie das von Dr. Schmid, hinten ausgefüllt von einem Medikamentenschrank in Silber. Davor lagen eine Packung Einmalhandschuhe und eine kleine Kühltasche. Wollte er jetzt mit diesen schmutzigen Handschuhen in seinem Terminkalender herumblättern?

Wollte er nicht. Er zog sich tatsächlich die Handschuhe aus und griff nach dem Kalender. Na, wenn das mal keine Verletzungen an der rechten Hand waren! Als hätte er jemanden voll ins Gesicht geschlagen.

Das war natürlich das Beste vom Tag.

Der Götz bemerkte unseren Blick und zuckte mit den Schultern. »Tierarzt ist ein Scheißjob«, bestätigte er mir meine Meinung und sah dabei Max ruhig in die Augen. »Da hat mich eine Kuh erwischt.«

»An der Hand?«, fragte ich atemlos. So ein Schmarrn.

»Hat mich gegen die Wand gedrückt«, erklärte er, »beim Impfen.«

Er verschränkte die Arme vor der Brust und hob eine Augenbraue. »Konnte mich gerade noch mit der Faust abstützen.«

Er hielt uns seinen Terminplaner entgegen, und da stand zur besagten Uhrzeit dick und fett »Mossbauer« im Kalender.

»Den Termin hat aber der Schmid übernommen«, erklärte Max liebenswürdig. »Weil Sie angeblich nicht erreichbar waren.«

»Funkloch«, erklärte der Götz mit versteinerter Miene.

»Der Schmid war dann um einundzwanzig Uhr zurück zu Hause. Sie hatten also nicht zu der Zeit einen kleinen Streit mit Ihrem Kollegen?«, wollte Max wissen.

»Beim Komposthaufen«, setzte ich hinzu, um ihm ein bisschen auf die Sprünge zu helfen.

»Nein. Den Streit hätte ich am nächsten Tag gehabt«, erwiderte er bissig. »Weil so geht's ja nicht. Eine Kuh einfach stehen lassen. Und nicht zunähen. Der muss besoffen gewesen sein! Hat den Kaiserschnitt gemacht und dann gesagt, er macht jetzt nicht weiter, das soll der Götz machen.«

Er nahm mir den Kalender aus der Hand und warf ihn auf den Beifahrersitz. »Der Schmid, der hatte doch psychische Probleme! Depressionen und ein Alkoholproblem und was weiß ich noch! Das kannst doch ned machen, die Kuh da stehen lassen! Die wär beinahe krepiert, wenn ich ned gekommen wär.«

»Wie, das Kalb?«, fragte ich verdattert nach.

Er sah mich eine Weile an, dann schweifte sein Blick zum Bauern, der sich neben mich gestellt hatte. Dann nickte er.

»Hat er das häufiger gemacht?«, wollte Max wissen. »Nicht zu Ende gearbeitet?«

Der Götz zuckte mit den Schultern und nickte mit dem Kinn zum Mossbauern.

»Bis jetzt nicht«, gab der Mossbauer zu. »Aber er war halt Alkoholiker. Und nicht so zuverlässig.«

Da kannte ich jetzt aber ganz andere Aussagen. Über die Zuverlässigkeit vom Götz, zum Beispiel. Der Schmid war vielleicht Alkoholiker gewesen, aber eher so Typ gemäßigter Alkoholiker. Und wenn's drauf ankam, dann arbeitete er.

»Aber bis jetzt hatte ich kein Problem mit ihm«, erklärte der Mossbauer verlegen. »Das war nur an dem Tag. Vielleicht war er da besonders besoffen.«

Der Schmid war überhaupt nicht betrunken gewesen laut toxikologischem Befund.

»Hat er betrunken gewirkt?«, fragte ich.

Der Götz begann geschäftig Einweghandschuhe herauszuholen und Spritzen einzusortieren. Der Mossbauer sah an uns vorbei in die Ferne.

»Mei«, erklärte er uns. »Aber des macht man halt nicht. Eine Kuh mit offenem Bauch dastehen lassen.«

»Vielleicht wegen des Streits. Um das tote Kalb«, sagte ich, und der Blick, den mir der Mossbauer jetzt zuwarf, war ziemlich mörderisch.

»Weil er halt zu spät gekommen ist«, antwortete der Bauer mürrisch und steckte seine Hände tief in die Hosentaschen. »Vielleicht, weil er besoffen gewesen war.«

»Und dann haben Sie es noch mal telefonisch beim Götz probiert?«, vergewisserte sich Max.

Der Mossbauer nickte.

»Und haben ihn auch gleich erreicht. Nachdem das ja vorher ein großes Problem war.«

»Funkloch«, sagten die beiden unisono, und Max nickte verständig, als würde er den ganzen Quatsch auch noch glauben.

Wieso Max jetzt nichts zu der früheren Behauptung vom Mossbauer anmerkte, dass dieser noch ein geselliges Abendessen mit dem Schmid vorgehabt hatte, verstand ich nicht ganz.

Und war es nicht genau andersherum gewesen? Der Götz hatte den Mossbauer hängen gelassen und der Schmid war eingesprungen ... und jetzt war plötzlich der Götz für den Schmid eingesprungen. Wenn das nicht alles erstunken und erlogen war.

Vielleicht sollte ich jetzt aktiv werden und den Jungen suchen. Der war wenigstens nicht so link und log, dass sich die Balken bogen. Während Max noch einmal fast die gleichen Fragen wie vorher stellte, drückte ich mich an ihm vorbei und ging in den Stall zurück, in dem die Kühe friedlich vor sich hinfraßen und gleichgültig durch mich hindurchsahen. Auch in der Melkkammer war niemand. Kurz blieb ich vor der Tür stehen, die der Junge damals so nachdrücklich geschlossen hatte. Es hatte doch fast so ausgesehen, als hätte der Junge mir den Zutritt verweigern wollen. Eigentlich wäre jetzt der geeignete Moment, um den Inhalt dieses Raums unter die Lupe zu nehmen. Der Junge war wahrscheinlich in der Schule und sein Vater mit Max beschäftigt. Nachdem ich mich noch einmal kurz umgedreht hatte, drückte ich leise die Türklinke hinunter.

Abgeschlossen. Mist.

Aber wenn es in Unterbachenreuth auch nur ansatzweise so zuging wie in unserem Dorf, dann musste der Schlüssel ganz in der Nähe sein. Schließlich war nichts ärgerlicher, als schnell irgendwo hineingehen zu wollen, und dann war abgesperrt.

Mein Blick schweifte nach unten (umgedrehte Blumentöpfe oder Fußabstreifer?), nach rechts und nach links (irgendwelche Schubladen? An Nägeln aufgehängte Plastikbeutel?). Hier gab es keine Versteckmöglichkeiten. Dann schweifte mein Blick nach oben. Na also. Zufrieden reckte ich mich nach oben und ertastete mit den Fingern den Schlüssel. Grundlos wird hier ja wohl nicht abgesperrt sein. Vielleicht wurden hier die ganzen Drogen versteckt, die der Mossbauer zusammen mit dem Götz vertickte.

Vorsichtig öffnete ich die Tür. Noch immer lagen da die Papiersäcke. Auf den einen stand: Spurenelemente für Rinder. Daneben standen zwei Flaschen mit der Aufschrift: Calcium Oral. Dann mehrere Eimer, einer davon umgefallen, und in einer Ecke waren weitere Säcke gestapelt. Der oberste trug den Aufkleber mit der Aufschrift: Clava-Gerhamox. Sonst nichts. Kein Barcode, kein Verfallsdatum, nur der Name. Ich ging in die Hocke und versuchte mir den Namen einzuprägen. Eigentlich hatte ich immer meine Umhängetasche und mein Notizbuch dabei, aber irgendwie hatte ich es albern gefunden, mit Handtasche im Kuhstall herumzustehen. Das sollte mir eine Lehre sein! Ich versuchte, einen der Säcke zu heben, um zu sehen, ob die darunter liegenden gleich beschriftet waren, aber der Sack war mir zu schwer. Direkt daneben standen noch ein Paar schwarze Gummistiefel Größe fünfundvierzig. Langsam drehte ich mich einmal im Kreis und versuchte zu erkennen, was in diesem Raum war, was von keinem gesehen werden durfte. Vielleicht war der Bauer ja auch so schlau gewesen und hatte es schon entfernt.

Nachdem ich den Raum wieder abgesperrt hatte, schlenderte ich nachdenklich zurück zu Max. Ich nahm mir vor, den Namen zu googeln, sobald ich wieder zu Hause war.

Dr. Götz und der Mossbauer sahen mir mit finsterer Miene entgegen, und Max tippte mit dem Zeigefinger auf seine Armbanduhr.

Max fuhr zurück ins Präsidium, im Schlepptau den Götz, der eine ziemlich verkniffene Miene machte. Eigentlich wäre es sinnvoll gewesen, mit Max mitzufahren. Ausgerechnet für heute hatte ich jedoch mit Joe ausgemacht, mit dem Selbstverteidigungstraining zu beginnen. Schließlich konnte man nie wissen, wann das nächste Mal ein Angriff des Tierarztmörders zu erwarten war, und so verabschiedete ich mich von den beiden mit den Worten, dass ich eine dringende Verabredung mit Google hatte. Das war auch gar nicht richtig gelogen, ich hatte sozusagen nur das Date mit Joe unter den Tisch fallen lassen. Ziemlich aufgeregt hielt ich vor dem Grundstück von Joe – wir hatten uns in seiner Garage verabredet – und stieg aus dem Auto. In meiner Handtasche klingelte es, und ich begann hektisch das blöde Handy zu suchen.

»Du könntest dir doch noch eine Leberkässemmel kaufen gehen«, schlug Max vor. »Vielleicht weiß jemand in der Metzgerei, ob der Mossbauer und der Götz gemeinsame Sache machen.«

»Nach diesem Fall bin ich fünf Kilo schwerer«, antwortete ich schlecht gelaunt. »Außerdem müsste ich dazu nach Unterbachenreuth in die Metzgerei fahren – hier interessiert sich doch kein Schwein für den Götz.«

Das Schweigen am anderen Ende der Leitung dehnte sich aus.

»Okay, ich mach's«, sagte ich, während ich die Haustür vom Joe im Auge behielt. Auf die Metzgerei in Unterbachenreuth hatte ich so was von keine Lust. Jeder bei uns im Ort wusste, was für grässliche hygienische Zustände dort herrschten. Eine Leberkässemmel dort zu kaufen, machte wahrscheinlich einen Krankenhausaufenthalt notwendig, zumindest ließ es jeden um Jahre altern.

»Hast du Anhaltspunkte dafür, dass die beiden gemeinsame Sache gemacht haben?«

»Zumindest würde ich dann die Aussagen vom Mossbauer bezüglich der Tatnacht nicht ganz so ernst nehmen«, sagte er. »Wir haben übrigens die Telefonliste durchgearbeitet ... vom Praxistelefon der Schmids. Der letzte Anruf ging an Dr. Götz.«

Ich starrte in den schlecht gepflegten Vorgarten von Joe. Der hatte wohl auch etwas Besseres zu tun, als das Laub zusammenzurechen.

»Das habt ihr jetzt erst rausgefunden? Beim Tatort dauert das einen halben Ermittlungstag«, informierte ich ihn.

Für eine Weile war es still am anderen Ende der Leitung, dann sagte er liebenswürdig: »Vielleicht sollten wir einen Schauspieler mit ins Team holen.«

Ich unterdrückte ein Lachen, und er fügte hinzu: »Wir hatten am Anfang nicht die Information, dass die Praxis zwei verschiedene Anschlüsse hat, weshalb auch immer. An diesem Tag gab es noch jede Menge weitere Telefonate zwischen Götz und Schmid.«

»Wann war denn der letzte Anruf?«

»Kurz nach neun Uhr. Am Abend. Wobei er die letzten Anrufe vom Schmid nicht mehr angenommen hat.«

Ich versuchte, den Tagesablauf vom Schmid geistig zusammenzusetzen. Abendessen sieben Uhr. Anruf vom Mossbauer, er soll wegen der Kuh kommen, weil er den Götz nicht erreicht. Die Schmidin zetert, dass das nicht infrage kommt. Nur weil der blöde Götz wieder mal keinen Empfang hat, soll doch nicht erneut ihr Mann losfahren müssen, wo sie doch einen schönen romantischen Abend zu zweit geplant hatte. Okay. Schmid fährt los. Schneidet die Kuh auf. Kalb tot. Streit mit Mossbauer. Der arme Schmid hatte echt kein leichtes Leben.

»Hat denn der Mossbauer den Schmid angerufen?«

»Um neunzehn Uhr zwei«, antwortete Max lapidar.

»Aber dann könnte das ja stimmen. Er fährt nach Unterbachenreuth, macht den Kaiserschnitt. Dann lässt er die Kuh mit offenem Bauch stehen, weil er sich mit dem Mossbauer so gezofft hatte. Dann fährt er nach Hause, wo er noch mit seiner Frau Zoff hat, weil er so nach Kuh stinkt. Geht in den Keller, um seine gesamten Klamotten in die Waschmaschine zu werfen. Und dann …«

Dann setzt er sich halb nackt in die Praxis, ruft den Götz an und erklärt dem, er möge doch bitte schön zum Mossbauer fahren und die Kuh mit dem offenen Bauch flicken.

Max' Schweigen am anderen Ende der Leitung sprach Bände.

»Ist doch eher anzunehmen, dass der Mossbauer den Götz anruft«, sagte er nach einer Weile.

»Ja, aber der Schmid war eigentlich ein netter Kerl«, erklärte ich Max. »Ich kenn doch den Schmid. Der lässt im Normalfall keine Kühe einfach rumstehen. Zu Hause ist ihm das dann erst so richtig bewusst geworden, und dann hat er sich halt gedacht … jetzt ruf ich eben den Götz an, dann kann der das arme Tier so richtig schön zusammenflicken.«

Na ja. Eigentlich hätte er sich denken müssen, dass der Mossbauer den nächsten Tierarzt anruft. Oder er hätte sich selbst ins Auto setzen können und die Kuh zusammenflicken.

»Er hat bestimmt gemeint, er müsse das dem Götz erklären«, versuchte ich es erneut, obwohl mir alle Erklärungen sehr seltsam erschienen.

»Oder er hat sich plötzlich irrsinnig schlecht gefühlt, vielleicht schon während der OP, und konnte gar nicht anders als nach Hause fahren. Weil er spürte, dass er gleich einen Herzinfarkt bekommt.«

Meine Stimme verebbte. Das Schweigen von Max war sehr beredt. Er hatte vielleicht gerade auch ein Gefühl wie kurz vor dem Herzinfarkt.

»Und was sagt der Götz dazu?«

Max räusperte sich am anderen Ende der Leitung. »Er sagt, der Schmid hat angerufen wegen der Kuh. Dass er hinfahren sollte und die Operation beenden.«

Mein Reden! Wir schwiegen eine Weile.

»Und?«

»Und das hat er auch gemacht. Er war ziemlich sauer, dass er noch einmal los musste. Und er war deshalb natürlich nicht um zehn Uhr beim Schmid. Das hat auch der Mossbauer bestätigt.«

Das war wirklich enttäuschend. Ich hatte schon gehofft, dass wir den Fall gelöst hätten.

»Müsste die Kuh nicht schon längst tot sein?«, fragte ich. Das war zwar im Mordfall eine Nebensächlichkeit, aber interessant fand ich es schon, wie lange man Kühe mit offenem Bauch herumstehen lassen konnte. Es gab natürlich auch die Möglichkeit, dass der Schmid den Götz angerufen und gesagt hat, du Saubeutel, wenn du noch einmal nicht an dein blödes Handy gehst, dann aber.

Max seufzte erneut. Vielleicht dachte er wieder einmal an seine tolle zwanzigköpfige Mordkommission und verglich sie im Geiste mit den irrsinnig hilfreichen Theorien seiner Freundin. Genau in dem Moment kam die Monika Stangl vom Grundstück ihres Vaters.

Als hätte das auch Max gespürt, sagte er: »Den Stangl muss ich auch noch befragen.«

»Wir hören uns später«, sagte ich hastig und drückte das Gespräch weg.

Ich erwog für einen Moment, eine Flugrolle über den Zaun auszuprobieren, aber irgendwie hatte ich mehr Angst vor dem unsanften Aufknallen in Joes Vorgarten als vor dem, was mir die Monika gleich schenken würde.

»Die Lisa«, sagte sie auch prompt mit leuchtenden Augen. »Gut, dass i di treff. Schau doch amal, was i für dich g'funden hab.«

Sie hielt eine Plastiktüte mit Sachen ihres Vaters auf, die sie unters Volk zu bekommen gedachte.

»Das schenk i dir«, erklärte sie stolz, und bevor ich mich wehren konnte, hatte ich den Aldi-Beutel in der Hand.

Während sie mit klackernden Absätzen weiterging, eindeutig zufrieden, dass sie wieder etwas losgeworden war, spitzte ich in die Tüte. Falls es dreißig Schuhspanner waren, würde ich zu kreischen anfangen. Halb so wild, dachte ich mir, als ich das verstaubte Strohgesteck sah. Kaum war sie um die Ecke gebogen, stopfte ich den Beutel in die Mülltonne von Joe. Genau in dem Moment, als ich den Deckel zufallen ließ, ging die Haustür auf, und Joe, ganz in Schwarz und elend gut aussehend, kam auf mich zu.

»Vor was hast du denn am meisten Angst?«, wollte Joe von mir wissen.

Wir waren gemeinsam in seine leere Garage gegangen, in der er sich eine Art Fitnessraum eingerichtet hatte. An einem Haken mitten im Raum hing ein roter Sandsack, an einem Nagel an der Mauer baumelte ein Sprungseil. Ganz ins Eck gerutscht stand eine Bank mit Gewichten. Gewichten, die sehr schwer aussahen. Er selbst lehnte lässig an der Garagenwand und sah mich durchdringend an.

Um ehrlich zu sein, im Moment hatte ich am meisten Angst davor, dass Max hier auftauchen und die Situation komplett falsch interpretieren würde. Nämlich, dass ich mit Joe abhing und nicht mit ihm, und dass ich in Erwägung zog, ihn zu verlassen. Nur wegen dieses missglückten Heiratsantrags. Außerdem war ich mir hundertprozentig sicher, dass die Rosl gerade in dem Moment vorbeigetigert war, als ich die Stanglsche Tüte entsorgt hatte – wahrscheinlich nur, um das Haus von Schmids zu kontrollieren und, wenn möglich, der Schmidin ein Gespräch reinzudrücken. Und um zu sehen, wie Lisa Wild mit Joe in dessen Garage verschwand.

Ich räusperte mich umständlich. Joe meinte mit seiner Frage natürlich etwas anderes. »Ähm, ja, also, vor Männern, die sich nachts vor mich hinstellen. Und beschließen, mir jetzt voll eins auf die Nase zu hauen.«

Wie dem Schmid.

Er sah mich überrascht an.

»Davor haben Frauen normalerweise keine Angst«, erklärte er mir.

Okay, all die anderen Frauen hatten auch nicht ständig mit Leichen zu tun.

»Vor was sollte ich denn Angst haben, wenn nicht davor?«, wollte ich vorsichtig wissen.

»Dass du festgehalten wirst. Vorzugsweise von hinten«, erklärte er mir.

»Das mag ich auch nicht«, gab ich zu. Aber wer um alles in der Welt sollte mich von hinten festhalten? Dazu sah ich jetzt keine Veranlassung. Dagegen war ein Nasenbruch mit Todesfolge ein echtes Problem. Oder wahlweise der Götz, der so sauer gewesen war, weil er eine Kuh zunähen musste, die er nicht aufgeschnitten hatte.

»Ich mag keine gebrochene Nase haben, weißt du?«

Er nickte verständnisvoll. »Okay. Dann versuch mir mal die Nase zu brechen.«

Vielleicht sollte ich ihm sagen, dass ich Körperkontakt grundsätzlich gerne vermied und dass ich auch anderen Leuten keine Nasen brechen wollte. Und dass das mit der Selbstverteidigung eine blöde Idee war, weil im Falle des Falles würde ich doch wieder einen Rückzieher machen.

»Deeskalieren, das ist das Wichtigste«, erklärte er mir. »Jetzt mach doch mal Fäuste und geh auf mich los. Ey, Mann, ey, steh nicht so blöd rum, ich geb dir eins auf die Mütze … du verstehst schon.« Er wedelte mit den Händen, um mich dazu zu ermutigen. »Stell dir einfach vor, du hast eine halbe Stunde lang einen Parkplatz gesucht, und jetzt komm ich und schnapp ihn dir einfach weg.«

Okay. Das konnte ich mir prima vorstellen.

»Hey, Alter«, sagte ich mit zusammengekniffenen Augen und ballte die Hände auf der Höhe meines Gesichts zu Fäusten. »Ey, Alter, ich mach dich platt, du blöder Sack, du blöder …«

Joe hob abwehrend die Hände, die Handflächen zu mir gerichtet, seinen linken Arm leicht an meinem linken Arm anliegend.

»Hey, alles klar, lass uns drüber reden«, sagte er. »Ganz ruhig.«

»Okay«, sagte ich und senkte die Fäuste, »lass hören.«

»Nein, du musst weitermachen«, erklärte er mir geduldig, »du bist angetrunken und willst Ärger machen. Nur weil ich sage, ganz ruhig, gibst du nicht auf.«

Ich bin nie angetrunken, insbesondere dann nicht, wenn ich auf Parkplatzsuche bin. Eigentlich bin ich auch nie auf Parkplatzsuche, weil es bei uns im Dorf ausreichend Parkmöglichkeiten gibt. Und Ärger will ich auch nie machen, besonders nicht mit Fäusten. Aber ich wollte mal nicht so sein.

»Scheißkerl«, sagte ich in ruhigem Tonfall und hob die Fäuste. »Mach dich weg, Scheiße noch mal.« Vielleicht sollte ich eher an Pfefferspray denken.

»Schon besser«, grinste Joe, dann wurde er wieder ernst. »Siehst du, wie ich vor dir stehe? Du musst ziemlich nah rangehen – ich weiß, das ist nicht das, was man will, wenn man meint, der andere schlägt zu. Aber je näher du dran bist, desto schlechter kann er dich treffen.«

Ich sah ihm in seine dunklen, braunen Augen, die mich jetzt intensiv musterten, und musste daran denken, dass ihn wirklich alle aus unserem Dorf supersuperverdächtig fanden. Wieso war ich die einzige Frau in unserem Dorf, die ihn erotisch fand? Außer Max kannte ich keinen einzigen Mann hier weit und breit, der es mit Joes erotischer Ausstrahlung aufnehmen konnte. Joe trat noch einen kleinen Schritt näher auf mich zu, und ich verbat mir ganz energisch, ihn auch nur ein kleines Fitzelchen anziehend zu finden. Dass ich an einen Bösewicht so nahe herangehen sollte, wie es Joe jetzt bei mir tat, fand ich irgendwie nicht in Ordnung.

»Das ist deswegen so wichtig, weil es auch Kickboxer gibt, die zutreten, wenn du in günstiger Entfernung stehst«, erklärte er mir und hob den Fuß, um mir zu zeigen, wie gefährlich es war, nicht nahe an den Gegner heranzugehen. Wir schauten uns noch immer in die Augen. Irgendwie sah sein Blick so aus, als würde er mich jetzt gerne flachlegen.

Stattdessen sagte er mit heiserer Stimme: »Und jetzt schlag zu.«

Ich schluckte.

»Geht ja nicht«, verlegte ich mich aufs Mosern, um nicht so zu wirken, als würde ich gerne flachgelegt werden. Noch immer stand er links von mir, den linken Arm an meinem linken Arm.

»Probier's«, ermutigte er mich.

Ich hob die Hand und versuchte zu schlagen. Im nächsten Moment hatte er meinen linken Arm gepackt und drückte mir die rechte Hand auf den Kiefer.

»Und jetzt du«, forderte er mich auf.

Als er mit geballten Fäusten auf mich losging, fragte ich ihn: »Hast du eigentlich Geschwister?«

Er senkte seine Fäuste und antwortete mit gerunzelter Stirn: »Nicht mehr.«

Er hob wieder die Hände, und ich machte schnell weiter: »Und eine Freundin?«

»Nicht mehr«, sagte er, und jetzt sah er wirklich schlecht gelaunt aus. »Kannst du dich mal konzentrieren?«

»Ich deeskaliere gerade«, erklärte ich ihm mein Gespräch. »Und wo bist du geboren?«

Mit einem schnellen Griff verdrehte er mir den Arm, und ich verkniff mir das Quietschen.

»Du fragst mich gerade aus, Herzchen«, antwortete er und hob eine Augenbraue.

Der nächste Tag begann mit einer Besprechung in Max' Büro, an der Max, ich, Großmutters Mohnbuchtln und eine einzige Tasse Kaffee teilnahmen. Alle waren riesig enttäuscht: Ich wegen des Ausgangs der gestrigen Befragung, denn der Max hatte den Götz wieder freilassen müssen, weil der Mossbauer weiter Stein und Bein schwor, dass der Götz zur Tatzeit die Kaiserschnitt-Kuh retten musste. Trotzdem war der Götz noch immer mein Hauptverdächtiger. Joe war bestimmt enttäuscht, dass er einen superlangweiligen Bericht für den Staatsanwalt schreiben durfte, anstatt mit Max und mir Mohnbuchtln zu essen. Und Max hatte bei seiner Stangl-Befragung versagt, war zudem maßlos darüber enttäuscht, dass ich keine Lust gehabt hatte, in der Unterbachenreuther Metzgerei einzukaufen, und war der festen Überzeugung, dass ich gerade massiv die Ermittlungen behinderte. Um von seinem Befragungsdebakel abzulenken, beschwerte er sich lieber über mich.

»Du solltest den Metzger dort einmal persönlich sehen, dann könntest du das verstehen«, erklärte ich ihm.

Ach Herzchen, sagten mir Max' Augen. Immerhin nahm er jetzt meine Hand in die seine.

»Die da drüben wissen sowieso von nichts was. Vielleicht müsstest du den Götz nur eine Zeit einlochen, dann würde der schon irgendetwas gestehen«, schlug ich vor. Und den Mossbauer dazu, der hatte nämlich garantiert Dreck am Stecken.

»Wenn ich suspendiert werden wollte, könnte ich das machen«, stimmte er mir zu.

»Und der Stangl? Was ist da schiefgelaufen?«

Max' Miene verfinsterte sich, und ich kam mir ganz gemein vor. Ich wusste nämlich mittlerweile von der Monika Stangl, dass dem alten Stangl diese Befragungssituationen aufgrund seines Kriegstraumas nicht zuzumuten waren. Und dass sie ein ärztliches Attest auftreiben würde, wenn diese Belästigung durch die Polizei nicht aufhören würde.

Dann ging das Telefon. Max nahm mit einer Hand den Hörer, mit der anderen hielt er weiter meine Hand.

»Soll raufkommen«, sagte er schließlich nur.

Wir sahen beide auf die letzte Mohnbuchtl, die so appetitlich zwischen uns lag. Bestimmt würde sich mein Weltschmerz verbessern, wenn ich noch ein paar Kalorien zu mir nahm. Dann klopfte es an die Tür, und zu meinem großen Erstaunen steckte Anneliese den Kopf herein. Sie war profimäßig komplett in Schwarz gekleidet, und mit ihrer frischen Dauerwelle sah sie nicht nur schick, sondern auch äußerst professionell aus. Bestimmt war sie in ihrer Funktion als Honey West hier.

»Ich hätt was für euch«, sagte sie auch tatsächlich. »Grad hab ich nämlich noch ein bisserl ermittelt.« Sie lächelte zufrieden. »Weil der Thomas, der hat die Kinder genommen, und da hab ich noch Zeit g'habt.«

Sie holte aus einem Stoffbeutel mit der Aufschrift »Metzger Meier, immer ein gutes Stück Fleisch« eine kleine Pappschachtel heraus.

»Wann willst du denn gerade ermittelt haben?«, wollte ich wissen. »Du hast doch eben noch in der Metzgerei fürs Mittagessen eingekauft.«

»Ist halt schnell gegangen«, antwortete sie spitz.

»Mit dem Ermitteln«, fügte ich hinzu und schüttelte nun ebenfalls den Kopf. Wieso sich dann Max so anstellte und den ganzen Tag ermittelte, konnte ich nicht nachvollziehen. Bei Müttern mit kleinen Kindern ging das ratzfatz.

»Die Spritze habe ich bei den Gansbühlers drüben gefunden«, erklärte sie. »Könnt des nicht sein, dass die der Mörder damals verloren hat?«

Sie sah mich dabei nicht an, aber ihr war vermutlich auch klar, dass ich jetzt wusste, wer sie angeheuert hatte und was genau sie ermittelte. Die Schmidin, die linke Socke, versuchte sich auf Biegen und Brechen aus dem Schlamassel zu ziehen.

Langsam drehte ich meinen Kopf zu Max. Na super. Anneliese, das Ermittlungswunder, fand eine Spritze, während die Spurensicherung zwar jeden einzelnen Knochen im Komposthaufen identifiziert, aber anscheinend in der näheren Umgebung nicht gesucht hatte.

Max' Miene blieb ausdruckslos. Er nahm das kleine Schächtelchen entgegen und sah hinein. Auch ich beugte mich ein wenig nach vorne. Eine leere Spritze. Ein braunes Glasfläschchen.

»Das lag daneben?«, wollte er wissen. »Und wo genau?«

Anneliese sah unglaublich stolz aus. Ich kniff die Augen zusammen und legte den Kopf schief, um lesen zu können, was auf dem braunen Glasfläschchen stand.

T61.

T61?

Max hatte die ganze Zeit von Euthadorm gesprochen. Vielleicht löste sich jetzt alles auf mit dem Fund dieser Spritze? Eigentlich sollte ich stolz auf meine Freundin sein, aber irgendwie hatte ich ständig das Gefühl, ihr sagen zu wollen, dass sie sich endlich einmal raushalten sollte.

»Wenn man bei dem Komposthaufen über den Zaun klettert. Zu den Gansbühlers rüber. Da lag es im Gebüsch.«

Max nickte.

»Darfst du überhaupt über Zäune klettern? Du, in deinem Zustand?«, fragte ich mürrisch.

»Freilich. Ein bisserl Bewegung hat noch keinem geschadet«, antwortete sie und sah mich mit einem wütenden Glitzern in den Augen an.

»Im Gebüsch gleich neben dem Komposthaufen?«, fragte Max, den unsere Schwangerschaftsgespräche nicht interessierten, nach.

»Ja. War wirklich schwer zu sehen«, erklärte Anneliese, als fände sie es verständlich, dass die von der Spurensicherung so versagt hatten. »Weil des Flascherl so braun ist. Und der Busch ist auch braun, das kann man leicht übersehen.«

»Das hast du jetzt in der letzten Viertelstunde gefunden?«, vergewisserte ich mich, weil ich sie wirklich gerade noch vor der Metzgerei hatte stehen sehen.

»Ja, das ging ganz schnell«, antwortete sie giftig.

»Einfach hingegangen und aufgehoben«, machte ich weiter und hob skeptisch eine Augenbraue.

»So ungefähr«, antwortete sie noch giftiger. »Was dagegen?«

Ich zuckte mit den Schultern. Dagegen hatte ich nichts, aber meiner Verwunderung konnte ich doch wohl immerhin Ausdruck verleihen.

»Danke schön«, sagte Max freundlich und stand auf, um sie zur Tür zu bringen.

Wie bitte? Danke schön? Das konnte doch wohl nicht wahr sein!

Ich warf Anneliese einen sehr vorwurfsvollen Blick zu, aber sie beachtete mich gar nicht. Als sie ging, hatte sie einen wirklich aufreizenden Hüftschwung und schien sehr zufrieden mit ihrem Ermittlungsergebnis.

Max setzte sich zurück an den Tisch, nahm einen langsamen Schluck von dem Kaffee und schob mir dann die Tasse zu. Ich nahm einen Bissen von der letzten Mohnbuchtl und reichte ihm die Köstlichkeit.

»Du lässt sie einfach weitermachen?«, wollte ich wissen. »Kaum kriecht Honey West im Gebüsch herum, tust du recht begeistert. Das finde ich nicht gerecht.«

»Honey West?«, fragte er erstaunt.

»Anneliese«, antwortete ich mürrisch.

Er lächelte mich freundlich an.

»Wenn ich dieses Fläschchen gefunden hätte, hättest du mich bestimmt zur Sau gemacht«, warf ich ihm vor. »Wir hätten uns den ganzen Abend angeschrien und keinen Sex gehabt. Aber kaum mischt sich Anneliese ein, bedankst du dich auch noch für die Einmischerei. Da kann einem echt der Hut hochgehen!«

»Unverantwortlich«, antwortete er breit grinsend.

»Was ist unverantwortlich?«, vergewisserte ich mich.

»Keinen Sex zu haben«, erklärte er süffisant. »Aber mit Anneliese habe ich nie Sex.«

Ich verkniff mir das »Idiot«, das mir auf den Lippen lag.

»Was sagt dir das?«, wollte er wissen und wurde wieder ernst. Er schob das Schächtelchen näher an mich heran, und wir betrachteten eine Weile das Corpus Delicti. Hauptsächlich zeigte es mir, dass Max Anneliese und mich nicht gleich behandelte. Aber nun gut. Ich nahm mir fest vor, mich davon jetzt nicht beeinflussen zu lassen.

»Eure Spurensicherung hat echt voll den Schlag«, versuchte ich es mit einer Interpretation, da er keinen Kommentar zu Honey West abgeben wollte. »Die zerwühlen den Kompost und untersuchen jedes einzelne Knöchelchen, das der Schmid hinter den Schuppen geschmissen hatte, aber ob der Mörder beim Klettern über den Zaun die Spritzen verliert, das schauen sie nicht nach.«

Max schnappte sich zielsicher die letzte Mohnbuchtl und biss hinein.

»Hey, du hast die ganze Mohnfüllung abgebissen«, empörte ich mich.

»Du hast doch bestimmt schon zu Hause eine gegessen«, verteidigte er sich.

Nicht nur eine.

Er verhakte seine Beine mit meinen. »Die Spurensicherung hat da natürlich gesucht«, erklärte er mir und reichte mir die Mohnbuchtl ohne Füllung.

»Aber nicht gründlich genug. So wie's aussieht«, setzte ich hinzu und hielt mich an der Kaffeetasse fest. Wenn ich schon keine Mohnfüllung bekam, wollte ich wenigstens mehr Kaffee bekommen. Immer nur husch, husch, würde meine Großmutter zu der Arbeit der Spurensicherung sagen. Immer nur dort, wo der Pfarrer tanzt.

»Was ist denn T61?«, fragte er, als wären wir in der Schule.

Ich zuckte mit den Schultern. War ich Tierarzt, oder wie?

»Das ist nämlich das eigentliche Problem an diesem Fläschchen.«

»Dass es T61 ist? Hast du nicht mal erzählt, dass man T61 auch zum Einschläfern verwenden kann?«, erinnerte ich ihn.

»Richtig.«

Das Mittel, bei dem man nicht so genau dokumentieren musste, wo es gelandet war.

»Der Toxikologe hat gesagt, er wäre an etwas gestorben, das man zum Einschläfern von Tieren verwendet«, erinnerte ich Max. »Und dass man nicht genau sagen könnte, welches Mittel es denn nun gewesen ist.«

»Es war ein Pentobarbital«, sagte Max. »Das weiß man sicher.«

»Aber man weiß nicht, welches Pentobarbital.« Da war ich mir auch ganz sicher.

»Aber T61 ist kein Pentobarbital«, erklärte er mir.

»Ach was«, staunte ich.

»Vielleicht ist es ja ein Pentobarbital, das von einer anderen Firma hergestellt wird?«

»Natürlich gibt es da ganz unterschiedliche. Manche Tierärzte haben auch Narcodorm. Oder Eutha77 wie der Götz.«

Wovon dem Götz noch elf Stück fehlten.

»Und T61?«

»T61 ist auch ein Mittel zum Einschläfern von Tieren. Hatte der Schmid auch in seinem Betäubungsmittelschrank. Aber ...« Er legte eine kleine Pause ein. »Aber es ist eben kein Pentobarbital. Er ist daran nicht gestorben.«

»Er hatte dieses Mittel nicht im Blut«, wiederholte ich seine Aussage, um sie zu verdauen. »Er kann daran nicht gestorben sein.«

Ich runzelte nachdenklich die Stirn. »Die Frage ist also, wieso der Mörder es dann verloren haben sollte.«

Das war dann tatsächlich ein abstruser Fund.

»Und was ist dieses T61 jetzt genau?«

»Angeblich wird es sehr gerne verwendet, weil man nicht so akribisch wie bei einem Barbiturat dokumentieren muss, wo es gelandet ist.«

»Also wäre es für einen Mörder sehr viel besser gewesen, T61 zu verwenden«, fragte ich. »Und nicht das Euthadorm.«

Max zuckte mit den Schultern. »Vermutlich. Zumindest wäre es nicht aufgefallen, wenn bei einem Tierarzt ein Fläschchen davon fehlt. Aber er ist eben nicht daran gestorben. Deswegen lautet die Frage: Wieso verliert jemand im Nachbarsgarten ein leeres Fläschchen T61?«

Mit einem schnellen Griff hatte ich die Kaffeetasse zurückerobert, die mir Max in der Zwischenzeit abspenstig gemacht hatte.

»Vielleicht wollte er uns in die Irre führen«, schlug ich vor. Das war zwar etwas eigenartig, weil sich gerade ein im Umgang mit Betäubungsmitteln geschulter Mörder vorstellen konnte, dass die von der Pharmakologie nicht auf der Brennsupp'n dahergeschwommen waren und in Nullkommanichts herausbringen würden, woran der Tierarzt gestorben war.

»Oder er hatte es dabei, so als Reserve.«

»Das Fläschchen sieht leer aus«, sagte Max, während er noch einmal in das Schächtelchen von Anneliese schaute.

»Vielleicht ist ja in der Spritze Euthadorm. Und das leere Fläschchen ... ist ihm eben vorher ausgelaufen.«

»Vielleicht«, sagte Max und griff blitzschnell nach dem Becher Kaffee, der vor mir stand.

Wir hielten beide den Kaffeebecher fest und sahen uns mit feurigem Blick an.

»War eben ein sehr aufgeweckter Mörder, der an alle Eventualitäten gedacht hat«, fabulierte ich weiter. »Stell dir vor, du willst jemanden umbringen, und dann stirbt und stirbt der nicht an der Dosis, was machst du dann? Noch einmal heimfahren und neues besorgen? Noch einmal in der Apotheke einbrechen oder beim Schmid oder was weiß ich ...«

Ich zog den Kaffee etwas in meine Richtung.

»Denjenigen, der nicht an einer Pferdedosis Euthadorm stirbt, gibt es gar nicht«, wandte er ein.

Ja, aber wenn der Mörder eben ganz, ganz sicher sein wollte, dass es funktioniert? Da ging es eben nicht darum, ob das rational vorstellbar war.

»Und wieso ist dann das Fläschchen T61 leer?« Darauf wusste ich wirklich keine Antwort. Wir schauten uns an, und Max lächelte plötzlich, als wären wir nicht in seinem Büro und würden über eine Mordermittlung sprechen.

»Der Blumenkohl war phantastisch«, sagte er mit einem breiten Grinsen. »Die Semmelbrösel waren zwar etwas kokelig, aber sonst 1a.«

»Den Blumenkohl hat Großmutter gekocht. Und die Semmelbrösel waren von mir«, gab ich zu. »Aber Großmutter hat gesagt, Übung macht den Meister.«

Max nutzte aus, dass ich abgelenkt war, und leerte den Becher Kaffee mit einem einzigen Schluck.

»Aber eigentlich würde ich annehmen, dass er wenn, dann eine zweite Pulle Euthadorm dabeihatte«, gestand ich mehr deswegen, weil ich von meinen kokeligen Semmelbröseln ablenken wollte. »Aber gehen wir doch einmal davon aus, es war der Götz. Der scheint ja grundsätzlich alles Mögliche mit sich herumzuschleppen. Dann könnte es doch sein, dass er, nachdem er den Schmid umgebracht hat, über den Zaun zu den Gansbühlers geklettert und davongerannt ist. Und dabei hat er halt so ein Fläschchen verloren.« Sozusagen den ganzen Müll, den er noch von den letzten hundert Einschläferungen in seiner Jackentasche mit sich herumtrug.

Max sah mich noch immer an, als würde er an etwas anderes denken als an Mordermittlungen.

»Wie geht es jetzt weiter?«, fragte ich.

»Ich lasse das Glasfläschchen auf Fingerabdrücke untersuchen«, erklärte mir Max, der tatsächlich bei der Sache war. »Aber ich glaube nicht, dass wir etwas finden.«

»Und die Spritze auf Inhaltsstoffe«, schlug ich vor, um auch etwas beizutragen.

Die Hand von Max schob sich langsam über den Tisch, bis sie bei meiner angelangt war.

»Was mich nur wirklich interessieren würde«, sagte er, und in seinen Augen war schon wieder etwas derart testosterongeladen Emotionales, dass ich ahnte, die folgende Frage unmöglich beantworten zu können. »Was war der wirkliche Grund, wieso du mit Anneliese im Garten der Schmids gestanden bist?«

Kapitel 8

Max und meine Wege trennten sich danach für ein paar Stunden. Das war von meiner Seite aus auch voll beabsichtigt. Ich war nämlich aus der ganzen Nummer mit Joe, Schmids Leiche und meinem Aufenthalt im Garten nur deswegen herausgekommen, weil ich zur Ablenkung extrem schweinische Vorschläge gemacht hatte, die sich alle um das Thema Sex im Büro drehten. Und ein bisschen hatte ich auch Angst davor, dass Max darauf eingehen würde, weil ich mir nichts Peinlicheres vorstellen kann, als beim schweinischen Sex im Büro erwischt zu werden.

Ein bisschen schade war es zudem, dass ich deswegen geistig so rotiert war, dass ich mich gar nicht mehr auf die ganzen Ermittlungsvorschläge von Max konzentrieren konnte, sondern einfach zusah, dass ich weiterkam.

Nach einer Stippvisite in der Redaktion wollte ich nach Hause fahren, um nach dem Rechten zu sehen. Als ich mit viel zu hoher Geschwindigkeit gerade beim Metzger vorbeifuhr, sah ich meine Großmutter zielstrebig die Straße entlanggehen, eindeutig alleine und eindeutig nicht in der Absicht, zum Einkaufen zu gehen. Ich riss sofort das Steuer herum und parkte schräg vor der Metzgerei über drei Parkplätze hinweg. Während ich heraussprang und meiner Großmutter nachlief, hörte ich, dass sich ein Auto näherte, bei dem jemand vergessen hatte hochzuschalten.

»Jetzt wart doch einmal«, schrie ich ihr hinterher, »wo rennst denn hin?«

Großmutter blieb stehen und sah mir entgegen.

»Irgendwann muss ich halt die Reisingerin besuchen«, erklärte sie mir. »Wir sind seit Jahrzehnten Nachbarn, und dann kannst auch ned so sein und ned ins Krankenhaus auf einen Besuch kommen.«

»Willst du jetzt dreißig Kilometer zu Fuß gehen?«, wollte ich wissen.

»Ich nehm den Bus«, sagte sie mürrisch. »Weil du halt auch immer weg bist.«

Der Bus fuhr gefühlt alle drei Tage und jetzt garantiert nicht.

»Ich fahr dich heim. Morgen ist auch noch ein Tag, dann fahren wir zusammen ins Krankenhaus.«

Da passte mir das zwar auch nicht, aber besser, als jetzt in der Gewissheit zu leben, dass Großmutter einige Stunden an der Bushaltestelle abhing, nur weil sie dem alten Busfahrplan glaubte. Gerade als ich Großmutter überzeugt hatte mit mir mitzukommen, kam das Auto, das so übertourig unterwegs war, mit überhöhter Geschwindigkeit um die Ecke gerast. Der Motor heulte noch einmal auf, als würde der Fahrer Gas und Bremse verwechseln. Eine gewisse Beunruhigung erfasste mich, denn es sah ganz danach aus, als hätte der Fahrer Großmutter und mich zwar gesehen, aber trotzdem ziemlich rasant auf uns zugesteuert. Ich kniff die Augen zusammen, um den Fahrer zu erkennen. Das Auto hatte ich noch nie gesehen. Ein uralter Audi 80 in einem sehr altertümlichen Braun.

»Oma«, konnte ich Großmutter noch stoppen.

Im nächsten Moment krachte der Audi volle Pulle seitlich in meinen roten Ford Fiesta. Das Auto wurde gegen die Metzgerei geschmettert, die Stoßstange setzte sich in Bewegung und flog auf die Glasscheibe der Metzgerei zu. Vorsichtshalber schloss ich die Augen, dann hörte ich das Klirren von ganz viel Glas.

»Scheiße«, flüsterte ich, obwohl ich wusste, dass man das nicht sagen durfte.

Was war das jetzt? Ein Mordanschlag auf mich? Für einen Moment war es totenstill. Dann ging mit einem Krachen die Fahrertür des Audis auf.

»Geh, Mädl, hilf mir raus«, hörte ich die Stimme vom Stangl. »Die Tür geht so schlecht auf.«

Vorsichtig öffnete ich die Augen. Mein erster Blick fiel auf die Kühlerhaube des Audis. Die war richtig schön eingedrückt, und es rauchte und qualmte unter der Motorhaube hervor. Dass die Fahrertür schlecht aufging, wunderte mich eigentlich nicht. Mein zweiter Blick fraß sich an meinem eigenen Auto fest. Das sah gewaltig nach Totalschaden aus.

»Jetzt hilf mir schon raus«, meckerte der Stangl. »Mir wird schon ganz damisch von dene Hörgeräte.«

Der Anblick meines Autos machte mich auch damisch. Vor allen Dingen, wenn ich daran dachte, dass ich kurz vorher noch drinnen gesessen hatte.

»Ist Ihnen etwas passiert?«, fragte ich zittrig.

Hatte er vorgehabt, mich umzubringen? War er vielleicht der Schmid-Mörder und machte jetzt noch Jagd auf Journalistinnen? Während ich langsam um den Audi herumging, wurde mir ganz anders. Entweder weil es nach verbranntem Plastik roch oder weil ich knapp dem Tod entronnen war.

»A geh«, erwiderte er und versuchte, seine Beine aus dem Auto zu bekommen. »Mir wird jetzt was passiert sein.«

So cool konnten auch nur Leute bleiben, die den ganzen Krieg hindurch mit einem Kampfflieger unterwegs gewesen waren. Er hatte sich echt in Schale geworfen für seinen Ausflug: dunkelblaue Jeans, die er sich bis nahe unter die Achseln hochgezogen und mit einem braunen Ledergürtel festgezurrt hatte. Dazu ein schwarzes Oberteil.

»Ich hab dich g'sucht«, sagte er stolz, als ich endlich bei ihm ankam und ihm die Hand reichte. »Hab mir dacht, ich nehm's Auto. Ich bin schon ewig nicht mehr g'fahren.«

Merkt man kaum, dachte ich mir und war den Tränen nahe.

»Der wär beinah nicht angesprungen.«

»Glaubst des ned«, sagte Großmutter neben mir, an keinen Bestimmten adressiert, und schüttelte den Kopf. »Was machst denn wieder?«

»Ein Auto g'hört sich hin und wieder bewegt«, erklärte er uns mit ernster Miene.

Mich hätte jetzt mehr interessiert, weshalb er mich so dringend suchte, dass er mein Auto und die Metzgerei schrotten musste. Aber ich war so nah dran am Hyperventilieren und Ohnmächtigwerden, dass ich nichts beitragen konnte.

»Ich hab heut den ganzen Vormittag überlegt. Weil der sich da mit dem Schmid geschlagen hat, der ist mir damals schon so richtig bekannt vorgekommen. Des geht mir oft so. Dass ich die Leut' an der Stimme erst einmal nicht erkenn. Deswegen telefonier ich so ungern.«

Sein Hörgerät gab höchst seltsame Töne von sich, und er drehte sich von mir weg, um an dem Gerät herumzudrücken.

»Und?«, fragte ich und zwinkerte die Tränen aus den Augen. Wenn ich Glück hatte, konnte ich noch meine Handtasche aus dem Auto herausholen, mehr war bestimmt nicht zu retten.

»Weil so bekannt kommt dir doch keiner vor, den du ned kennst«, erklärte er mir. »Wenn ich g'wusst hätt, dass des wichtig ist, dann wär ich aufg'standen. Aber ich bin ja gelegen. Hab ich doch damals ned g'wusst, dass ich den identifizieren muss!«

Ich konnte eigentlich nur auf mein Auto starren. Vielleicht klingt es seltsam, aber mir war es gerade furchtbar egal, ob der Stangl den Mörder erkannt hatte oder nicht. Mein Herz schlug noch immer im Hals, und mein Blick schweifte zu den Frauen in der Metzgerei, die mit offenem Mund dastanden und schauten. Das wollte etwas heißen, wenn sechs Frauen schwiegen.

»Blödes Hörgerät«, schimpfte der Stangl und drehte so lange herum, bis es nicht mehr pfiff. »Des war der andere Tierarzt. Der von Unterbachenreuth drüben. Ich weiß zwar nicht, was der da g'macht hat mitten in der Nacht. Ich hätte des ja alles drinnen gemacht, des Gestreite und des Geschlage, und nicht ausgerechnet beim Komposthaufen, wo jeder zuhört.«

Das konnte man sich doch super zusammenreimen. Schließlich war drinnen die Ehefrau, die überhaupt keine Ahnung hatte, was der Schmid alles am Laufen oder nicht am Laufen hatte. Beim Komposthaufen war man schön unter sich, da nahm doch kein Mensch an, dass ein Stangl hinter den Thujen lag.

»Der Götz?«, bohrte ich nach. »Ehrlich?«

Dann hatte der Götz uns ganz schön angelogen. Von wegen er sei zu der Zeit beim Mossbauer gewesen und hätte Kühe zusammengeflickt. Und der Mossbauer hatte uns auch ganz schön angeschmiert, weil wenn das stimmte, dann hatte er seine Kuh als Alibi missbraucht. Aber woher kannte der Stangl denn den Götz? Der hatte schließlich überhaupt keine Haustiere und keinen Bedarf an Wurmmitteln.

»Kennen Sie den überhaupt?«, fragte ich misstrauisch. »Den Götz?«

»Ja freilich. Der ist doch hin und wieder da g'wesen bei den Schmids. Und die Schmidin hat mir öfter erzählt, was des für ein Gscher sei mit dem Götz und dass sie gar nicht mehr mit dem zam'arbeiten wollen.«

Ach was.

»Das hat sie Ihnen erzählt?«, bohrte ich nach.

»Ja. Aber wegen der Nachtdienste wär des halt schon g'schickt. Sonst hätte er jede Nacht rausgemusst, des hältst ja ned aus«, erklärte er mir mit vertraulich gesenkter Stimme. »Des viele Arbeiten, des hat ihn ja richtig kaputtgemacht, der hat ja nur noch g'soffen vor lauter Frust.«

Das war mir auch klar. Langsam tapperte der Stangl um seinen Audi herum und nahm den rechten Außenspiegel, den er unter anderem abrasiert hatte, in die Hand.

»Das neue Zeug taugt einfach nix«, empörte er sich.

Und erst mein Auto. Das hatte wirklich überhaupt nichts ausgehalten. Dass ihm das so gar nicht auffiel. Vielleicht deutet es nicht auf sittliche Reife hin, aber in diesem Moment hätte ich am liebsten einen kombinierten Wutschreikrampfanfall bekommen. Ich versuchte, mich auf das Gespräch zu konzentrieren.

»Der Schmid hat also mit dem Götz gestritten. Und der Götz ist so wütend geworden, dass er den Schmid geschlagen hat?«, wollte ich ungläubig wissen.

»Ja, wenn ich's dir sag.« Er sah mich begeistert an. »Des hat richtig g'scheppert!«

Er runzelte die Stirn, es war ihm jetzt wohl doch unangenehm, dass er sich derart am Leid der anderen aufgeilte. »Aber verübeln kann man ihm das nicht, dass er so zug'haut hat.« Er drehte erneut an seinem Hörgerät herum. »Weil der Schmid, der war richtig ausfällig. Den hätt ich gar nimmer gekannt, so hat der den Götz ang'schrien. Und Schimpfnamen, die kann ich gar ned wiederholen. Vor so einem Mäderl wie dir.«

Na toll. Ich war ein Mäderl.

»Da hätt ich ihm auch eine reing'haut«, behauptete der Stangl, was ich persönlich für ein Ding der Unmöglichkeit hielt.

»Der Götz hat den Schmid gehaut?«, mischte sich Großmutter ein. »Ja, wieso denn das?«

Der Stangl sah Großmutter interessiert an, vermutlich, weil es eine ganz neue Erfahrung war, zu hören, was andere sagten.

»Darüber hab ich auch die ganze Fahrt nachgedacht«, antwortete er stolz. Vermutlich hatte er aus diesem Grund auch in keinen anderen Gang schalten können. »Weil er hat nämlich noch rumgeschrien, von wegen ich versprech dir, dass du keine Freud' mehr hast und so Sachen. Ich bring dich um, du hundsmiserabliger Krippl, du hundsmiserabliger, wenn du ned dichthältst ...« Der Stangl sah sehr zufrieden aus.

»Er hat ›Ich bring dich um‹ gesagt?«, wiederholte ich irritiert. Das war eigentlich ein Indiz dafür, dass er den Schmid gerade nicht umgebracht hatte. So etwas sagte man zwar leicht, wenn man in Rage war, aber normalerweise setzte man das nicht in die Tat um.

»Dichthalten?«, fragte ich weiter. »Wie jetzt, dichthalten?«

»Na ja, die Gschäftln, die der Götz am Laufen hatte, da willst doch nicht, dass da jemand draufkommt. Deswegen hat der Schmid dichthalten sollen.«

»Welche Gschäftln?«

Der Stangl zuckte mit den Schultern. »Des hab ich mich auch g'fragt. Was man als Tierarzt für Gschäftln haben kann. Vielleicht Medikamente verscherbeln. An Leut', die nicht zum Arzt gehen wollen.«

Er warf den Außenspiegel auf den Beifahrersitz und sah mit gerunzelter Stirn auf sein rauchendes Auto.

»An Leute, die nicht zum Arzt gehen wollen?«

Wer wollte denn von einem Tierarzt Medikamente haben?

»Na, der Schmid hat doch auch immer die Medikamente für die Viecher selber g'nommen, damit er nicht zum Arzt muss. Und mir hat er auch was geben. So eine Pferdesalbe für meine Knie. Des hat mir richtig g'holfen. Oder Stullmisan.«

Ich starrte ihn an.

»Das kriegen die Ferkel, wenn's Durchfall haben und nix fressen wollen. Des hab ich ganz gern genommen.«

Ich kam aus dem Staunen nicht mehr heraus. Vielleicht war das aber auch der Schock.

»Das wird der Götz vielleicht im großen Stil gemacht haben.«

So ein Schmarrn. Durchfallmittel zu verticken war doch keine Straftat, über die man Stillschweigen bewahren musste.

»Vielleicht hätt ich ihm auch helfen sollen, dem Schmid. Aber bis ich mich halt aufrappel. In meinem Alter ist des alles nimmer so einfach.«

So betrachtet war das wirklich der Wahnsinn, dass der Stangl einfach wieder ins Bett gegangen war, während der Schmid da schwerverletzt auf dem Komposthaufen gelegen hatte.

»Wäre nicht schlecht gewesen«, bestätigte ich ihm und seufzte.

Hätte vielleicht schon gereicht, den Sanka zu rufen. Allerdings hatte der Toxikologe gesagt, dass die Dosis von Euthadorm so unglaublich hoch gewesen war, dass der Schmid sofort tot umgefallen sein musste. Da hätte ihm der Notarzt auch nichts genützt.

»Aber bis ich bei der Teppichstange war und mich hochgezogen hatte, war der Götz ja schon lang weg. Da hätte ich gar nicht mehr mitkämpfen können.«

Dass Leute in dem Alter sich immer für fünfzig Jahre jünger hielten, war echt ein Phänomen.

Aus einiger Entfernung hörte ich zwei Sirenen. Die eine war

sicher der Joe. Die zweite war vermutlich der Sanka oder die Feuerwehr, die mich aus dem Auto hätte herausschneiden können. Der Stangl stemmte die Hände in die Hüften und sah sich sein Auto an.

»Dass du auch so blöd geparkt hast«, sagte er. »Haben's dir des ned g'lernt in der Fahrstund'?«

Und dann heulte noch etwas Sirenenartiges los, das war die Monika Stangl, die bestimmt von der Metzgerin angerufen worden war und jetzt ihren Papa abholen durfte.

»Hab ich's nicht g'sagt?«, sprach der Stangl düster, und endlich wünschte auch ich mir, ich hätte ein Hörgerät, das ich ausschalten konnte.

Als ich wieder zu Hause war, hatte ich furchtbar schlechte Laune. Die gesamten Ratschkathln, die sich in der Metzgerei aufgehalten hatten, waren sich einig gewesen, dass der Stangl mir nur deswegen voll ins Auto gerauscht war, weil ich so furchtbar geparkt hatte. Als wäre das ein Grund, jemandem ungebremst ins Auto zu fahren. Und außerdem war die Glasscheibe der Metzgerei von der Stoßstange meines Autos zu Bruch gegangen und nicht etwa durch den Stanglschen Audi.

»Des Glas haben wir drin, seit wir des G'schäft hab'n«, hatte die Metzgerin bestimmt tausendmal erzählt.

Großmutter hatte sich aufs Zungenschnalzen verlegt, vermutlich, weil sie sich auf meine Seite stellen wollte, gleichzeitig Autofahren aber ganz blöd fand wegen der ganzen Abgase, aber nichts sagen konnte, weil sie sich gerne von mir herumkutschieren ließ. Klassischer Interessenkonflikt.

Der einzige Lichtblick war, dass Joe routiniert und mit angenehm wenig Worten seinen Job machte und Großmutter widerspruchslos mit mir mitging, als ich schließlich vollkommen entnervt das Weite suchte. Ich telefonierte im Gehen mit Max, erzählte ihm die ganze Geschichte vom Götz und natürlich auch das mit meinem Auto. Er versprach, mich abzuholen, sodass ich bei der Götzbefragung mit dabei sein konnte, und er hatte ausnahmsweise einen so netten Unterton, dass ich ihm gerne meine Liebe bekundet hätte, wenn nicht Großmutter bei mir eingehakt gegangen wäre.

Schon von Weitem sah ich, dass Maartens Fiat Punto vor unserem Gartentürl parkte. Er stand direkt neben seinem kleinen, aber feinen und unbeschädigten Auto und blickte uns entgegen. Resis Köter riss sich von der Leine los und gestand mir seine innige Liebe, indem er an mir hochsprang und mich fast zu Boden warf. Ich drückte gerade noch rechtzeitig das Gespräch mit Max weg. Großmutter erklärte Maarten mit wenigen Worten, was passiert war, und endete mit einem »So was hab i mei Ledda no ned g'sehn« und was die Metzgerin für eine »Zwiderwurzen« war, wenn ihr gerade die Scheibe vom Geschäft zu Bruch gegangen war.

Ich hatte auch mein Lebtag noch kein so schlimm kaputtes Auto gesehen, und ich hätte auch locker darauf verzichten können, dass meines so aussah. Schweigend ging ich hinter den beiden her ins Haus, während Großmutter Maarten ihre Meinung über den alten Stangl darlegte.

»Der ist ganz ein Wilder. Vor zwei Jahren war er im Krankenhaus, irgendwas mit der Prostata.«

»Jaja«, unterbrach ich sie von hinten. Das wollte doch jetzt keiner wissen.

»Und stell dir vor …«

»Ja«, unterbrach ich sie noch einmal. Tralalalala. Ich hasste diese Unterhaltungen.

»Der hatte ein Messer dabei.«

Abrupt blieb ich vor unserer Haustür stehen. Das war doch bestimmt nicht erlaubt, sich bewaffnet in ein Krankenhaus einliefern zu lassen.

»Und am zweiten Tag, nach der OP, da hat's ihm so gereicht von den ganzen Beuteln, da hat er das Messer genommen und einfach …« Sie machte eine Handbewegung, als würde sie etwas durchschneiden.

»Ehrlich?«, fragte Maarten fassungslos nach.

»Was jetzt. Die Krankenschwester?«, fragte ich atemlos. Das hatte ich ja noch nie gehört.

»Ach Schmarrn, hör doch mal g'scheit zu«, fuhr sie mir über den Mund. »Die Beuteln. Die ganzen Schläucheln.«

»Den Urinbeutel?«, vergewisserte ich mich. »Die hat er sich einfach vom Leib geschnitten, oder was?«

»Des hat er einfach durchg'schnitten, wennst weißt, was ich mein. Und dann ist er aufg'standen, raus'gangen und hat sich ein Taxi gerufen. Nicht einmal seinen Koffer hat er mitgenommen, alles einfach gelassen, wie's war. Die Beutel, die Schläucheln, den Koffer.«

Zufrieden ging sie an mir vorbei zur Haustür und sperrte auf.

»Und die Stangl Monika hat sich dann des Geschrei anhören müssen von den Krankenschwestern. Glaubst des?«

Das mit den Schläuchen erinnerte mich an unseren Polizisten Schorsch im Krankenhaus und dass er bestimmt eine gute Quelle wäre für allen möglichen nützlichen Dorftratsch. Vielleicht wusste der, weshalb sich der Schmid und der Götz gestritten hatten. Wegen der dubiosen Machenschaften vom Schmid, was der Götz schon einmal erwähnt hatte? Oder wegen der dubiosen Machenschaften vom Götz, von denen der Schmid Wind bekommen hatte?

Ich fiel kraftlos auf die Eckbank, hatte zittrige Knie und Herzrasen und wollte gar nicht mehr wissen, was mit welchem Tierarzt war. Jetzt konnte ich unmöglich bei wem auch immer einen Krankenhausbesuch machen. Großmutter motterte vor sich hin und machte mich mehrfach darauf aufmerksam, was alles hätte passieren können beim Unfall vom Stangl und mir. Und wieso denn die Metzgerin kein Sicherheitsglas im Fenster hatte. Da hupte vor unserem Gartentürl der Max.

Keiner sollte von mir sagen können, dass ich voreingenommen war, nur weil der Stangl mir wegen dem blöden Götz ins Auto gerauscht war. Aber gewisse Antipathien hegte ich durchaus, besonders, weil der Götz sich standhaft weigerte, seine Schuld einzugestehen. So hätte es wenigstens einen Sinn gehabt, das kaputte Auto.

»Ich war bei ihm, das gebe ich gerne zu«, sagte er gerade weinerlich.

Was hieß hier gerne? Gestern noch hatte er überhaupt nichts gerne zugegeben.

»Er hatte mich angerufen, hat gesagt, er müsse dringend mit mir reden und ich solle umgehend zu ihm kommen. Hat mich nicht einmal in die Wohnung gelassen, sondern gleich nach draußen gezogen.«

»In der Unterwäsche?«, fragte ich mit ironischem Tonfall. Na klar.

Max warf mir einen warnenden Blick zu. Ich durfte nämlich nicht mitbefragen, das hatte er mir auf der Hinfahrt im Auto eingebläut.

»Nein, nicht in der Unterwäsche. Er war ganz normal angezogen, Jeans und Pulli. Und Jacke.«

Außerdem war ich ganz furchtbar enttäuscht über die ganze Befragungssituation. Ich hatte mir einen stockdunklen Raum vorgestellt mit einem Scheinwerfer, der den Götz blendete. Keine Ahnung, wieso ich ständig an Marathon Man mit Dustin Hoffman denken musste. Gut für den Götz, dass mir kein Zahnarztbohrer zur Verfügung stand ...

»Und dann hat er sich beim Komposthaufen ausgezogen während des Streits, oder wie?«, konnte ich nicht an mich halten.

»Mein Job«, flüsterte Max mir mit finsterer Miene zu.

Na ja, aber das waren alles berechtigte Fragen, die zu stellen er offensichtlich nicht in der Lage war!

»Nein, nein.« Der Götz begann zu stottern und rot anzulaufen. »Es ... Okay. Wir haben gestritten, aber er hat sich nicht ausgezogen. Wirklich nicht.«

Weil Max schon ziemlich ärgerlich war, biss ich mir auf die Zunge, und Max fragte seelenruhig: »Worum ging es bei dem Streit?«

Der Götz trommelte nervös mit den Fingern auf die Tischplatte, dabei warf er mir hin und wieder einen vorsichtigen Blick zu. Anscheinend hatte er vor mir mehr Angst als vor Max. Zufrieden lehnte ich mich zurück und verschränkte die Arme vor der Brust. Der sollte ruhig zittern – ich musste nur an mein Auto denken, und die Wut kochte in mir hoch.

»Um die Sache mit der Kuh ging es«, sagte er. »Dass ich nicht erreichbar war, obwohl es der Abend war, an dem ich Dienst gehabt hätte. Er hat mir unterstellt, dass ich das absichtlich mache.«

Die Stanglsche Schilderung hatte da aber ganz anders geklungen. Ich kniff die Augen zusammen und kämpfte gegen den Drang an, mit neuen Anschuldigungen herauszuplatzen.

»Im Nachbarsgarten wurde ein Fläschchen T61 gefunden«, erzählte Max. »Und eine Spritze. Auf beiden haben wir Fingerabdrücke gefunden. Ihre Fingerabdrücke.«

Das hatte er mir ja noch gar nicht erzählt!

»Von mir? Fingerabdrücke?«, fragte der Tierarzt fassungslos.

Oje. Das hörte sich ja jetzt gar nicht gut für ihn an.

»Das kann nicht sein. Ich war ... in welchem Garten denn? Der einzige Garten, in dem ich war, war der vom Schmid. Ich habe doch gar keinen Grund, in irgendwelchen Gärten ... Und er ist ...« Er geriet jetzt ins Stottern. »Ist er an T61 gestorben?«

Max antwortete nicht. »Wie erklären Sie sich, dass dieses Fläschchen dort lag?«

Der Götz sah von mir zu Max, dann wieder zu mir. »Keine Ahnung. Ich habe wirklich überhaupt keine Ahnung, wieso das dort gelegen ist. Ich war noch nie in irgendeinem Nachbarsgarten, ich bin durch das Gartentürl in den Garten der Schmids, ich habe geklingelt, dann ist der Schmid mit mir hinters Haus gegangen, und dann bin ich wieder ... durch das Gartentürl nach draußen zu meinem Auto. Da hat er noch gelebt. Ich schwöre.«

Max zuckte mit den Schultern. »Ich habe dieses Fläschchen und diese Spritze. Irgendwie muss das ja dahin gekommen sein.«

»Er war irgendwie komplett verändert!«, erklärte der Götz,

während sein Kehlkopf schon wieder wild auf- und abhüpfte. »Ich kannte den gar nicht so. Richtig aggressiv, vom ersten Moment an. Sonst war er immer ganz ein ruhiger und besonnener Mensch, mit dem man vernünftig über alles hat reden können. Aber dieses Mal, da hat er es richtig drauf angelegt, mit mir zu streiten.«

Ich hob etwas spöttisch eine Augenbraue.

»Ich dachte, dass er ... also, ich hatte wirklich den Eindruck, als hätte er Drogen genommen«, sagte er schließlich an mich gerichtet. »Weil er direkt wesensverändert war. Wenn Sie verstehen, was ich meine.«

»Wesensverändert«, wiederholte ich und fing mir den nächsten unwilligen Blick von Max ein. So ein Schmarrn. Wenn er Drogen genommen hätte, dann hätte das dieser Toxikologe aus München herausbekommen. Der Schmid hatte weder getrunken noch sonst irgendetwas eingeworfen.

»Und deswegen hat er sich auch ausgezogen. Weil er so wesensverändert war?«, fragte ich betont freundlich nach und ignorierte Max einfach. Schließlich war mir heute das Auto geschrottet worden, da durfte ich doch wenigstens dem Hauptverdächtigen, der auch noch an dem Unfall schuld war, mal meine Meinung geigen.

»Er hat sich nicht ausgezogen«, verteidigte er sich. »Ehrlich. Als ich gegangen bin, war der Schmid angezogen, und ...«

»Und hatte eine gebrochene Nase?«, fragte ich.

Der Götz war schon ganz atemlos. »Okay. Ja. Also ja. Ich habe zugeschlagen. Aber doch nur ... wegen des Funklochs.«

Max lehnte sich zurück und sah mich böse an.

»Sie haben wegen des Funklochs zugeschlagen?«, fragte ich an seiner statt.

»Manchmal schalte ich auch aus. Aber dieses neue Handy hat einen ganz schlechten Empfang, und an dem Abend, da muss ich irgendwie in einem ...«

»So ein Schmarrn«, giftete ich. »Wegen eines Funklochs verliert man aber nicht die Approbation!«

Ich wusste jetzt schon, dass ich ganz massiv Ärger mit Max bekommen würde und nie, nie wieder bei irgendwelchen Befragungen würde mitmachen dürfen, wenn ich mich nicht sofort ganz massiv am Riemen riss.

Ich lehnte mich nach vorne und hoffte, dass meine Augen so feurig waren wie meine Stimmung: »Der Schmid hätte Sie wegen so einer Unterhaltung niemals zum Komposthaufen bestellt. Die hätte er garantiert mit Unterstützung seiner Gattin geführt.«

Oder die Gattin hätte das ganz alleine gemacht. So wie ich sie kannte, wäre dann der Götz mit gebrochener Nase aus der Unterhaltung herausgekommen.

Der Götz sagte gar nichts.

»Ich habe drei Zeugen«, erklärte ich ihm und wurde nicht einmal rot bei dieser Fastlüge. Immerhin hatten beide Gansbühlers den Streit gehört, wenn auch nicht, worum es dabei gegangen war. Und der Stangl hörte zwar schlecht, aber ein paar Sachen hatte er wegen des Gebrülls ja doch mehr schlecht als recht verstanden.

»Drei«, wiederholte ich zufrieden, lehnte mich zurück und lächelte den Götz an.

Mein Auto war kaputt, Max war auf mich sauer, aber dieses Gespräch entschädigte mich für alles, was ich in den letzten Tagen erlebt hatte.

»Ich wünsche meinen Anwalt zu sprechen«, sagte der Götz.

Da mich Max wegen meiner vorlauten Lippe bei weiteren Vernehmungen nicht dabeihaben wollte, saß ich am nächsten Morgen schlecht gelaunt in der Küche und wollte meine autofreie Zeit zur Recherche im Internet nutzen. Mit einer riesigen Dosis Morgenkaffee versuchte ich eine Weile höchst unproduktiv an meinem Gesundheitsartikel zu arbeiten, bei meinem zweiten Kaffee dachte ich eine Weile über das blöde Alibi vom Mossbauer nach. Denn wenn der Götz um zehn Uhr am Komposthaufen gestanden hatte, dann war er sicher nicht beim Mossbauer gewesen, um dort irgendwelche Kühe zusammenzuflicken.

Wieso sollte der Mossbauer lügen? Dafür gab es meines Erachtens nur einen einzigen plausiblen Grund, nämlich, dass er mit dem Götz unter einer Decke steckte.

Es war momentan nicht mehr als ein Gefühl, dass hier etwas nicht mit rechten Dingen zuging. Und dieses Gefühl sagte mir, dass, wenn etwas dubios war, dann dieses versperrte Kammerl beim Mossbauer. Eine Weile schloss ich meine Augen und versuchte mir die Säcke und Eimer in diesem Raum vorzustellen. Gerhamox war auf diesen großen Säcken gestanden. Oder so ähnlich jedenfalls. Mit dem »hamox« war ich mir hundertprozentig sicher. Als Gerhamox keinen Treffer gab, gab ich noch Gelhamox ein und Gevhamox und noch ein paar andere Buchstabenkombinationen, aber keines der Wörter lieferte einen Treffer. Ich begann an meinem Gedächtnis zu zweifeln.

Vielleicht sollte ich noch einmal beim Mossbauer vorbeifahren und mich noch einmal vergewissern, dass das Zeug wirklich so hieß. Einen Sack ein wenig öffnen, um zu sehen, was drin war. Und dann erst Max informieren, wenn er hoffentlich das Sexgerede vergessen hatte und die Sache, wieso ich damals mit Anneliese im Schmidschen Garten herumgelatscht war. Wieder verfluchte ich meinen autofreien Zustand und starrte böse auf mein leeres Postfach und meinen unfertigen Gesundheitsartikel.

Großmutter kam in die Küche und murmelte etwas vor sich hin, das die Wörter »Saustall«, »keine Ordnung« und »Lisa« in einen Zusammenhang brachte, der mich im Moment nicht weiter interessierte. Immerhin hielt sie es nicht auf einem Post-it-Zettel fest und klebte ihn mir an die Stirn. Ich suchte nach Joes Nummer in meinem Handy. Da Max nicht erreichbar war, wollte ich es mit Joe durchsprechen.

Im nächsten Moment klingelte es stürmisch. Mein Hund bellte, als würde eine Horde Krimineller vor unserer Haustür stehen. Meine Großmutter fand das anscheinend nicht, denn sie öffnete, ohne zu fragen, die Haustür. Anneliese stürmte herein.

»Lisa. Ich müsste an deinen Laptop.«

»Wieso?«, fragte ich misstrauisch.

»Unser Internet. Geht grad nicht«, sagte sie böse, als wäre ich dran schuld. »Dafür geb ich dir auch einen Tipp.«

»Einen Tipp«, wiederholte ich und kniff die Augen zusammen. Wenn das mal keine gute Nachricht war. »Ich darf mir aber aussuchen, zu welchem Thema ich diesen Tipp haben möchte.«

»Nein«, sagte Anneliese sehr bestimmt und kniff auch die Augen zusammen.

»Du ermittelst für die Schmidin, ja oder nein?«

Und wessen Idee war es, dass du Spurensicherung spielst und Spritzen suchst?

Anneliese sah aus, als würde sie »Du kannst mich mal« denken. »Okay. Mein Tipp: Die Sache ist die, der Schmid hatte keine Freundin.«

Ich fragte mich, ob mir diese Aussage genügte, um ihr meinen Laptop über den Küchentisch zu schieben.

»Und woher weißt du das?«

»Das hat der Kreiter der Kreiterin erzählt, und die Kreiterin hat's der Metzgerin g'sagt, und die hat's heut in der Früh der Rosl g'steckt.«

Ah ja.

»Wusste ich schon«, log ich. Das war ja ein selten blöder Tipp. »Außerdem war der Schmid richtig krank. Der hätt gar keine Freundin brauchen können«, weitete sie ihren Tipp nun doch noch aus.

»Krank«, echote ich.

»Ja, irgendwas mit der Bieselei. Der Kreiter hat der Kreiterin g'sagt …«

Ja, ja, und die der Metzgerin und die vermutlich dem halben Universum.

»… dass er extra beim Urologen in der Stadt war, weil's gar ned besser g'worden ist.«

Sie sah mich auffordernd an. Dies war wohl der Moment, ihr meinen Laptop anzubieten.

»Und deswegen hatte er keine Freundin?«, fragte ich nach. »Wegen dieses urologischen Problems?«

»So genau weiß ich des auch nicht. Aber wer will denn dann schon ...« Sie pfiff durch die Zähne, als würde der Sex solche Geräusche machen, »wenn's sakrisch wehtut.«

»Echt. Der hatte da Schmerzen?«

»Wieso sollt' er sonst zu einem richtigen Urologen gehen? Er hätte doch auch Tiermedikamente einwerfen können wie üblich«, stellte Anneliese überraschend einleuchtend fest. »Darf ich jetzt ins Internet?«

»Aber was hatte er denn? Syphilis?«, bohrte ich weiter. Das war jetzt meine Gelegenheit, alles aus Anneliese herauszukitzeln.

»Ach Schmarrn. Eine Hodenentzündung hat er g'habt. Das ist immer wiedergekommen, des hat der gar ned in Griff kriegt.«

Aber vor der Hodenentzündung hätte er eine Freundin haben können. Oder mehrere.

»Und deswegen wollte er das auch nicht mehr mit dem Swingen«, behauptete Anneliese. »Der hat gedacht, das ist die Strafe des Herrn.«

»Was? Dass er eine Hodenentzündung bekommt, weil er vorhatte, in einen Swingerklub zu investieren?«

Als hätte der liebe Herrgott nix Besseres zu tun, als jedem die Pest und die Cholera an den Hals zu wünschen. Da hätte er viel zu tun. Außerdem hörte sich das mit der Strafe des Herrn eher wie eine Meinung von der Rosl an.

»Ja. Er hätt ja bestimmt nicht nur sein Geld investiert. A bisserl ...«, wieder pfiff sie durch die Zähne, »... so was hätte er bestimmt auch gemacht.«

Auszuschließen war das nicht.

»Okay«, gab ich nach und schob ihr den Laptop über den Tisch. »Aber googel keine komischen Sachen, das habe ich dann in der Chronik bis zum Sankt Nimmerleinstag, und wenn dann die Kripo kommt und ermittelt ...«

Großmutter und Anneliese sahen mich total erstaunt an.

»Scherz«, sagte ich schlecht gelaunt. »Was musst du denn im Internet für dringende Dinge erledigen?«

Großmutter schnalzte nur mit der Zunge und ging aus der Küche.

»Mein Forum«, erklärte Anneliese knapp. »Und dann noch a bisserl Facebook.«

»Mein Forum«, wiederholte ich.

»Mein Schwangerenforum«, erklärte sie. »Bist du in keinem?«

»Ich bin nicht schwanger«, erklärte ich ernst.

Sie grinste. »Es gibt doch auch andere Foren. Kleidung. Haushalt. Clever einkaufen. Partnerschaft. Da findest bestimmt was.«

Vielleicht sollte ich das dem Stangl ans Herz legen. Dann hätte er was anderes zu tun, als ständig im Garten herumzuliegen.

»Das bin ich«, sagte sie und zeigte auf einen Beitrag, geschrieben von einer Anneliesemeier.

»Das ist dein Nickname?«, wollte ich fassungslos wissen.

»Hm«, machte sie nur und begann zu tippen.

»Anneliese«, sagte ich. »Hey. Das ist kein Nickname. Du heißt so.«

»Ich weiß«, sagte sie und kicherte über etwas, das sie gerade las.

»Du kannst doch nicht deinen richtigen Namen als Nickname hernehmen«, beharrte ich, obwohl sie mich nicht beachtete.

Da bekam ich ja spontan Zahnweh.

»Als Nickname musst du doch was nehmen, wo keiner weiß, dass du es bist.«

Sie klickte wortlos weiter.

»Wie zum Beispiel TurbomamaXXL oder so.«

Ich fand das sehr bedenklich. Noch dazu war ihr Passwort ähnlich frei von jeglicher Kreativität – der Name ihrer Tochter Sabine.

Sie sah nicht auf, als sie sagte: »Ach Schmarrn, wer interessiert sich denn dafür? Ich weiß gar nicht, wieso du dich der modernen Technik so verschließt.«

Ich seufzte.

»Auch der Schorsch macht da mit.«

»In deinem Schwangerenforum?«, ärgerte ich sie.

»Der ist bei Facebook. Dem kannst da persönliche Nachrichten schreiben, die beantwortet er dir dann.«

»Der Schorsch ist im Krankenhaus«, muffelte ich schlecht gelaunt. Ich hatte keine Lust, dem Schorsch persönliche Nachrichten zu schicken und Details über seinen Trümmerbruch zu erfahren.

»Der schreibt sogar vom Krankenhaus aus. Und der hätte dir das auch mit dem Schmid sagen können. Wennst dich bisserl geschickter angestellt hättest.« Sie sah auf und grinste breit. »Aber jetzt ist er meine Quelle.«

Na toll, Schorsch, die Quelle von Honey West.

»Und was hat der Schorsch für einen Nicknamen? Schorsch-Spreitzer oder wie?«

»Nein, der nennt sich Bulle007.«

Wie originell. Deswegen hatte ich ihn auf Facebook nie gefunden.

»Dann weiß wenigstens nicht gleich jeder, wer er ist«, sagte ich.

Sie zuckte mit den Schultern. »Des, was ich schreib, darf eh jeder wissen«, erklärte sie, und ich nahm das zum Anlass, gleich mitzulesen:

»Hey zusammen,

mir geht's auch so lala. Heute Morgen mal wieder erbrochen und dann dieses ewige Ziehen im Bauch. Langsam müsste das doch mit der Übelkeit besser werden. Ich muss noch drei Wochen bis zum nächsten FA-Termin warten! Eigentlich wollte ich einen neuen Arzttermin ausmachen, aber das zahlt vermutlich die Kasse nicht, was meint ihr?

Anneliesemeier, 20. SSW

Anneliese. Die hatte echt Nerven, schrieb unter ihrem echten Namen Beiträge in einem Schwangerenforum. Und erzählte dann auch noch, dass sie kotzt. Wenn das nicht abgefahren war.

»Und der Schorsch, der schreibt auch rein, wann er kotzen muss?«, wollte ich wissen.

Anneliese musste lachen. »Der kotzt doch nicht. Aber kannst ihn ja fragen über Facebook.«

Eigentlich fand ich es viel toller, dass ich mich neuerdings mit dem Joe austauschen konnte, und hätte liebend gerne auf den Schorsch verzichtet. Aber so wie es aussah, führte momentan kein Weg an ihm vorbei.

»Aber ich glaub nicht, dass er dir noch weitere Informationen zur Verfügung stellt. Schließlich ist er jetzt mein Informant.« Anneliese scrollte mit dem Cursor nach unten. »Des mit meinem Forum, des brauch ich halt. Ich kann ja mit sonst niemandem da drüber reden.« Sie sah mich von der Seite an. »Dich interessiert des doch alles ned.«

Wie wahr. Das mit der Kotzerei hatte ich echt noch nie so genau wissen wollen.

Nachdem Anneliese fertig gepostet hatte, war sie auch schon wieder sehr in Eile. Sie packte zusammen, und ich sah ihr nach, wie sie schwungvoll durch unseren Vorgarten schritt. Ein bisschen mit Neid, zugegeben, weil sie so zuversichtlich war, dass sie ihre Arbeit gut erledigte.

Ich schenkte mir Kaffee nach und beobachtete durch das Küchenfenster, was draußen passierte. Maarten parkte gerade auf der Straße. Großmutter öffnete die Haustüre, damit der arme Bub nicht so lange in der Kälte frieren musste.

»Jetzt fährt mich der Martin zur Reisingerin«, sagte sie vorwurfsvoll in meine Richtung, während Resis Hund wie ein Wirbelsturm durch unsere Küche fegte, alle begrüßte, die anwesend waren, und sich danach ein wenig mit meinem Hund verbiss.

»Kannst du mir danach dein Auto leihen?«, fragte ich Maarten, der sofort von Großmutter mit Kaffee und geschmierten

Marmeladenbroten versorgt wurde, damit er überhaupt die lange Autofahrt überlebte, die jetzt anstand.

»Wenn du anständig parkst«, grinste er, während er sich neben mich auf die Eckbank warf.

»Du darfst dir einen aussuchen«, erwiderte ich mürrisch, weil ich bezüglich meines Schrottautos noch gewisse Empfindlichkeiten hatte, und zeigte ihm alle Finger meiner rechten Hand.

»Kannst du in der Zeit Resis Hund übernehmen? Den kann ich nicht mit ins Krankenhaus nehmen.«

Ich sackte auf der Eckbank zusammen. Bei dem Gedanken, mit beiden Hunden spazieren gehen zu müssen, brach bei mir sofort der Kreislauf ein.

»Klar«, antwortete ich mürrisch.

»Was läuft denn so bei den Ermittlungen?«, fragte Maarten, der meinen körperlichen Zustand darauf zurückzuführen schien.

Alles war höchst seltsam bei den Ermittlungen, und ich blickte nicht durch. Obwohl ich mir das so fest vorgenommen hatte. Aber das konnte ich Maarten leider so nicht sagen, obwohl ich ihm höllisch dankbar war, dass er es fertiggebracht hatte, diese Flut von Großmutters Post-it-Zetteln einzudämmen.

»Der Stangl ist jetzt von weiteren Befragungen befreit von seinem Hausarzt«, erzählte ich.

»Ja, weil er so ein Kriegstrauma hat«, bestätigte Großmutter. »Der kriegt Herzrasen in der Nacht von dem Schmarrn.«

Armer Max.

»Sagt dir der Name ›Gerhamox‹ irgendetwas?« Ich nahm mir eines der geschmierten Marmeladenbrote.

»Da war mal eine, die hat Gerhardinger geheißen, und die ist seliggesprochen worden.« Großmutter bestrich eine weitere Scheibe Brot mit Butter, damit der arme Maarten nicht vom Fleisch fiel. »Aus irgendeinem Orden.«

»Ich habe mal ein Medikament verschrieben gekriegt, weil

ich Mittelohrentzündung hatte. Das hat so ähnlich geheißen«, sagte Maarten. »Amoxyirgendwas.«

Gerhamox. Amoxyirgendwas.

»Wie finde ich das heraus, was das für ein Medikament sein könnte?«

»Da gibt es doch eine rote Liste«, sagte Maarten mit vollem Mund.

Aber es konnte eigentlich kein Medikament sein – das waren riesige Säcke gewesen. Wie Futtersäcke für Getreide. Medikamente füllte man doch nicht in Säcke ab. Ich seufzte ermattet, weil mir siedend heiß einfiel, dass ich darüber eigentlich gar nicht reden durfte.

»Aber nach eurem Krankenbesuch kannst du mir dein Auto leihen?«, fragte ich. Ich musste dringend noch einmal zu dem Mossbauer und nachsehen, ob ich mir den richtigen Namen gemerkt hatte.

»Ich kann mir aber kein neues Auto leisten«, sagte Maarten und nahm noch einen großen Schluck Kaffee.

»Ich habe noch nie einen Unfall gebaut«, erklärte ich mürrisch.

»Jetzt gib halt a Ruh' und lass den Martin mich zur Reisingerin fahren. Sonst heißt's wieder, ich kümmer mich nicht.«

»Du bist sechsundachtzig, Oma«, erklärte ich grummelig. »Du kannst dich doch nicht auch noch um die Reisingerin kümmern.«

Der Nebel hing dicht in den Bäumen, und genauso zäh waberte er in meinem Kopf und meinem Gemüt. Da es ein Weilchen dauern würde, bis ich das Auto bekäme, setzte ich mich erneut vor meinen Laptop und vergeudete meine Zeit mit sinnlosem Googeln. Danach nahm ich mir ein Herz und brach zu einem Spaziergang mit den Hunden auf. Weil ich größte Mühe damit hatte, mich nicht von den Hunden in der Mitte zerreißen zu lassen, bemerkte ich den kleinen Menschenauflauf erst, als ich mitten in die Menge hineinlief.

»Riechst des auch?«, wollte die Rosl neben mir wissen.

Ich schnupperte zaghaft, konnte aber nichts Verdächtiges riechen. Vielleicht ein bisschen Mottenkugeln und Lavendel, wonach die Rosl gerne einmal roch, wenn sie ihren Sommermantel gegen den Wintermantel austauschte. Nur die beiden Hunde rochen anscheinend eine ganze Menge, denn sie zerrten energisch an der Leine.

»Musst näher hingehen«, flüsterte sie. »Die Polizei ist gleich da. Hab schon ang'rufen. Aber des is a längere G'schicht. Da reicht die Polizei gar ned aus!«

Obwohl ich ganz offensichtlich keine Lust hatte, zog sie mich am Jackenärmel näher an das Haus, vor dem sie alle standen.

Resis Haus, stellte ich fest, und ich hätte am liebsten laut gestöhnt. Kein Wunder, dass Resis Hund da unbedingt hinwollte.

»Die Resi ist doch gar nicht da«, erklärte ich ihr. »Die hat einmal nachgeschaut, ob alles in Ordnung ist, und ist dann wieder gefahren.«

Die Rosl nickte begeistert, denn genauso gut hätte die Resi noch vor der Abfahrt ermordet worden sein können. Tot und verwest in der eigenen Wohnung.

Neben uns hielt ein alter Fiat Punto, und Maarten steckte den Kopf heraus: »Und, was steht an? Wolltest du nicht irgendwohin fahren?«

»Gleich. Ich muss noch dringend diesen Polizeieinsatz mitkriegen.« Resis Hund flippte fast aus vor Begeisterung, entweder weil er Hundefutter im Haus vermutete oder irgendetwas extrem Gammeliges, das es zu vertilgen galt. Aber wer wusste schon, was man da journalistisch draus machen konnte. »Die Resi liegt angeblich nach ihrer Blumengießaktion letzte Woche in ihrem Haus und verfault«, erklärte ich ihm, und die Rosl drehte sich mit einem verächtlichen »Ah, geh weiter« von mir weg und gesellte sich zu den anderen Ratschkathln, die keine derartigen Ungeheuerlichkeiten von sich gaben.

»Geh weiter?«, wollte Maarten wissen.

»Das heißt nicht, dass du weitergehen sollst«, erklärte ich

möglichst ernsthaft und ruckte einmal heftig an beiden Leinen. »Die Rosl wollte damit sagen ›Das glaubst du doch selbst nicht‹. Sitz. Platz. Aus«, fauchte ich weiter, diesmal an die Hunde gerichtet.

Ich öffnete die Beifahrertür vom Fiat Punto und drückte die zwei Hunde hinein.

»Gleich kommt die Polizei, die Feuerwehr, der Sanka und der Notarzt«, zählte ich auf. »Wenn du was G'scheits erleben willst, dann bleib da.«

Besonders weil ich dann als Held des Dorfes in dieses Haus gehen und den gammeligen Müll raustragen würde.

»Die kann doch nicht tot sein«, sagte Maarten fassungslos. »Ich habe sie vor drei Wochen noch putzmunter gesehen.«

»Bevor sie sich beim Blumengießen so den Kopf angestoßen hat, dass sie verstorben und verfault ist«, erklärte ich ihm und verdrehte die Augen. »Es könnte natürlich auch der Serienmörder sein, der auch den Schmid auf dem Gewissen hat. Und vielleicht liegt sogar die Reisingerin drinnen, meint jedenfalls die Annl.«

»Die Reisingerin liegt im Krankenhaus«, erklärte mir Maarten ernsthaft. Mit zerlaserten Gallensteinen, jaja, aber es hätte auch ein Serienmörder sein können. »Meinst du, die Hunde zerlegen mir das Auto?«

»Schmarrn«, widersprach ich ihm, aber Maarten ließ sich nicht davon überzeugen, sein Auto kampflos den Hunden zu überlassen.

Dann kamen wie versprochen die Polizei in Form von Joe, zwei Sanitäter, ein Notarzt und die freiwillige Feuerwehr mit den Vertretern Kreiter, Schmalzl und Loisl.

»Wenn da nix fault, dann weiß ich auch ned«, sagte der Kreiter fachmännisch, als wir uns alle vor der Wohnungstür versammelt hatten.

»Wir dürfen eh nicht aufmachen«, erklärte der Schmalzl mit den Mundwinkeln ungefähr drei Zentimeter unter dem Kinn. »Weil da ist doch keine Gefahr im Verzug.«

Joe sah etwas hilflos von mir zum Schmalzl. Jetzt müsste er auf den Tisch hauen und dem Schmalzl zeigen, wo der Bartl den Most holt. Stattdessen räusperte er sich unentschlossen, vermutlich weil er es auch nicht als Aufgabe der Polizei sah, gammelnden Müll zu entsorgen.

»Also, wenn da keine Gefahr im Verzug ist, weiß ich auch nicht«, sagte ich an seiner Stelle energisch. »Das riecht man doch, dass da ganz massiv Gefahr im Verzug ist.«

»Da riechst, dass da was fault«, erklärte mir der Kreiter mit einem Seitenblick auf Joe. Anscheinend war er auch der Meinung, dass Joe ein Gangster war, und Gangstern wurde in unserem Dorf grundsätzlich nicht geholfen. »Und des kann da auch noch zwei Stunden weiterfaulen.«

Da hatte er auch wieder recht, aber ich fühlte mich verpflichtet, dem Joe beizustehen. Außerdem wollte ich jetzt auch wissen, was die Resi vergessen hatte, in den Müll zu werfen.

»Vielleicht kann man sie ja noch retten. Und dann seid ihr schuld, wenn wir noch zwei Stunden warten, bis der Schlüsseldienst da und sie tot ist«, sagte ich besserwisserisch.

»Soll ich die Tür eintreten?«, wollte ich noch wissen. Also nicht, dass ich das gekonnt hätte, aber vielleicht hatte dann der Kreiter ein Einsehen.

Die Männer stöhnten kollektiv über meine Unkenntnis, und der Kreiter ließ seinen Akkuschrauber aufheulen.

»Geht's weg. Dann mach ma's halt«, sagte er betont grantig.

Der Kreiter war echt fix. Wir standen alle andächtig daneben, dann öffnete er die Tür und stemmte die freie Hand auf die Hüfte.

»Mi leckst«, sagte der Schmalzl und trat einen Schritt zurück. »Des ist ein G'schmackl.«

»No servus«, steuerte der Loisl bei. Dann gingen die Sanitäter und der Notarzt angewidert in die Wohnung, und ich drückte mich einfach an den anderen Männern vorbei.

Resi hatte das Haus vor etlichen Jahren von einer alleinstehenden Tante übernommen. Sie hatte nämlich irrsinnig viele alleinstehende Tanten, weil ihre Mutter fünfzehn Geschwister hatte und davon bestimmt zwölf »einschichtige« Schwestern. Deshalb war die Einrichtung auch nicht ganz up to date, also in etwa so wie in unserem Haus. Blümchentapeten im Flur und Fünfzigerjahre-Garderobenhaken. Ich spitzte ins Wohnzimmer – nicht weil der Gestank daher kam, sondern weil ich mich nur vergewissern wollte, dass da die gleiche Eichenholzschrankwand wie bei Anneliese stand und das gleiche braune Breitkordsofa. Und noch ein waschechtes Hirschgeweih, da fehlten einem echt die Worte! Dann bog ich in die Küche ein, in der die Sanitäter schon standen, schweigend, mit angehaltenem Atem. Mir verschlug es von der Einrichtung auch total den Atem, die Tapete war mindestens vierzig Jahre alt – braun mit riesigen stilisierten Blumen in gelb und orange, die ein klein bisschen an Prilblumen erinnerten. Über dem Küchentisch hing eine Lampe in Knallorange mit Ellipsen, die in verschiedenen Abstufungen braun, orangefarben und gelb waren. Hier stank es so bestialisch, dass jeder Mensch mit normal entwickeltem Geruchssinn in Ohnmacht gefallen wäre. Als der erste Sanitäter mit grünlichem Gesicht aus der Küche stürzte, fand ich die Reaktion auf die Einrichtung ein bisschen überzogen. Resi stand ganz offensichtlich auf Retro-Schick. Oder hatte keine Lust, die Küche zu renovieren. Die Resi hat ein Taxi zum Bahnhof bestellt, schon vor einiger Zeit, wollte ich dem anderen Sanitäter sagen. Dann sah ich neben dem Küchentisch Beine am Boden in dunkelbraunen Cordhosen.

»Wer soll denn des gewesen sein?«, wollte die Rosl wissen. »Wenn's gar ned die Resi ist?«

Umgedreht hatte ich die Leiche ja nicht, aber dass dort nicht die Resi lag, war schon auf den ersten Blick klar gewesen. Denn rein vom »Anschauen« sah sie aus wie ein älterer Mann. Außerdem hatte ich wirklich Gas gegeben und schleunigst die Wohnung verlassen. Schließlich wollte ich mich a) nicht übergeben und b) auf keinen Fall als diejenige dastehen, die die Leiche gefunden hatte. Und c) wollte ich mein Leichenrepertoire nicht noch um eine Leiche erweitern, deren Haut schon grün-schwarz und aufgebläht war.

»Dann war's ihr Papa«, erklärte die Kreszenz mit glühenden Augen. »Wenn ich's euch sag, den hab ich schon ewig nimmer g'sehen.«

»Weil dem hat sie ang'schafft, dass er nachschaut«, stimmte die Annl zu. »Der hat auch den Schlüssel.«

»Und der hat bestimmt die Blumen gegossen«, stimmte die Rosl zu.

»Gut, dass ich gesagt hab, dass ich keine Zeit hab«, sagte die Annl. »Sonst würd jetzt ich da drin liegen und faulen. Wennst dir des vorstellst.«

»Und dann hat der Serienkiller zugeschlagen«, bestätigte die Rosl der Annl ihre Urängste.

In meinem Kopf brummten ganz grässliche Kopfschmerzen.

»Oder?«, wollten sie meine fachmännische Meinung wissen. »Hat der so ausgesehen, als hätte er die Blumen gegossen?«

Woher sollte ich das wissen? Er hatte so ausgesehen, als wäre er zu lange tot in der Küche gelegen. Wenn es tatsächlich Resis Vater war, dann war er allerdings sehr wahrscheinlich eines natürlichen Todes gestorben, der war nämlich schon fast achtzig. Da konnte man beim Blumengießen auch sterben, wenn gar kein Serienmörder anwesend war.

»Nicht einmal im eigenen Haus bist sicher!«, beschwerte sich die Rosl. »Da gehst ganz harmlos zum Blumengießen, und schon wirst ermordet! Da müsst die Polizei schon was machen.«

»Vielleicht hatte er ja einen Herzkasperl«, wandte die Kathl nüchtern ein. Dann kam der Joe aus dem Haus. Grün im Gesicht, weil er anscheinend Leichen, die ein paar Tage alt waren, auch nicht so schnell wegsteckte. Hinter ihm folgte der Notarzt mit ähnlich missmutiger Miene.

»Ist des der Papa von der Resi?«, wollten drei Frauen gleichzeitig wissen. Joe ging einfach weiter zum Polizeiauto, als hätte er nichts gehört.

»Eine Leiche ist kein Notfallpatient«, sagte der Notarzt giftig, ebenfalls die ganzen Weiber ignorierend. »Die endgültige Feststellung der Todesart und der Todesursache findet bei der Leichenschau statt, dazu bin ich als Notarzt nicht verpflichtet.«

Joe antwortete darauf gar nicht, sondern sagte ins Telefon: »Der Tote kann aufgrund der fortgeschrittenen Verwesung nicht sicher identifiziert werden.« Er nahm mit einem kurzen Nicken das Formular entgegen, das der Notarzt ihm überreichte, und ich machte mich vom Acker, bevor Max hier aufkreuzte und mich im Zusammenhang mit irgendetwas Totem erwischte. Ich sprang in Maartens Auto und sagte nur: »Nach Hause.« Das mit dem Mossbauer würde ich auf keinen Fall alleine recherchieren, das erschien mir plötzlich viel zu gefährlich.

Als mich Maarten zu Hause absetzte, hatte sich der Nebel verzogen und die Herbstsonne strahlte vom Himmel. Die zwei Hunde liefen einträchtig ins Haus, Großmutter schnitt mir den Weg ab, ganz offensichtlich nicht ahnend, was ich eben erlebt hatte.

»Gut, dass du heimkommst«, sagte sie. »Ich wär schon mit den Laubhaufen fertig, die müsstest' nur noch zum Kompost fahren.«

»Nicht jetzt«, sagte ich knapp.

»Wer weiß, wie lang Zeit wir noch haben«, sagte sie ominös. »Wenn ich mir das anschau'. Wie schnell das geht …«

Ich starrte sie eine Weile nur an, total fassungslos, wie überaus effektiv die Informationsweitergabe der Ratschkathln war.

»Schnell geht?«, fragte ich.

»Die Reisingerin. Die hätt sich auch nicht gedacht, dass sie ihr Laub dieses Jahr nicht wegmachen kann.«

Aha. Daher wehte der Wind, der Besuch bei der Reisingerin.

»Das ist dann auch grad wurscht«, entgegnete ich, weil ich mehr an meinen revoltierenden Magen dachte. Ich hatte mich nämlich noch überhaupt nicht übergeben und hatte meine Zweifel, dass ich dem nicht auskommen würde. Vorsichtshalber rannte ich aufs Klo und setzte mich auf den geschlossenen Klodeckel, um mein »Nicht jetzt« durchsetzen zu können. Draußen hörte ich sie eine Weile vor sich hinschimpfen, dass die jungen Leut' halt keine Not kennengelernt haben und deswegen alle arbeitsscheu wären.

Ständig tauchte vor meinen Augen wieder die neueste Leiche auf, und am liebsten hätte ich mich übergeben, aber ich konnte einfach nicht.

Wie nicht anders zu erwarten, kamen ein paar Frauen an unserem Garten vorbei, um Großmutter von dem neuesten Todesfall in Kenntnis zu setzen. Ich starrte angestrengt auf das Waschbecken.

»Ich hab schon beim Langsdorfer vorbeig'schaut und klingelt«, erklärte die Rosl begeistert. »Aufg'macht hat keiner.«

Die Rosl war echt schneller als die Polizei.

»Ich hab schon ang'rufen«, sagte die Kreszenz. »Mit dem Handy. Da ist er auch nicht hin'gangen.«

Der Langsdorfer ging doch wahrscheinlich nie ans Telefon, auch nicht zu Lebzeiten, weil wer sollt' denn schon anrufen?

Ich versuchte nicht hinzuhören, was da geredet wurde. Vor allen Dingen, weil jeder zweite Satz »Wennst dir des vorstellst« war. Oder: »Wenn mir des passiert, dann ...« Anscheinend in der festen Meinung, dass der ominöse Serienkiller uns demnächst alle niedermeucheln würde.

Als die Rosl noch sagte: »Ich hab's euch doch immer g'sagt«, konnte ich mich endlich übergeben.

Vorsichtshalber zog ich mich dann auf meinen Stammplatz auf der Eckbank zurück. Von hier aus konnte ich nicht hören, was draußen geredet wurde, und konnte meine Gedanken wieder sortieren. Mein halb getrunkener Frühstückskaffee stand noch immer vor mir, erkaltet, und ich merkte erst nach einiger Zeit, dass ich gar keine Gedanken sortierte, sondern nur in den Kaffee starrte.

Schließlich kam Großmutter herein, anscheinend mit der festen Absicht, mich mit ihrem Monolog in den Wahnsinn zu treiben. Wiederholt durfte ich mir anhören, dass sie es schon immer gewusst habe, dass Resis Papa das mit dem Blumengießen nie und nimmer hinkriegen würde, wobei sie unter den Tisch fallen ließ, dass sie nie hatte suggerieren wollen, dass die Blümlein ihn das Leben kosten würden. Mindestens dreimal brachte sie ihre Zweifel gegenüber den haushaltsbezogenen Fähigkeiten von Männern allgemein und Resis Papa im Speziellen zum Ausdruck. Ich dagegen fand es noch nicht einmal erwiesen, dass der Tote Resis Papa war, aber das Argument ließ Großmutter nicht gelten. Wer sonst solle tot in Resis Wohnung liegen?

Verzweifelt rief ich Max an, um mich aus dieser misslichen Lage zu befreien. Aber anscheinend hatte er den begründeten Verdacht, dass ich schon wieder bei einem Leichenfund beteiligt gewesen war, und war deswegen supergenervt, überarbeitet und nicht bereit, mich irgendwo abzuholen. Er hatte jedenfalls den gleichen Tonfall drauf, den er gerne anschlug, wenn er mehr Leute brauchte und bereits wusste, dass er sie nicht bekommen würde.

Erst als Maarten am Abend aus der Arbeit kam, hatte ich ein Auto und die Gelegenheit, dem Wahnsinn zu Hause zu entfliehen.

»Kannst dem Max sagen«, sagte Großmutter, während ich mir die Schuhe anzog, »dass es ganz viele Gründe für eine Ehe gibt.«

Ich erstarrte beim Schuhebinden.

»Siebenundachtzig Prozent der Bundesbürger halten Ehe und Familie für einen zentralen Faktor für Lebensqualität«, schloss sich Maarten ihrer Meinung an und fügte noch schnell hinzu: »Sagt eine Studie.«

»Ich kenne eine Studie, derzufolge ein Drittel der Ehen im ländlichen Bayern ›stabil unglücklich‹ oder ›unsicher und resigniert‹ ist«, erklärte ich dumpf und zog den Reißverschluss meines Anoraks zu. »In ihrem Unglück nur zusammengehalten durch Kinder und Hausbau.«

»Des muss die Metzgerin sein«, stimmte mir Großmutter zu. »Aber wennst mal vierzig bist und ned verheiratet, dann fragt sich doch jeder, was mit dir nicht stimmt. Außerdem kriegst dann Witwenrente, wenn dein Mann stirbt.«

Na toll. »Super für die Metzgerin«, stimmte ich ihr auch zu.

»Heiraten hat nur Vorteile«, sagte sie, während ich die Haustür öffnete. »Kannst dem Max sagen.«

»Nicht Heiraten hat auch ganz viele Vorteile«, behauptete ich und winkte ihr zu. Man wusste doch, dass es immer Ärger gab, wenn einer den Hochzeitstag vergaß. Das gab's bei uns einfach nicht.

Ich konnte den ehrlich besorgten Blick von Maarten im Rücken spüren, als ich mit seinem Auto die Straße entlangheizte, um endlich wieder an Ermittlungen beteiligt zu werden. Außerdem würde ich garantiert vergessen, dem Max irgendetwas von Großmutter auszurichten. Vor dem Polizeipräsidium stand nicht nur ein daytonagrauer Audi, sondern auch Annelieses Familienkutsche.

Ich rannte die Treppe hinauf zu Max' Büro und stieß fast mit Anneliese zusammen, die mit schwarzen Lederstiefeln, die ihr bis zu den Knien reichten, zur Tür herausgestöckelt kam. Sie sah schon wieder aus wie ein wirklich heißer Feger, und das, obwohl sich schon deutlich ein Schwangerschaftsbauch unter ihrem engen Top abzeichnete. Ihr Gesichtsausdruck war mehr als zufrieden.

»Der Max ist mir irrsinnig dankbar«, sagte sie ganz leicht von oben herab.

»Ist das gut, während der Schwangerschaft solche Stiefel zu tragen?«, wollte ich wissen.

Sie machte einen Kussmund und wackelte mit dem Hintern. »Alles, was mir guttut, tut auch dem Baby gut«, erklärte sie selbstsicher.

»Na dann«, antwortete ich und nahm die Türklinke in die Hand, während Anneliese mit klackernden Schritten und wiegenden Hüften die Treppe hinuntereilte.

Max saß vor seinem Schreibtisch und starrte auf einen kleinen Zettel, der vor ihm lag. Ich stellte mich hinter ihn und schlang meine Arme um ihn.

»Na, wie läuft's?«, fragte ich, obwohl ich ihm lieber mit meinen Erlebnissen des Tages ein Ohr abgekaut hätte.

»Mit wem?«, fragte Max schlecht gelaunt. Berechtigte Frage, denn Anneliese, der Götz und die aufgeblähte Leiche interessierten mich gleichermaßen. Aber eins nach dem anderen.

»Dem Götz.«

»Er bleibt bei seiner Version. Der Schmid war angezogen, als sie zum Komposthaufen gegangen sind, und er war auch noch angezogen, als er ihn verlassen hat«, antwortete er überraschend auskunftsfreudig. »Und er hat auch noch gelebt.«

Konnte ja jeder sagen.

»Die Schlägerei hat er allerdings zugegeben, wie du ja weißt.« Max blickte endlich hoch zu mir. »Er behauptet jedoch, dass unsere Zeugen das falsch verstanden haben.«

Falsch verstanden. Der Anwalt war wohl auch nicht auf den Kopf gefallen. Von falsch verstanden hatte der Götz bei der ersten Vernehmung nichts gesagt.

»Der Schmid soll behauptet haben, dass er überall herumerzählen würde, dass er, der Götz, die Kuh mit offenem Bauch dastehen hat lassen. Daraufhin sei der Götz ausgerastet.«

Nachdenklich zog ich die Stirn kraus.

»Passt das alles zusammen?«, fragte ich. »Das könnte natürlich auch gemeint sein mit Approbation verlieren und so.«

Auch wenn ich mich nicht auf die Seite vom Götz stellen wollte, war das natürlich eine Möglichkeit.

»Aber wieso sollte der Schmid so etwas behaupten? Ist doch komplett unlogisch, wenn er selbst die Kuh hat stehen lassen. Schließlich ist der Mossbauer doch nicht aufs Hirn gefallen und kann die zwei Tierärzte voneinander unterscheiden.«

Max zuckte mit den Schultern.

»Ich glaube, dass das mit der ungeflickten Kuh der totale Schmarrn war und gerade frisch erfunden!«

Ich linste über Max' Schulter auf den Zettel, den er vor sich liegen hatte.

»Ist der von Anneliese?«, fragte ich an seinem Ohr.

Er nickte.

»Hat eure Spurensicherung schon wieder etwas übersehen? Ihr solltet euch echt mal überlegen, Anneliese einzustellen«, schlug ich vor. »Leute mit kleinen Kindern sind vermutlich prädestiniert für die Spurensicherung. Die haben im eigenen Haushalt den ganzen Tag nichts anderes zu tun.«

Statt einer Antwort hob er den Kopf und lächelte mich an. Meine bissige Laune verflog sofort, und ich lächelte zurück.

»Sorry«, entschuldigte ich mich. Meine Gedanken über Anneliese offenbarten nur mein schlecht ausgeprägtes Selbstbewusstsein und meinen Frust im Job. »Was hat sie denn gebracht?«

Vor ihm lag ein kleiner Zettel, der schon einmal richtig fest zusammengeknüllt worden war. Es war ein Rezeptzettel, auf dem jemand angefangen hatte, sehr unleserlich ein Rezept auszustellen. Es war auch offensichtlich, von wem dieses Rezept stammte, denn oben am Blattrand stand »Dr. Gerhard Götz, Tierarzt, Feldweg 12, Unterbachenreuth«. Neben seinem Namen schlängelte sich im Buchstaben V die schwarze Äskulapnatter um einen Stab.

»Und? Das ist alles? Was steht da? Euthadorm?« Ich legte den Kopf schief und kniff die Augen zusammen.

»Nein, das Wesentliche ist, wo dieses Rezept gefunden worden ist.«

»Auf dem Komposthaufen«, schlug ich mit Grabesstimme vor.

»Hineingeweht in den Schuppen«, erläuterte er.

»Hineingeweht?«, wollte ich wissen. Das konnte man doch gar nicht wissen, wie das Blatt irgendwohin gekommen war.

»Ich wiederhole nur, was deine Freundin zu Protokoll gegeben hat.« Er kam aus dem Seufzen nicht mehr heraus.

»Weißt du eigentlich, wer der Auftraggeber von Anneliese ist?«

Das hatte ich mich auch schon mehrfach gefragt und war eigentlich zu dem Schluss gekommen, dass es die Schmidin selbst sein musste.

»Ich habe nur Vermutungen«, wich ich aus.

»Frau Schmid?«, fragte Max nach.

Max war echt ein fixes Kerlchen.

Er wartete gar nicht erst meine Antwort ab, sondern stand auf und stellte sich vor die Pinnwand, an der alle möglichen Zettel gepinnt waren. Mit zusammengekniffenen Augen beugte er sich nach vorne und blickte auf die Nahaufnahme von Dr. Schmids Gesicht.

»Ist das Geschirrtuch von den Schmids?«, wollte ich wissen, und Max nickte.

»Hast du dazu schon eine Meinung?« Vielleicht sogar eine profilermäßige?

»Er muss zu dem Zeitpunkt schon handlungsunfähig gewesen sein«, sagte Max nachdenklich und beugte sich nach vorne. »So wie es aussieht, hat er kurz vor dem Tod auch noch einmal versucht, das Geschirrtuch herauszuziehen, aber …«

»… das ist ihm nicht gelungen«, vervollständigte ich den Satz und sah aus dem Fenster.

»Ich glaube nicht, dass es dazu diente, ihn zu ersticken. Vermutlich wollte der Mörder nicht, dass die Aufmerksamkeit der Nachbarn …«

Aufmerksamkeit der Nachbarn. Die schauten doch nicht einmal nach, wenn sich der Mörder und der Schmid anschrien und schlugen, dass es grad so schepperte. Wieso der Mörder, nachdem er alle Aufmerksamkeit der Nachbarn durch den Streit auf sich gezogen hatte, dann noch darauf bedacht war, keine Geräusche zu erzeugen, war mir nicht ganz einsichtig.

»Dann hat also der Götz das Geschirrtuch aus der Küche der Schmids geholt?«, wollte ich wissen. »Ist dann damit zum Komposthaufen, wo er mit dem Schmid gestritten und ihn geschlagen hat, um ihm anschließend das Geschirrtuch in den Mund zu stecken …«

Max seufzte.

»Dann muss er es ja schon geplant haben, dass sie sich streiten werden und er ihn am Ende totspritzt.«

Mein Blick fiel wieder auf das Rezeptblatt vom Götz, das auf dem Schreibtisch lag. Was bedeutete es, wenn Anneliese im Auftrag von der Schmidin ermittelte, im Garten der Gansbühlers herumkroch und dabei Spritzen und Medikamente fand, die dem Götz gehörten?

»Und die Leiche in Resis Wohnung?«, traute ich mich dann doch noch zu fragen. »Ist das Resis Papa?«

Max seufzte. »Liegt gerade in der Rechtsmedizin, wenn wir Glück haben, haben wir demnächst den Zahnarzt von Resis Papa...« Er machte eine genüssliche Pause hinter diesem Wort, »... gefunden und haben dann eine Abbildung des Zahnschemas zur Verfügung.«

»Leitest du jetzt noch eine Mordkommission?«, fragte ich nach, und Max' Stimmung sank deutlich um ein paar Grade.

»Nein«, erklärte er frostig. »Das ist kein weiterer Mord, sondern, wie du schon eben angemerkt hast, mit an Sicherheit grenzender Wahrscheinlichkeit der Vater von Therese Langsdorfer, der beim Blumengießen gestorben ist.«

Ich nickte und behielt die Serienkiller-Hypothese von der Annl für mich. »Dann könnten wir auch für heute Schluss machen. Eigentlich«, merkte ich an.

»Bleib du kurz hier«, wechselte Max das Thema, »ich bringe schnell das Rezeptblatt weg wegen der Fingerabdrücke. Du könntest die Telefonliste vom Götz durchgehen.«

Das ist nämlich furchtbar langweilig und nicht gerade die Lieblingstätigkeit von Max. Während er aufstand, umfasste er meine Taille und begann mich erst einmal ausführlich zu küssen, bevor er diesen langen und gefährlichen Weg mit dem Rezeptblatt auf sich nahm.

»Ich dachte, das mit dem Telefon hast du schon längst gemacht?«, wollte ich maulend wissen, als er mich losließ.

»Nicht vom Götz«, erklärte er und tippte mir grinsend auf

die Nase, anscheinend hatte er seine gute Laune wiedergefunden. »Macht irre Spaß. Bin gleich wieder da.« Damit schob er mir eine Liste mit Telefonnummern und Gesprächsdauern zu. »Und danach fahren wir zum Running Sushi«, schlug er versöhnlich vor.

Kapitel 9

»Die Rosl meint, dass des kein Wunder ist. Die alten Männer, die kannst halt ned allein lassen«, klärte mich Großmutter auf, während sie meine Kaffeetasse hochhob und über den Küchentisch wischte. »Und dem Max kannst sagen …«

»Das kannst ihm auch selber sagen«, unterbrach ich ihre morgendliche Aufklärungsarbeit und nahm ihr die Tasse aus der Hand.

Nach dem entspannten Sushi-Abend sah ich eigentlich bei Max überhaupt keinen Aufklärungsbedarf. Höchstens vielleicht noch bei der Sache mit Gerhamox. Aber ich wollte mich nicht blamieren und seltsame Tipps geben, die nur auf mein schwaches Gedächtnis zurückzuführen waren.

Großmutter ließ sich nicht beirren. »… dass die Rosl schon dreimal beim Langsdorfer vorbeig'schaut hat, und da hat keiner aufg'macht. Und ang'rufen hat die Annl auch schon zehnmal, alle halbe Stund'.«

Ich nickte. Bei so etwas war die Annl total gewissenhaft. Einmal hatte sie mitten in der Nacht bei der Rosl angerufen, weil diese vergessen hatte, die Vorhänge ordentlich in Falten vors Fenster zu ziehen, was die Annl zur Vermutung veranlasst hatte, dass die Rosl einen Herzinfarkt gehabt haben könnte und deswegen nicht mehr in der Lage gewesen war, die Falten zu arrangieren.

»Der weiß schon selber, was er machen muss«, erklärte ich ihr und verschwand schleunigst unter die Dusche, um der weiteren Berichterstattung aus dem Weg zu gehen und vor allen Dingen, um mir furchtbar leidzutun, dass ich kein Auto hatte. Ohne das war man nämlich auf dem Land der volle Depp.

Während das Wasser über meinen Kopf plätscherte, fasste ich gedanklich zusammen, was wir inzwischen wussten. Bei der Sache mit den Telefonanrufen hatte der Götz nicht gelogen. Er war mehrfach vom Mossbauer angerufen worden, sowohl am Festnetzanschluss als auch am Handy, hatte aber die Anrufe nicht entgegengenommen. Zwischen neun und zehn Uhr am Abend hatte er keinen einzigen Anruf vom Mossbauer erhalten, obwohl dieser ja angeblich wegen der Kuh noch einmal den Götz angerufen hatte. Stattdessen hatte er vier Anrufe vom Schmid erhalten – was wir bereits wussten –, von denen er nach dem ersten Gespräch, das ungefähr fünf Minuten gedauert hatte, die drei folgenden wohl ignoriert hatte. Danach hatte er noch einen Anruf von einem Handy erhalten.

Dem Handy der Schmidin. Dieses Gespräch hatte dann nur zehn Sekunden gedauert.

Was das bedeutete, konnte man sich sehr gut zusammenreimen: Der Götz war nicht mehr ans Telefon gegangen, weil er mit dem Schmid nicht reden wollte. Daraufhin hatte der Schmid das Handy seiner Frau verwendet.

Ich hatte darauf beharrt, dass das genau die zehn Sekunden waren, die man brauchte, um zu sagen: Jetzt komm endlich zum Komposthaufen, du hundsmiserabliger Krippl, du hundsmiserabliger. HerrgottSakramentKreizKruzefixNomal. Max hatte dies jedoch nur mit dem Hauch eines Nickens gewürdigt und so ausgesehen, als würde er an Sex im Büro denken und nicht an meine glorreichen Rückschlüsse.

Im Kopf machte ich mir eine Liste, was ich heute noch tun wollte. Aus Max die Info herauskitzeln, wer der Tote in Resis Wohnung war – schließlich konnte der nicht in ein paar Tagen bis zur Unkenntlichkeit vergammelt sein – und vor allen Dingen die Todesursache. Endlich die Bewerbung in den Briefkasten werfen, bevor der Umschlag komplett zerknittert war. Endlich den Antibiotika-Artikel fertig schreiben. Endlich herausbringen, was die Anneliese für einen Schmarrn machte.

Dann musste ich mit dem Duschen aufhören, weil Großmutter an die Tür bumperte und mich darüber aufklärte, dass des Wasser auch was kost'.

Da auch nach dem Duschen noch keiner auf die Idee gekommen war, mir sein Auto vor die Haustür zu stellen, setzte ich mich auf mein Bett und nahm den Laptop auf den Schoß. Ohne Auto musste man eben an anderen Fronten kämpfen. Im Internet zum Beispiel. Google hatte ich inzwischen schon alles gefragt, was mir zu dem Fall eingefallen war.

Meine Großmutter wusste nichts über den Götz, die anderen redeten nicht mit mir.

Der Joe hatte bestimmt große Lust, mit mir beim Mossbauer nach Gerhamox-Säcken zu suchen. Mit ihm an der Seite hätte ich auch gar keine Angst. Ich kramte mein Handy aus der Umhängetasche.

»Servus«, sagte ich, während ich mit einem Auge meinen Mail-Posteingang checkte. »Wie geht's?«

»Und selber?«, antwortete Joe ausweichend.

»Stress mit dem Langsdorfer-Fall?«, wollte ich wissen, um nicht gleich mit der Tür ins Haus zu fallen.

»Das geht mich nichts mehr an«, antwortete er schlecht gelaunt.

»Was ist? Hättest du gerne ermittelt?«, fragte ich ihn.

Er druckste ein wenig herum, dann gab er zu: »Dein Freund hat mich ganz schön zur Sau gemacht, weil ich nicht gleich das volle Programm habe anlaufen lassen.«

Endlich hatte Max einen guten Grund gefunden, den armen Joe zusammenzufalten. Dem Schorsch hätte er bestimmt nicht die Hölle heiß gemacht, wenn der dem Notarzt hingeredet hätte, er solle doch einen Totenschein auf natürliche Todesursache ausstellen – und ich würde mein kaputtes Auto darauf verwetten, dass der Schorsch genau das versucht hätte.

»Ist doch unwahrscheinlich, dass das jemand anderes als der Vater von der Hauseigentümerin ist«, schnaubte er böse.

Stimmt. Man musste ja nicht wegen jeder verfaulten Leiche die Spurensicherung belästigen.

»Hat der Götz jetzt wenigstens gestanden?«

»Keine Ahnung. Ich musste ja den ganzen Abend bei allen möglichen Bauern und Pferdebesitzern anrufen, bei denen der Götz in den letzten hundert Jahren Pferde und Kühe eingeschläfert hat.«

Na prima, der Max wusste, wie man unangenehme Arbeit auf andere abwälzte.

»Ich dachte, das hättet ihr schon längst gemacht.«

»Ja. Für den Dr. Schmid. Aber nicht für den Götz. Wenn er jedes Mal sein Eutha77 eingesetzt hat, dann fehlt jedenfalls keine einzige Flasche.«

Aber beim Schmid. Da war noch immer nicht die letzte Flasche Euthadorm aufgetaucht. Genau genommen konnte man gar nicht sagen, wer dieses Fläschchen an sich genommen hatte. Das konnte genauso gut der Götz gewesen sein. Vielleicht hatte er sich die sogar ausgeliehen nach dem Prinzip »Ich habe grad nix mehr und muss dringend ein Pferd einschläfern, kannst du mir nicht was leihen?«. Und der Schmid, nett, wie er war, ist auf diesen dummen Trick reingefallen.

»Ich muss jetzt weiter«, unterbrach der Joe das Gespräch abrupt und legte auf, bevor ich ihn dazu animieren konnte, mit mir zum Mossbauer zu fahren.

Eine Weile starrte ich auf mein geöffnetes Laptop. Okay. Ohne Joe fuhr ich jetzt ganz gewiss nicht zum Mossbauer. Wenn ich nicht große Bedenken vor einer Blamage gehabt hätte, hätte ich im Prinzip auch Max einweihen können. Nun gut. Dann eben nicht zum Mossbauer.

Schorsch, fiel mir ein. Wenn er laut Anneliese sowieso durch sie mitermittelte, konnte ich genauso gut ihn fragen, was er über den Götz und den Mossbauer wusste.

Ich öffnete das Facebook-Login, wo ich ja noch immer meinen selten genutzten Account »Maarten Mahlzahn« hatte. Allerdings zeigten die Login-Felder die Namen »Anneliese Meier« und sechs schwarze Punkte dahinter – das Passwort. Anneliese hatte echt keine Ahnung. Sie hatte wohl bei ihrem letzten Besuch auf »Ja« geklickt, als mein Computer sie fragte, ob er sich ihr Passwort merken dürfe.

Ich war in Versuchung. Ich merkte richtig, wie mir der Schweiß ausbrach. Wenn ich mich jetzt mit ihrem Namen einloggte, konnte ich die ganze Kommunikation lesen, die die beiden geführt hatten. Sie, die Honey West, und er, der Bulle007. Mein Auge begann zu zucken. Das war jetzt total link. Das durfte man nicht. Das verletzte jede Datenschutzrichtlinie und war, unter Freunden, die Supersupersuperschweinerei.

Mein Auge zuckte noch immer.

Okay, aber was hatte sie vor Kurzem gesagt? Dieses ganze Datenschutzzeug war ihr komplett egal, weil jeder lesen durfte, was sie zu sagen hatte. Jeder. Also auch Leute, die sie gar nicht kannte. Da konnte es doch nicht so schlimm sein, wenn ich das auch las. Ich war schließlich ihre beste Freundin.

Mein Augenzucken war inzwischen ganz schlimm, und ich mir sicher, dass es chronisch werden würde, wenn ich mich unter ihrem Namen anmeldete. In der nächsten Sekunde drückte ich bereits auf den blauen Button.

»Macht die Hotline der Telekom gerade Mittagspause – achtundvierzig Minuten Warteschleife ist doch die Härte!«, sagte eine MiniMouse85.

»Mein Kirsch-Streusel-Kuchen«, postet eine GwendolynRasnide das Bild eines unterbelichteten Blechkuchens. »Supisupilecki!«

Eine Freundschaftsanfrage. Eine neue Nachricht. Sieben neue Postings. Ich klickte auf das Nachrichtensymbol und fand mich in einer mehrseitigen Kommunikation mit dem Schorsch wieder.

»Wir kriegen das schon hin!«, sagt Bulle007 und setzte ein fettes Smiley.

»Ich bin mir ganz sicher, dass die Schmidin unschuldig ist, sie ist total fertig von den ganzen Gerüchten. Es ist wirklich nicht mehr schön, wie alle rumtratschen.«

Ich scrollte mit dem Cursor ganz an den Anfang des Gesprächs. Es fing genau an dem Tag an, an dem »Honey West« ihren Auftrag bekommen hatte.

»Weißt du etwas über den Mordfall Dr. Schmid?«, wollte Honey West wissen.

»Nein, habe leider keinen Kontakt mit meiner Dienststelle.«

»Sie hat vorgeschlagen, ich solle noch mal nach Spuren suchen. Vielleicht hat die Spurensicherung was übersehen. Muss ich jetzt den Komposthaufen auseinandernehmen?«

Ach ja. Honey West wollte sich nicht schmutzig machen. Außerdem wollte die Schmidin nichts anbrennen lassen und machte der Anneliese Vorschläge zur Vorgehensweise. Dass die Anneliese das nicht stutzig gemacht hatte!

»Such doch in den Nachbarsgärten«, schlug Bulle007 vor. »Irgendwohin muss der Mörder doch geflohen sein.«

Am nächsten Tag fand sich ein neuer Eintrag von Anneliese: »Das war jetzt wirklich kein Spaß! Ich habe den ganzen Garten von den Gansbühlers abgesucht, und die Gansbühlerin war richtig sauer, hat mir vorgeworfen, dass ich ihr irgendwelche Schuld zuschieben will!«

»Weil sie doch im Dauerclinch mit den Schmids waren. Wegen der Bäume, die alle zu ihr rüberwachsen«, schrieb der Schorsch zurück. So etwas wusste der Joe als Neuling natürlich nicht. Das musste man dem Schorsch lassen, über den Dorftratsch wusste er bestens Bescheid.

»Die Gansbühlerin hat behauptet, dass ich nicht in ihrem Garten suchen darf, aber ich bin standhaft geblieben – was hilft's mir, wenn ich dort suche, wo ich nichts finde.«

Gut, dass die Anneliese keine Ahnung von der Rechtslage hatte.

»Außerdem habe ich ihr gesagt, dass es doch gar nichts heißt, wenn ich was bei ihr finde. Irgendwo muss der Mörder ja die Sachen verlieren.«

Oje, Annelieses Vorstellungen waren wirklich die Pest. Plötzlich war ich heilfroh, dass ich stark geblieben war und nicht doch angeboten hatte, mit ihr zu ermitteln.

»Die Schmidin hat gesagt, ich soll weitersuchen, das kann doch ned sein, dass da nix zu finden ist. Grad bei der Gansbühlerin drüben, da hätte sie echt so ein Gefühl.«

Ja, das hätte ich auch, wenn ich da ein Fläschchen T61 versteckt hätte.

»Weil wohin soll der Mörder sonst geflohen sein?«

Durch den Vorgarten der Schmids, zum Beispiel?

»Wenn ich mir des vorstell, wie der in der Nacht da bei den Gansbühlers rumgerannt sein muss …«

Und überall Sachen verloren, das kannte man doch von Mördern.

»Die Gansbühlerin fand die Vorstellung auch ganz schlimm und hat mir deswegen beim Suchen geholfen.«

»Sei vorsichtig«, kam der Ratschlag vom Schorsch.

Danach hatte sich Anneliese anscheinend wieder auf die Suche gemacht, hatte Kinder aus Kindergärten geholt oder ein paar Makramee-Scheiben geknüpft, denn der nächste Eintrag fand sich erst am nächsten Tag.

»Meine Suche war von Erfolg gekrönt! Ich habe eine Spritze gefunden und eine leere Glasflasche T61. Mir war gleich klar, dass das supisupiwichtig ist – hab gerade gegoogelt, damit werden Tiere eingeschläfert. Wirkt bestimmt auch bei Menschen!«

Aber wieso T61? Ich an ihrer Stelle hätte mich zunächst einmal erkundigt, woran der Schmid überhaupt gestorben war.

»Sehr gut. Was sagt die Polizei?«, las ich weiter.

»Ach so. Soll ich das der Polizei bringen?«

Mensch, Anneliese.

»Natürlich.«

»Wenn ich mir des überleg. Dass mit der Spritze der Schmid ermordet worden ist! Mir ist schon den ganzen Vormittag schlecht. Ich kann jetzt nicht zur Polizei gehen, sonst speib ich denen vielleicht in den Gang.«

»Halt durch«, schrieb der Schorsch und machte drei traurige Smileys dahinter.

»Wenn das jemand bei mir findet, dann denkt doch jeder, dass ich die Mörderin bin.«

»Bring es schnellstmöglich zur Polizei«, riet der Schorsch noch einmal.

»Muss aber erst kochen«, kam die prompte Antwort.

Die Unterhaltung wurde drei Stunden später weitergeführt.

»War grade bei der Polizei. Ich weiß gar nicht, wieso die nicht Juhu schreien. Die haben echt komisch geschaut.«

Ja, der Max war eben nicht auf den Kopf gefallen. Außerdem hatte er nicht komisch geschaut, sondern extrem interessiert und entspannt, so wie er das immer machte.

»Weil sie sauer sind, dass ihre Spurensicherung so versagt hat«, erklärte ihr Schorsch. »Du bist auf dem richtigen Weg.«

Der Bulle007 war auch so eine Hanswurst. Kein Mensch war sauer, dass die Spurensicherung versagt hatte.

»Glaube ich auch. Was wirft denn das für ein Licht auf die Polizei, wenn Privatermittler wie ich die Beweisstücke finden.«

Ich scrollte weiter nach unten und überflog die Selbstbeweihräucherungen von Anneliese und die Befindlichkeiten von Schorsch – wer wollte schon wissen, ob er Stuhlgang hatte? Mal abgesehen von Anneliese, die sehr ausführliche Tipps auf Lager hatte.

»Soll ich ihnen sagen, dass sie nach Fingerabdrücken suchen sollen?«, war dann noch eine dienstliche Frage dazwischen.

Mit solchen Vorschlägen konnte man sich bei Max irrsinnig beliebt machen.

»Die Schmidin hat gesagt, dass ihr Mann keine Freundin hatte. Aber im Dorf wird so viel geredet … meinst du, sie lügt mich an?«

Bestimmt nicht. Leute, die unter Mordverdacht standen, waren eigentlich immer sehr ehrlich mit sich und ihrer Umwelt.

»Der hatte schon mehr als eine, früher, da war der ein ganz ein Wilder! Das liegt aber schon Jahre zurück«, wusste Schorsch. »Seit er so krank ist, macht er aber nichts mehr. Der geht nur noch zu seinem Stammtisch.«

»Ich glaube, die Lisa betrügt den Max mit dem Joe. Aber ich hab sie schon ganz oft gewarnt, die anderen sagen alle, dass er Dreck am Stecken hat. Wir sind heilfroh, wenn du wieder gesund bist!«

Schleimschleimschleim. Aber wie kam sie auf die irrsinnig blöde Idee, dass ich den Max betrog? Und das wollte meine beste Freundin sein!

»Ich bin auch froh, wenn ich mich wieder in die Arbeit stürzen kann.«

Und wir erst. Seit der Schorsch nicht mehr da war, musste der besoffene Loisl immer ganz alleine den Weg nach Hause finden, und das konnte dauern. Weil der Joe überhaupt keine Lust hatte, irgendjemanden durch die Gegend zu fahren, besonders im alkoholisierten Zustand.

Ich zuckte schuldbewusst zusammen, als Großmutter die Tür aufriss und den Kopf hereinsteckte.

»Des glaubst ned«, sagte sie. »Die Rosl wieder, tratscht überall herum, wie der Papa von der Resi gestorben sein könnt.«

Ich lehnte mich zurück und schloss die Augen. »Man weiß doch noch gar nicht, ob das der Papa von der Resi war.«

»Wer sollte denn sonst in ihrer Wohnung drin liegen? Hat ja nur er den Schlüssel g'habt. Aber ich sag's dir gleich, wenn die Resi will, dass ich des jetzt mach mit dem Blumengießen …«

»Auf keinen Fall«, bestätigte ich sie. »Wir haben schon ihr Hundsvieh an der Backe.«

Zufrieden mit meiner Widerspruchslosigkeit zog Großmutter ab.

Während ich noch unmotiviert auf den Bildschirm schaute, sah ich eine neue Nachricht aufblinken. Huch. Anneliese saß offensichtlich gerade vor dem Rechner und schrieb an den Schorsch!

»Die Schmidin hat mir eben gesagt, sie sei sich ganz sicher, dass der Götz der Mörder ist. Weil ihr Mann ihr schon vor Wochen gesagt hat, dass der Götz irgendwas Illegales am Laufen hatte. Wenn irgendeiner hinter die Gschäftln zwischen dem

Mossbauer und dem Götz kommt, dann kriegt der Götz ganz schön Ärger, hat er gemeint.«

Ich starrte den Bildschirm an.

Wahnsinn. Jawoll. Endlich hatte ich mal eine heiße Spur.

Schorschs Antwort ließ nicht lange auf sich warten. Wow, ich war live bei einer ermittlungsrelevanten Unterhaltung dabei. Ich bekam sofort Schweißflecken unter den Armen. Irgendwie war es ja nicht okay, aber was sollte ich machen, das war so spannend wie ein Krimi!

»Was für Gschäftln sollen denn das gewesen sein?«

Gerhamox. Gerhamox. Gerhamox. Am liebsten hätte ich auch einen Kommentar dazugeschrieben.

»Er mischt irgendetwas zusammen und verkauft das dann dem Mossbauer, hat sie g'sagt.«

Na prima. Da konnte ich ja lange im Internet suchen. Anscheinend war Gerhamox ein Phantasiename vom Götz. Gerhard Götz. Gerha Mox. Mox? Amoxi… wie war gleich noch mal der Name des Medikaments gewesen, das Maarten mir genannt hatte?

»Na ja, aber ob das gleich ein Grund war, den Schmid umzubringen?«, fragte sich der Schorsch.

Ich starrte auf die Nachricht, aber Anneliese antwortete nicht.

Ein Antibiotikum. Wenn das mal kein Antibiotikum war, das der Götz verhökerte. Aber es konnte kein reines Antibiotikum sein, dazu waren die Säcke viel zu groß. Sah doch mehr nach Futtermittel aus. Weizen, beispielsweise, konnte man in der Baywa so kaufen.

»Wahrscheinlich hat er ihm gepanschtes Futter verkauft«, schrieb die Anneliese plötzlich.

Kluges Kind. So war es wahrscheinlich tatsächlich. Futter und ein Antibiotikum, das hatte ich bei meiner Recherche gelernt, das war eine prima Sache in der Mast. Und der Mossbauer hatte keinen reinen Milchbetrieb, der hatte auch Bullen, also konnte er Wachstumssteigerer durchaus gebrauchen.

Aber wie der Schorsch zu Recht angemerkt hatte, war das ein Grund, den Schmid umzubringen? Wenn er ihn hätte auffliegen lassen wollen, hätte der Götz natürlich ganz schön Scherereien am Hals gehabt. Aber so wie ich den Schmid gekannt hatte, wäre ihm das mit dem Götz komplett egal gewesen. Bei uns hielt man normalerweise den Mund, schließlich konnte man nicht jeden verpfeifen, nur weil er ein bisserl was Illegales am Laufen hatte. Da hätte man viel zu tun!

Allerdings hätte der Schmid von der Situation auch profitieren können. Vielleicht hatte er den Götz erpresst – so kam man auch zu Geld, ohne selbst irgendwelche Säcke schleppen zu müssen. Das wäre ein Mordmotiv.

Ich griff zu meinem Handy und drückte auf Wahlwiederholung. Das musste Max unbedingt wissen.

Ein klein wenig war ich ja sauer, dass mir Max plötzlich so viele Vorschriften machte. Schließlich wusste er die ganze Mossbauer-Götz-Geschichte nur wegen mir. Dass ich jetzt in seinem Audi warten musste, war die reinste Schikane. Sogar meinen Fotoapparat hatte er konfisziert.

Das hätte nämlich super Bilder gegeben. Die vier Polizeiwagen, die vor dem Mossbauer-Hof in Stellung gegangen waren, um die Flucht von Tatverdächtigen zu verhindern. Und das blinkende Blaulicht. Das wäre eine tolle Fotoreportage geworden, so etwas gab's bei uns nicht alle Tage. Eine gescheite Polizeirazzia, dazu noch im Nachbarort, da waren unsere Dorfbewohner bestimmt richtig scharf auf die Details. Auch in Unterbachenreuth hatte sich die Polizeiaktion herumgesprochen – hinter den Polizeiwagen standen bereits etliche Anwohner und diskutierten über die kriminelle Energie vom Mossbauer.

»Keine Tricks«, warnte mich Max, bevor er mit dem Mossbauer im Stall verschwand.

Ich hätte mich mal besser bei dem Verhör vom Götz zusammengerissen. Jetzt hatte Max plötzlich seine langersehnte polizeiliche Verstärkung und die Schnauze voll von hospitierenden Freundinnen.

In der Hoffnung, dass vielleicht doch ein Tatverdächtiger die Flucht wagte, die ich dann aufhalten würde, Lisa Wild, rasende Reporterin und Fluchtverhinderin, beobachtete ich eine Weile das, was draußen geschah.

»Vielleicht g'hört er zu den Hells Angels«, mutmaßte eine dicke blonde Frau, die nahe an Max' Audi stand und zumindest im Geiste sicherlich mit der Rosl verwandt war. »Letzthin hab ich so ein Motorradl in seinem Stall g'sehen.«

»Vielleicht hat er BSE im Stall«, schlug eine genauso dicke Dunkelhaarige vor.

»A geh. Schmarrn. Des ist doch alles wegen dem Zeig, des er an seine Viecha verfüttert«, klärte sie ein kleiner alter Mann auf. »Des Klump, des er vom Götz kriegt hat.«

Vielleicht hätte ich doch in die Metzgerei in Unterbachenreuth zum Ermitteln gehen soll, da hätte ich das alles schon vor Wochen erfahren.

»Aber was willst machen, wennst davon leben musst«, sagte ein anderer. »Da bist doch drauf ang'wiesen, dass die Viecha g'scheit schwer san.«

»Und wieso sollt des was Schlecht's sein? Von dene Antibiotika wirst doch g'sund. Wieso sollt des ned auch bei dene Viecha helfen?«, bohrte die Blonde nach.

Dann bemerkten sie mich leider und gingen ein paar Schritte weiter außer Hörweite.

Als gar nichts passierte, holte ich mein Notizbuch aus der Umhängetasche und schrieb meine abschließenden Gedanken zum Antibiotika-Artikel hinein.

»Das Ziel sollte sein, das Übel an der Wurzel zu packen. Massentierhaltung ist neben den ungebremsten Antibiotika-Einsätzen die Hauptursache der jetzigen Misere«, schrieb ich auf und linste dann wieder aus dem Auto, um zu kontrollieren, ob Max schon fündig geworden war. »Das bedeutet für die Gesellschaft natürlich teurere Lebensmittel und weniger Fleischkonsum. Wir haben das Potenzial, artgerechte Haltungsbedingungen durchzusetzen. Und damit auch eine gesündere Lebensweise der Menschen.«

Ich seufzte ein wenig, weil ich schon jetzt wusste, dass dieser Abschnitt entweder nicht gedruckt oder von keinem aus unserem Dorf gelesen werden würde. Nebenbei bemerkt, würde mir die Metzgerin nach so einem Artikel zur Strafe auch keine Leberkässemmeln mehr verkaufen.

Dann kam Max aus dem Stall und zeigte mir seinen nach oben gereckten Daumen.

Na also.

»Wir treffen uns im Präsidium«, rief Max und drückte mir seinen Audi-Schlüssel in die Hand, während ich fasziniert auf den Mossbauer starrte, der mit hochrotem Gesicht in den Polizeiwagen stieg.

»Ehrlich?«, fragte ich richtig gerührt.

Und er sah nicht mal aus, als hätte er Angst um sein Auto.

»Ich fahr nur noch schnell bei Großmutter vorbei. Aber ich beeil mich!«

»Nicht nötig«, erwiderte Max und drehte sich von mir weg.

Hallo?

Ärgerlich gab ich Gas und rauschte nach Hause. Danke schön, liebe Lisa, wäre die richtige Aussage gewesen. Ohne dich hätten wir das Gerhamox nie gefunden.

Großmutter war nicht zu Hause, und die Hunde sahen aus, als würden sie gleich in die Wohnung machen. Wütend zog ich mir die Turnschuhe an und marschierte mit ihnen los. Aus lauter Freude bieselten sie gleich kollektiv der Reisingerin an den Gartenzaun.

Nicht nötig, dachte ich noch immer beleidigt. Eigentlich sollte Max total stolz auf das sein, was ich in diesem Fall geleistet hatte. Auf das meiste wäre Max von ganz alleine gar nicht gekommen! Man musste doch nur an meinen Informanten, den Stangl, denken, der nur mir die wesentlichen Details verraten hatte. Okay. Und mein Auto geschrottet, aber was zählte das schon, im Moment der Wahrheitsfindung!

Als das Handy klingelte und ich sah, dass es Max war, ging ich sofort dran. Bestimmt war ihm auch gerade aufgefallen, wie daneben dieses »Nicht nötig« gewesen war.

»Hat der Mossbauer den Mord gestanden?«, wollte ich begeistert wissen. »Oder der Götz?«

»Leider nicht«, antwortete Max. »Du hast keinen Unfall gebaut?«

»Wieso?«, wollte ich misstrauisch wissen.

»Weil du noch immer nicht da bist.«

Ich verdrehte die Augen. Vermutlich hatte er das mit dem »Nicht nötig« schon längst wieder vergessen und würde meine Empörung überhaupt nicht kapieren.

»Wunder dich nicht, wenn mein Auto nicht mehr vor deiner Haustür steht«, warnte er mich vor. »Ich habe jemanden geschickt, der's mir holt.«

Schade. Wie gewonnen, so zerronnen.

»Hat der Götz das mit dem Gerhamox gestanden?«, fragte ich nach.

»Ja. Blieb ihm kaum was anderes übrig«, seufzte Max, und ich hörte, wie er einen Schluck Kaffee nahm.

»Und?«, fragte ich weiter. Dass man ihm aber auch alles aus der Nase ziehen musste. »Was ist das genau?«

»Futter mit Antibiotika vermischt«, erwiderte er knapp. »Dazu wollte ich dich noch fragen: Das mit den illegalen Futtermitteln wusste Anneliese von der Tierarztgattin?«

»Ja. Angeblich wusste der Schmid darüber Bescheid, aber er hat nicht mitgemacht.« Außerdem wussten es alle in Unterbachenreuth. Und vermutlich auch in unserem Dorf, auch wenn sie es mir aus lauter Bosheit nicht verraten hatten.

»Aber wieso hat er den Götz dann beim Komposthaufen darauf angesprochen?«, fragte mich Max, der davon ausging, dass ich alles von Anneliese direkt wusste. Meine fiese Facebook-Aktion hatte ich ihm wohlweislich verschwiegen. »Wollte er ihn erpressen?«

»Keine Ahnung«, sagte ich. »Aber dem zufolge, was der Stangl mitgehört hat …«, mehr schlecht als recht allerdings, »hat der Schmid dem Götz gedroht. Sollte er wirklich gesagt haben, dass der Götz dann seine Approbation los ist, dann hat er ihm mit Sicherheit erzählt, dass er von der Futtergeschichte weiß.«

Eine Weile hörte ich zu, wie Max Kaffee trank und nachdachte.

»Also Erpressung.«

»Und wieso schlägt der Götz dann den Schmid? Wieso geht der Schmid den Götz so aggressiv an?«, bohrte Max nach. »Er hätte ihm ja nur sagen müssen, dass er es weiß und was er fordert.«

Richtig, es bestand überhaupt kein Grund, ausfällig zu werden, herumzuschreien und eine Prügelei anzuzetteln.

»Der Schmid fährt anstelle vom Götz zum Mossbauer. Dort macht er den Kaiserschnitt«, rekonstruierte ich den Tag. »Meiner Meinung nach hat er die Kuh nicht mit offenem Bauch stehen lassen.«

»Schließlich ist der Götz danach auch gar nicht zum Kuhflicken nach Unterbachenreuth gefahren, sondern hat sich auf dem Komposthaufen geschlägert«, bestätigte Max meine Meinung.

»Außerdem hätte der Sohn vom Mossbauer die Sache mit der Kuh und dem offenen Bauch sicher gewusst«, machte ich weiter.

Wir schwiegen uns wieder eine Weile an, während ich nach Hause schlenderte.

»Der Schmid fährt also vom Mossbauer heim und geht in sein Büro, um noch eine Bestellung aufzugeben«, sagte ich.

»Was er vielleicht nicht gemacht hat«, sagte Max. »Das Einzige, was wir gesichert wissen, ist, dass er den Götz angerufen hat.«

Eigentlich war die Sachlage komplett klar. Dass der Götz sich mit einem Geständnis so anstellte! Alles sprach gegen ihn.

»Na dann«, sagte Max etwas frustriert. »Mach's gut.«

Als ich bei der Metzgerei vorbeikam, sah ich deutlich, dass der Laden bummvoll war. Der Metzger hatte jetzt nämlich eine nagelneue tolle Fensterscheibe, durch die man einwandfrei sehen konnte. Es schienen alle, die ein großes Kommunikations- und Tratschpotenzial hatten, anwesend zu sein, und auch Anneliese war mit von der Partie. Vermutlich kauten sie gerade die Sache mit dem Götz und den illegalen Futtermischungen durch.

Bestimmt wussten sie, wie die Befragung vom Götz ausgegangen war und wie lange er verknackt werden würde für den Mord und sein Gerhamox. Und vielleicht wussten sie sogar, wann ich wieder ein eigenes Auto haben würde.

Ich band beide Hunde am Fahrradständer an und hoffte, dass er die Doppelbelastung aushalten würde. Als ich die Ladentür aufmachte und es laut bimmelte, sagte die Annl gerade: »Aber des glaubt's doch selber ned. Dass sie ihn deswegen umgebracht …« Dann bemerkten leider alle meine Anwesenheit, und die Annl bekam einen rüden Rempler. Ich stellte mich in die lange Reihe vor der Theke und starrte auf die Wurst. Die ganzen Kirchenrutschn strahlten die Gewissheit aus, dass sie soeben den Fall gelöst hatten, und waren anscheinend auf ein anderes Ergebnis gekommen als Max und ich. Vielleicht vergaßen sie ja, dass ich da war, wenn ich mich jetzt ganz ruhig verhielt.

Mir fiel plötzlich auf, dass ich die Möglichkeit, dass die Schmidin alle Indizien selbst in den Gansbühlerschen Garten geworfen hatte, seit der Gerhamox-Sache total vernachlässigt hatte. Wieso sollte die Schmidin Gegenstände im Nachbarsgarten verstreuen, wenn sie mit dem Mord überhaupt nichts zu tun hatte? Ich sah Anneliese von der Seite an, die ganz intensiv auf das Fleisch starrte.

Schließlich räusperte sich die Rosl und sagte: »Also, letzthin, da hab i einen Mürbteig g'macht und hab mir dacht, jetzt probierst des mal mit der Heißluft aus. Aber der is überhaupt ned aufg'angen. Ist des allaweil so bei derer Heißluft? Ich nehm die nimmer her.«

Das war jetzt bestimmt die Strafe dafür, dass ich mit dem Joe trainiert hatte. Am liebsten hätte ich der Rosl gesagt, dass das im Moment unglaublich wichtig für mich war und Großmutter schließlich auch nicht mehr jünger wurde. Denn wenn ich im Rahmen meiner Ermittlungen wieder einmal niedergeschlagen werden sollte, wer sollte mich dann pflegen?

»Wahrscheinlich hast zu heiß aufdreht«, antwortete die Kathl. »Bei Heißluft darfst ned so heiß aufdrehen.«

»Vielleicht hast kein Ei rein«, mutmaßte die Annl und warf mir einen Blick zu, als würde sie sich denken, kann sie nicht endlich verschwinden?

»Der Nächste«, sagte die Metzgerin.

Alle drehten sich zu mir und erklärten einstimmig: »Nimm's Mädl z'erst. Wir ham Zeit.«

Na prima.

»Eine Leberkässemmel mit süßem Senf«, antwortete ich schlecht gelaunt, da ganz offensichtlich nicht Anneliese mit dem Mädl gemeint war. Sonst, wenn ich es eilig hatte, gab mir keiner den Vortritt. Da wurde dann ausführlichst darüber diskutiert, ob man für den Sonntagsbraten, den sie erst in drei Tagen kaufen würden, lieber den Tafelspitz nehmen sollte oder was von der Hüfte und wie lang die anderen das Fleisch ins Rohr zu schieben gedachten. Und, nicht zu vergessen, ob das Reindl, das sie hatten, groß genug war, weil eine Soß' sollt es ja schon geben …

Wortlos sahen sie mir zu, wie ich die Semmel zahlte. Anneliese lächelte mich zufrieden an. Ihre roten Haare sahen wirklich schick aus, und die neuen schwarzen Klamotten machten echt schlank.

»Was meinst, was die Scheibe 'kost hat«, sagte die Metzgerin mit Grabesstimme. »Wenn die Versicherung das ned zahlt, dann sind wir pleite. Dann könnt ihr eure Leberkässemmeln in Unterbachenreuth kaufen.«

Alle Blicke ruhten auf mir.

Mein Auto ist auch total komplett kaputt, hätte ich gerne angemerkt, ich konnte nicht einmal meinen Beruf ausüben. Dass ich nahe an einer handfesten Depression war, interessierte wieder niemanden.

Als ich die Tür hinter mir schloss, schlug umgehend eine Welle von Worten hoch, von denen ich natürlich nichts verstand und von denen kein einziges von Mürbteig, Heißluft oder Sonntagsbraten handelte – vermutlich auch nicht von der Schließung der Metzgerei.

Mitten im Stimmungstief biss ich in meine Semmel, obwohl ich eigentlich nicht hungrig war, und schlenderte die paar Stufen hinunter. Man hatte bei der riesigen Glasfront auch keine Chance, sie zu belauschen. Die alte Glasscheibe war wenigstens immer beschlagen gewesen.

Anneliese würde mir garantiert aus ganz eigennützigen Gründen niemals verraten, was in der Metzgerei besprochen worden war. Erneut bereute ich ein klein wenig, dass ich so ruppig zu ihr gewesen war. Konnte ja keiner ahnen, dass ausgerechnet Anneliese einmal etwas wissen könnte, was mich interessierte. Brüderlich teilte ich mit den beiden Hunden die Leberkässemmel und band sie vom Fahrradständer los. Als ich mich gerade wieder in Bewegung setzen wollte, kam der Metzger hinter dem Haus vor und ging zu seinem Lieferwagen. Ohne mich zu beachten, stieg er ein und fuhr davon.

Zweiter Eingang, dachte ich mir. Wenn das mal keine gute Nachricht war. Der Metzger war weg. Die Metzgerin, alleine im Laden, musste bedienen. Wenn ich von hinten in die Metzgerei kam, konnte ich mich bestimmt prima neben die offene Tür stellen, von der man alles hörte, was die Weibsen drinnen besprachen!

Tatsächlich war der Raum hinter der Metzgerei leer und verwaist. Vorsichtig schlich ich hinein und suchte den strategisch günstigsten Platz. Alle Wände waren voll gestellt mit Tischen. Auf einem lagen Schaschlikspieße, Paprikaschoten und Zwiebeln, die schon in kleine Quadrate geschnitten waren. Ein Hackblock stand direkt neben einer glänzenden Metalltür, die bestimmt zum Kühlraum führte. In der Ecke daneben befand sich ein sauber gewienertes Spülbecken, darin lagen zwei große Messer zum Abspülen. Ich blieb einfach direkt an der Tür stehen, da war ich gleich wieder draußen, wenn die Metzgerin noch ein bisserl Hackfleisch machen musste.

»Angeblich«, hörte ich die Annl wichtigtuerisch sagen, »soll des so g'wesen sein. Angeblich.«

Ich starrte auf den Fleischwolf.

»Das ist nicht angeblich«, erklärte Anneliese mit einem professionellen Unterton. »Sie hat mir das selber gesagt. Dass das so wär.«

Was denn nun? Und wer war SIE? Die Schmidin?

»Wennst dir des vorstellst«, sagte die Kreszenz.

»Des sagt doch gar nix«, meinte die Kathl.

»Ich möcht nicht in ihrer Haut stecken«, erläuterte die Metzgerin.

Mannometer, ich hätte eine Minute früher hier sein müssen! Die ganzen Nebensächlichkeiten mitzuhören konnte einen wirklich auf die Palme bringen!

»Aber dann hat sie ja einen Grund gehabt, ihn um die Ecke zu bringen«, seufzte die Rosl zufrieden.

Die Schmidin. Zufrieden lehnte ich mich gegen die Wand und spitzte die Ohren.

»Wennst dir des vorstellst«, wiederholte die Kreszenz und klang, als würde sie sich das sehr gerne vorstellen.

»Nein«, sagte Anneliese böse. »Nein, sie hatte keinen Grund, ihn umzubringen. Das ist eben ein riesiger Zufall.«

Das Schweigen im Laden dehnte sich aus, und mir war sofort klar, dass Anneliese mit ihrer Meinung ganz alleine dastand.

»So was soll's geben«, beharrte Anneliese. »Es gibt manchmal Zufälle, das glaubt man kaum. Deswegen darf man niemanden verurteilen!«

Ich starrte auf die Schaschlikspieße und bekam Herzrasen. Wenn jetzt nicht bald jemand sagte, worum es ging, bekam ich bestimmt schwere gesundheitliche Probleme.

»Er hat erst letzte Woche den Vertrag für die Versicherung abgeschlossen und die erste Rate gezahlt«, sagte die Rosl sehr deutlich und artikuliert.

»Da musst dich schon fragen, wieso er des g'macht haben sollt«, sagte die Kreszenz. »Wenn er doch gar ned g'wusst haben kann, dass er ermordet wird.«

»Und jetzt ist er plötzlich tot, und sie kassiert«, fügte die Metzgerin sehr zufrieden hinzu.

Kann das ein Zufall sein, dachten sich jetzt bestimmt alle. Der Schmid hatte eine Lebensversicherung abgeschlossen. Erst eben gerade. Mir wurde ganz schwummerig. Denn obwohl ich die Schmidin nicht besonders leiden konnte – dass sie ihren Mann erst schlug und dann auch noch »einschläferte«, war ein Ding der Unmöglichkeit. Selbst wenn es um eine Lebensversicherung ging, konnte ich mir das nicht vorstellen.

»Erst letzte Woche!«, wiederholte die Kreszenz. »Der hat praktisch nur eine Rate gezahlt, und schon kriegt er eine riesige Lebensversicherung.«

Man hörte wieder die Türglocke bimmeln, es wurde still. Auch der Loisl durfte gleich nach vorne zum Bestellen – fünfzig Gramm Bierschinken –, und die Frauen sahen ihm wortlos zu.

»Was is denn des für ein Krippl?«, fragte er.

»Fünf Cent«, sagte die Kathl, weil der Loisl anscheinend sein Geld nicht mehr auseinanderhalten konnte, und man hörte erneut das Geklapper von Münzen.

»Is des a Gfrett mit dene Zents«, sagte er schließlich. »Nimm's dir selber raus, ich seh des ned g'scheit … Früher, da hast halt g'wusst, was'd in der Geldbörsn hast. Aber seit dem Euro hast nix als Ärger.«

»Ja, ja«, sagte die Metzgerin ungeduldig, weil sie jetzt wirklich was anderes zu besprechen hatten als die blöde Sache mit den Cents.

»Wenn die überhaupt zahlen«, setzte die Kathl hinzu, als der Loisl wieder gegangen war. »Die von der Versicherung, die drücken sich ja, wo's nur geht.«

»Bestimmt wird des untersucht«, fügte die Annl hinzu. »Und wenn dann rauskommt, dass sie des war. Dann hat's gar nix vom Geld, wenn's im Gefängnis sitzt.«

Vor allen Dingen zahlte da keine Versicherung.

»Aber dass sie ihn erst so zug'richt hat«, fragte sich die Rosl. »Schließlich ham die erst des Silberne Jubiläum g'habt. Sogar in der Kirche sind's g'sessen, und der Pfarrer hat was dazu g'sagt.«

»Letztes Jahr war des«, bestätigte die Annl genüsslich. »Fünfundzwanzig Jahre, und immer hat sie so getan, als könnt sie ohne ihn ned leben. Und dann haut sie ihn so, dass er stirbt.«

Ich war nahe dran, mich aus dem Hintergrund einzumischen und ihnen den Tipp zu geben, dass der Götz zumindest die Schlägerei schon gestanden hatte.

»Aber sie hat gesagt, dass sie davon nichts wusste«, berichtete Anneliese. »Sie hat einfach keine Ahnung gehabt. Die Berufsunfähigkeitsversicherung, das hat sie gewusst, aber das mit der Lebensversicherung hat er nicht mit ihr besprochen.«

»Nicht g'wusst«, sagten drei Frauen im Chor, und es hörte sich nach ungläubigem Kopfschütteln an.

»Weil er doch immer g'sagt hat, dass ihn der Schmarrn mit dene Versicherungen so aufregt. Dass man von so einer Versicherung doch gar nix hat«, machte Anneliese weiter.

»Vielleicht hat sie die Versicherung auf ihn abgeschlossen. Er hat des doch bestimmt nicht g'wusst«, schlug Annl begeistert vor. »Könnt doch so g'wesen sein.«

»Wird halt ein bisserl so sein wie bei ihrer Mutter«, warf die Kreszenz ein. »Bei der sind doch vier Männer g'storben.«

»Schmarrn«, sagte die Kathl, die immer einen klaren Kopf behielt, energisch.

Die Rosl seufzte. »Ja, ja. Aber irgendeiner muss es doch g'wesen sein. Und wer hätt denn einen Grund g'habt? Der liebe Herr Doktor. Den will doch keiner umbringen.«

»Nicht für viel Geld«, bestätigte die Rosl.

»Ich hätt auch ned dacht, dass sie des kann«, setzte die Kreszenz hinzu. »Wo sie ihn doch schon seit fünfundzwanzig Jahren liebt.«

»Weil's halt keine Kinder g'habt haben«, fügte die Annl hinzu. »Vielleicht wär des dann anders aus'gangen mit dene zwei.«

»Sie hat ihn nicht umgebracht«, unterbrach Anneliese ärgerlich, und man spürte die allgemeine Aufbruchstimmung bis hierher zu den Schaschlickspießen.

»Des kommt schon noch raus«, erklärte die Rosl sehr bestimmt. »Weil des kommt alles raus. Wenn man was Falsches macht, dann kriegt's einer raus, und wenn's der liebe Herrgott ist.«

Ja, aber der sagte meistens keinem Menschen was. Als ermittelnder Kommissar hatte man quasi gar nichts davon.

Die Türglocke ging, als die Ersten die Metzgerei verließen, und Anneliese sagte noch einmal eindringlich: »Aber sie hat ihn geliebt von ganzem Herzen.«

Schnell machte ich, dass ich weiterkam, denn wenn die ganzen Ratschen sich über das Dorf verteilten, um den Nachrichtenfluss am Laufen zu halten, kam die Metzgerin bestimmt nach hinten, um frisches Hackfleisch durchzudrehen.

Als ich wieder auf der Straße stand, überlegte ich mir das weitere Vorgehen. Das mit der Lebensversicherung machte die Schmidin natürlich hochgradig verdächtig. Vor allen Dingen, wenn sie, wovon ich inzwischen fest ausging, für Anneliese die falschen Fährten gestreut hatte, um den Götz ins Zentrum der Ermittlungen zu bringen.

Ich beschleunigte meine Schritte, als ich sah, dass Anneliese die Einkäufe in ihr Auto lud. Was hatte ich auch nur diese blöden Hunde mit dabei! Obwohl Anneliese so tat, als sähe sie mich nicht, verfiel ich in einen leichten Trab, um sie zu erreichen, bevor sie davonfuhr. Max musste noch ein wenig auf meine Neuigkeiten warten, wichtiger war, dass mir Anneliese jetzt nicht entwischte. Außerdem war es mir irgendwie ein bisschen peinlich, dass ich ihn zum Mossbauer gehetzt und den Götz noch weiter reingeritten hatte, wo das vermutlich alles nur eine Masche von der Schmidin gewesen war, um sich aus der Affäre zu ziehen.

»Hallo, Anneliese.«

»Hallo, Lisa, ich hab zu tun«, sagte sie unverblümt und öffnete die Fahrertür.

»Ja, ich weiß. Für die Schmidin ermitteln«, unterstellte ich ihr. »Du weißt schon, dass du deswegen ins Gefängnis kommen kannst?«

Abrupt drehte sie sich um. »Gefängnis? Schmarrn, Lisa, als Privatdetektiv kommt man doch nicht ins Gefängnis.«

So, jetzt musste ich die Kurve kriegen, damit sie auspackte. »Normalerweise nicht«, schwächte ich meine Aussage ab und suchte nach irgendetwas, das sie während ihrer Ermittlungen falsch gemacht haben könnte. »Aber stell dir vor, wenn du einen Mörder unterstützt und mit ihm falsche Fährten streust. Dann ist das Irreführen der Polizei.«

»Ich streue keine falschen Fährten«, zischte mich Anneliese an.

»Bist du dir da ganz sicher?«, stichelte ich. Irgendwie musste ich sie dazu bringen, mir von ihrem Auftrag zu erzählen.

»Sagt des der Max? Das mit den falschen Fährten?«

Zumindest fand er es seltsam, so viel wusste ich. Ich zuckte mit den Schultern, um weder Ja noch Nein sagen zu müssen.

»Sie hätte sich halt wenigstens erkundigen sollen, mit was ihr Mann umgebracht worden ist«, erklärte ich ihr, »und nicht einfach irgendwelche Flascherln zu den Gansbühlers rüberwerfen.«

Anneliese öffnete den Mund und schloss ihn wortlos.

»Na ja, ins Gefängnis musst du deswegen bestimmt nicht, das war jetzt übertrieben«, beruhigte ich sie und fügte nach einer kleinen dramaturgischen Pause hinzu: »Aber um ein saftiges Bußgeld wirst du nicht herumkommen. Das kann leicht in die Tausende gehen.«

Das war jetzt frei erfunden.

»Mensch, Lisa, das hab ich doch nicht gewusst«, fing Anneliese sofort zu jammern an. »Woher soll ich denn das wissen, die Schmidin hat gesagt …«

Sehr gut. Jetzt wusste ich aus ihrem eigenen Mund, dass die Schmidin die Auftraggeberin war.

Etappenziel erreicht.

»… dass ich noch einmal Spuren suchen soll. Weil sie sich ganz sicher war, dass die des ned g'scheit g'macht haben. Verstehst, die Spurensicherung, die hat doch nur den Komposthaufen auseinanderg'nommen, und ob da bei Gansbühlers was drüben liegt, des ist doch denen komplett wurscht.«

Ich nickte verständnisvoll. Das war zwar totaler Quatsch, aber das brauchte ich ja nicht zu verbessern.

»Wie komm ich denn da wieder heraus? Da denkt doch jeder, ich hätte mit der Schmidin gemeinsame Sache gemacht!«

Ich nickte weiter, kam mir aber sehr gemein vor, weil ja kein Mensch so etwas dachte und ich nur in meiner Verzweiflung etwas erfunden hatte.

»Aber du glaubst doch selber nicht, dass die Schmidin so etwas tut!«

Anneliese sah mich scharf an, weil ich einfach weiternickte und nichts zu sagen wusste.

»Ich sprech sie darauf an«, sagte sie energisch. »Und du kommst mit. Wenn sie mich umbringen will, dann musst du dich einmischen.«

»Moment«, unterbrach ich sie und hörte abrupt zu nicken auf. »Also, ich glaube, das ist kein guter Einfall.«

»Dass du mich rettest?«

»Nein, dass ich danebenstehe. Da gibt sie doch bestimmt nichts zu«, erklärte ich ihr, während ich fieberhaft überlegte. Eigentlich keine schlechte Idee, sie direkt darauf anzusprechen. Aber hätte ich jetzt an dieser Stelle nicht Max anrufen müssen? Vielleicht hatte der Götz inzwischen alles gestanden!

»Aber wenn ich mich in den Stangl-Vorgarten hinter die Thujenhecke lege, dann kannst du sie darauf ansprechen, ich bin deine Zeugin, und wenn sie dir den Kopf einschlagen will ...«

Anneliese gab ein seltsames Geräusch von sich.

»... dann bin ich schneller da, als du ›Polizei‹ denken kannst«, beruhigte ich sie. Dabei hatte ich noch keine Ahnung, was ich dann machen sollte. Aber das würde sich schon fügen.

»Wir fahren vorher nur die Hunde heim.«

Gott sei Dank lag der Stangl grade nicht hinter der Thujenhecke, und so war der Platz neben der Schmidschen Eingangstür frei für meine Beschattungsaktion. Anneliese hatte jetzt zwar doch Zweifel angemeldet, was sie denn tun sollte, wenn die Schmidin gewalttätig wurde – grad jetzt, wo sie schwanger sei, könne sie so etwas gar nicht brauchen. Aber ich beteuerte, dass nichts schiefgehen konnte, solange sie nicht in die Wohnung hineinging oder sich von der Schmidin zum Komposthaufen locken ließ.

Auf dem Weg zur Schmidin hatte sie mir bestimmt hundertmal erzählt, dass sie nie, nie wieder als Privatermittlerin arbeiten würde. Und dass so eine Schwangerschaft auch kein Pappenstiel sei.

Und dann ging es auch schon los.

»Gibt's was Neues von der Polizei?«, wollte Anneliese von der Schmidin wissen, und ihre Stimme klang ein klein bisschen zittrig.

»Ich hab keine Ahnung. Die reden ja nicht mit mir. Willst ned reinkommen?«

Wie gruselig. Ich hielt den Atem an und hoffte, dass Anneliese ihre Anweisungen nicht vergessen hatte.

»Ich hab nicht so viel Zeit. Muss gleich die Kinder holen«, redete sie sich raus.

Die Stimme von der Schmidin klang gedrückt. »Heute ist eine Rechnung gekommen vom Urologen vom Luke.« Sie klang, als hätte sie gerade geheult. »Wenn ich mir das vorstell. Dass er erst beim Urologen war, und dann kommt er heim und wird ermordet.«

Anneliese sagte nichts, wahrscheinlich tätschelte sie der Schmidin gerade den Rücken.

»Dieses Leid, das er aushalten hat müssen«, schluchzte die Schmidin. »Und jetzt denkt des halbe Dorf, dass ich ihn ermordet hab.«

»Keiner denkt das«, log Anneliese sehr versiert. »Wer sollt denn so etwas denken?«

»Ein schlechtes G'wissen hab i, weil i mir noch an dem Tag, an dem er heimkommen ist vom Arzt, gedacht hab, mei, a Viech, des schläferst ein, weilst sagst, des erlös ma von seinem Leid. Und beim Menschen, da macht man alles, damit er nicht stirbt, egal wie's ihm dabei geht.«

Sie schneuzte sich trompetend. »Und als hätt der Herrgott meine Gedanken gespürt, wird er ermordet, der Luke. Ich bin praktisch schuld.«

»A geh«, tröstete Anneliese, »des kann der Mörder doch ned g'wusst haben.«

Höchstens die Schmidin hatte ihn angerufen, nachdem der Schmid vom Urologen heimgekommen war.

»Das mit der Lebensversicherung ist halt blöd«, merkte Anneliese tapfer an.

»Es schaut schlecht aus, gell?«, wollte sie wissen. »Die verdächtigen mich wegen der blöden Lebensversicherung.«

Man spürte Annelieses Nervosität bis hinter die Stanglsche Thujenhecke.

»Was machen wir denn jetzt?«, fragte die Schmidin mit gedämpfter Stimme.

»Na ja. Das mit der Lebensversicherung …« Anneliese räusperte sich, anscheinend gewillt, jetzt endlich das mit den falschen Fährten anzusprechen. »Das sagt ja nix. Die finden den richtigen Mörder schon noch, und dann ist das egal. Mit der Lebensversicherung.«

Anneliese, dachte ich mir böse. Red doch keinen solchen Schmarrn! Los jetzt. Mir friert schon der Hintern ab!

»Aber langsam müssten die des doch kapiert haben!«, zischte

die Schmidin empört. »Was muss man denn noch alles machen, bis sie des kapieren?«

»Wer?«, fragte Anneliese. »Was kapieren?«

Jetzt stell dich doch nicht so an, Anneliese. Der Max natürlich. Der saß, der Meinung der Schmidin nach zu schließen, voll auf der Leitung, jedenfalls was die Glasflascherln betraf.

»Wieso des T61 unter dem Busch von den Gansbühlers gelegen hat«, sagte die Schmidin mit Verzweiflung in der Stimme. »Das ist doch nicht so, als würde bei den Gansbühlers ständig T61 irgendwo herumliegen. Und dann noch das Rezept vom Götz, des muss doch irgendjemandem auffallen, was das zu bedeuten hat.«

Anneliese räusperte sich.

Go, Anneliese, go. Du schaffst das!

»Das ist das eigentliche Problem«, sagte sie schließlich, anscheinend nahe dran zu hyperventilieren. »Das mit dem T61 ist ein echtes Problem. Weil ... er ist gar nicht mit T61 umgebracht worden.«

Gut. Sie hatte sich gemerkt, was sie sagen sollte. Eine bedrohliche Stille trat ein, und ich spitzte die Ohren. Holte die Schmidin gerade ihre Gymnastikkeule?

»Aber ... die haben doch nachgeschaut. Wegen dem T61«, sagte die Schmidin verblüfft. »Die waren bei mir, wollten den Betäubungsmittelschrank kontrollieren. Der Kommissar hat das T61 rausgeholt und vor sich hingestellt, und dann hat er gesagt ... das müssten sie kontrollieren.«

Oje, da hatte sie aber einiges missverstanden. Max hatte natürlich gemeint, dass wir den ganzen Schrank kontrollieren mussten. Was das T61 ist, wussten wir damals noch gar nicht. Na ja, ich wusste das jedenfalls damals noch nicht.

»Dann hast du das Glasflascherl zu den Gansbühlers rübergelegt«, stellte Anneliese fest. »Und die Spritze.«

Ja, und in der Spritze war auch gar kein Betäubungsmittel gewesen, die Schmidin hatte echt keine Ahnung von irgendetwas. Das musste eine beliebige Spritze gewesen sein, mit der der Götz ein Tier geimpft hatte.

»Ja, freilich«, gab die Schmidin weinerlich zu. Plötzlich klang sie gar nicht mehr, als würde sie Gymnastikkeulen holen. »Weil ich mir nimmer zu helfen g'wusst hab. Ich hab mir denkt, die verdächtigen doch als Allererstes die Ehefrau, des weiß man doch. In jedem *Tatort* ist das so. Und da hab ich mir halt denkt ...«

Sie sagte nicht, was sie sich gedacht hatte, sondern schniefte ausführlich.

»Ja?«, sagte Anneliese.

»Es war doch sowieso der Götz«, erklärte sie der Anneliese mit einem verschlagenen Unterton. »Das war doch nur ein kleiner Fingerzeig in die richtige Richtung. Das kann doch gar nicht falsch sein, wenn man die Polizei da ein bisserl draufstößt, wenn sie es selber nicht hinkriegen.«

»Aber wie kommen denn die Fingerabdrücke vom Götz auf die Sachen?«, wollte Anneliese naiv wissen.

Ich spitzte die Ohren.

»Mei. Das war halt lauter Müll aus seinem Praxisauto«, sagte die Schmidin stolz. »Aber dass du fei nix sagst. Zu dem Kommissar. Weil wie steh ich dann da? Noch blöder als vorher, verstehst.«

Anneliese sagte gar nichts, aber ich konnte mir ihren Gesichtsausdruck bestens vorstellen. Ja, das sah jetzt echt blöd aus.

»Und das Rezept?«, fragte Anneliese bissig. »War das auch von dir?«

»Weil ich mir halt nimmer zu helfen g'wusst hab«, weinte die Schmidin. »Ich hab doch gar nix g'wusst von der Lebensversicherung. Das hat er mir doch gar ned erzählt. Und jetzt schaut des so aus, als hätt ich des g'macht. Verstehst?«

»Aber wieso hast du MICH dann eingestellt, wenn die Spuren eh alle von dir waren?«, bohrte Anneliese weiter.

Hach, die Antwort wollte ich jetzt gerne hören. Das konnte sie sich doch selbst ausmalen, was der Grund war! Welcher andere Privatdetektiv hätte denn so bereitwillig nach dem Zeug gesucht, das die Schmidin verstreut hat? Das war ein Fall für Honey West.

»Weil ich doch das alles nicht finden kann. Wie sieht denn des aus? Als hätt ich das Zeug selber hing'legt«, erklärte ihr die Schmidin, aber meines Erachtens hatte sie einen ziemlich bösartigen Unterton.

»Das ist jetzt ganz schlecht für mein Gschäft. Des weißt schon«, sagte die Anneliese dumpf.

»Was machen wir denn nun?«, wollte die Schmidin wissen. »Vielleicht hilft's, wenn wir noch was finden?«

»Mir glaubt doch keiner mehr was«, würgte Anneliese sie ab. »Des kannst total vergessen, dass ich jemals wieder ins Polizeipräsidium fahre und dort irgendetwas abliefere.«

Wohl wahr. Am liebsten wäre ich aufgestanden und hätte ihnen ein paar Tipps gegeben.

»Hast du denn den Streit gehört, den die Gansbühlerin auf dem Klo gehört hat?«, wollte Anneliese schließlich noch wissen. »Das muss doch der Mörder gewesen sein.«

»Ich bin doch beim Fernsehen eing'schlafen«, erwiderte die Schmidin weinerlich. »Ich war halt schon seit um fünfe wach, irgendwann haut's mir halt des Gstell zam! Aber ich bin mir ganz sicher, dass des der Götz war, weil der hat bestimmt rausgebracht, dass der Luke alles gewusst hat, was er so am Kerbholz hat.«

Ich spitzte die Ohren. Jetzt hätte die Anneliese prima fragen können, wieso sich der Schmid da überhaupt eingemischt haben sollte. Schließlich hätte ihm das ja schnurzpiepsegal sein können, was der Götz so am Laufen hat.

»Ich muss jetzt die Kinder holen«, sagte Anneliese stattdessen kraftlos.

Als die Schmidin endlich schniefend im Haus verschwunden war, stand ich auf. Ich war ganz steif vom Sitzen, und mein Hosenboden war quatschnass. So ganz hatte ich die Zusammenhänge noch nicht kapiert. Denn der Götz hatte ja gestanden, dass er an dem Abend mit dem Schmid beim Komposthaufen gerauft und gestritten hatte. Konnte es sein, dass der Götz und die Schmidin gemeinsame Sache gemacht hatten? Mit der linken Hand holte ich mein Handy aus der Jackentasche, um Max über die neuesten Entwicklungen zu informieren.

»Mei, die Lisa«, sagte da jemand hinter mir, dass mir vor Schreck das Handy aus der Hand rutschte. Erst jetzt sah ich, dass im hinteren Teil des Gartens der Stangl schon wieder bewegungslos im Gras lag. Heute war es eindeutig zu kalt, um so tatenlos auf dem Boden zu liegen. Ich hob seufzend mein Handy auf und ging los, ihm zu helfen. Es wurde echt Zeit, dass er ins Seniorenheim kam. Den Winter würde er auf diese Art und Weise bestimmt nicht überleben. Zumindest sah ich schon eine gewaltige Nierenbeckenentzündung auf ihn zukommen.

»Gut, dass du vorbeischaust«, sagte er und versuchte, mit meiner Hilfe hochzukommen. Er war vom Herumliegen genauso steif wie ich vom Herumsitzen, und es war wirklich harte Arbeit, ihn auf die Beine zu ziehen. Ich verkniff mir jeglichen Kommentar, weil er natürlich kein Hörgerät drin hatte. Wir krauterten zusammen Richtung Haus.

»Ich wollt eigentlich die Rosen anhäufeln. Des musst machen vor dem Winter«, erklärte er mir, und ich nickte stumm, während er nach dem Haustürschlüssel kramte. »Aber nach der ersten Rose ist mir schwindelig geworden, und jetzt hab ich auch keine Lust mehr.«

Er nickte, als hätte ich dazu Stellung genommen, dann sperrte er die Haustür auf.

»Wart«, sagte er, als er in den Flur trat, und taperte Richtung Wohnzimmer. Ich spielte kurz mit dem Gedanken, einfach davonzulaufen, weil ich die Befürchtung hatte, dass er mir aus Dank etwas schenken wollte. Aber er ging nur zum leeren Wohnzimmerschrank und holte die Hörgeräte aus der Kristallschale mit dem Sammelsurium von Dingen. Er wollte mit mir wohl etwas Wichtiges besprechen, wenn er die sogar freiwillig einsetzte.

»Fährt dein Auto wieder?«, wollte er von mir wissen.

Düster schüttelte ich den Kopf. »Da hat's den Motorblock total verschoben. Das wird nichts mehr«, erklärte ich ihm. Inzwischen spürte ich ganz deutlich, dass meine Unterhose komplett nass war.

»Mädl, dann leih ich dir meins«, sagte er gönnerhaft. »Des ist jetzt zwar wegen deinem a bisserl eingedrückt vorne, aber der fährt noch 1a.«

Super. Autotausch mit dem alten Stangl.

»Aber dass du mir fei g'scheit parkst«, forderte er mich auf. »Nicht wieder so kropfert und schief.«

Er kramte nach dem Schlüssel in der Kristallschale, in dem alles Wichtige seinen Platz hatte.

»Wenn ich da an mein erstes Auto denk. Des war 1961. Den hab ich grad zwei Monate g'habt, und dann bin ich nach Waldkirchen, zu meiner Tante, im Winter ... und kommt so ein Depp um die Ecke, keine Ahnung vom Autofahren ...«

Ich schaltete auf Durchzug. Hauptsache, ich hatte ein Auto, bis die Versicherung sich endlich meldete.

»Ein bisserl ein schlechtes Gewissen habe ich schon. Wegen dem Schmid«, gab er zu und reichte mir den Autoschlüssel.

»Sie konnten ja nicht ahnen, dass der Schmid daran gleich stirbt«, seufzte ich, obwohl ich noch immer der Meinung war, dass er sich wenigstens ein bisschen nachbarschaftlich hätte engagieren können. Denn nur wegen der Prügelei wäre er ja auch nicht gestorben.

Er nickte. »Ja, ist er ja auch nicht.«

Wie jetzt. Langsam ging mir das echt auf den Senkel mit dem Stangl. Konnte der nicht einfach mal eine anständige Zeugenaussage machen?

»Ist er nicht?«, fragte ich vorsichtig, um nicht den Eindruck eines Verhörs zu erwecken und irgendwelche Kriegserinnerungen aufleben zu lassen.

»Weil nachdem der Götz dem Schmid voll eine reing'haut hat, hat der Götz doch noch geschrien, ich bring dich um«, erinnerte mich der Stangl.

»Also, nachdem er gesagt hatte, er soll dichthalten, hat er ihm noch mal eins übergebraten?«, wollte ich wissen.

»Nein, da hatte er sich dann wieder beruhigt. Er hat g'sagt, ich bring dich um.«

Morddrohungen klangen sehr nach ruhiger Stimmungslage.

»Und der Schmid hat g'sagt, wennst meinst, dann bring mich halt um.«

Was war denn das für eine Aussage?

»Echt? Er hat ihn aufgefordert, ihn umzubringen?«

»Ja. Man darf nie jammern in so einer Situation«, empfahl mir der Stangl. »Ich hab mir auch dacht, des war des Beste, was er hat sagen können. Dann vergeht dem anderen nämlich des Umbringen.«

So ein Schmarrn. Schließlich war er ja umgebracht worden.

»Und was hat der Götz dann gemacht?«

»Der Götz hat dann gesagt, weißt was, wennst deinen Job nicht mehr magst, dann hör einfach auf! Und dann ist er durch den Vorgarten gegangen, das hab ich sogar gesehen, und durch das Gartentürl hinaus. Ist in sein Auto gestiegen und davongefahren.

Ich hab sogar des Auto g'sehen. So ein schwarzer Kombi. Ist direkt vor meinem Gartentürl g'standen.«

Das war ja der Wahnsinn. Damit hätte er auch echt früher rausrücken können!

»Und dann ist der Schmid verstorben«, sagte ich sehr pietätvoll. »Dort, auf dem Komposthaufen.«

»Schmarrn. G'storben. Er ist doch dann ins Haus gegangen.«

»Der Schmid?«, vergewisserte ich mich ungläubig.

»Der Schmid. Ständig hat er so komisch gerotzt. Wahrscheinlich, weil ihm der Götz so auf die Nase g'haut hat.«

»Haben Sie ihn denn gesehen? Wenigstens von hinten?«

»Nur ganz kurz.«

»Da ist der Schmid also praktisch nackert durch den Garten gelaufen«, sinnierte ich. »Und blutverschmiert?«

»So genau hab ich das nicht gesehen«, schränkte der Stangl ein. »Aber nackert war der nicht. Der hat noch so einen olivgrünen Anorak ang'habt und seine Gummistiefel.«

»Aber …«

Jetzt war ich endgültig sprachlos. Der Stangl nutzte die Gelegenheit, um mir den Audi-Schlüssel in die Hand zu drücken. »Aber der war doch in Unterwäsche draußen beim Komposthaufen.«

»A geh, Mädl«, sagte der Stangl ungefähr im Tonfall meiner Großmutter. »Der wird in Unterwäsche beim Kompost gewesen sein. Da holst dir doch alle möglichen Krankheiten, wennst bei dem Wetter draußen so rumläufst.«

»Aber der Schmid ist doch in Unterwäsche tot auf dem Komposthaufen gelegen …«, klärte ich ihn auf.

»Ehrlich?«, staunte der Stangl, der das ganz offensichtlich zum ersten Mal hörte.

»Ja«, nickte ich verzweifelt. »Hat man Ihnen das nicht erzählt?«

Menno, Joe.

»Na ja. Die Monika hat so was g'sagt. Aber ich hab mir halt dacht, dass des dann nur im Haus g'wesen sein kann. Der Mord. Weil wer geht denn in Unterwäsche in den Garten …«

Anscheinend dachte sich der Stangl bei Gesprächen einfach seinen Teil dazu. Ich seufzte.

»Und danach?«, fragte ich.

Wieso musste man den Leuten eigentlich immer alles dermaßen aus der Nase ziehen! Das konnte sich doch wohl selbst ein Stangl zusammenreimen, dass das total wichtig war! Dass die Polizei geradezu nach solchen Informationen lechzte!

»Dann bin ich zur Teppichstange gekragelt. Und hab mich hochgezogen«, erklärte er. »Des ist nämlich kalt in der Nacht. Des glaubst nicht. Da kühlst richtig aus.«

Das konnte ich mir gut vorstellen, weil ich nämlich auch gerade ganz ausgekühlt war durch die feuchte Hose, die ich anhatte. »Das hätten Sie der Polizei erzählen sollen. Und zwar schon vor Tagen. Ehrlich!«, sagte ich matt.

»Außerdem, eins musst dir merken: Die von der Polizei, die haben keine Zeit für so ein Geschwätz! Da musst genau aufmerken, was sie dich fragen, und dann genau auf die Frage antworten! Ich bin doch keine Frau, die alles dahererzählt, was ihr gerade einfällt.«

Um genau zu sein, sagte er: Koa Wei'.

»Ich hab mich nur g'wundert. Wieso der von der Polizei denkt, ich hätt den Streit g'hört und den Mord. Wenn der im Haus war, der Mord, und ich draußen.«

Max würde wahrscheinlich das gleiche Herzrasen bekommen wie der Stangl nach polizeilichen Befragungen, wenn ich ihm das alles erzählte.

»Und ist er dann noch mal gekommen, der Götz?«, machte ich tapfer mit meinen Fragen weiter. »Und ist dann noch einmal jemand gekommen? Vielleicht seine Frau?«

»Ich kann mich doch nicht die ganze Nacht rauslegen«, grummelte er schlecht gelaunt. »Was du wieder meinst, Lisa. Da frierst ja, da draußen!«

Er gab mir noch die Anweisung, den Audi »fei in die Garage zu stellen, weil ich hab so eine Versicherung, da muss man das Auto in die Garage stellen«.

Das Hörgerät fing wieder unglaublich zu pfeifen an, und der Stangl nahm es heraus. Anscheinend hatte er das Gefühl, genug gesagt zu haben.

Kapitel 10

Es dauerte ewig, bis ich den Audi in Gang hatte. Ich war schon ganz nervös, weil mir der Stangl ständig Kommentare zubrüllte, die irgendetwas mit einem Choke zu tun hatten, den ich ziehen sollte. Als ich endlich rückwärts aus der Garage schoss, sah der Stangl aus, als würde er sein Angebot zurückziehen wollen. Ich bereute es auch bereits ein klein wenig, weil wie sah denn das aus, mit einem Auto herumzufahren, das einen mit Wäscheklammern zusammengehefteten Himmel hatte.

Ich setzte mir eine uralte Stanglsche Sonnenbrille auf, um nicht erkannt zu werden, und erzählte einarmig lenkend Max, was ich alles erfahren hatte.

»Was machst du jetzt?«, fragte ich, als ich mit quietschenden Bremsen vor unserem Gartentürl hielt. Die Bremsen des Audis waren übrigens auch nicht mehr die allerbesten. Aber einem geliehenen Gaul sah man nicht ins Maul.

Max schwieg erst einmal, während ich aus dem Auto sprang.

»Ich sag's dir gleich, wenn du mich jetzt nicht mitspielen lässt, bin ich ganz sauer«, sagte ich energisch. »Das sind schließlich meine Ermittlungsergebnisse. Und ich finde, du solltest jetzt die Schmidin mal festnehmen.«

»Wir sind gerade auf dem Weg zu Frau Schmid«, antwortete Max schließlich.

»Ehrlich?« Ich dachte, ich hätte die Polizei ermittlungstechnisch gerade überholt, aber dem war wohl nicht so.

»Nicht, um sie festzunehmen«, knurrte Max, »sondern um das Alibi vom Götz zu überprüfen.«

»Alibi?«, echote ich.

»Inzwischen haben wir einen Zeugen für die Tatnacht. Der Götz ist kurz nach zehn Uhr in Unterbachenreuth gesehen worden. Wir stellen jetzt die Situation nach, um zu sehen, ob das zeitlich funktioniert.«

»Und dann nimmst du die Schmidin fest«, merkte ich noch an, bevor mich Max mit einem »Bis gleich, ich muss los« unterbrach und das Gespräch wegdrückte. Super.

In der Küche schälten Maarten und Großmutter einträchtig Äpfel, weil der arme Maarten dringend ein paar Apfelmaultaschen essen musste, um nicht vom Fleisch zu fallen.

»Musst du nicht arbeiten?«, wollte ich wissen, während ich an Maarten vorbei Richtung Badezimmer eilte.

Ich brauchte dringend eine saubere und trockene Hose, weil mich schon jeder ansah, als hätte ich eine unkontrollierbare Blase.

»Mein Praktikum ist bald vorbei«, sagte Maarten etwas ausweichend und reichte den geschälten Apfel an Großmutter weiter, die ihn zerkleinerte. »Da nehme ich gerade den Resturlaub.«

Was für ein feiner Kerl, der Maarten. Verbrachte seinen Resturlaub apfelschälend mit meiner Großmutter! Während ich in den ersten Stock stürmte, rief mich Joe an, ob er mich abholen sollte – das nahm ich doch sehr gerne an. Ein Motorrad war nämlich um Welten cooler als ein kackbrauner Audi.

Als ich frisch geduscht und aufgewärmt wieder die Treppe herunterpolterte, walzte Großmutter gerade den Teig aus und erläuterte Maarten im Detail, wie wichtig es war, dass der Teig ruhte, dass er warm war, und überhaupt, was alles zu tun war, damit es nach etwas schmeckte. Schade, dass Maarten jetzt die Chance hatte, alle Apfelmaultaschen alleine aufzuessen.

»Wir waren heute beim Einkaufen«, erklärte mir Maarten stolz, als ich die Tür bereits in der Hand hatte. »In der Metzgerei.«

»Ich auch«, sagte ich desinteressiert und spitzte aus dem Fenster, um zu sehen, ob Joe schon da war.

»Stell dir vor, wir haben die Anneliese getroffen. Die ist wieder schwanger«, sagte die Großmutter. »Und die Resi kommt angeblich morgen mit dem Zug.«

»Und über die Schmids haben sie sich unterhalten«, fügte Maarten hinzu.

»Ausschließlich«, fügte Großmutter schlecht gelaunt hinzu, weil sie sich vermutlich lieber über den letzten Schmorbraten unterhalten hätte. Sie streute Zucker über die Äpfel und legte kleine Butterflocken darauf. »Die Kreszenz hat g'sagt, dass der Schmid eigentlich froh sein könnt, dass er von seinem Leid erlöst worden ist.«

Ach was. Das waren ja fast im Original die Worte von der Schmidin zur Anneliese eben.

»Der hat so eine Krankheit g'habt, ich hab's vergessen, wie die heißt, aber da soll er sich bei irgendwelchen Viechern angsteckt haben. Ist schon lang her.«

»Q-Fieber?«, hakte ich nach. Das war ja mal spannend. Davon hatte die Kreszenz aber nichts erwähnt, als ich in der Metzgerei gelauscht hatte. Auf die Rosenkranztanten war auch kein Verlass mehr, die erzählten offensichtlich jede halbe Stunde etwas anderes.

»Ja, ob er des von dene Küh' hat, weiß ich nicht.«

Ich seufzte, weil sie Q-Fieber falsch verstanden hatte. Sie seufzte, weil sie Mitleid mit dem Tierarzt hatte. »Richtig schlecht ist's ihm 'gangen, Rückenschmerzen. Und Depressionen. Und dann ist wieder das mit seinen Du-weißt-schon-Was zurückkommen.«

»Ach, du meinst die Hodenentzündung, die er bekanntlich hatte?«, fragte ich ungeduldig nach.

Großmutter warf mir einen ungehaltenen Blick zu.

»Die Kreszenz meint also, die Schmidin hat den Schmid umgebracht, um ihn von seinem Leid zu erlösen«, konkretisierte ich den Verdacht von der Kreszenz. Dieses Drumherumgerede brachte einen ja nicht weiter.

»So ein Schmarrn, Mädl«, tadelte mich Großmutter, während sie energisch den nächsten Teigklumpen dünn ausrollte. »Die Schmidin erlöst doch nicht ihren Mann. Die Kreszenz hat halt g'meint, man müsst' auch des Positive dran sehn. Dass er eben nicht mehr leiden muss.« Sie bestrich den Teig mit Schmand und streute Apfelstückchen drauf.

»Eigentlich hat sie g'sagt, dass sie glaubt, dass er an der Krankheit g'storben ist«, gab Großmutter zu und drückte die letzte Apfelmaultasche in das Reindl. »Und dass er wahrscheinlich vorher schon ohnmächtig g'worden ist und dabei so auf den Boden g'fallen, dass er sich alles 'brochen hat.«

»Der Rechtsmediziner sagt, dass ihm jemand mit der Faust volles Rohr auf die Nase gehauen hat«, erklärte ich ihr. »Und Leute, die an ihrer Krankheit sterben, haben auch kein Geschirrtuch im Mund.«

»Des war halt ein Versehen.«

Das mit dem Geschirrtuch.

»Dass du mir fei nie aus Versehen ein G'schirrtüchl in den Mund nimmst«, ermahnte sie mich und machte den Backofen auf. »Nicht, dass' dir so geht wie dem Schmid.«

»Der Schmid ist auch nicht erstickt, das weißt du doch, Oma!«, versuchte ich, das Gespräch abzuwürgen.

»Ich mein, der hätt sich schon wieder derrappelt, weil des G'schirrtüchl hätt er ja auch aus dem Mund nehmen können«, fuhr sie ungeachtet meines Kommentars fort.

»Und welche Krankheit soll das gewesen sein?«, wollte ich wissen. Das interessierte mich jetzt schon, denn bislang wusste ich nur von der Hodenentzündung. Aber da schien es wohl noch mehr gegeben zu haben. Das Informationsmanagement in unserem Dorf war echt ein Krampf! Hätte das die Kreszenz nicht einfach vorhin erzählen können, als ich in der Metzgerei gelauscht hatte? Dann müsste ich es jetzt nicht Großmutter aus der Nase ziehen.

Großmutter zuckte mit den Schultern. »Die Kreszenz hat sich den Namen nicht g'merkt. Auf jeden Fall etwas, was er von dene Viecha hat.«

»Von dene Viecha«, wiederholte ich schon wieder ungläubig.

»Eine Krankheit, die von Tieren auf Menschen übertragen werden kann. Landwirte und Tierärzte sind da besonders gefährdet«, erklärte Maarten mit fachmännischer Miene.

»Gut, dass du kein Tierarzt geworden bist«, erläuterte Großmutter und begann, den Tisch abzuschrubben. »Die sterben weg wie die Fliegen, die Tierärzte.«

»So ein Schmarrn«, entfuhr es mir.

Ärgerlich sah sie auf und kniff die Augen zusammen. »Erst letztens hab ich g'lesen, dass sich einer im Schlachthof derhängt hat. Direkt neben der Waage. Wennst dir des vorstellst.«

»Ich muss jetzt los!«, sagte ich, weil ich mir so was beim besten Willen nicht vorstellen wollte. Ich würde einfach Max gleich fragen, ob er etwas über diese mysteriöse Krankheit vom Schmid wusste.

Großmutter ignorierte meine Worte. »Und nur wegen diesem BSE. Des hat der nimmer ausg'halten.«

»Muss los«, wiederholte ich mich und ließ Großmutters Theorien unkommentiert.

»Zum Max?«, fragte sie, und ich nickte.

»Mit dir weiß ich mir auch nicht mehr zu helfen«, sagte Großmutter und setzte sich ihre Lesebrille auf. »Vielleicht, wennst bisserl netter bist zu dem Max, dass er dich dann nimmt.«

»Bisserl netter?«, echote ich und vergaß vor lauter Empörung, dass ich eigentlich gehen wollte. »Was meinst du damit?«

Mein Blick glitt zu Maarten, der seltsamerweise knallrot wurde.

»Weißt schon. Am Abend, da haben die Männer gern, dass man a bisserl netter ist.«

Wie jetzt, wollte mir Großmutter sagen, dass ich mit Max ins Bett gehen sollte? Mein Blick zu Maarten hinüber wurde besonders fies.

»Vielleicht solltet ihr euch einfach einmal aus meinem Leben raushalten. Ich bin nett genug zum Max, netter geht's gar nicht.

Und besonders die Nettigkeiten am Abend, die sind überhaupt nicht steigerungsfähig.«

Großmutter sah mich streng an, und Maarten wurde noch röter, wenn das überhaupt möglich war.

»Hat er sich da beschwert?«, wollte ich wissen. »Der Max? Hat er gesagt, ich wäre nicht gut im Bett?«

Maarten hatte die Gesichtsfarbe einer Tomate.

»Oder zu wenig?«, fragte ich streng. Wenn er sich schon bei allen ausheulte, dann wollte ich schon genau wissen, was los war.

»Nein. Hat er nicht. Er hat dich in den höchsten Tönen gelobt«, gab Maarten zu.

»Unseren Sex?« Das war ja eindeutig die Höhe!

»Nein.« Er wand sich.

»Der wird jetzt mit uns da drüber reden«, unterbrach Großmutter unsere Unterhaltung. »Der Max ist ned so ausg'schamt wie du.«

Mir blieb der Mund offen stehen. Wer hatte denn mit diesem Thema angefangen!

»Oder es liegt am Hemdenbügeln«, überlegte Großmutter, als hätte sie eingesehen, dass es keinen Sinn machte, mir Tipps für mein Sexualleben zu geben.

»Was liegt am Hemdenbügeln?«

»Und sagst dem Max des mit dem Schmid.«

So ein Schmarrn.

»Und alles wegen diesem Alkohol«, erklärte sie Maarten, damit der wenigstens gewarnt war. »Dass die Tierärzte immer zu viel trinken, des weiß man ja. Und irgendwann haben's dann noch eine Depression und hängen sich auf. Da kannst noch froh sein, wenn sie's im Schlachthof machen.«

Ich schüttelte nur den Kopf über so viel Wahnsinn. »Der hat sich nicht selber umgebracht.«

»Ja, das hat die Schmidin auch gesagt, die war nämlich auch in der Metzgerei. Und jetzt ist sie sich auch richtig sicher, weil sie dieses Glasflascherl gefunden hat.«

Großmutter stellte die Teigschüssel in das Spülbecken.

»Welches Glasflascherl denn jetzt auf einmal?«, schrie ich fast.

»Na, mit dem Medikament, mit dem er immer die Pferdln totgespritzt hat. Da hat eins gefehlt«, erklärte Großmutter in einem Ton, in dem man Kindern das Essen mit Messer und Gabel nahebringt. »Damals, als der Max danach gesucht hat.«

Sie warf mir einen etwas vorwurfsvollen Blick zu.

»Die Polizei muss da ganz schlimm gewesen sein. Hat ihr das ganze Praxisauto zerlegt und hat's ned g'funden.«

»Da bleibt uns doch nichts anderes übrig, wenn eins fehlt«, murrte ich, weil Großmutter schon wieder so aussah, als würde Max die Schmidin nur schikanieren, weil ich am Abend nicht nett genug zu ihm war.

»Und, wo war das Flascherl jetzt?«

»Das hatte er in seiner Weste, die er immer in den Stall anzieht. Die ist noch an der Garderobe gehangen, grad so, wie er's hingehängt hatte. Praktisch kurz vor seinem Tod. Das muss er da drin vergessen haben. Er hat ja sonst nie so Sachen vergessen«, erläuterte Großmutter die Meinung von der Schmidin, »sondern immer alles weggesperrt, aber da hat er's einmal vergessen.«

Wieso sagte das denn keiner der Polizei?

»Wahrscheinlich hat ihn halt der Mörder umgebracht, bevor er alles aufräumen hat können. Und deswegen ist sich die Schmidin bei ihrem Leben sicher, dass er sich nicht umgebracht hat.«

»Der hat sich nicht selber umgebracht. Das weiß die Polizei schon ganz lange, sonst läge da auch noch die Spritze herum«, erklärte ich Großmutter. »Wenn er das selber gemacht hat, verstehst? Wo wäre denn dann die Spritze?«

»Vielleicht hat er die im Komposthaufen vergraben«, erklärte Großmutter mir. »Weißt ja nicht, auf was für Ideen die Leut' kommen, wenn sie sich grad umbringen.«

»Aber die von der Spurensicherung. Die wissen das haargenau«, sagte ich ihr, bevor ich die Tür hinter mir zuzog.

Während ich beim Gartentürl auf Joe wartete, um mich nicht weiter diesen grässlichen großmütterlichen Theorien auszusetzen, jonglierte ich mit meinen Ideen hin und her. Es hatte sich so einfach angehört: Götz macht illegale Geschäfte, der Schmid droht, ihn zu verpetzen, Götz schlägt sich mit ihm und haut so fest zu, dass dieser bewusstlos zusammenbricht. Dann bringt er ihn um. Dass der Götz den Schmid geschlagen hatte, stand ja außer Frage, das hatte er auch gestanden.

Nach dem, was der Stangl erzählt hatte, war das Geschehen ab dem Nasenbruch das folgende gewesen: Der Götz geht, steigt ins Auto, fährt weg. Der Stangl liegt noch immer da. Der Schmid geht auch ins Haus. Zu dem Zeitpunkt war er auch noch komplett angezogen und hatte wohl schon die gebrochene Nase. War der Götz vielleicht zurückgekommen? Man konnte ja leicht eine Runde Auto fahren, ein bisschen überlegen und zu einer anderen Schlussfolgerung kommen. Nämlich, dass ihm das alles zu riskant war, dass er ihn doch besser umbringen müsste, und was wäre da besser, als schnell eine der vielen Fläschchen mit Eutha77 zu nehmen, die in seinem Auto so herumlagen … Also war er wieder zurück zum Schmid gefahren, hatte geklingelt – jetzt hatte der Schmid auch nur noch seine Schiesser-Unterwäsche an und seine schwarzen Nylonsocken, und der Götz hat vielleicht gesagt, du, Luke, mir wär da noch was eingefallen, gehen wir doch noch mal zum Komposthaufen. Ich versuchte mir den Schmid vorzustellen, wie er da mit seiner gebrochenen Nase stand, das ganze Blut und so … wäre da nicht jeder vernünftige Mensch ins Krankenhaus gefahren? Okay, er war Tierarzt und hatte sich wahrscheinlich gedacht, Nasenbruch hin oder her, da steck ich mir doch lieber ein Geschirrtüchl in den Mund, dann wird das schon wieder. Und wäre der Schmid in Unterwäsche wirklich mit dem Götz noch einmal zum Komposthaufen gegangen, wenn der ihm schon vorher so eins übergebraten hatte, dass die Nase abgebrochen war? Ich persönlich hätte dazu gar keine Lust gehabt.

Aber egal, es musste sowieso sehr schnell gegangen sein, denn wir wussten von dem Rechtsmediziner, dass der Nasenbruch und der Tod vom Schmid nicht lange auseinandergelegen hatten.

Dann hielt neben mir Joe auf seinem Motorrad.

Joe bremste ziemlich zackig hinter dem Praxisauto vom Dr. Götz, und ich traute mich endlich, meine Augen zu öffnen und meinen Klammergriff um Joes Bauch zu lösen.

»Puh«, sagte ich zu Joe, während ich abstieg.

»Immer eine Handbreit Luft unter dem Vorderreifen«, grinste er, dann hielt, ebenfalls sehr zackig, ein daytonagrauer Audi hinter uns.

Der Max, der gerade aus dem Auto sprang, sah reichlich genervt aus. Wahrscheinlich, weil wir schon drei Tage keinen Sex mehr gehabt hatten, wie Großmutter ganz richtig vermutete, und weil sich noch immer kein Licht am Horizont der Ermittlungen abzeichnete. Oder aber, weil seine Freundin mit Joe zusammen Motorrad gefahren war.

Eigentlich hätte er allen Grund, richtig guter Laune zu sein, weil er nämlich inzwischen Verstärkung bekommen hatte. Einen der Polizisten hatte er sogar dabei.

»Anton Männer«, stellte er uns mit etwas unterkühlter Stimme vor. »Lisa Wild.«

Wir nickten uns zu.

Ich hielt Max zurück, als Herr Männer und Joe auf die Haustür von den Schmids zugingen.

»Wie ist das eigentlich mit dem Sex? Zwischen uns. Hat dich Großmutter darauf angesprochen?«, fragte ich. Das wollte ich jetzt schon mal geklärt haben. Und vor allen Dingen, was um Himmels willen hatte er geantwortet?

Max atmete einmal tief ein.

»Du kannst mir das alles sagen.« Jedenfalls war mir das lieber, als wenn es Großmutter und Maarten mit mir durchkauten.

»Sie hat mich aufs Hemdenbügeln angesprochen«, gab er entnervt zu. »Und wo wir schon dabei sind, du kannst mir auch alles sagen. Wie ist das eigentlich mit dem Selbstverteidigungstraining zwischen dir und Joe?«

Oioioi.

»Was soll da schon sein?«, zischte ich ihm zu.

»Ja, das würde ich auch gerne wissen«, sagte er. »Ich muss jetzt allerdings arbeiten.«

Ärgerlich und ein klein wenig bockig sah ich ihm nach. Den vernichtenden Blick, den er auf das Motorrad von Joe richtete, konnte ich trotzdem sehen. Eine Weile zögerte ich, ob ich richtig zickig sein und gar nicht mitgehen sollte oder nur ein klein wenig eingeschnappt.

»Haaaallo?«, rief jemand hinter der Thujenhecke aus Stangls Garten.

Herr Männer, Joe und Max standen vor der Haustür der Schmidin und warteten darauf, dass sie ihnen aufmachte. Vielleicht war es nicht gerade der beste Zeitpunkt gewesen, um Max auf unser Sexleben anzusprechen.

»Hallooo?«, rief der Stangl noch einmal.

Der Stangl war echt die Pest. Ich ging durch den Garten der Schmids zurück auf die Straße, um bei den Stangls wieder in den Garten abzubiegen. Kein Wunder. Obwohl sich das Wetter von der besten Seite zeigte, die Sonne von einem herbstlich blauen Himmel strahlte und die letzten Blätter an den Bäumen aufleuchten ließ, war es schon empfindlich kalt. Das ganze Dorf schien vom Scheppern der Laubrechen erfüllt zu sein. Vielleicht hatten aber auch alle spitzgekriegt, dass Max das Mordgeschehen nachstellen wollte, und wollten live dabei sein.

Als ich durch das Gartentürl in den Stangl-Garten abbog, sah ich tatsächlich ganz versteckt zwei Beine unter dem Zwetschgenbaum. Seufzend ging ich darauf zu. Bitte keine Leiche, dachte ich mir routinemäßig, obwohl ich natürlich wusste, dass es der Stangl war, quicklebendig und gänzlich unversehrt. Er lag auf dem Rücken neben seinem eigenen Komposthaufen und blinkerte mir erfreut zu. Neben ihm stand ein kleines Edelstahlschüsselchen, in dem er Apfelschalen hatte hinaustragen wollen. Er blieb entspannt liegen und ich neben ihm stehen, direkt mit Blick auf den Komposthaufen der Schmids. Ich fragte mich, ob ich ihm nicht den Ratschlag erteilen sollte, seine Tochter die Apfelschalen hinaustragen zu lassen. Aber da ich wusste, wie meine Großmutter auf meine sinnigen Ratschläge reagierte, nämlich mit einem »Geh Mädl, red doch ned immer so einen Schmarrn, ich werd doch noch allein meine Apfelschalen raustragen können«, ließ ich es bleiben.

»Bestimmt hab ich des schon erzählt«, sagte der Stangl von unten, als säßen wir gerade im Wohnzimmer beim Kaffeetrinken. »Aber ich erzähl's jetzt trotzdem noch einmal. Des mit dem Hinfallen im Garten, des is halb so schlimm.«

Ich schaltete auf Durchzug. Nicht schon wieder dieser Schmarrn! Jetzt im Herbst war das Mittagspäuschen unter dem Zwetschgenbaum der totale Krampf. Ich warf noch einen Blick auf den Nachbarsgarten. Die Schmidin hatte alles sehr ordentlich gerecht, im ganzen Garten lag kein einziges Blatt. Nur den einzelnen Zwetschgenbaum beim Kompost hatte sie ausgelassen. Der hatte anscheinend über Nacht alle seine Blätter verloren und auch zum Stangl hinübergestreut. Ich konnte das sehr gut verstehen, dass die Schmidin bei ihrem eigenen Komposthaufen nicht Laubrechen wollte. Außerdem war das für die Regenwürmer bestimmt auch sehr gut! Die brauchten nämlich Laub, das war ökologisch total richtig, das unter dem Zwetschgenbaum liegen zu lassen. Ich hatte fest vor, unseren gesamten Garten in ein Regenwurmbiotop zu verwandeln.

Seufzend drehte ich mich wieder zum Stangl und schrie ihm ein »Des is zu kalt zum Rumliegen« zu. Der Schmalzlwirt hätte noch ein »HimmelHerrgottSakramentKreizKruzefixNomal« dazugebrüllt, jedenfalls wenn er wie ich täglich ein paarmal den Stangl im Garten liegend vorfinden würde. Dieses Mal schaffte ich es, ihn hochzuziehen, weil man da mit der Zeit tatsächlich ein bisschen Übung bekam. Vermutlich würden mir diese Aktionen total abgehen, wenn der Stangl endlich im Seniorenheim war. Er blieb eine Weile aufrecht stehen und schien seine Füße nicht in Bewegung setzen zu können. Das erinnerte ihn wohl an seinen Umzug, denn er begann, sich über das Seniorenheim auszulassen.

»Aber des ist denen doch grad recht, dass man richtig blöd wird im Kopf. Die nehmen keine Rücksicht auf das Alter. Hauptsache, blöd«, behauptete er und deutete zu der Edelstahlschüssel auf dem Boden. »Das Schüsserl bräuchte ich noch.«

Ich entschied, dass es total unprofessionell war, an einer Befragung wegen Bockigkeit nicht teilzunehmen. Deswegen hakte ich mich beim Stangl unter, um diese Sache zu beschleunigen. Mit einem Seufzen setzte er sich in Bewegung und erzählte noch mindestens dreimal, dass er genauso gut ins Irrenhaus gehen könnte. Oder sich gleich eingraben.

»Ich hätt's auch so machen sollen wie der Schmid«, erklärte er.

Na ja. Das mit dem Ermordetwerden konnte man sich halt nicht aussuchen, hätte ich gerne gesagt. Ich persönlich kannte zum Beispiel überhaupt keine Auftragskiller, die mich bei Bedarf ermorden würden.

»Wie der Schmid«, sagte ich nur, als wäre ich genau seiner Meinung. Das Wiederholen von Teilsätzen kam bei meiner Großmutter auch immer ganz gut an und verschleierte die eigene Meinung bestens.

»Der hat nämlich schon länger g'sagt, ich weiß nicht, wie lang ich des noch mitmach.«

Er schlurfte bis zu seiner Haustür, und ich ging langsam neben ihm her, etwas unruhig, weil ich ja die Sache mit dem Götz mitkriegen wollte.

»Was denn mitmachen?«, wollte ich in Düsenflieger-Lautstärke wissen.

»Die Schmerzen. Diese greislichen Schmerzen«, erklärte der Stangl und holte klimpernd den Haustürschlüssel aus der Hosentasche. Ich warf einen Blick hinüber zur Haustür der Schmids, die gerade von der Schmidin geöffnet wurde. »Des war nimmer schön für ihn. Der hat g'sagt, manchmal, da hilft gar nichts mehr. Des will man nicht erleben.«

Vergeblich versuchte er, den Schlüssel in das Schlüsselloch zu stecken.

»Sie haben Schmerzen?« Wahrscheinlich von dem Rumliegen im Garten.

»Nein. Hab ich nicht«, antwortete er düster. »Aber sobald ich im Altersheim bin, werde ich da welche haben.«

Er deutete auf seinen Kopf, dann versuchte er wieder aufzusperren.

»Wenn der Schmid noch leben würd, ich würd sagen, gibst mir eins von deinen Spritzerln. Des kann doch ned schwierig sein, sich des reinzustechen.«

Ich nahm ihm den Schlüsselbund aus der Hand und sperrte selber auf.

Er nickte begeistert. »Weil ich hätt des schon selber g'macht. Der Schmid soll ned dastehen wie ein Mörder, wennst weißt, was ich mein. Ich hätte mich aufs Sofa g'legt, und dann hätt ich des schon hingekriegt.«

Ich nickte auch, weniger begeistert als resigniert.

»Alt werden ist nicht schön«, sagte er sehr hochdeutsch. »Des wünscht man keinem. Des Altwerden. Die ganzen Leut', mit denen ich reden hab können, tot. Am Friedhof.«

Na ja, aber da er niemanden hörte, war das mit den Unterhaltungen sowieso relativ. Aber ich nickte nur stumm und trat einen Schritt zurück.

»Den ganzen Abend sitze ich allein vor dem Fernseher. Und wenn ich den Schalter nicht find, dann muss ich mir den ganzen Abend irgendeinen Schmarrn anschaun, den kein Mensch sehen will.«

Er kruschte in seiner Hosentasche herum und seufzte wieder resigniert.

»Und jetzt geh ich ins Altersheim. Kannst dir des vorstellen? Da sind lauter Alte auf einem Fleck. Da bewegt sich nix mehr.«

Auch darauf wusste ich keine angemessene Antwort. Schließlich konnte ich schlecht sagen, stimmt, ein Spritzerl vom Dr. Schmid ist die angemessene Reaktion auf die Aussicht, in ein Seniorenheim zu kommen.

»Da todelts«, erklärte er mir, und ich verkniff mir ein Grinsen. Diesen Begriff hätte ich Maarten so spontan nicht erklären können. Dass alles schon den Atem des Todes innehatte?

»Die machen dort auch schöne Sachen«, versuchte ich etwas Positives zu finden, obwohl mir gerade nichts Diesbezügliches einfiel.

Der Stangl suchte weiter in seiner Hosentasche und reagierte nicht auf meine Antwort, vermutlich hatte er sie auch gar nicht gehört.

»Geh. Mädl, jetzt hab ich hinten beim Komposthaufen auch noch den Kellerschlüssel verloren. Kannst den nicht holen? Sonst find ich den nie wieder.«

Ich nickte wortlos und ergeben. Na klar. Ich hatte auch den ganzen Tag Zeit, nach Sachen zu suchen, die irgendjemand verloren hatte.

»Kalte Füße bekomm ich beim Fernsehschaun«, machte er einfach weiter, während er weiterschlurfte, als würde ihm noch jemand zuhören. »Und die Monika sagt immer nur, ich soll mir halt die Decke rumwickeln, aber des hilft doch alles nix.« Er erzählte weiter von seinen kalten Füßen und dass man da unmöglich vor dem Fernseher einschlafen konnte bei diesen Füßen, und ich beeilte mich, außer Hörweite zum Komposthaufen der Stangls zu kommen. Aber da lag kein Kellerschlüssel.

Langsam ging ich in die Hocke und tastete den Boden ab. Der war kalt und feucht, und da herumzuliegen bedeutete bestimmt, dass man nicht nur kalte Füße, sondern auch einen kalten Hintern bekam. Zwischen den schimmeligen Zwetschgen, die von dem Schmidschen Nachbarbaum heruntergefallen waren, blinkte etwas metallisch auf. Der Kellerschlüssel.

Nachdenklich sah ich nach oben in den Himmel. Die blätterlosen Zweige des Baums reckten ihre Äste herüber. Ein paar braune Blätter zitterten über mir im Wind. Ein weißes, sehr dünnes Band war quer durch den Baum gespannt und hatte sich an einem dünnen Ast verfangen. Inzwischen waren meine Knie feucht geworden. Als ich aufstand, befand ich mich auf Augenhöhe mit dem dünnen Band, es war eine Art Hosengummi mit Knopflöchern, der an einem Ast festgeknotet war. Ich legte den Kopf in den Nacken und versuchte zu erkennen, was das längliche Teil war, das anscheinend mit dem Gummi in den Baum geschossen worden war.

Sah ja eigenartig aus. Vorsichtig kletterte ich auf den morschen Zaun, der sich zwischen dem Stanglschen und Schmidschen Garten befand. Ich hielt mich an einem Ast des Zwetschgenbaumes fest, stellte mich ganz langsam auf die Zehenspitzen. Ich begann zu schwanken, und mit mir wippte der Ast hektisch auf und ab.

Hinter mir hörte ich Schritte. Vorsichtig drehte ich meinen Kopf in die Richtung. Der Götz! Er starrte so intensiv auf den Komposthaufen, dass er mich gar nicht bemerkte.

»Das gibt's einfach nicht«, sagte der Götz zu sich selbst. Seine Stimme klang, als hätte er in letzter Zeit zu viel getrunken und zu wenig geschlafen. »Des hält doch kein Mensch aus.«

Der Ast, an dem ich mich festhielt, geriet noch mehr ins Wippen. Unter mir hörte ich ein Krachen, und alles um mich herum geriet ins Wackeln und Wanken. Während ich fiel, hörte ich ein entnervtes Kreischen, das eindeutig von der Schmidin kam.

»Ich werd noch stocknarrisch! Reicht des ned, dass mir der Garten halb umgewühlt wird«, schrie sie erbost. »Reicht des ned, dass mir der Mann umbracht wird! Jetzt ist der Zaun auch noch hin!«

Der Zaun ist nicht kaputt, wollte ich gerade sagen, da sind nur ein paar Latten eingebrochen, aber die waren sowieso derart morsch, dass sie demnächst in sich zerfallen wären. Aber ich brachte keinen Ton heraus, denn ich war auf den Rücken gefallen und bekam keine Luft. Entweder hatte ich mir jetzt den Rücken gebrochen und war binnen von Minuten querschnittsgelähmt, oder ich würde nie wieder Luft bekommen und innerhalb der nächsten Minuten sterben. Hilflos öffnete ich den Mund und schloss ihn wieder, versuchte die Panik zu verdrängen, die sich in mir breit machte. Der Götz kletterte über den Zaun. Vermutlich, um mich umzubringen, mir eine Spritze zu verabreichen und in die ewigen Jagdgründe zu schicken.

Mit einem Rasseln sog ich ein kleines bisschen Luft in meine Lungen, er kniete neben mir nieder. Ich starrte ihn an, wartete auf die Todesspritze, die er ja erwiesenermaßen ständig mit sich herumtrug. Aber mir konnte ja nichts mehr passieren, seit meinen Selbstverteidigungsübungen konnte ich mich sogar liegend vor Übergriffen schützen, und ich stellte mich auf einen fiesen Kampf ein.

»Ganz ruhig«, sagte er zu mir, ohne mich zu schlagen. Vermutlich wollte er mich noch foltern, bevor er mich tötete. Wann kam denn endlich der Max, der musste doch mitgekriegt haben, was im Garten abging!

Aber das war eh alles egal, weil ich sowieso nie wieder richtig Luft bekommen und in den nächsten drei Minuten sterben würde.

»Jetzt ham wir ihn, den miserabligen Hundskrippl, den miserabligen!«, kreischte die Rosl bei der Straße auf, und der Götz hob abrupt den Kopf.

»Schon wieder will er einen von uns umbringen«, meinte ich zu verstehen, oder vielleicht redete ich mir das auch nur ein, weil ich meinen eigenen Tod so nahe glaubte. Während ich meinen ersten konzentrierten Atemzug zustande brachte, hörte ich die Annl schreien: »Ruft's die Polizei! Schnell! Sonst bringt er uns noch alle um!«

Um mich herum brach ein Tumult los, den ich mir nicht erklären konnte, erst recht nicht, als ich von etwas Hartem am Kopf getroffen wurde. Dabei kreischten mehrere Frauenstimmen durcheinander, die anscheinend alle derselben Meinung waren, aber trotzdem so klangen, als würden sie miteinander streiten. Ich sah schon wieder einen Gehstock auf mich niederrauschen, im nächsten Moment klappte der Götz über mir zusammen und drückte mir das letzte bisschen Luft aus den Lungen, das ich noch in mir hatte. Weil der Götz auf mir drauf lag, konnte ich mich auch nicht dagegen wehren, dass mir noch einmal derselbe Gehstock mit voller Wucht auf den Kopf schlug. Dann wurde mir schwarz vor Augen.

Als ich wieder die Augen aufschlug, sah ich in Joes Gesicht, der zu lächeln begann, als er bemerkte, dass ich noch nicht tot war.

»Weil der hätt die Lisa genauso gut umbringen können«, erklärte die Rosl bestimmt.

Meine Augen schweiften zum nächsten Augenpaar. Der Max.

»Ich wollte ihr aufhelfen«, sagte der Götz, und seine Stimme klang eindeutig ein wenig weinerlich. »Sie ist vom Zaun gefallen …«

Ich schielte zum Götz.

»Des sagen sie alle«, behauptete die Rosl, als hätte sie jeden Tag mehrmals Kontakt zu einschlägigen Gewalttätern. Dabei umklammerte sie einen Gehstock, der aussah, als würde er dem Stangl gehören.

»Schon gut«, erklärte ich möglichst würdevoll und rappelte mich wieder auf.

Den ganzen Weibern war es nun doch peinlich, dass sie den Götz und mich vollkommen sinnlos niedergeschlagen hatten, und sie verzupften sich schlecht gelaunt. Der Götz ging mit Herrn Männer zurück in den Garten der Schmids, und ich hörte ihn noch lamentieren, dass er jetzt unmöglich Auto fahren könne. Max schüttelte wie so oft seinen Kopf und sah mich von oben bis unten an.

»Ich dachte, du bist jetzt Selbstverteidigungsspezialistin«, erinnerte mich Max. »Wie kommt es, dass du von ein paar alten Frauen niedergestreckt wirst?«

Ich räusperte mich umständlich. »Ich kann unmöglich die Rosl niederschlagen«, erklärte ich ihm. »Stell dir vor, die tut sich was, wenn sie hinfällt. Die Oma, die flippt mir aus, wenn ich das mach.«

Max hob beide Augenbrauen.

»So alte Weiber brechen sich ein einziges Mal den Oberschenkelhals, und dann ist's aus«, machte ich weiter, während ich mir ein paar Zwetschgenbaumblätter von der Jacke pflückte.

Um ihm zu beweisen, dass ich in puncto Selbstverteidigung echt was draufhatte, wendete ich meinen Spezialgriff »Wirf-den-stärksten-Mann-um« an, der auch Max zu Boden gehen ließ. Max kannte anscheinend auch ein paar Spezialgriffe, und so saß ich einen Bruchteil der Sekunde später neben ihm.

»Da oben«, sagte ich, obwohl mir mein Hintern schmerzte, und gab Max einen Rempler mit dem Ellenbogen. »Deswegen bin ich auf den Zaun gestiegen. Der Gummi da, was hängt da noch mit dran?«

Wir sahen beide nach oben, und Max stand als Erster auf. Er kletterte über den Gartenzaun, und ich tat es ihm nach. Mit dem Haglstecken vom Stangl zog er ein bisschen an dem Hosengummi, und mit einem Knacksen brach ein kleines Ästchen, und das längliche Teil fiel samt dem Gummi herunter. Jemand hatte eine Spritze durch ein Knopfloch des Gummis gepresst. Die 25-ml-Spritze, in der sich noch Flüssigkeit befand, baumelte ungefähr zehn Zentimeter über dem Boden.

»Nicht anfassen«, sagte Max neben mir, obwohl ich mich gar nicht bewegt hatte.

»Das ist die Spritze. Mit der der Schmid umgebracht worden ist«, flüsterte ich, obwohl es keinen Grund zum Flüstern gab. »Wetten, da ist Euthadorm drin?«

Wir sahen weiter auf die große Spritze vor uns, ohne sie anzufassen. Sie wippte an dem Gummi noch immer auf und ab. Max sah von der Spritze entlang bis zu dem Ast, an dem der Hosengummi festgebunden war. Wer um alles in der Welt knotete Spritzen an Hosengummis in einen Zwetschgenbaum?

»Einfacher wäre es für den Mörder gewesen, wenn er das Zeug gleich ganz hätte verschwinden lassen«, sagte ich.

»Überleg doch mal, wie das abgelaufen sein soll«, schlug Max vor.

»Der Mörder bindet den Gummi an den Baum. Steckt die Spritze durch den Gummi, dann spritzt er dem Schmid das Euthadorm und während ...« Meine Stimme verebbte. Das klang ja sehr abstrus. »Aber er hätte die blöde Spritze schon längst holen können«, verbesserte ich mich selbst. Außerdem hätte er die Spritze einfach einstecken und in die nächste Mülltonne werfen können.

»Oder der Schmid hat das alles inszeniert«, sagte Max dumpf.

»Du denkst an Selbstmord?«

Max antwortete mir nicht, sondern starrte weiter auf den Hosengummi. Wir hörten den Götz aus dem Garten gehen und dabei energisch auf den Polizisten einreden. Das Auto sprang an, und ich hatte den Eindruck, dass der Götz ziemlich aufs Gas stieg.

»Aber die ganze Sache mit dem Götz?«, wollte ich wissen. »Wie passt denn das zu einem Selbstmord? Hat er sich gedacht, jetzt, mit der gebrochenen Nase, da hab ich ja gleich dreimal keine Lust mehr ...«

Wenn der Götz nicht log, dann hatte der Schmid ihn nach dem Kaiserschnitt angerufen. Sie hatten sich beim Komposthaufen gestritten, wobei der Schmid ihn so lange beschimpft und bis zur Weißglut getrieben hatte, bis er ausgeflippt war und dem Schmid voll eins auf die Rübe gegeben hatte. Danach war der Schmid wieder ins Haus gegangen. Das war das Letzte, was wir gesichert wussten.

So wie er danach ausgesehen hatte, wäre es nur logisch gewesen, wenn er zu einem Arzt gefahren wäre. Oder zumindest sich brav in seinen Fernsehsessel gesetzt und darauf konzentriert hätte, die Blutung zu stillen.

Wenn er aber schon die ganze Zeit vorgehabt hatte, sich selbst umzubringen, war er nur ins Haus gegangen, um die Spritze und den Hosengummi zu organisieren, und hatte sich ausgezogen. Danach war er noch einmal zum Komposthaufen gegangen, diesmal nur in Nylonsocken und Unterwäsche. Die Spritze durch den Hosengummi gesteckt, den Hosengummi am Zwetschgenbaum festgebunden. Danach das Geschirrtuch in den Mund genommen, damit keiner sein eventuelles Stöhnen mitbekam, dann die Spritze in die Leiste gerammt und voll Karacho selbst injiziert. Deswegen hatte er auch keine Hose angehabt und die Unterhose nach unten geschoben.

»Zehn Sekunden hatte der Toxikologe vermutet«, sagte Max abrupt. »Kann man sich in so kurzer Zeit diese Dosis injizieren?«

»Nicht ganz. Ist ja auch noch was drin«, antwortete ich.

»Der Schmid ist also schon während der Injektion umgefallen«, überlegte Max weiter. »Der Gummi hat die Spritze aus der Vene gerissen und ist zurück in den Baum geschnellt.«

»Die Verwundung in der Leiste!«, fiel mir ein. »Die käme dann gar nicht daher, dass sich der Schmid gewehrt hat …«

»Sondern weil die Kanüle herausgerissen worden ist, während er umfiel, und dann mit so hoher Schnellkraft in den Baum zurückgeschnellt wurde, dass sich der Hosengummi um einen Ast gewickelt hat.«

Zwischen dem ganzen Laub war das überhaupt niemandem aufgefallen.

»Meinst du?«, fragte ich ungläubig, noch immer mit dem Kopf im Nacken.

Vermutlich hatte das der Schmid gar nicht so geplant. Genauso gut hätte nämlich der Hosengummi die Spritze zu den Gansbühlers oder Stangls schießen können, der Hosengummi wäre weiter im Baum gebaumelt, und keiner hätte die richtigen Rückschlüsse gezogen. Und bei der Spritze hätte jeder gedacht, klar, die hat der Mörder verloren, was sonst.

Und natürlich hatte Anneliese recht, wenn sie jetzt sagte, hab ich's nicht gesagt, dass die Spurensicherung doch nicht überall gesucht hat? Den Komposthaufen zerwühlen und Knöcherln anschauen, aber den Zwetschgenbaum ignorieren.

»Was der Götz wohl während des Streits gesagt hat, dass der Schmid sich danach direkt umbringen wollte?«, wunderte ich mich.

Max antwortete nur zögerlich: »Vermutlich war der Streit mit dem Götz gar nicht der Grund.«

»Kann sein«, pflichtete ich bei. »Schließlich wissen wir ja inzwischen, dass der Schmid Depressionen hatte.« Wegen dieser komischen Krankheit.

Ich erinnerte mich an die tierärztliche Zeitschrift, die aufgeschlagen auf Schmids Schreibtisch gelegen hatte, genau auf der Seite, wo es um auf Menschen übertragbare Tierkrankheiten gegangen war.

»Er hatte Brucellose«, erklärte mir Max, der wieder einmal mehr wusste als ich. »Er hatte genau an dem ›Mordtag‹ seine Untersuchungsergebnisse bekommen.«

Ich warf ihm einen ärgerlichen Blick zu. »Wieso weiß ich das noch nicht?«

»Das hat mir Frau Schmid vor fünf Minuten erzählt.«

Wir schwiegen eine Weile.

»Wahrscheinlich hatte er sie schon jahrelang, aber angeblich hat er es immer ignoriert. Er hatte eine ganze Palette von Symptomen: Herzprobleme, Entzündungen der Wirbelkörper, Vergrößerung der Leber und der Milz. Leistungsabfall, Schweißausbrüche, Schlafstörungen und depressive Verstimmungen.«

Da konnte man schon die Lust verlieren.

»Aber wieso sollte er dann die Spritze in den Baum schießen?«, wollte ich wissen. »Und wieso streitet er sich noch mit dem Götz herum, das kann ihm doch alles total egal sein, wenn er eh schon weiß, dass er sich umbringt.«

Max antwortete mir nicht, sondern ging zu seinem Auto, um einen Plastikbeutel und seinen Fotoapparat zu holen. Mit einem Stöhnen streckte ich mich ein bisschen, mein Rücken tat ganz schön weh, nach dem Sturz vom Zaun.

»Der Schmid wollte es wie Mord aussehen lassen, sonst hätte er ja nie die Spritze weggeschossen«, überlegte Max weiter, während er ein Bild von dem festgeknoteten Gummiband machte. »Und um es möglichst auffällig zu gestalten, hat er durch den lauten Streit und die Prügelei für einen Tatverdächtigen gesorgt.«

»Er bestellt den Götz«, wiederholte ich. »Fängt einen Streit an, den er sonst nie geführt hätte, weil's ihm grad wurscht ist, was der Götz so macht. Lässt sich schlagen, damit er ganz wüst aussieht. Danach geht er wieder ins Haus. Zieht sich aus, nimmt das Geschirrtuch in den Mund, geht zum Komposthaufen, spritzt sich Euthadorm und stirbt.«

Wenn der Hosengummi die Spritze zu den Gansbühlers hinübergeschossen hätte, hätte sich jeder gedacht, dass der Mörder sie dort verloren hat, und keiner wäre auf die Idee mit dem Selbstmord gekommen.

Der Schmid, der is ein Hund, würde der Schmalzl jetzt anmerken. Und ang'sehen hat man ihm das nicht!

Wieder hatten wir uns auf dem Friedhof versammelt, alle Weiber versuchten die Schmidin zu stützen. Großmutter kam wie üblich nicht mehr aus dem Zungenschnalzen heraus, weil diese blöde elektrische Lautsprecheranlage schon wieder nur jedes zweite Wort übertrug. Ich fühlte mich jedenfalls herrlich leicht, also zumindest meine Umhängetasche war herrlich leicht, seit ich den Umschlag mit der Bewerbung herausgenommen hatte. Nicht etwa, weil ich sie eingeworfen hatte. Nachdem ich in Stangls Garten auf die Tasche gefallen war, musste ich die Bewerbung wohl oder übel noch einmal schreiben, so zerknittert wie sie jetzt war.

»Kennst doch eh alles auswendig«, wandte ich ein, fest bei Großmutter eingehakt, um sie von allem Möglichen abzuhalten. Beim Einmarsch in den Friedhof hätte sie nämlich beinahe angefangen, mit einem Taschentuch und Spucke an unserem eigenen Grab herumzupolieren, weil das kann man ja nicht mit anschauen, wie schlecht das geputzt ist.

»Mich stört des«, behauptete Großmutter würdevoll. »Da kommst voll durcheinander, weilst nie weißt, wo du grad bist. Des könnten wir uns gleich sparen, dieses elektrische Zeug.«

Maarten hatte ausnahmsweise nicht Großmutter, sondern mich untergehakt.

Während der Pfarrer mit seiner Trauerrede anfing, fragte ich Maarten, wieso er so depressiv gestimmt war.

»Das mit dem Altenpflegepraktikum war eine schlechte Idee«, erzählte er mir und starrte seine Schuhe an. »Ich halte das nicht aus.«

Konnte ich gut verstehen.

»Dann mach was anderes«, schlug ich vor und hielt Großmutter schon wieder davon ab, Steinchen vom Grab der Ernstdorfers zu klauben.

»Glaubst des ned«, schimpfte ich. »Des kann doch die Schnepfen selber machen.«

»Stimmt. Sonst ist's auch g'scheit genug.«

Eben.

»Meinst du, die nehmen mich noch einmal bei der Polizei?«, wollte Maarten hoffnungsvoll wissen.

»Klar. Die können so Leute wie dich dringend brauchen.« Wenn sie selbst so jemanden wie den Schorsch nahmen, leckten sie sich nach einem Maarten doch sämtliche Finger ab.

Die Langsdorferin schob mir ihr Gehwagerl in die Kniekehlen, um auch etwas zu sehen.

»Ich glaub ned, dass der Joe ein Gangster ist«, erklärte sie mir. »Ich glaub, dass des ein Fernsehstar ist. Der hat doch bei dem letzten Pilcher-Film mitgespielt. Da in Cornwall.«

Ich verdrehte die Augen. Von wegen. Ich sage nur, *Mr. and Mrs. Smith*.

»Also, ich kenne ihn aus *Inglourious Basterds*«, merkte ich an, um Maarten ein bisschen aufzuheitern. »Aber vielleicht war er ja auch in der *Schwarzwaldklinik* dabei.«

Die ganzen Weiber seufzten einstimmig. Vielleicht würden sie ihn doch noch lieben. Wenn ich ihnen einredete, dass er eigentlich der Professor Brinkmann war, quasi inkognito, damit ihm nicht ständig alle Fans an der Backe hingen. Maarten grinste neben mir.

»Dann hat der gar ned den Schmid umgebracht?«, wollte die Langsdorferin wissen, anscheinend noch gar nicht auf dem neuesten Stand.

Großmutter schnalzte schon wieder mit der Zunge. »Der Schmid hat sich doch selber umgebracht. Wegen der unheilbaren Krankheit, die er g'habt hat.«

»Der war krank?«, fragte die Langsdorferin. »Ja. Der hat richtig schlecht ausg'schaut. Ich hab mir dacht, des liegt an dem Essen, des seine Frau kocht. Weil der ihre Mama, die hat ja auch immer ganz greisslich kocht, deswegen sind doch der ihre Männer alle g'storben.«

Maarten und ich starrten angestrengt auf den Pfarrer, um möglichst keine Gefühlsregung von uns zu geben. Auf Beerdigungen zu lachen war echt das Letzte, das musste man sich merken.

»Nein, das war wegen der Krankheit, die er sich bei dene Viecha g'holt hat. Des hat er schon ewig lang g'habt«, erklärte ihr die Großmutter ziemlich laut, um die knarzende und pfeifende elektrische Anlage vom Friedhof zu übertönen.

»Dass die Polizei des ned glei g'sehen hat«, sagte die Langsdorferin kopfschüttelnd. Grad dem Max hätten sie doch etwas mehr zugetraut, als ewig einen Mörder zu suchen, den es gar nicht gab. Und der Stangl hätte zu der ganzen Problematik nur gesagt: »Ja, wieso hat mich denn keiner gefragt? Ich hätt des gleich g'wusst. Der hat mir das doch schon so oft g'sagt, wenn ich's nicht mehr aushalt, dann mach ich einfach Schluss, da kenn ich gar nix.« Was ein richtiger Kampfflieger war wie der Stangl, der konnte das natürlich total verstehen und sah auch überhaupt keinen Grund, das mit irgendjemandem zu bequatschen. Der Polizei zum Beispiel.

»Der Schmid, der hat des alles ganz gut hingekriegt, dass es wie Mord ausgesehen hat«, trompetete Großmutter der Langsdorferin ins Ohr. »Der hat mit einem Hosengummi die Spritze in den Zwetschgenbaum g'schossen.«

»Aber wieso sollt der so tun, als wär er ermordet worden?« Die Langsdorferin schüttelte ungläubig den Kopf. »Von so was hab ich ja noch nie gehört!«

»Wegen der Lebensversicherung. Die kriegst doch ned, wennst dich selber umbringst«, erklärte die Kreszenz den Sachverhalt. »Aber wennst ermordet wirst, dann gilt das schon.«

Deswegen hatte der Schmid auch seine Betäubungsmittelliste so ordentlich getürkt, dass ihm keiner draufgekommen war, dass er ein Spritzerl für sich persönlich aufgehoben hatte.

»Logisch ist des ned«, sagte die Langsdorferin und schob mir wieder das Gehwagerl über die Fersen. »Weil die Schmidin bräucht doch des Geld. Und da ist es doch grad wurscht, ob der Luke ermordet worden ist oder sich selber umgebracht hat.«

Ich starrte angestrengt auf das Grab vor mir. Der gute Lukas Schmid. Ich hatte doch schon immer gesagt, dass der ein ganz ein Netter war. Sogar im Tod hatte er noch an seine Franzi gedacht und uns allen einen Mord vorgespielt, nur damit die Franzi gut versorgt war mit dem Geld der Lebensversicherung. Das war doch wirklich wahre Liebe.

Allerdings war es nicht nett gewesen, dass er den Götz in das Schlamassel hineingezogen hatte. Die Schmidin behauptete zwar, das hätte daran gelegen, dass ihr Mann so ein hochmoralischer Mensch war und noch im Tode die ganzen Machenschaften vom Götz aufdecken wollte. Und dass sie gewusst hatte, dass der Götz ihn da schon immer hat mit reinziehen wollen. Aber der Schmid war standhaft geblieben und hatte gesagt, kommt nicht infrage, ich habe meine Berufsehre. Aber ich war mir nicht ganz sicher, ob das nicht von der Schmidin frisch erfunden gewesen war. Aber im Grunde interessierte das niemanden aus unserem Dorf, nicht einmal die illegalen Geschäfte vom Götz interessierten irgendjemanden. Weil wusste man ja, wie das da drüben zuging, in Unterbachenreuth. Da war eine selbsthergestellte Futtermischung doch das wenigste!

Der Sarg sank ins Grab, und gleichzeitig ging ein allgemeines Schniefen und Wispern durch die Reihen. Dann defilierten alle an der Schmidin vorbei, um ihr Beileid auszudrücken, auch der Maarten und die Großmutter. Nur ich drehte mich unauffällig um und ging zum Friedhofstor. Ich wollte auf gar keinen Fall der Resi über den Weg laufen, die mir bestimmt zum hunderttausendsten Mal vorjammern würde, wieso der Papa akkurat bei ihr in der Wohnung sterben musste und dass des doch jedem klar sein muss, dass des ein Herzinfarkt war, weil was sollt des sonst g'wesen sein … weil sie doch extra die Blumen alle unten hing'stellt hat, dass der Papa ja ned auf einen Stuhl steigt und runterfällt …

Eilig bog ich hinter der Aussegnungshalle und dem Friedhofskompost zum Parkplatz ab. Hinaus, zu meinem tollen neuen Auto, einem fünfundzwanzig Jahre alten braunen Audi 80, bei dem der Himmel mit Holzwäscheklammern zusammengeklammert war. Denn der Stangl hatte mir die Wagenpapiere überreicht mit Tränen in den Augen, weil er sich noch genau erinnern konnte an den Winter 1990, als er sich den Wagen gekauft hatte. »Aber weißt was, Mädl, die Monika hat g'sagt, im Altersheim, da brauch ich den eh nimmer. Und die schmeißt doch in letzter Zeit alles weg, da schaust einmal nicht hin, und schon hast nix mehr. Da geb ich's lieber dir.« Die einzige Bemerkung, die mich fast dazu bewogen hatte, das Geschenk nicht anzunehmen, war der Schluss … »Aber dass du fei g'scheit parkst, gell? Dass die Mädln auch immer ned g'scheit parken können.«

Auf dem Parkplatz vor dem Friedhof standen Seite an Seite ein daytonagrauer und ein kackbrauner Audi mit Wäscheklammern. An dem schicken Audi lehnte ein äußerst schickes Mannsbild mit einem feurigen Blick, der eindeutig mir galt. Hatte er mir das Selbstverteidigungstraining verziehen?

»Und«, sagte Max, und sein Blick schweifte langsam über meine komplett schwarze Trauergarderobe. In Ermangelung einer schwarzen Jacke trug ich eine Lederjacke in Trauerfarben, was aber weniger nach Trauer, sondern sehr sexy aussah.

»Die Langsdorferin fragt sich, wieso du so lange eine Mordermittlung geführt hast. Weil das hätten ja schon alle gewusst, das mit der Krankheit von dene Viecha.«

Max schnappte sich meine Hand und sah mich intensiv an. Anscheinend überlegte er gerade, wie er zu einem Vergeltungsschlag ausholen konnte.

»Ich frage mich, diese Wäscheklammern in deinem neuen Auto …«

»Das ist Vintage«, erklärte ich ihm würdevoll. »Und wenn ich mal Zeit habe, dann peppe ich das alles auf und nehme bunte Plastikklammern.«

Da Großmutter bestens versorgt mit Maarten beim Leichenschmaus war, um dort noch ganz wichtige Fragen zu klären, fuhren ein alter und ein neuer Audi einträchtig zu mir nach Hause. Das einzige Essen, das ich anbieten konnte, war Blut- und Leberwürste und ganz viel Sauerkraut. Davon hatten wir immer so viel zu Hause, dass wir uns auch im Fall einer globalen Katastrophe noch wochenlang davon ernähren könnten. Um dem Max zu beweisen, dass ich durchaus in der Lage war, Sauerkraut aufzuwärmen und Würste in der Pfanne zu braten, spielte ich Köchin.

Wie nebenbei klebte mir Max einen der vielen Post-it-Zettel auf den Arm, war aber so nett, ihn nicht zu kommentieren.

»Räumen Sie auf. Machen Sie einen letzten Rundgang durch das Haus, kurz bevor Ihr Mann kommt«, stand darauf.

»Weißt du, was mich interessieren würde?«, sagte Max stattdessen und umarmte mich von hinten.

»Hm«, antwortete ich abgelenkt, da er gerade sehr nett meinen Nacken küsste.

»Was bedeuten diese Zettel?«

Ich begann zu lachen und wand mich aus der Umarmung von Max.

»Das ist Großmutters Spezialauftrag«, erklärte ich ihm und stellte die Pfanne mit den Blutwürsten auf den Tisch. »Weil was ist, wenn mit ihr mal was wär? Und du heiratest mich dann nicht. Weil ich zu wenig nett am Abend bin, bei dir nicht aufräum und dir keine Weihnachtsdeko bastle … Verstehst …«

Vorsichtshalber ließ ich unter den Tisch fallen, dass Maarten, wie ich mittlerweile erfahren hatte, unsere Beziehung sogar mit Anneliese durchgekaut hatte, weil er alles noch von einer weiblichen Seite beleuchten wollte. Echt, der Maarten, der hatte sich voll reingehängt. Ein wirklicher und wahrer Freund. Ob Max das auch so sah, wollte ich lieber nicht wissen. Wir setzten uns einander gegenüber, und Max warf mir einen dunklen Blick zu.

»Ich verspreche, ich werde am Abend nett sein. Nur dass nix is. Im Fall des Falles«, flüsterte ich, dann musste ich wieder lachen und häufte ihm Blutwürste auf den Teller. Man wusste ja, dass bei Männern Liebe durch den Magen ging. Er nahm einen leeren Post-it-Zettel und suchte nach einem Stift.

»Ich warne dich«, sagte ich. »Keine Schweinereien auf Post-it-Zetteln. Stell dir vor, der fällt Oma in die Hände …«

Max sah nicht so aus, als würde ihn das stören. Bevor er einen Stift gefunden hatte, fiel ihm anscheinend beim Stichpunkt »Schweinereien« was anderes ein.

»Was ist mit Joe?«, fragte er mit gerunzelter Stirn.

Na ja. Der sah halt noch immer verboten gut aus.

»Ach, Max. Ich würde mich nie mit einem Schauspieler einlassen«, sagte ich sehr ernst und häufte ihm noch Kraut auf den Teller. »Die ganzen Groupies, die so ein Typ hat, der bei der *Schwarzwaldklinik* mitspielt …« Ich begann wieder zu lachen, irgendwie hatte ich den Eindruck, dass ich nicht mehr aufhören konnte, wenn ich nicht schnellstens mit dem Lachen aufhörte. Immerhin existierte auch der Zettel »Nichts ist alberner als albernes Lachen um nichts«. Konzentriert häufte ich auch mir Sauerkraut auf den Teller.

»Weißt du, was mich brennend interessieren würde«, sagte ich, wieder ernst geworden, und schob mir noch ein Stückchen Blutwurst zwischen die Kiemen. »Dieser Heiratsantrag.«

»Hatten wir uns nicht darauf geeinigt, dass wir das Thema ruhen lassen?«, wollte Max wissen.

»Ich will auch nicht über den Heiratsantrag selbst reden. Mehr über diesen Blick, den du damals draufhattest«, erklärte ich.

»Blick?«

»Du hast ausgesehen wie ein Mann, der total verzweifelt ist. Okay, Verzweiflung beschreibt es vielleicht nicht richtig, aber PANIK. Und da frage ich mich schon.«

»Was fragst du dich da schon?«, wollte er interessiert wissen, als ginge es nicht im Geringsten um ihn und seinen Heiratsantrag.

»Wieso ich Panik in deinen Augen gesehen habe. Du weißt schon. Blanke Panik.«

Er kaute nachdenklich und seufzte, anscheinend gedanklich am Rotieren, wie er nun die Kurve kratzte.

»Ich dachte, Frauen können sich in andere hineinversetzen.«

Vielleicht war ich auch keine typische Frau. Meine Multitasking-Fähigkeit zum Beispiel hielt sich in Grenzen. Sich in Männer hineinzuversetzen war meines Erachtens aber auch für andere Frauen ein Ding der Unmöglichkeit.

»Wie oft, denkst du, habe ich schon mit Heiratsanträgen um mich geworfen?«, fragte er, weil ich zu keiner Stellungnahme bereit war und er anscheinend seine mangelnde Übung auf dem Gebiet rechtfertigen wollte.

»Aber man kennt das doch aus Filmen«, erklärte ich ihm die Vorgehensweise. »Der Mann sinkt auf die Knie. Sagt noch so etwas wie: Ich bete dich an. Ich kann ohne dich nicht leben. Ich liebe dich mehr als alles auf dieser Erde.«

Ich verstummte gerührt von meinen eigenen Worten, beinahe hätte ich nämlich noch ein »Willst du mich heiraten?« drangehängt. Er hob erstaunt beide Augenbrauen.

»Deshalb und nur aus diesem Grund hätte ich gerne, dass du mit mir Schnulzen im Kino ansiehst«, belehrte ich ihn. »Dann könntest du das perfekt. Wetten?«

»Unsinn«, widersprach er. »Das kann ich auch so.«

Von wegen.

»Dann wüsstest du, dass der Spruch nicht heißt: Findest du, wir sollten heiraten, sondern: Willst du mich heiraten, mein über alles geliebtes Schnürpselchen.«

Ich grinste, er grinste. Ist ja auch wurscht, wollte ich sagen. Schließlich muss man nicht unbedingt heiraten.

»Mit Unsinn meinte ich nur, dass ich bei dem Genuss einer Schnulze grundsätzlich einschlafe und Heiratsanträge gar nicht mitbekomme. Und auch vom Rest des Films nicht mehr viel weiß.«

Ich gab ihm einen rüden Rempler.

»Darf ich dann auch noch Fragen stellen?«, wollte er wissen und erwischte meine Hand.

O nein. Die Frage, die jetzt kam, die kannte ich schon, und ich hatte so sehr gehofft, dass er sie endlich vergessen hatte.

»Wieso warst du damals tatsächlich im Garten vom Schmid?«, bohrte er nach und zog meine Hand langsam zu sich über den Tisch.

»Das glaubst du nie«, seufzte ich und klimperte ein wenig mit den Wimpern.

Ehrlich währt am längsten, sagt meine Großmutter immer.

»Anneliese wollte ins Schlafzimmer vom Joe schauen.«

Er hob seine Augenbrauen. »Anneliese?«

»Natürlich nicht wegen Joe. Sondern wegen diesem komischen Koffer, in dem man eine Kalaschnikow verstecken könnte.«

»Kalaschnikow?«, echote Max verständnislos.

»Weil er halt allen soooo bekannt vorkommt«, erklärte ich ihm. »Und das muss von den Fahndungsplakaten kommen. Du weißt schon, diese Bekanntheit. Der Koffer kann nur für so ein Gewehr gedacht sein, und die Wahrscheinlichkeit, dass er ein Serienkiller ist, ist derart hoch, dass alle froh sein können, wenn Anneliese ihn endlich überführt und wir wieder alle unseren Fried...«

Er legte mir seinen Finger auf die Lippen und sah ziemlich verzweifelt aus. So ganz normal verzweifelt wie immer, wenn ich mal so richtig loslegte mit dem, was in unserem Dorf alles zur Sprache kam. Ich grinste und hörte auf zu sprechen.

»Hab ich's doch gesagt. Das willst du gar nicht wissen«, erinnerte ich ihn. »Ich wollte dich nur vor dem irren Tratsch bewahren, der immer in der Metzgerei stattfindet.«

Er hob eine Zeitung hoch und fand endlich einen Stift.

»Dann lieber über Heiratsanträge reden«, bestätigte er mir mit einem Lächeln. »Ich glaube, es hat am Regen gelegen, dass ich so geguckt habe.«

Als ich die Augen verdrehte, behauptete er: »In Schnulzen regnet es da nie.«

Mit einem Lächeln schrieb er etwas auf einen roten Post-it-Zettel, und ich nahm mir fest vor, diesen Zettel zu vernichten, bevor Großmutter nach Hause kam. Ihn notfalls aufzuessen.

»Die erotischsten Szenen sind grundsätzlich im Regen, weiß man doch«, erklärte ich ihm. »Denk doch nur an nackte Brüste und Regentropfen.«

Er bekam plötzlich einen sehr leidenschaftlichen Blick, der aber absolut gar nichts mit Heiratsanträgen zu tun hatte. Mit einer schnellen Bewegung fing er meine Hand ein und küsste meine Fingerspitzen. Das kann er hervorragend, und allein aus diesem Grund sollte ich vermutlich beim nächsten Heiratsantrag Ja sagen.

»Willst du…«, raunte er an meinen Fingerspitzen, und mich überlief ein erotischer Schauer, »… mir nach dem Essen noch einen Espresso kochen?«

Ich stöhnte nur und rollte mit den Augen, immerhin hatte ich schon Blutwürste gebraten, das musste wirklich reichen. Dann klebte er mir den Zettel auf die Hand.

Ich liebe dich.

Danksagung

Recherchemäßig danke ich vor allen Dingen den zahlreichen Tierärzten, denen ich mit meinen Fragen auf die Nerven gegangen bin, wie zum Beispiel Heike Knüttel, Steffi Lange und Winfried Bothe! Wie gut, dass ihr eure Betäubungsmittelschränke immer absperrt! Herr Petermann hat mich beim Plotten inspiriert, beim Schreiben motiviert und war immer ansprechbar, danke, Axel! Herr Herrmann hat mich über Lebensversicherungen aufgeklärt, rechtsmedizinische Beratung haben Dr. Mützel und Herr Hille geleistet, toxikologische Probleme durfte ich mit Herrn Schwarze und Herrn Bauer diskutieren, die sich alle mit großem Verständnis in diverse Szenarien hineingedacht haben. Hörgeräte Reichl hat mir gezeigt, wie man Batterien in Hörgeräte einlegt. Josef Kuffer, meinem Dialekt-Experten, danke ich für's Korrekturlesen – und dass er sogar die falschen Blühzeiten von Pflanzen entdeckt. Michi Kerscher hat mich mit zum Selbstverteidigungstraining genommen, und seitdem weiß ich, dass ich große, starke Männer umwerfen kann. Die ganzen Fehler, die trotzdem drin sind, sind natürlich beabsichtigt und haben ihren Sinn ;-).

Meike Frese hat mit mir plottend und ratschend unter dem Apfelbaum gesessen, musste Sahne-Erdbeer-Rouladen essen und Kaffee trinken und sich abschließend arg wundern, dass die Geschichte nun doch wieder ganz anders geworden ist als gedacht. Danke! Habe ich schon einmal erwähnt, dass du einfach super bist?

Meine Familie hat mich dazu angehalten, mich auf das Wesentliche zu konzentrieren, das da wäre, Essen kochen, Wäsche waschen und Cupcakes backen. Meine Schwester hingegen dazu, Ausritte zu machen und einen klaren Kopf zu behalten. Mein Bruder war mit ärztlichem Rat immer an meiner Seite! Meine Eltern haben Gott sei Dank mehr Ahnung als ich von Latein, Englisch, Physik und Mathe und können auch besser Hemden bügeln. Nicht zu vergessen mein Dank an Ute, Birgit und Christine: Um nicht auszuticken, braucht man hin und wieder dringend Aufmunterung in Form eines schönen Frühstücks! Nicht zu vergessen alle Telefonate, die mich aus jedem inspiratorischen Tief gerissen haben, danke, Ute!

Das gemeinsame Kaffeetrinken mit all meinen lieben Buchbegeisterten auf Facebook hat nicht nur Spaß gemacht, sondern mich jeden Tag neu motiviert! Speziell den Austausch mit Astrid van Nahl möchte ich nicht mehr missen!

Meinem Verlag danke ich für die gute und erfreuliche Zusammenarbeit und für die seit Anbeginn wirklich tollen Cover meiner Lisa-Wild-Romane!

Und last but not least danke ich natürlich meiner wunderbaren Literaturagentin Susan Bindermann, die mich mit ihrer Begeisterung immer neu motiviert, jederzeit auf alle Fragen eine Antwort hat und vor allen Dingen nie die Nerven verliert, auch wenn die Autorin nahe dran ist :-). Danke, Susan, du bist die Beste!